庭州諜影

唐隱 著

第一章　初捷

今天是五月初一。每月的初一和十五，庭州刺史兼瀚海軍軍使錢歸南照例要登上庭州城樓，巡視城防要害，檢閱庭州的防務情形。時值正午，火辣辣的太陽當頭照著，城牆之上滿插的旌旗垂掛肅然，並無一絲微風將它們如常蕩起。錢歸南不覺抬手撩起袍袖，拭一把滿額的汗珠，喘著粗氣抱怨：「今年的天氣太過反常，才剛到五月就炎熱至此。」

王遷渾身甲胄站在錢歸南的身邊，更是熱得汗流浹背，滿臉通紅地附和道：「誰說不是啊，況且咱庭州往年春季是最多雨的，今年卻從冬到春沒有下過一場像樣的大雨，幾條大河得不到蓄水，連周圍的草場都旱得厲害，這樣下去，一旦入夏恐怕旱情更甚啊。」

錢歸南若有所思地點了點頭。此時他正和王遷站在庭州城的西城門樓之上，這座巍峨堅實的城樓高近十丈，厚達數尺，是環繞庭州城一圈十六座城樓中，位於正東、正西、正南和正北位置上四座最高大的城樓之一。因每年都適當修繕、保養得當，建於大隋年間的城樓看上去還是簇新的，在正午的豔陽之下熠熠生輝。青磚砌成的城牆牢固厚重，朝西的側面設置箭窗，城牆頂端凹凸的雉堞次第排列。城樓重簷歇式的山頂上，樓脊一無裝飾，只有倉烏的瓦片壘得整齊密實，反更顯氣概非凡。在所有西域邊關的重鎮之中，庭州城的城樓和城牆都算得上數一數二。

這時，錢歸南從城樓上探頭向下望去，寬達數丈的護城河波光粼粼，但隱約有股穢濁的氣息從中散出。這條護城河靠貫穿庭州全城的大河白楊河來蓄水，由於乾旱得太厲害，白楊河河水不足，護城河得不到活水的補充，水面上大片大片的腐爛水草，已漸顯淤積乾涸之狀，望之令人不快。王遷看錢歸南注目護城河，便湊上前來，壓低了聲音道：「錢大人，再這麼乾下去，護城河恐怕也會……」

見錢歸南皺起眉頭，王遷趕忙住口，做出一副心領神會的樣子。錢歸南再度舉目西顧，只見莽莽蒼蒼的大漠平灘，霧靄沉沉、熱浪滾滾，正午日照下的沙陀磧之上，好似有一襲黃灰色的天幕，從天頂懸掛而下，將無邊的沙漠封鎖得嚴嚴實實。一時間，錢歸南覺得自己有些眼花，恍惚中似有一隊黑衣騎兵破幕而出，正自沙陀磧向庭州飛馳而來？錢歸南的心一陣猛跳，他趕緊定了定神，聚睛再瞧，幻覺消失了，面前仍然是一馬平川的大漠，空蕩、肅穆，難以預測。

錢歸南咽口唾沫，轉頭問王遷：「這兩天老潘那裡有什麼消息嗎？」

王遷搖搖頭：「還沒有呢，咱們的信鴿也剛放出去，估計老潘今天才能收到。」他四顧無人，才低聲道：「老潘那裡還是很有把握的，畢竟編外隊都受他控制，他只要把武遜拘押起來就萬事大吉了。」

錢歸南沉吟著點頭：「敕鐸的人馬大概五天以後可以到達沙陀磧西側，到那時候，老潘無論如何也該做好準備了。」

兩人一邊交談著，一邊沿城樓一側的石梯緩步而下。紋絲不動的旌旗之下肅立著同樣紋絲不動的衛兵，錢歸南在城樓底下停住腳步，滿意地環顧四周。無論怎麼看，瀚海軍都是一支相當精幹的隊伍，庭州城也是一座防務得當的城池，要攻破庭州城，對來自任何一方的敵人來說，都是件傷腦筋的事情，除非……他正頗感得意地想著，突然間平地刮起一陣妖風，漫捲旌旗敲打得旗桿劈啪作響，錢歸南瞇縫著眼睛望過去，恰好旗幟啪地展開，紅色的「周」字宛如一柄利劍刺入他的雙目，錢歸南嚇得渾身一顫，朝後連退幾步，虧得王遷伸手相扶，才算沒有坐倒在地上。

這陣風來得快去得也快，錢歸南剛撫了撫撲撲亂跳的心，空氣又凝結不動了，周遭悶熱如舊，只是錢歸南通體汗濕，卻都是冷汗。他再無心情檢視，剛想吩咐離開，正前方一名士兵匆匆跑來，遞上一封急件。

王遷接過信件一瞥，臉色頓時變了，湊到錢歸南耳邊，低語道：「錢大人，伊州那邊來的……」

錢歸南也悚然變色，他使了個眼色，兩人一前一後步入城樓下的偏院，王遷示意兩名衛兵把住院門，才隨錢歸南進到正堂，反手便把門關了。

這邊錢歸南已經快速瀏覽了信件，擱下書信，他冷笑一聲，對王遷道：「那邊等不及了。」

「哦？」王遷轉了轉眼珠，指指信件問：「在催了？」

錢歸南沒有回答他的問題，卻自言自語道：「唔，也不知道沙州那裡的戰況如何了？」

王遷湊到錢歸南的跟前：「錢大人，昨天來的最新塘報不是說還在僵持嗎？」

錢歸南緊蹙雙眉，喃喃道：「情形有些微妙啊。你算算，自默啜進攻沙州到今天已經有半個月了，瓜州、肅州一早就陷落，沙州卻久攻不下，看起來默啜在沙州是無法速勝了。」

王遷拉長著臉不吱聲。

錢歸南想了想又道：「默啜總以為大周的軍隊軟弱無能、不堪一擊，哼，恐怕他還是太輕敵了。當然了，過去這些年來他頻頻進犯中原，屢次得手，難怪會狂妄至此！」

王遷遲疑著問：「錢大人，您的意思是……」

錢歸南一甩袍袖，冷笑道：「多虧我早就做好了兩手準備，雖然調動了瀚海軍至伊州，卻始終按兵不動，靜待前線戰況明朗，否則現在就很被動了。」

王遷附和道：「錢大人英明！如此說來默啜最後是不是能夠得手還真不好說？」

「確實很難說啊……」錢歸南深深地歎了口氣，「我從來就沒相信過默啜能夠輕易得手，雖然這次他多方謀劃，可謂機關算盡，但大周又豈是能容他人隨意踐踏的？咳，如今我們只有堅持謀定而後動，不待時機成熟絕不輕易行動，如此方能自保。」

王遷頻頻點頭，又遲疑地指了指剛收到的信件，問：「那這……」

錢歸南滿面冰霜地回答：「隔一天再回覆吧，就說我們還要配合西面的行動，暫時無法分身，需待沙陀磧戰役初定以後，才能兼顧到伊州。」

「錢大人，只怕伊州那邊不肯罷休……」

錢歸南厲聲道：「怕什麼！除了我誰都指揮不動瀚海軍，伊州那邊再急也奈何不得我。至於默啜，目下正在沙州泥足深陷，恐怕也顧及不了其他。」

王遷連聲稱是。

錢歸南又在屋子裡踱了兩圈，若有所思地道：「算日子朝廷也應該收到前線戰報了，不知道會有何反應，又會派多少援兵，哪位將領來到隴右道？」沉思片刻，他囑咐王遷道：「沙州一線的戰事消息必須要保持機密，除了你我之外不能透露給任何人。」

王遷抱拳：「請錢大人放心，您都看見了，咱們庭州城內外可是一派和諧安詳的氣氛，並無絲毫異常。」

「嗯。」錢歸南滿意地點了點頭，忽然又想起什麼，「哦，前些天我叫你監視袁從英、狄景暉二人，他們情況如何？」

「回錢大人。據監視的人報告，此二人一切正常，袁從英每天從早到晚在巴扎上忙著管理商鋪，的確十分盡職。至於那個狄景暉嘛，深居簡出的，每日裡也就是待在住處抄抄寫寫，老實得很呢。」

錢歸南稍稍鬆了口氣：「嗯，這就好。你要叮囑他們，一定要處處小心，隨著戰事加緊，此二人對我們會有難以估量的重大意義，絕不能出任何差池。」

「卑職明白。」

夜闌人靜，月涼如水。宋乾沿著飄散草木清香的小徑，匆匆趕往狄仁傑的書房。一路之上，他總覺得周遭寧靜如昔的景物，都瀰漫著難以言表的淒涼和無措，宋乾的步履雖然急促，心卻沉甸甸的，只因明白自己的無能為力後，他越發猶豫不決，不知道下一刻該如何面對那位重壓之下的老人。

剛轉入書房前的小花園，宋乾便一眼看見園中那泓池水旁的身影，孤獨、蒼老，但脊背依然挺直如柱，宋乾加快腳步趕到狄仁傑的身邊，這才輕輕叫了聲：「恩師。」

狄仁傑應了聲：「宋乾啊。」沒有回頭，只注目著夜空中的一輪明月。宋乾也不敢出聲，默默地在一旁等待。突然間，此情此景讓宋乾悚然回憶起不算很久前的一幕，同樣寂靜的月夜，煎熬中的老人……宋乾不由自主地打了個寒顫。

也許是被宋乾的動靜驚擾，狄仁傑如夢方醒地朝他轉過頭來，淡淡地笑道：「宋乾啊，你來了。」

「是。」宋乾連忙回答，一時間千言萬語竟不知從何說起，囁嚅半晌才擠出句：「恩師，您、您何時動身？」

狄仁傑親切地拍了拍他的肩膀：「很快啊，呵呵，三天之後和林錚將軍的大軍一塊兒起拔。」

「啊？」宋乾大吃一驚，「恩師，您……聖上不是委任您為安撫使，待戰事初定後再沿隴右道行使安撫之職嗎？」

狄仁傑微笑著搖頭：「聖上起初是這麼定的，但是後來我又去懇求了她，請她允老夫與林將軍同時出發。」

「這……」

狄仁傑再度翹首仰望晴光灼灼的明月，輕歎一聲：「哪怕早走一天，老夫的心也就多安一分，於公於私，這樣做都是有益無害的，聖上也就體諒了老夫的心情。」

宋乾道：「恩師，您這片苦心真是、真是……」他的嗓子有些哽住了。

狄仁傑慈祥地看著他，突然正色道：「宋乾，為師要問你件事。」

「恩師您請說。」

狄仁傑微皺起眉頭：「現任涼州刺史崔興，你可與他熟諳？」

宋乾連忙拱手：「恩師，在學生任涼州刺史的五年間，崔興一直是學生的副手，任涼州長史兼駐紮涼州的赤水軍軍使，所以學生與他不僅十分熟悉，而且還是好友。」

「嗯，那麼這崔興為人如何？」

「回恩師，崔興為人精幹忠正，疾惡如仇，是個難得的好官員，否則學生離開涼州時也不會大力舉薦他接替學生的涼州刺史一職了。」

「嗯。」狄仁傑思忖著，捋了捋灰白的鬍鬚。

宋乾想了想，又道：「對了，崔興還認識從英呢。」

「哦？真的？」狄仁傑頓時兩眼放光，大聲追問，「他們怎麼認識的？有何淵源？」

宋乾思忖道：「嗯，我就是聽崔興談起，從英十多年前在涼州從軍時，與崔興打過幾次交道，因此崔興對從英有些印象。」

「是這樣……」狄仁傑又問：「那麼崔興可曾與你談起過，他對從英的印象如何？他們的關係怎麼樣？」

宋乾笑了：「崔興說從英那時候還不到二十歲，幾乎是個孩子，但人很聰明，相當能幹，就是有點兒傲氣，呵呵，總之印象挺不錯。」

狄仁傑如釋重負：「那就好，那就更好辦了。」他正對著宋乾，神情十分嚴肅地道：「宋乾啊，既然這樣，為師就要託你辦件要緊的事。」

宋乾躬身道：「恩師儘管吩咐，學生當萬死不辭。」

狄仁傑擺了擺手：「沒有那麼嚴重，不過是請你想辦法給崔興帶個口信過去，記住，是口信，找你和崔興都認識的屬下帶過去，你身邊應該有這樣可以信得過的人吧？」

「當然有。只是這口信的內容？」

狄仁傑長吁口氣：「這次隴右戰事，聖上的安排想必你都聽說了。姚崇舉薦的前軍和後軍將帥都很妥當，只是欽差人選大有奧妙。」

宋乾壓低聲音道：「聽說是高平郡王武重規？」

「嗯，」狄仁傑緊鎖雙眉道，「這是絕密的任命，朝廷中只有閣部的官員才能知曉。但是宋乾啊，你可知道姚崇為什麼要推薦武重規擔任這個欽差？」

宋乾字斟句酌地回答：「武重規現任鄯州刺史，而鄯州離隴右道上的戰場最近，讓他擔任欽差主要是出於路途近便的考慮吧。」

「這只是表面上的原因。」

「這……」

見宋乾滿臉疑惑的樣子，狄仁傑這才將袁從英發來軍報，以及昨天夜間發生在觀風殿上的事情原原本本地對他說了一遍。宋乾聽得出了一身冷汗，此刻才算明白了狄仁傑莫大憂慮的真正原因。

狄仁傑繼續道：「武重規是聖上的親侄子，過去在河北道戰事時曾與老夫有過嫌隙，由他來擔任這次隴右道欽差之職，徹查從英所發軍報中舉報的案情，一來可以讓聖上完全放心；二來也可以封住所有對我不利的口舌，姚崇可謂是用心良苦啊。」

宋乾遲疑著道：「唔，但學生聽說高平郡王為人相當殘暴，恐怕……」

狄仁傑神色一凜：「你說得沒錯。宋乾啊，姚崇出此一策，其實就是所謂的丟卒保帥。哼！」他的聲調突然變得無比淒愴，「姚崇要保的帥當然是本閣，而那個被丟棄的卒子，就是袁從英！」

宋乾渾身一顫，大氣都不敢出。狄仁傑臉色蒼白，聲色俱厲地道：「伊州和庭州的事實真相如何，目前我們誰都不知道。但無論怎樣，袁從英劫奪朝廷飛驛，越級傳遞軍情，私告朝廷四品大員，都已犯了我朝大忌。即使最後能夠證明他所報的軍情屬實，也很難完全赦免他的罪過。而此刻假如有人利用我和袁從英的關係大做文章，再把朋黨鬥爭也夾纏在裡面，那不僅伊州和庭州的真相難以查清，就連我也會被牽扯進去，受到掣肘，對戰局的發展極為不利。」

宋乾倒吸口涼氣，喃喃道：「我明白了。所以姚尚書舉薦與您不和的武重規當欽差，這樣不論查出的結果是什麼，旁人都無話可說。」

狄仁傑頷首：「最重要的是，聖上那裡也能交代得過去。但是你想，以武重規和我的關係，到時候他會善待從英嗎？」

宋乾低下了頭，狄仁傑的聲音嘶啞得越發厲害了：「姚尚書可以為了大局不顧袁從英的死活，可是我不能……宋乾啊，我、我於心難安，我的心痛啊！所以宋乾，你必須要幫我這個忙。」狄仁傑說著，顫抖地一把抓住宋乾的手，艱難地道：「崔興是前軍大總管，負責收復失地、馳援沙州。沙州與伊州臨近，崔興只要解了沙州之圍，就有機會見到借道吐蕃、迂迴伊州的武重規。宋乾，你務必要傳我的口信給崔興，讓他一旦晤面武重規，就想方設法阻止武重規對袁從英草率定罪，一切待林將軍和我到達隴右道以後再作定奪。」

「這……」宋乾遲疑著，「恩師，學生傳信過去是沒問題，可武重規此人剛愎自用，又殘暴無狀，崔興說話不一定有用啊……」

狄仁傑連連搖頭，幾乎吼起來：「有用的，一定有用的。無論如何也要試試看，拖一天是一天，你懂嗎？」

「是，是，學生立刻就去辦！」

宋乾幾乎是跑著離開了。狄仁傑一動不動地站在池塘邊，夜寒侵骨而入，他感到從未有過的孤獨。水中明月的倒影悠悠擺動，曾經有過的心痛、那分外熟悉的心痛再度襲來，令他呼吸艱澀。狄仁傑下意識地抬手捋鬚，才發現自己在外面站了大半夜，滿把鬍鬚都沾染了露水，濕漉漉涼涔涔的。

「大人。」

耳邊響起一聲熟悉的呼喚，狄仁傑微笑應答：「啊，從英……」猛地，他清醒過來，看了一眼站在面前絲毫不動聲色的沈槐，狄仁傑在心中深深地歎了口氣，自去年十一月起，自己都在努力避免犯這個錯誤，沒想到終於還是在今夜發生了，也罷，叫錯了就叫錯了吧，或許早該如此。

狄仁傑背過雙手，注視著池塘中輕輕擺動的月影道：「沈槐啊，剛才我和宋乾的談話，你都聽見了吧？」

「是，大人。」

狄仁傑仍然背對著他：「對這件事情，你有什麼看法？」

「沈槐相信，大人所有的決斷都是正確的。」說這話時，沈槐的臉躲在樹蔭之下，黑乎乎的，表情模糊。

狄仁傑似乎微微一愣，半晌，才語氣平淡地道：「沈槐啊，有些時候連我都聽不出來，你說的究竟是不是真心話。」

沈槐對答如流：「大人，沈槐不敢虛言。」

狄仁傑的臉上不覺浮起一絲笑意，接著又問：「哦？那麼你倒說說，老夫讓宋乾給崔大人帶口信的辦法，能奏效嗎？」

沈槐微躬抱拳：「大人對下屬的拳拳之心令沈槐感動。當然了，大人這麼做只要能求得心安，就是值得的。」

狄仁傑猛然轉身，緊盯著沈槐的眼睛：「說得好啊，沈槐！」

沈槐略低下頭，又說了一遍：「大人，沈槐不敢虛言。」

狄仁傑目不轉睛地看著沈槐，對方始終低頭，避免與他的視線接觸。終於，狄仁傑長吁口氣，沉聲道：「沈槐啊，我知道你心裡一定認為我冷酷無情，為了大局，也為求自保，而置他人於罔顧，你有些兔死狐悲的感傷，本閣完全可以理解。沈槐啊，今天我還可以很坦白地說，這也並不是我第一次犧牲袁從英……不過，有一點我可以保證，世上只有一個袁從英，我再不會像對待他一樣對待任何人，所以你也不用擔心自己會遭到和他相仿的命運！」

沈槐仍然低著頭，一聲不吭，但牙關卻因為咬得太緊而痠痛不已，今夜是個轉折吧？就算竭力偽裝、拚命維持又能如何？那不過是個幻影罷了，多麼可怕的虛偽……

微微的清風拂面，狄仁傑稍稍冷靜下來，他歎息著拍了拍沈槐的胳膊：「老夫今天心情很差，沈槐啊，你不要計較。三天後就要出發，還有很多準備要做，你就乘著今夜回去關照一下，和你那堂妹道個別。」

「是，大人。」

沈槐剛要離開，狄仁傑又叫住他：「哦，還有一件事。因為隴右道戰事正酣，老夫又充任了安撫使，本次制科考試只好延遲，待得隴右大捷之後再定考期。你去告訴楊霖一聲，讓他安心在府中溫習功課，靜待開考便是。」

沈槐點點頭，猶豫著問：「大人，您不見他了？」

狄仁傑又歎了口氣：「老夫這些天心緒太亂，只怕楊霖見了老夫反而忐忑，倒影響了他迎考的心情，還是不見了吧。」

從沈珺居住的小院裡，可以很清楚地聽到僻靜小巷中傳來的敲更聲，「梆、梆、梆……」那聲音單調而無奈，將不眠的夜晚點綴得愈加淒惶。

「三更了。」沈珺抬眸輕歎，她的面色比之前在金城關時要白皙很多，大約是成天深居簡出又不需辛苦勞作的緣故，臉龐也稍稍豐腴了些。在炎炎紅燭的映照之下，這個當初素樸耐勞的鄉下女子，如今已展露出些許溫柔端莊的大家閨秀風韻。只見她一頭烏髮挽了個家常的髮髻，鬆散的髮辮隨意垂下，正掩在藕荷色的披紗上，披紗下銀白團花的抹胸，隨著她的呼吸輕柔起伏。

此刻，沈珺側坐在床邊，微微彎腰伏在一件水白絲綢的男子裡衣上，剛剛收攏最後一個針腳，在唇邊咬斷絲線，她抬起頭，微笑著道：「總算趕完了，你過來試試。」

沈槐自桌邊站起，默默走到床前，這屋裡有些悶熱，沈槐也是一身的家常打扮，只穿著黑色的裡衣裡褲，外袍早就脫下掛在床邊的架子上。看到他走過來，沈珺先擱下新衣，伸手過來幫沈槐解開束衣的綢帶，熟練地往下一褪，沈槐強健端正的身軀就在她的眼前，沈珺的臉不由自主地微紅了一下，俯身去拿白色綢衫，剛回過頭來，便被沈槐一把摟入懷中。

「先試新衣啊……」沈珺勉強說著，聲音幾不可聞。

她的臉靠在男子的栗色肌膚上，急促的呼吸惹得沈槐一陣發癢，於是他輕輕將沈珺推開，有點兒好笑地看著她面紅耳赤的樣子，輕聲道：「你不會吧，居然還害羞。」

「我……」沈珺顯得更加侷促了，沈槐用寵溺的目光自上而下愛撫著她，隨後接過新衣，自己套上。

沈珺朝後退了一步，仔仔細細地打量了一番，又上前給他繫牢綢帶，再看了一遍，才鬆了口氣道：「看去還合適。哥，你覺得呢？」

沈槐無所謂地回答：「好啊，很好。反正我所有的裡衣都是你做的，這麼多年早穿慣了。」

沈珺抿了抿嘴唇，嘟囔道：「怎麼能一樣呢，這回我是去南市的綢布莊買的最好的綢料，裁剪的新方法也是何大娘教給我的，還有刺繡，雖然不多，可都是向何大娘學的絕活，與以往的那些繡活是不一樣的……」

沈槐不覺又笑了，忙道：「好，好，確實很不錯，我的阿珺越來越能幹了。」說著，他一把拖過沈珺，順勢坐在床邊，讓沈珺依偎在自己的懷中，在她的耳邊輕聲道：「三天以後我就要出發了，出發前都會很忙，估計沒時間再來看你，你要自己保重，等我回來，知道嗎？」

沈珺不說話，只微微點了點頭，更緊地靠在沈槐的胸前。沈槐捏了捏她的手，歎息道：「你看看，這半年來不做粗活，手就細潤了許多，還是這樣好，以後就繡繡花裁裁衣吧。」

「其實我還是喜歡做活的……」

「嗯。」沈槐又想起什麼，微皺起眉頭道：「怎麼，那個何大娘還打算在咱們家長住下去了？」

沈珺輕聲道：「哥，何大娘沒找到兒子是不會死心的，怪可憐的，就讓她住著吧，也沒什麼麻煩。她平日裡料理雜活，教我些女紅，你不在時給我做個伴，挺好的。」

沈槐臉上陰雲稍散，點頭道：「也罷，我這一走起碼要一個多月，你一個人住我也不放心，就權且留下她，等我回來以後再說。」

沈珺以手撫過他的前胸，輕歎著問：「哥，我來了洛陽之後，你總是忙忙碌碌的，每天也和我說不上幾句話，這回又要走那麼長時間……哥，你是要隨狄大人去很遠很遠的地方嗎？」

沈槐的下頷繃緊了，正色道：「嗯，這回是要去隴右道，咱大周最西最北的地界了。」

沈珺直起身，眨著眼睛看沈槐：「西北？比蘭州、涼州還要西北嗎？」

「比蘭州、涼州還要西還要北，是西域邊境了，肯定要去肅州和沙州，說不定還會去伊州、庭州……」

沈珺點點頭，慨歎道：「那麼遠？狄大人這麼大年紀的人，真是太辛苦了。」

「哼，辛苦？他心裡巴不得要去，又怎麼會覺得辛苦！」

沈槐語調中的譏諷和怨氣讓沈珺很感意外，不覺困惑地看了他一眼，又喃喃道：「哥，你這次跟著狄大人去那麼遠的地方，不會有危險吧？我有點兒擔心……」

沈槐不在意地回答：「能有什麼危險，朝廷三品大員替天巡狩、安撫百姓，辛苦是會的，危險絕談不上，就算是去打仗，也輪不到我們出事。」

「噢，這樣我就放心了。」沈珺略鬆了口氣，嘴裡兀自訥訥道：「西北、庭州……哦！」她突然眼睛一亮，忙問：「哥，我記得狄大人的三公子和那位袁先生，他們就是去的西北、庭州，對嗎？」

沈槐臉色陰沉地點了點頭。

沈珺沒有注意到他的神情，更加喜悅地道：「對了，還有梅先生，好像也是去那裡，哥，這回你都能見到他們嗎？」

沈槐哼了一聲，沈珺這才發現他神色不對，納悶道：「哥，你怎麼了？你不想看見他們嗎？狄先生和袁先生，他們不都是你的好朋友嗎？」

沈槐沉默不語，沈珺想了想，站起身去打開櫃子，從裡面找出一疊衣服來，放在床上，看著沈槐小心翼翼地道：「哥，上次袁先生和狄先生到我們家時，我看他們衣服太單薄，就盤算著給他們每人做件坎肩。哦，給小斌兒也做一件，可他們走得太急，我沒來得及做好。來洛陽以後才做完，就是不知道什麼時候能帶給他們。這次巧了，你要能碰上他們的話正好可以帶去。」

沈槐驟然變色，聲音不覺抬高了：「阿珺，你也太多此一舉了吧！別說我不一定能見到他們，就算是見到了，也已是盛夏時節，西域那裡比中原更加炎熱，要你這坎肩作甚？你不覺得可笑，我還怕人笑話呢！」

沈珺被他說得臉上紅一陣白一陣，期期艾艾地道：「哥，你、你別生氣，我只是覺得做都做了，再說他們要在西北待下去，還是會碰到天寒地凍的——」

沈槐打斷她的話，冷笑道：「阿珺，你不過和他們相處了兩天，就如此念念不忘的，不會是有什麼特別的原因吧？」

沈珺渾身一震，右手撫在那疊精心縫製的衣服上，垂首不語。沈槐冰冷的目光鎖在她的身上，繼續含沙射影地道：「阿珺，去年除夕夜在金城關的家裡到底發生了什麼，我始終有很大的疑惑，咱們家那老爺子究竟是怎麼死的，到現在仍然不明不白。哼，我一直都覺得，這件事情和梅迎春脫不了干係，和袁從英、狄景暉也一定有瓜葛，這回我去西北若是真能碰上他們這幾個，倒是要借機把老爺子的死因好好查一查！」

見沈珺只管低著頭，沈槐不耐煩地扯過她的手，粗魯地把那堆衣服往床邊推開，猛一用力將沈珺拉進自己的懷抱，道：「行了，別管那些不相干的。我就要走了，咱們只有今夜可以聚一聚，你要讓我開心，對不對？」沈珺這才抬起頭來，眼中雖有委屈的淚光閃動，卻依然無比溫情地朝沈槐微笑，纖纖玉臂圍攏到沈槐的腰間，替他寬衣解帶。

沈槐睡熟了，在沈珺的身側發出輕輕的鼾聲。借著淡淡的月色，沈珺癡癡地端詳著他的睡容，看了一遍又一遍，卻總也看不夠。她已經不記得他們的第一次是如何發生的，她只記得從小就堅信，自己生來就是屬於這個男人的，因此何時何地怎樣成為他的人其實一點兒都不重要，重要的是要一生一世守在他的身邊，服侍他、照料他、愛護他，為了他奉獻一切。

情不自禁地，沈珺湊過去親吻沈槐的雙唇，恍恍惚惚地想著：「多麼美好多麼可愛的人兒啊，他就是我的生命、我的理想、我的天神……娘，您的遺願女兒一直都恪守著，『不離不棄、生死相隨』，這句話女兒時刻銘記在心，絲毫不敢違逆。娘，女兒還要感激您，正因為您要求女兒愛他，女兒才可以活得像現在這樣充實……」

三天之後的五月初三，武皇欽命平西行軍大總管、右武威衛林錚大將軍率十萬大軍自洛陽出征，隴右道安撫使狄仁傑大人隨軍同行。太子李顯代表皇帝送至城外都亭，諄諄囑託，殷切餞別。自這一天起，東都洛陽和大軍沿途的百姓才陸續知道，大周和突厥又要開戰了。

然而西域邊陲的庭州依然風平浪靜，這個浪漫多姿的邊城每年自五月起便進入了夏季。一旦入夏，庭州白天的氣溫就驟然升高，尤其是沙漠附近缺少植被的荒坡和山地，晝夜溫差極大，正午時候觸目所見的一切都會被火辣辣的太陽烤到滾燙，難怪不遠處的幾座禿山甚至被人們稱為「火焰山」。

當然，夏季也是一年之中庭州最熱鬧、最絢爛、最濃烈的季節。盛開了整個春季的繁花漸次凋謝，卻迎來了瓜果逐個成熟的時候。陽光燦爛奪目，晃得人睜不開眼睛；空氣中飄散著各種濃郁的花香、瓜果香和西域各色香料的氣味，更是熏得人如醉如癡；喜好歌舞的胡人嫌天氣太熱不願意勞作，乾脆喝飽了葡萄酒成天彈琴唱歌、狂歡起舞，頭頂上的葡萄藤爬得滿棚滿架，遮出片片蔭涼，連雀鳥都來湊熱鬧，啾啾的鳴聲和著樂曲，此情此景，就算是人間天堂，也不過如此了吧。

其中大巴扎又是整個庭州城中最熱鬧的地方。因日長夜短，巴扎開市的時間在夏季長出一個時辰。袁從英這兩天沒別的事情，索性從早到晚待在巴扎裡頭。他本來就會突厥語，和胡人打起交道來還算順暢，按高長福留下的賬冊把巴扎兜底摸了個透後，就開始盡心盡力地履行管理巴扎的職責。這天他又忙了一整個上午，就在巴扎旁隨便找了個酒鋪，坐下吃午飯。

袁從英特意挑了涼棚外的一張木桌坐，日頭直直地曬在頭頂和後背上，他熱得滿頭大汗卻覺得很舒服。袁從英非常喜歡庭州這個熱烈的夏天，乾燥、高溫和日曬讓他的傷痛緩解了不少，他常常不自覺地想，狄景暉的主意很不錯，也許真該選擇在這裡定居下來，多麼美好愜意的世外桃源般的生活，假如沒有那些潛伏著的邪惡和危機，那該有多好啊……

胡人老板抱著盛滿葡萄酒的木桶過來，「咚」的一聲撂在桌上。袁從英請來一起吃飯的幾個巴扎上的商鋪老板，頓時眼冒精光，爭先恐後地捋起袖管倒酒，迫不及待地喝將起來。其中一個小個子波斯人還算周到，給袁從英也滿滿倒了一碗，袁從英咕嘟嘟地灌下去大半碗，看那幾個傢伙喝得興起，已經開始手舞足蹈，不覺也笑了。胡人老板接著又端上香氣撲鼻的雞肉、牛羊肉和用井水鎮得冰涼的酸奶，還有大盤子新鮮的櫻桃和黃杏，全都水靈靈地在豔陽下放著光。

自從送走了梅迎春、蒙丹，又把狄景暉和韓斌安置在牧民那裡，袁從英就只剩下一個人留在庭州。在大食人那裡買藥沒有花錢，牧民也對銀錢不感興趣，狄仁傑千里迢迢請梅迎春捎來的銀子居然花不出去。身邊帶著這些錢，袁從英發現自己突然成了個不大不小的財主，他倒也豪爽，仗著有錢，就乾脆一日三餐全在巴扎上輪流請人吃飯，大肆揮霍宰相大人的銀兩。袁從英的道理是：一個人吃飯總沒胃口，有人作陪，他可以暫時把煩惱都拋在一邊，還能和各族商販混個熟絡，就算狄仁傑知道了他這麼花錢，也會同意的吧！

給袁從英斟酒的小個子波斯人叫木木，是賣香料的商販。接連喝了幾大碗的葡萄酒，木木的舌頭有些直了，看見袁從英正在津津有味地大吃杏子和櫻桃，便湊過去討好地說：「袁、袁軍爺，這櫻桃好吃吧？不過，比咱家鄉波斯的櫻桃還差點兒。等我回去給您帶點兒來嚐嚐？甜極了！」

袁從英朝他點點頭：「唔，你什麼時候回波斯，要到秋天了吧？」

木木愣了愣，四下瞧瞧，才壓低聲音道：「袁軍爺，我們這兩天就打算走了。還有別的商隊，也都在這幾天就出發，繞道突厥金山返鄉。」

袁從英看了看木木，不動聲色地問：「哦，我也發現巴扎上的商鋪陸續走了不少，怎麼回事？夏季是最好做生意的時節，你們怎麼都急著走？貨都賣完了？」

木木鬼鬼祟祟地又東張西望了一番，才下定決心湊到袁從英的耳邊，酒氣直撲過來：「袁軍爺，您是好人，對咱不錯，我就實話跟您說了，這庭州馬上就要打仗了！」

袁從英瞇縫起眼睛，輕輕重複道：「庭州要打仗？這消息你們從哪裡得來的？」

「咳，消息打哪兒來的我也不清楚，可巴扎上都已經傳開了。」木木說著又灌了一碗酒入肚。

袁從英也不追問，等了一會兒才道：「你們不是今天才得到這個消息吧？為什麼這兩天才走？」

木木搖頭歎息：「還不是因為那些貨，賣不完賠得太大，捨不得啊。還好這幾天有人來收貨，出價雖然很低，但總比扔了強，所以我們才趕緊處理掉貨品，就可以出發了。」

袁從英這回倒有些意外：「有人賤價收貨？什麼人？是什麼貨都收還是挑特定的貨品？」

木木滿臉通紅地搖頭：「不知道是什麼來歷，咱這巴扎上從來沒見過那麼一幫人，什麼貨都收，還價特狠，不過大家為了早點兒脫身，也顧不上其他了。」

袁從英皺了皺眉，正要開口，忽聽前面一陣喧譁，人群朝一個方向聚攏過去，彷彿還有哭叫之聲隱約傳來。袁從英忙從懷裡掏出銀子扔在桌上，囑咐木木：「你和老板結賬。」自己三步兩步便趕到人群聚集的地方。

才一會兒工夫，這裡就被看熱鬧的閒人圍了個裡三層外三層。袁從英擠進人堆，看見地上躺著個半死不活的老和尚，在他的身邊還跪著個十來歲的小和尚，正一把鼻涕一把淚地痛哭著，嘴裡還斷斷續續地叫著：「師父，師父……嗚嗚，你快醒醒啊！」

圍觀的眾人七嘴八舌卻無人上前幫忙，袁從英走向前去，蹲在這師徒二人的身邊，發現他們都是蓬頭垢面、衣衫襤褸，全身上下染滿半黑不紅的顏色，衝鼻而來的還有股夾雜著血腥味的臭氣，袁從英皺了皺眉，用盡量和緩的語調問那小和尚：「小師父，你先別哭，告訴我你的師父怎麼了？」

小和尚抹了把眼淚，哀哀訴說道：「嗚嗚，我師父受了傷，走這麼遠的路還沒吃的，他、他快死了，嗚嗚……」

「受了傷？」袁從英從地上扶起那老和尚，突然心一沉，手中的這具軀體在這炎夏中居然透骨冰涼。他不露聲色地探了探老和尚的鼻息，就輕輕將其平放在地上，又掀開老和尚胸前沾滿血跡的袈衣，袁從英的眉頭驟然緊鎖，立即問那小和尚：「這是刀傷！怎麼回事，你師父被何人所傷？」

「是、是突厥人！」小和尚放聲大哭起來。

袁從英按了按他的肩膀，溫和地道：「別著急，你慢慢說。」

小和尚點點頭，看一眼聲息全無的師父，這才一邊抽噎著一邊告訴袁從英，原來他們是沙州鳴沙山下的石窟中繪製岩畫的和尚，師父法名普慧。就在半個月之前，突厥大軍突然進犯沙州，與守城的大周軍隊發生鏖戰，突厥兵久攻不下，就把沙州城圍成了個鐵桶，還在沙州附近燒殺搶掠、無惡不作，連他和師父繪製佛像岩畫的石窟都不放過。師父為了保護岩畫與他們拚命，被砍成重傷。後來師徒二人乘亂逃離沙州，一路向西而來，普慧傷重垂危，經過伊州時本想入城躲藏，哪知伊州城門緊閉，任何人都不放入內，小和尚只好再拖著普慧往西逃難。一路上走走停停，今天總算是連滾帶爬地進了庭州，卻不料師父來到這巴扎附近就躺倒在地，再也走不動了。

雖然多少也有些預料，但真的親耳聽到戰事已起的消息，袁從英還是感到一陣暈眩。原來戰火在半個月前就已經點燃，並且是在東面的沙州！他在心中暗暗冷笑，難為他們把消息封鎖這麼嚴實！他又想，看來烏克多哈的消息確鑿，那麼，庭州的平靜也很快就要被打碎，該來的終於要來了。他要立即給伊柏泰的梅迎春和武遜傳去信息，讓他們全力備戰！

想到這裡，袁從英定了定神，伸手輕輕撫摸小和尚的肩膀，安慰道：「好了，別哭了。你餓了吧，先吃點兒東西，然後我就帶你們去這城裡的寺廟，你和你的師父可以在那裡安頓下來。不要害怕，庭州很安全。」

小和尚止住悲聲，猶豫著指了指一動不動的普慧和尚：「我師父沒事吧……」

「他很好，而且再也不會有事了。」

這天夜間，瀚海軍飼餵信鴿的院子裡闖入不速之客，看守信鴿的兵卒被打昏在一旁，關信鴿的籠子籠門大敞，好幾十隻信鴿飛得無影無蹤。待第二天清晨才有其他士兵發現狀況，逐級上報到王遷那裡，王遷頓時頭如斗大。他帶人來仔細察看了一個上午，也沒有發現任何線索，最後還是決定暫時先將這事壓了下去，錢大人這些天來憂思甚重，此等小事就不要再去麻煩他了。

瀚海軍失竊的信鴿中有一籠是專門來往伊柏泰的。於是第二天清晨，在飛越庭州城樓的那群白羽鳥兒之中，就有那麼幾隻毫不畏懼空中火輪的灼燒，一路向西展翅飛往令人望而生畏的無盡沙海。兩天，牠們只需要兩天時間，就能飛抵伊柏泰，在牠們纖細的腳踝上綁著傳遞信息的竹筒，那裡面有關於沙州的戰訊。這幾天來，武遜和梅迎春已在伊柏泰做好了全面的戰備，早就在等著這決戰的時刻了！

鐵赫爾率領著突騎施最精幹的五千鐵騎，才花了六天時間，即從碎葉一路奔襲至沙陀磧的西側邊緣，已是人困馬乏。但敕鐸下的死命令有誰敢怠慢！從碎葉到沙陀磧，鐵赫爾總共只有不到十天的時間，根據計劃，三天之內他必須進入伊柏泰與老潘會合，在那裡稍作休整，同時等待敕鐸親率的另外五千人馬隨後趕到，三支隊伍合併一處，由敕鐸統一號令，對庭州發起總攻。

午後赤日炎炎，鐵赫爾望一眼好像個大蒸籠般直冒熱氣的沙陀磧，情不自禁地咽了口唾沫。一點兒作用都沒有，乾渴到極點的咽喉反而更覺火辣辣的刺痛，他扯著嘶啞的嗓子吼了聲：

「水！」手下捧上灌滿水的羊皮囊，鐵赫爾一口氣喝掉小半囊，嘴裡肚子裡的焦灼稍有緩解，但心上的煎熬更甚！

部隊剛進入沙陀磧時尚在清晨，天氣還沒有這麼熱，人馬走得總算順暢，但隨著正午漸至，整個沙漠很快就變得酷熱難當。熱風捲起陣陣沙霧，燙人的沙粒迎面撲來，騎兵們本來就熱得呼吸困難，這下更是慘上加慘，更兼全身上下的皮質輕甲悶不透氣，體力稍差的兵士紛紛暈倒摔落馬下。馬匹和駱駝也熱得舉步維艱，喘著粗氣開始耍賴，動不動就在沙子上伏地不起，士兵們要用力鞭撻才能勉強催動牠們，哪裡還是代步的牲口和征戰的坐騎，簡直成了要命的累贅。

就這麼接連折騰了兩天半，五千鐵騎才算深入到沙陀磧的內部。這天午後氣溫又比之前兩天更高，鐵赫爾看人馬實在困乏得不行了，才把心一橫，命令大家在一座沙丘的背陰處休息，待太陽下山溫度略低之後再重新出發。站在東倒西歪的隊伍前，鐵赫爾的心情焦慮難當。身為土生土長的西域戰將，鐵赫爾對沙漠的環境並不陌生，他手下的這班騎兵和馬匹，以及負重擔水的駱駝也是在沙海中常來常往，本來在沙陀磧中行軍作戰應該是他們最擅長的，但是此次情況卻太特殊了。

其實越是熟悉沙漠的人就越懂得，夏季是沙漠的死亡之季，西域戰士們絕不會選擇在這個季節闖入沙漠作戰。他們堅信，夏季是屬於沙漠中隱匿的神靈的，祂們用可怕的炎熱和乾旱把人類封鎖於沙漠之外，所有膽大妄為在這個時候進入沙漠的人，從來都是有去無回。這次敕鐸是下了死令，但畢竟時令尚屬初夏，士兵才肯服從，若是再過一個月，他們恐怕寧願被直接砍了腦袋，也不肯踏足這條由乾渴、酷熱和絕望組成的死亡之路。

可誰又能料到，今年庭州附近的天氣如此反常，剛剛初夏時節，已炎熱難當宛如盛夏。敕鐸的命令是按照急行軍的速度布置的，這就意味著鐵赫爾的部隊必須日夜兼程。夜行倒也罷了，這白天靠近正午前後幾個時辰的行軍，可是把鐵赫爾和他的鐵騎兵們給折磨壞了。

現在部隊不得已歇下了，鐵赫爾估計著行程，這麼一耽擱又要比原計劃晚半天才能到達伊柏泰。想著想著，他突然渾身發冷——水！鐵騎部隊輕裝上陣，本來帶的水就不多，天氣太熱人馬喝水都多，如果再耽擱行程，只怕飲水支持不到伊柏泰。想到這裡鐵赫爾頓時心急如焚，立刻去查看飲水的狀況，一看之下更是頭皮發麻，水果然不夠用了。

怎麼辦？鐵赫爾努力在表面上維持著鎮定，這五千鐵騎兵已經被炎熱折騰得士氣低落，如果再得知維持生命的水已經匱乏，鐵赫爾難以想像他們會出現什麼狀況。

他娘的！鐵赫爾在心裡惡狠狠地咒罵著，無論如何要熬過這兩天，只要能到伊柏泰就萬事大吉了。似乎是聽到了他內心的煎熬，這些天來一直無遮無擋、烈日曝曬的萬里長空上突然飄來幾抹雲絲，黑沉沉地壓上頭頂，卻帶了奇蹟般的清涼感覺，令心亂如麻的鐵赫爾精神為之一振，好兆頭啊，這天哪怕能陰一小會兒，也能幫這五千人馬好好地緩口氣……

天果真陰下來了。更意外的是，從高低起伏的沙丘那頭，灰濛濛的天際跑來幾匹高頭駿馬，馬上的騎士威武昂然，他們的身後跟著難得的習習涼風，直把這幾人襯得如同沙漠中的神祇一般。許是久違的涼意讓鐵赫爾快慰不已，他毫不防備地迎向那跑來的幾人，而他們也彷彿見到老朋友似的揮舞著手臂朝鐵赫爾跑來，嘴裡還喊著：「是敕鐸可汗的部隊吧？我們是從伊柏泰來的，專程來接你們！」

假如不是連日酷熱造成的行軍困難和飲水短缺；假如不是突如其來的陰天令鐵赫爾驚喜非

常，也許鐵赫爾能夠警覺到來人未曾喊出自己的名號，也能夠察覺出對方沒有說明是老潘的派遣，但他終究什麼都沒有發現，反而快樂得猶如見到親人般，催馬過去和對方親切悟面，就此，鐵赫爾和他的部下們喪失了最後的一線生機。

陰雲轉瞬即逝，烈日再度肆虐，但已不能令鐵赫爾煩惱。伊柏泰的來人肯定地告訴他，小駝隊馬上就會給他們送來足夠的飲水，況且伊柏泰就在前方不遠處，再走一天一夜就能到達，食水完全不成問題了！開心的鐵赫爾和他的部隊終於可以敞開了喝水，他們將剩下的飲水喝了個一乾二淨，還是覺得不過癮。可惜出發的時辰已到，鐵赫爾領著大家隨伊柏泰的快騎在夜色中一路向前，心中充滿了如釋重負的快感。

又走了整整一夜和大半個上午，將近正午，在伊柏泰來人的建議下，鐵赫爾的鐵騎部隊暫時休憩，這裡已是沙漠的最深處，他們只能在沙丘的背陰處深挖沙子，用地下還沒有被烤熱的沙子覆蓋身體，阻擋水分的流失。天氣實在太熱了，大家昏昏沉沉地睡了約兩個時辰，醒來後整理隊形，準備再度出發時，突然發現伊柏泰的來人不見了。

起初鐵赫爾並沒有太慌張，也許人家只是先行去給伊柏泰來的駝隊領路，他命令大家原地等待，哪知這一等就等到太陽西下，伊柏泰那幾個來人依然蹤跡全無。鐵赫爾這才感覺不妙，他派出幾名輕騎出去搜索，可歎莽莽大漠暮色深沉，哪裡還有半點人跡。伊柏泰的那幾個來人，像幻覺般地出現，又如鬼魅似的失蹤了。

自進入沙陀磧以來，鐵赫爾對白天的畏懼遠甚黑夜，然而這個夜晚頭一次令鐵赫爾不寒而慄了。舉目四顧，他這才發現，周圍重重疊疊的沙丘在暗夜中林立，將每個方向的路途都阻擋得嚴嚴實實。熟悉沙漠的突厥人都懂得，在大漠中即使能夠憑藉星辰辨別方向，沿著沙丘繞上幾圈後，照樣可以把人徹底弄暈，本來還能在夜間趁著陰涼趕路，可如今進入這個巨大的沙丘叢中，就像踏入曲折離奇的迷宮，如果沒有最熟識的人來領路，哪怕是神仙也插翅難飛了。

還有另一個情況更叫鐵赫爾絕望：他們的飲水已被喝得一乾二淨，整個五千人的騎兵隊，如今連一滴水都沒有了！雖然表面上鐵赫爾還強作鎮定，但內心深處洶湧而來的恐懼讓他難以抵擋，直覺明確地告訴他，自己中計了！只是鐵赫爾想不明白，伊柏泰不是早就被自己人佔領了嗎？況且敕鐸部隊的行動是絕密，更不該有任何其他人知道啊！那麼那幾個將自己引入絕境的人到底從何而來？又是怎麼得知的消息？這一切實在太匪夷所思了！

可惜鐵赫爾沒有時間多分析了，現在他要絕處求生，或者說得更明白些，是要垂死掙扎。於是鐵赫爾命令部隊即刻起拔，他派出最熟悉沙漠地形的士兵往東西南北四個方向的沙丘上去尋找伊柏泰的方位。無論如何，現在只有盡快趕往伊柏泰，才能求得一線生機。在決定行進方向時，鐵赫爾和幾個親信爭吵得很厲害，大家都非常恐懼，再難保持冷靜和克制。最後鐵赫爾迫不得已拔出佩劍砍殺了一名親信，才算暫時平息了爭吵。

部隊在一片愁悶絕望的氣氛中出發了，鐵赫爾命人每隔一段距離就在沙地上插下一面突騎施的狼旗作為標誌。他們努力辨認天上的星辰，腳步蹣跚地翻越高聳的沙丘，一次次陷倒在綿軟的沙土中，一次次又勉強爬起，所有人的嗓子都渴得冒出煙來，但是沒有水，一滴水都沒有了……

不知道走了多久，天已經大亮，氣溫再度迅速升高，已經乾渴疲憊到極點的士兵和馬匹再也無法挪動腳步。鐵赫爾鼓起最後的勇氣爬上最近的一座沙丘，四下張望時猛地發現沙丘腳下一桿黑紅相間的狼旗，在乾熱凝滯的空氣裡沒精打采地耷拉著，鐵赫爾一見之下，頓覺腦袋嗡的一聲，他向後坐倒在沙地上，雙眼泛出死灰。走了這麼久，部隊又回到了原位，鐵赫爾不得不承認，這五千鐵騎兵已瀕臨死亡了。

正午的沙漠上熱焰滾滾，鐵赫爾的部隊橫七豎八癱倒在沙地上，除了斷續的呻吟聲之外，只有死一般的寂靜將他們緊緊環繞。鐵赫爾徒勞地舔著乾裂的嘴唇，突騎施最精銳的五千鐵騎難道就要如此恥辱地湮滅在荒蕪的大漠深處？他不甘心，更不明白，這一切究竟是怎麼回事？

當耳邊響起駝鈴和馬嘯聲時，鐵赫爾已接近昏迷，迷迷糊糊地他看見有人站在自己的面前，他以為是幻覺，便閉上眼睛。但是怎麼會有涼爽的水滴灑在自己的臉上？

鐵赫爾猛然驚醒，差點兒就從沙地上一躍而起，他勉力支撐起半邊身子，瞪大眼睛努力辨別……天哪，他看見了誰？那魁偉高大、威風凜凜的身軀，那碧綠深邃彷彿能夠刺透人心的雙眼，那廣額隆鼻，那披散的卷曲棕髮猶如雄獅的鬃毛，還有那堅韌的下頜和充滿力量的嘴唇，鐵赫爾艱難地從喉嚨深處發出聲音：「烏、烏質勒、王子……」

梅迎春站在鐵赫爾的跟前，居高臨下俯瞰這垂危的人，心中沒有絲毫憐憫，只有即將報仇雪恨的快意。慢慢舉起手中的神弓，梅迎春將箭尖對準鐵赫爾的面門，微笑道：「鐵赫爾，沒想到這麼快就又見面了。」

鐵赫爾兀自困惑不已，囁嚅著：「王、王子殿下……這究竟是怎麼回事？我是奉可汗的命令來……」

「哦？來做什麼？」梅迎春冷冷地追問。鐵赫爾沒有回答，雖然還是理不清來龍去脈，但他多少能夠感覺到梅迎春的意圖，他明白，一切都完了。既然如此，突騎施的勇士要死得有骨氣，他鐵赫爾絕不當懦夫。

梅迎春靜靜地觀察著鐵赫爾，嘴角抑制不住地冷笑。突然，他跨前一步，左腳踏上鐵赫爾的面門，滿是鐵釘的皮靴頓時將鐵赫爾的臉踩得血肉模糊，鐵赫爾淒慘地嘶喊起來，聲音卻很低啞。梅迎春咬了咬牙，又是一記猛踏，鐵赫爾的眼珠被活生生踩爆，鼻孔也被踩裂，他已經發不出聲了，只是全身抽搐，在沙地上縮成一團。

梅迎春撤回左腳，穩穩地站在瀕臨絕境的五千鐵騎之前，朗聲道：「突騎施的弟兄們！大家都知道，我烏質勒才是老可汗的長子，突騎施汗位的真正繼承人！那敕鐸是什麼東西？他是個賊寇！他篡奪了我的可汗權位，殺害我的兄弟親人，為害突騎施的部族安康，他殘暴淫虐、作惡多端，你們跟隨敕鐸，那就是認賊作父，助紂為虐！弟兄們，今天我烏質勒已立下誓言，要將突騎施的汗位重新奪回來！你們如果跟隨我，咱們既往不咎，我給你們水和食物，救你們活命；如果執意反抗，那麼……」他頓了頓，看一眼還在掙扎的鐵赫爾，對著他的腦袋張弓放箭，鐵赫爾立即腦漿迸裂。梅迎春放下神弓，才慢悠悠地道：「鐵赫爾，就是下場！」

殘陽如血，梅迎春高亢的話音在空曠遼闊的大漠上激起陣陣回聲，這是真正的王者之聲，挾裹著號令眾生的無上威嚴。已被乾渴和炎熱折磨得生氣全無的五千鐵騎，彷彿在絕望的深淵中看到了一線曙光，紛紛翻撲起身，活像一條條瀕死的魚，張合著乾裂出血的嘴唇，朝梅迎春伸出降服和求援的手。

此刻正是日暮時分，一直紋絲不動的灼熱空氣裡奇蹟般地出現絲絲涼意，絕少在這個季節刮起的東南風越來越猛烈，驟然將沙海席捲而起，濃重的烏雲蜂擁而至，天地頃刻間變得如黑夜降臨般昏暗難辨。正當所有人茫然失措之際，暴雨傾盆而至，落在沙陀磧的無垠荒原之上，在沙海上砸出點點坑窪。那突騎施的五千鐵騎絕處逢生，一邊在雨中瘋狂地翻滾著、嘶吼著，一邊連滾帶爬地撲到烏質勒的腳下。在他們的眼中，這位王子已儼然是主宰生死和天地萬物的真神！

從沙陀磧到庭州，這雨從一開始下便再不停歇，且雨勢狂暴如瀑傾瀉。五天之後，庭州城內外由旱轉澇，災害即成。

也就是在這天降暴雨、肆虐庭州的日子裡，朝廷的欽命在驛差晝夜不停的傳遞下，終於跨越了千山萬水，自洛陽抵達隴右道。

五月初十，涼州刺史崔興接武皇聖旨，受任隴右道前軍總管，兩天內便調集齊了建康軍和大斗軍的六萬人馬，率先鋒部隊挺進已被突厥佔領的肅州。

與此同時，武皇的絕密聖旨也送到了時任鄯州刺史武重規的手中。武重規詳閱聖旨，不覺驚駭萬分，事關大周邊陲重鎮庭州和伊州的安危，更涉及兩州刺史的名譽和身家性命，甚至還關聯到聲隆赫赫的宰相狄仁傑，這個燙手山芋不好抓啊！即便以高平郡王和武則天親侄兒的身分，武重規還是感到此次的欽差很不容易幹。

武重規一邊趕緊與吐蕃聯絡，積極準備幾日之內就借道吐蕃、迂迴伊州，一邊通盤考慮整個事件和自己將要採取的策略。首先，大周的江山是自家姑母的，而且很有可能就成了他武家的，這江山武重規當然要竭力維護。因此，假如庭州、伊州的官員果然與突厥賊寇勾結，那沒得二話，他武重規一定會高舉欽差的生殺大權，將這些亂臣賊子誅滅九族而後快！但問題是，這裡面還牽扯到一個狄仁傑，武重規覺得事情沒有那麼簡單，或者說，武重規不願意讓事情就那麼簡單。狄仁傑過去的衛隊長袁從英劫奪飛驛，向狄仁傑私相傳授重大軍情，這樣的行為背後是對皇帝權威的無視，更是對朝廷安全的極大威脅。別說袁從英的信息屬實也難辭其咎，假如他的消息中有半點兒虛妄，那麼他和狄仁傑搞出這一系列事端的目的究竟為何，就實堪質疑。想來想去，武重規逐漸意識到，自己的手中正掌握著一個難得的機遇，要如何拿捏還需仔細斟酌。

崔興和武重規分別從涼州和鄯州出發了。所不同的是，崔興大張旗鼓、聲勢浩蕩，幾萬大軍擺開隊形，仗凜凜軍威向肅州挺進。而武重規這邊則於深夜潛行，由欽差衛隊保衛著，悄悄地進入吐蕃境內，在祁連山的重重山脈掩護之下，朝向西北而去。

庭州，暴雨無休無止地下到第六天的清晨。錢歸南在床上聽了一夜滂沱的雨聲，心煩意亂，幾乎整夜沒有合眼。黎明時分，他再也躺不住了，便起身來到屋外的葡萄棚下，呆望著整整六天來始終晦暗壓抑的天空，和如同倒翻了水桶般的激烈雨勢。

屋內的床上，裴素雲面朝裡躺著，她也同樣徹夜未眠，所幸錢歸南這幾天自顧不暇，絲毫沒有察覺她的異樣。一直到今天，錢歸南都沒有完整地向裴素雲透露過，他究竟在策劃著什麼樣的陰謀，裴素雲也從不追問。但在內心深處，她已深深地認同了袁從英所說的，錢歸南在走向深淵，而且也要把她和安兒，乃至整個庭州一併帶入深淵。

庭州的氣候一向乾燥，裴素雲在此地長大，從來沒有見過像這幾天的連綿淫雨。五天下來，沒有任何防澇措施的庭州城已四處汪洋，成了一片澤國。黏稠的積水中摻雜黃黑的沙土，腐敗的草木和垃圾散發出陣陣臭氣，只不過幾天的時間，這沙漠綠洲再不復往日的熱烈和激情，變得晦暗、骯髒、垂頭喪氣。裴素雲在心中默唸著，這是詛咒！除非最惡毒的詛咒，又有什麼能夠把美好亮麗的夏日，變得如此慘澹破碎，唯一不變的是悶熱窒息的空氣，叫人呼吸困難，動彈不得。不知道為什麼，此情此景並沒有令裴素雲感到多麼恐懼和慌亂，她的心中只有疲憊的絕望，好像擱淺的魚，最多徒勞地張張嘴，連掙扎求生的欲念都沒有了。

屋外傳來劈哩啪啦蹚水的聲音，裴素雲皺了皺眉，一定是那個王遷又來找錢歸南。果然，窗下傳來低低的話音，滿是掩飾不住的焦慮：「錢大人，伊州那邊又來信了！」

「不管他！」錢歸南的聲音驟然響起，嚇得盤在屋簷下的黑貓哈比比躥起老高，騰身跳入院中的積水塘，黑色的泥漿頓時濺了王遷滿身。

停了一會兒，錢歸南稍稍鎮靜下來，從王遷手中接過密信，一看之下頓時倒吸口涼氣。

王遷趕緊詢問：「錢大人，怎麼回事？伊州那邊要硬來？」

「那倒沒有。」錢歸南搖搖頭，握著信紙的手止不住簌簌發抖，乾脆往王遷的懷裡一甩，「你自己看吧。」

王遷匆匆看罷，也覺心驚肉跳，忙問：「錢大人，您看朝廷的這番布置……」

錢歸南冷笑一聲：「很好，很高明！這下默啜麻煩大了，王遷啊，看來你我還要做好抽身的準備。」

「是！可是錢大人，卑職看這信的口吻，伊州那邊也快沉不住氣了，您覺得他們會不會狗急跳牆啊？」

錢歸南陰沉著臉道：「他們沉不住氣是他們的事，此刻我們尤其不能慌亂。不過為防萬一，你最好還是去伊州跑一趟，看看瀚海軍目前的狀況如何，穩定一下軍心。萬一事情有變，你也好及時指揮處置。」

王遷抱拳應承，錢歸南又問：「按計劃再過十天，敕鐸就要對庭州行動了，怎麼伊柏泰那裡還是音訊皆無？老潘到底有沒有接到敕鐸的人馬？你派去伊柏泰的信使呢？飛鴿傳書呢？到底怎麼回事？」

王遷苦著臉道：「錢大人，您看這連日暴雨，鴿子哪裡還能飛出沙陀磧？至於派去伊柏泰的人，我都不知道這鬼天氣他們還能不能活著走到伊柏泰！」

錢歸南沒有答話，只管臉色鐵青地沉默著，半晌才長歎一聲：「難道真有天意？也罷，好在還有十天時間，伊柏泰的事暫且擱一擱，你先去伊州管住瀚海軍要緊。」言罷，錢歸南舉目望天，狠狠地道：「真不知道這雨要下到什麼時候，咳！著實叫人不安啊！」

王遷站在葡萄棚的外側，說了這麼些時間的話，渾身上下早就被瓢潑的大雨澆得濕透。他朝錢歸南抱了抱拳正打算告辭，錢歸南突然喝道：「王遷，你去伊州之前，還有一件極要緊的事情要辦！」

王遷一愣：「什麼事？」

錢歸南面露獰笑：「你也看了伊州的來信，難道沒看到朝廷派誰擔當此次的隴右道安撫使？」

「內史狄仁傑大人啊。哦，我知道了，狄三公子……」王遷恍然大悟，錢歸南朝他招招手，壓低聲音布置起來。

王遷走了，錢歸南鬆了口氣返回屋內。剛推門進去，裴素雲就站在門邊，雙眸灼灼地注視他。錢歸南怔了怔，伸手過去攬住裴素雲的腰，歎道：「你在這裡幹什麼？嚇了我一大跳。」

裴素雲輕輕拂了拂錢歸南的衣襟，低聲道：「都被雨打濕了，讓我幫你換下，來喝奶茶吧。」

冒著大雨趕到巴扎後的孤立小院，王遷先找到了縮在一個簡易窩棚下、負責監視的兵卒。這兩名兵卒剛經過通宵達旦在雨中的值守，精神十分萎靡，看見長官到來，才勉強振作，報告說因連日大雨，巴扎上的商鋪棚架倒塌進水的不少，袁從英這些天來忙著和商販們加固棚架、搬運貨物、挖掘臨時疏通積水的溝渠，幾乎沒有時間回這個小院來，昨天晚上也是徹夜未歸。至於狄景暉，倒是安穩地在小院裡睡覺呢。

王遷忙問：「袁從英那裡有人看著嗎？」

「另有兩名弟兄在巴扎上盯著呢。」

王遷朝手下們一揮手，大家立即在雨中散開，將小院團團包圍。王遷一馬當先來到狄景暉睡覺的東屋，向內高聲斷喝道：「流犯狄景暉！刺史大人有令，即刻拘你到衙門問話！」屋內傳來含混不清的話語，似乎有人剛從夢中驚醒。王遷飛起一腳便把房門踹開。手下蜂擁而入，直接就把那個才從炕上坐起的人摁倒在地。

「你們？你們是什麼人？要幹什麼？」那人匍匐在地上直叫喚。

王遷一驚，聲音不對啊！他趕緊上前拎起那人的後脖領子，嘴裡還說著：「狄公子，不好意思。刺史大人請你去……」一句話還沒說完，王遷瞪著那人的臉大叫起來，「不對，你不是狄景暉！你是誰？狄景暉在哪裡？」

「問他沒用，他什麼都不知道。」門口響起一個平靜的聲音。

眾人回頭看去，袁從英肅立院中，雨水毫無阻擋地傾瀉在他的身上，他卻並不在意。王遷有點兒猜出端倪了，但手裡依然不肯放開那個哆嗦成一堆的人，只對袁從英高聲叫道：「原來是袁校尉回來了，辛苦啦！袁校尉，王遷奉命來請狄公子，卻不料狄公子已不知去向，袁校尉能解釋下是怎麼回事嗎？」

袁從英朝東屋門邁近兩步，指了指那人道：「他是我請來謄寫賬簿的，與此事無關。你先放了他，我自會給你解釋。」見王遷還有些遲疑，袁從英又跨前一步，盯著王遷道：「王將軍，我的話你都聽明白了吧？」

王遷這才把手一鬆，那人跌跌撞撞地往前撲去，袁從英伸手將他輕輕一扶，道：「錢在桌上，你自去拿了便回吧。這些天麻煩你，多謝了！」

王遷看著那人飛跑出房門，對袁從英哼道：「袁校尉，你使的障眼法不錯啊。」

袁從英微微一笑：「還不是因為你們照顧得太周到。」

王遷惱羞成怒，憤憤道：「狄景暉到底在什麼地方？他可是服流刑的犯人，袁校尉我勸你還是立即把他交出來，否則刺史大人怪罪起來，就怕你擔當不起！」

袁從英仍然答得氣定神閒：「狄景暉跑了。」

「跑了？」王遷真是啼笑皆非，瞪著袁從英道：「袁校尉居然如此玩忽職守？」

袁從英不以為意：「隨你怎麼說吧。」

「那好，王遷拿不到狄景暉，無法向刺史大人交代，少不得請袁校尉去向錢大人回話吧！」

袁從英做了個請的手勢，乾脆連口都懶得開了。

第二章　攻守

在庭州刺史府的後堂中，錢歸南坐立不安地面對著敞開的屋門。堂外，陰霾重重的天空仍然毫不止歇地向下傾瀉著雨水，一副密密實實的雨簾垂掛在門口，令人望而生畏。

錢歸南從几上端起茶杯想喝一口，可是手抖得厲害，滾燙的茶水潑濺到他的手指上，錢歸南吃痛，把茶盞狠狠地往几上砸去。茶水四濺，細瓷的杯蓋滾落在青磚地上敲得粉碎。僕人聽見響動，剛從門邊躡足而入，就被錢歸南大喝一聲：「滾！」那僕人嚇得屁滾尿流地跑進雨中。

王遷兩個時辰前就出發去伊州了，天氣不好，他的行程會受到些阻礙，估計最快也要明天晚上才能到達伊州。此刻錢歸南遙想著伊州的狀況，難以擺脫焦慮恐懼的心情。雖然他已經給王遷詳細布置了應對之策，而且還做了幾手準備，但只要抬眼一望外面的大雨，錢歸南就從內心深處感到不祥。他對自己的謀略一向很有信心，但這一次卻每每如履薄冰、心驚肉跳，連綿不絕的大雨更加劇了他的不安，滂沱的雨聲吵得他心煩意亂，似乎總有個聲音在他耳邊重複著：人力可逆，天道難違啊！

目前，錢歸南還有件非常棘手的事情要處理：王遷奉命去抓狄景暉，結果卻弄回來個袁從英，在正堂裡等著刺史大人問話已經兩個時辰了，而錢歸南至今沒有想好該如何面對他。這兩個時辰裡面，錢歸南努力整理思緒，回想著自袁從英和狄景暉來到庭州以後發生的種種事件，越想越覺得蹊蹺，似乎總有些不對勁的地方，但又說不清楚問題出在哪裡。

現在，崔興的先鋒部隊和林錚、狄仁傑的朝廷大軍正在日夜兼程，向肅州挺進，錢歸南幾乎已經認定默啜必敗了，他必須要利用所剩不多的時間，為自己從這團亂麻中抽身而退做好充分的準備。當初錢歸南不明不白、不情不願地被拖上賊船，無非是抱著火中取栗的僥倖心，目前看來諸多盤算就要落空，能夠自我保全就是上上籤了，所以他才讓王遷去抓捕狄景暉，倒不是要為難這位宰相大人的公子，只是想當張王牌捏在手中以防萬一。哪想袁從英早發現有人監視，找來個面貌身材和狄景暉相仿的人，而庭州官府裡真正認識狄景暉的只有錢歸南和王遷，居然被他輕而易舉地蒙混過去。

快到正午了，錢歸南想來想去決定不再拖延，和袁從英當面對峙下也好，可以摸摸他的底細。於是他喚來手下，去將袁校尉押，啊，不，是請來後堂攀談。

時候不多，袁從英被帶到後堂。因為刺史大人說的是請，兩名兵卒一個頭前引路，另一個還殷勤地給袁從英打著傘，可惜雨勢太猛，進到後堂時，袁從英還是渾身濕透了。錢歸南看著袁從英落湯雞的樣子，佯怒道：「你們怎麼搞的？讓袁校尉淋成這樣？」

袁從英擺擺手：「沒事，雨太大，他們也都淋濕了。」

「呵呵，好，好，袁校尉請坐吧。」

袁從英不動：「我還是站著吧。」

錢歸南看一眼他濕透的衣服，會意道：「哦，也是。咳，袁校尉頭一次來庭州，沒想卻碰上這百年一遇的澇災，不巧，不巧啊。」啜一口香茶，他再次瞥了眼袁從英，故作關切地問：「袁校尉怎麼臉色不太好？這天氣反常，人就容易生病，我聽屬下說袁校尉在巴扎上日夜操勞，可得多注意身體才是。」

袁從英淡淡地道：「錢大人布置下來的任務，卑職即使日夜勞作也無法周全，實在沒有閒暇注意身體。」

錢歸南臉色變了變，本來只不過想套套近乎，袁從英卻回答得針鋒相對，錢歸南嘿嘿一笑，正打算置之不理，哪知袁從英緊接著又開口了：「錢大人，說到天氣反常容易生病，我正有件事情要稟報錢大人。」

「哦，什麼事？」錢歸南的心裡咯登一下，就聽袁從英說：「錢大人，卑職這兩天在巴扎上發現有些商販病倒，都是上吐下瀉的症狀，病勢非常凶險，我聽人說似乎是疫病。不知刺史大人可有耳聞？」

「什麼？你說疫病？」錢歸南做出一臉的莫名驚詫，心中卻懊惱萬分，怎麼袁從英連這事也盯上了？猶豫了一下，錢歸南含糊應道：「唔，袁校尉是過慮了吧？夏季脾胃不適也是常有的，啊，本官前兩天就吃壞了一次，更別說這天氣，哪裡就扯上疫病了呢？沒有的事，沒有的事。」

袁從英緊盯著錢歸南，追問道：「可我確實聽說庭州過去有疫病流行，因此每年官府都要發放神水給百姓，但今年至今沒有發放，這又是為何？」

錢歸南乾笑道：「呃，疫病是好多年前的事了，近十多年來已經絕跡。那祭祀和神水，都不過是過去遺留下來的習俗，以此安撫百姓罷了，和疫病並沒有實質的關係。袁校尉曾是狄仁傑大人的衛隊長，該不會相信此等邪佞之說吧，哈哈！」

袁從英皺了皺眉，他今天來到刺史府就想和錢歸南短兵相接，逼一逼對方的原形，可錢歸南還是一味避重就輕地耍太極，按袁從英的個性，對這種虛偽作風簡直厭惡至極，恨不得拿刀架在刺史大人的脖子上才痛快。既然提到了狄仁傑，於是袁從英繼續挑釁：「嗯，狄大人確實憎恨巫婆神漢之流，可他對百姓的安危福祉更為看重。我想假若狄大人來到庭州，看到有數眾百姓無故病倒，病勢又如此可疑，他也必會著力探究緣由，確定是否和疫病有關，而絕不僅憑臆斷就做出結論！」

錢歸南沒想到袁從英這樣不依不饒，愣了愣才道：「袁校尉！你來庭州才多久，對庭州的情況了解多少，居然如此質問本官，你管得也太寬了吧。」

袁從英冷笑：「卑職只是好意提醒，庭州出現任何狀況，刺史大人都逃脫不了干係，還請好自為之！」

錢歸南胸口悶脹，冷哼一聲道：「袁校尉，雖說你曾經是狄大人的衛隊長，朝廷的三品大將軍，可現在只不過是個小小的戍邊校尉，本官還不需要你來教導我該如何施政。更何況，袁校尉你居然讓看管的流犯走失，本官還想聽聽你的解釋呢！」

袁從英不慌不忙地回答：「狄景暉沒有走失，我把他藏起來了。」

「藏起來了，為什麼？」

「我怕他出事。」

錢歸南氣結，搖頭反問：「你怕狄景暉出事？他和你好好地待在巴扎，連流役他都不用出，他能出什麼事？袁校尉，你這話實在太令人費解了——」

袁從英打斷他的話，斬釘截鐵地道：「沒什麼可費解的，自從我和狄景暉來到庭州後就屢次犯險，因此錢大人，我不信任你！」

「你！」錢歸南涵養再好，此刻也忍耐不住了，怒火灼灼直沖腦門，半晌才咬著牙道：「好啊，袁校尉，我知道，你如此目無尊上、肆意妄為，憑藉的不過就是和狄大人的關係。哼，這樣也好，待狄大人來到隴右道問及他的三公子，本官再不必費事，只將你這位過去的衛隊長交出去即可，狄公子的一切本官就概不負責了！」一席話發洩完，錢歸南總算舒暢了些，便等著袁從英的反擊，哪知堂內驟然間鴉雀無聲，耳邊只有劈哩啪啦的雨聲，似乎比此前更加激烈。

錢歸南狐疑地向袁從英投去目光，這才發現對方低著頭，堂內光線黯淡，看不清他的表情，濕透的衣服貼在瘦削的身上，顯得既狼狽又堅韌。錢歸南心念一動，突然意識到自己剛才怒火中燒，貌似失言了，糟糕！錢歸南腦袋上猛地暴起青筋，果然失言了！怎麼竟把狄仁傑要來隴右道的消息透露給袁從英了？難怪有這突如其來的沉默……一瞬間，錢歸南懊惱得簡直要掀桌而起，一向自恃老謀深算，今天怎麼竟會著了小鬼的道？

沉默繼續著，錢歸南強迫自己冷靜下來。袁從英進來之前的兩個時辰裡面，錢歸南其實已經把狄袁二人來庭州以後的全部經過都想了個遍。要說這二人是朝廷派來的探子，錢歸南始終認為可能性不大，他對兩人的忌憚更多地還是因為他們在朝中的背景，所以一直只是在暗中試探，並把他們的行止限制在可控範圍內而已。雖然袁從英在伊柏泰的所作所為令人驚歎，但也沒有超越錢歸南的掌握，自回到庭州以後的表現更是規矩，錢歸南想來想去，認定袁從英不可能了解多少內情，他剛才的談話應該不會有詐，不過是愚忠狄仁傑的表現罷了。那麼，還是將計就計吧。錢歸南有很多更重要的事情要忙，不想再在袁從英身上浪費時間。

錢歸南盤算停當，虛張聲勢地咳嗽兩聲，拉長了聲音道：「袁校尉，本官自認沒有待薄你和狄公子二位，可惜你無法體會本官的一片苦心，本官也無意再多辯解。雖說袁校尉已對狄公子做了妥善的安置，但是本官對二位的安危也有責任，如果袁校尉執意不肯交出狄公子，那麼就只好委屈袁校尉在這刺史府裡暫住，本官丟了個狄景暉，可不敢再丟一個袁從英了，否則對朝廷對狄閣老都無法交代，哈哈哈哈！還請袁校尉諒解，諒解。」

袁從英始終一言不發，錢歸南叫來手下，他跟著來人拔腿就走，沒有絲毫猶豫和反抗。看著袁從英掩入疾雨中的背影，錢歸南輕鬆地長舒口氣：這樣也好，袁從英太過機智，可比狄景暉麻煩太多，放在外頭到底讓人不放心，現在他來自投羅網，錢歸南反倒安心了。

聖曆三年五月十四日，肅州城外。

這似乎只是一個尋常夏日的清晨，從南部高聳的祁連山上刮來的陣風，仍帶著夜晚的絲絲涼意，一輪旭日自浩遠高邈的東方向大地遍灑金光，越發襯托得肅州城內外雲山渺闊、大漠蒼茫。腳下是亙古不絕的沙礫漫漫，眼前是變幻萬千的蜃樓秀峰，更有縱跨在起伏山巒上的長城，連接著一個又一個威武的雄關烽火，這蒼涼而激越的浩瀚氣勢，豪邁而悲涼的深沉情懷，除非親身經歷，親眼目睹，否則又怎麼能夠體會呢？

「吁！」大周朝隴右道前軍總管、涼州刺史崔興大人在這一刻勒緊轡繩，手搭涼棚，微微瞇起雙眼向前望去，肅州城青黑色的城牆已經清晰可辨了。他甚至可以看見，城頭上黑衣皂甲的突厥士兵，在飄揚的黑色狼旗下肅穆列隊，林立的刀槍在陽光的照耀下反射著炫目的光芒。

此時此刻，崔興的心情真是一言難盡。自五月十日從涼州集結大軍出發，全軍上下衣不卸甲、長途奔襲，只花了三天三夜便趕到這裡。現在，崔興離肅州城僅僅一步之遙了，卻不得不在城外駐足。肅州，面朝廣袤的中原腹地，背靠嘉峪關下的長城，一向都是大周西域商路上最重要的關隘之一，然而今天，它竟對著大周的軍隊設下最堅固的城防。作為大周驍勇善戰的將領，崔興對肅州這樣的邊塞雄關十分了解，他閉起眼睛都能想見厚達數丈的城牆之後，那布滿射孔的延牆和女牆，士兵們密布其上、嚴陣以待；內城之後還有幾道矮牆和壕溝，堆滿蒿草火薪，隨時可以點燃；城牆之上，床弩和拋石車居高臨下，面向城外大片已被堅壁清野的荒蕪地面，攻城部隊的任何行動將無法隱蔽，會悉數暴露在守軍的監視和攻擊之下……所有這一重又一重堅固的防禦工事，都是大周抵抗來犯之敵的最有力手段，現在卻反過來用在大周軍隊自己頭上，怎麼能不叫人心痛！

到今天，沙州在突厥的猛烈攻擊下已苦苦支撐了一個月。崔興心急如焚，他必須在盡可能短的時間裡攻陷肅州，殺奔瓜州，隨後盡速馳援，解沙州於水火。但是，面對巍峨堅固的肅州城，要想在幾天之內攻克它，崔興很清楚，用強攻是不可能的。剛剛抵達肅州城下，他已經觀察到，城外方圓幾里的戈壁荒灘上，竟看不到碩大的石塊，很顯然，突厥軍隊在攻下肅州城以後，就將周圍的大石塊全部運入城中，一方面增加城防的工事和拋石機的「彈藥」，一方面也讓攻城軍隊無石可用，看來目前駐守肅州的默啜之子匐俱領，對於漢人在攻守城池方面的戰術頗有研究。

就在同一時刻，匐俱領高踞於肅州城樓之上，正洋洋得意地俯瞰著黑沉沉壓境而來的大周軍隊。聽說有十萬大軍？匐俱領面無表情，看上去人數是不少嘛，但匐俱領絲毫不感到畏懼，大周把肅州這座城市的防禦修整得太堅固了，又豈是一朝一夕能夠攻破的？想到這裡，他不覺再度為自己的足智多謀而感到驕傲，都說漢人善用謀略，可這次肅州卻在自己的設計下一夜失守，落入手中。他藐視著大周軍旗之下那匹棗紅色戰馬上的將領：哼，我訇俱領倒要看看，你打算讓多少大周士兵的血流在這座城下！

一個時辰過去了，立足方穩的大周軍隊已經排開了攻城的陣勢。訇俱領極目望去，只見隊伍的正前方擺開了一長溜的拋石車，粗粗數去，至少有百架。在它們的旁邊，另有百架箭塔蓄勢待發，緊跟其後的，是步兵扛著高聳的雲梯，做好了進攻的準備。一絲冷笑浮起在訇俱領的唇邊，他抹了抹微翹的唇髭，示意身邊的偏將傳下命令。

就在剎那間，這個早晨的寂靜被隆隆戰鼓擊碎，肅州城下的曠野上，突然間人喊馬嘶、大地震顫，慘烈的攻城戰開始了。大周的百架拋石車一齊開動，肅州城前好像下起了密集的「冰雹」，落在城頭城牆上的碎石四處飛濺。與此同時，百架箭塔在碎石攻勢的掩護之下，齊齊向肅州城發出鋒利的弩箭，一時間城樓之上血肉橫飛，來不及閃避的突厥守軍紛紛倒下。幾輪進攻之後，大周步兵架起雲梯開始衝鋒，人群像黑色的水銀朝肅州城快速流淌。

就在大周步兵衝到離肅州城五十步的距離，只聽得城樓之上號角齊鳴，突厥守軍開始反擊了！遍布城樓上的拋石機和箭垛一起朝戰場瀉下密如驟雨般的石塊和鵰翎，居高臨下、佔盡優勢，黑色的水銀頃刻變成鮮紅的血河，攻城的兵士成批成批倒下，衝在前頭的拋石車和箭塔也被紛紛擊中，喊殺聲中混雜了慘烈的嘶喊，血肉四濺、人仰車翻，眼看攻城一方明顯落了下風，大周這邊金鑼鳴響，收兵了。

訇俱領冷漠地看著戰場上迅速回撤的大周軍隊，這第一輪進攻淺嘗即止也在預料之中，雙方各探虛實，再看看戰場上橫七豎八的大周兵卒的屍體，想必對方的主將、那個叫崔興的傢伙心裡一定很不好受吧。掃視一眼自己這方，雖然有些兵卒被石塊和箭弩所傷，但傷亡微小不足為懼，特別是那些拋上來的石塊，個頭都不怎麼大，按說大周的拋石車是可以拋起重達百斤的巨石的……訇俱領忍不住笑出了聲，崔興連大石塊都找不到，這進攻還怎麼打法？

還沒等訇俱領樂完，對面陣內又是一陣鼓聲，第二輪進攻開始了。和前次進攻方式差不多，仍然拋石車和箭塔打先鋒，所不同的是，這次拋來的石塊和射來的箭弩上塗了油點了火，攻勢如火如荼，城頭上火光四起。突厥這邊也組織起新的反擊，對著衝殺過來的大周軍隊更猛烈地拋石射箭，有幾架雲梯衝到了城邊，剛剛搭在城牆邊，城頭上就澆下石灰，火把隨之拋下，攻方也遭火襲，城上城下全都燒成一片。始終還是守方佔優，眼看又有上千名大周兵慘烈地倒斃於肅州城下，大周軍再度鳴金收兵了。

這一天就在反反覆覆的進攻和退卻中過去了。日暮時分，戰場上重歸平靜，殘陽映著鮮紅的斷肢和焦黑的灰燼，血腥味隨風飄散，空中忽然飛來成群的烏鴉，聒噪聲聲，令人絕望。漆黑的夜幕下，筋疲力盡的士兵們入睡了，但近在眼前的死亡即使在噩夢中也不放過他們，依然將他們緊緊纏繞。而對於兩軍的統帥崔興和訇俱領來說，這一夜注定無眠。

肅州城內，訇俱領住在特別搭起的大帳裡。帳內燭火通明，這位年輕的突厥首領，反覆思考今天的戰況，對崔興的戰術感到有些困惑。從表面上看，攻方損失數千人和若干架拋石車，在進攻方面毫無進展；守方損失更少，城池秋毫無犯。當然，肅州這樣的城池本來就不是一兩天可以攻克的，圍城而攻，花上數月的時間也不足為奇，但問題是，崔興根本就沒有這麼多的時間啊，這第一天的進攻，表面慘烈，實際上虛晃一槍，一副打算持久戰的模樣，匐俱領總感覺心裡不安，似乎其中有詐。

從小就跟著父親研究漢人的兵書戰策，匐俱領自信精通漢人的謀術，這回用計在一天之內攻下肅州，就是他的得意之作。匐俱領覺得，漢人詭計多端，今天的戰況只能說明崔興別有他圖，而匐俱領現在最擔心的一點，就是崔興佯攻肅州，卻把主力部隊迂迴去攻克肅州以西的瓜州。突厥在瓜州的兵力大部分都被調去圍攻沙州，瓜州幾乎是座空城，全憑肅州在前面擋著，萬一被崔興算計到了這一點，突厥就被動了！

想到這裡，匐俱領喊來幾員偏將，大家圍在地圖前，又研究了一遍周遭的地形。從肅州到瓜州之間，除了崇山峻嶺就是戈壁荒漠，成形的路不超過三條，匐俱領早已布置了重兵鎮守，崔興的大部隊要想通過必然會被發現。如果不走現成的道路，那就要翻越祁連山脈或者穿越死亡戈壁，前者對大部隊的調動來說太過艱難，而後者在夏季裡就是送死，不會有人這樣犯傻的。討論來討論去，大家都覺得崔興沒有可能實現悄然迂迴的戰術，因此匐俱領還是決定做好持久戰的準備，同時加多人手在肅州到瓜州的必經之道上日夜巡邏，最後，他還吩咐多派幾路探子出去，趁著夜色潛入大周營地，看看能不能有什麼特別的發現。

今夜的作戰謀劃到此為止，眾人散去。匐俱領獨自登上城樓，這次他面向西方遠望瓜州，沿線的烽火台都已換上了突厥人，一旦瓜州有變故，這漢人們使用了千年的烽火台，就會向匐俱領傳來求援的信息。月光皎潔，點綴得夜色斑斕，烽火台掩映在黢黑深邃的重巒疊嶂中，是看不見的。不知道為什麼，匐俱領的心中總有隱隱的不安，對那些刁滑詭詐的漢人，他實在不敢掉以輕心……

第二天的戰況並沒有太大變化。崔興的每次進攻都是看上去規模滿大，但一遇上正兒八經的反擊就立刻回撤，因此盡管戰鬥在局部挺激烈，但實際上的傷亡人數十分有限。匐俱領面沉似水地站在城樓上，一整天幾乎都沒說什麼話，戰局也不需要他做出什麼特別的命令。等到快日落時，這攻守戰打到雙方將領都是一臉冷漠，本來他們對戰場上死若干人就沒什麼感覺，現在更好像在例行公事，完全沒有一點兒作戰的激情。

這夜的肅州帥帳中，卻不復白天的平靜。匐俱領猶如一隻困獸般地滿屋子亂轉，旁邊站著幾員突厥偏將，全是滿臉困惑的神情。匐俱領總算兜完圈子，雙目灼灼地瞪著眾人道：「不對，崔興這麼打絕對有問題！」周圍的將領面面相覷，又都低下頭去，沒有人敢說話。匐俱領知道，這表示他們都同意自己的看法，但又說不出什麼有價值的對策來。

匐俱領習慣地抹一抹翹起的唇髭，眼中精光四射。突厥將領擅長的是衝鋒陷陣，讓他們出謀劃策確實強人所難了，不，匐俱領不需要這些草包們的幫助，他要靠自己的力量來粉碎崔興的陰謀，打垮大周！他不由自主地再度來到作戰地圖前，又仔細地研究起周邊的地形。突厥將領們對西北地域還是很熟悉的，大家還是一致堅持，崔興找不到合適的道路繞過肅州去突襲瓜州，況且突厥的巡邏兵已經達到步步為營，即使小股敢死隊能穿越，大規模的部隊調動絕對不可能瞞天過海。

既然如此，那崔興到底在玩什麼花招呢？

正在百思不得其解之時，一名偏將來報，有兩個昨夜潛入敵方營地的探子回來了。訇俱領大喜過望，忙讓帶進來。未幾，兩名身穿大周軍隊服色的探子進帳，他們都是在邊境長大的漢人，卻被訇俱領花大力氣收買下來，突厥攻破肅州城時，就是用了這些漢人奸細預先潛入城中，才演出了一場裡應外合、出乎意料的好戲，否則肅州又怎麼能一日易手呢？

誰知幾句話問過，訇俱領嚇出一身冷汗！原來這兩個探子在大周的營地，只發現了一個奇怪的現象，就是號稱十萬人的大軍營，其中有不少營帳內都沒有士兵，是空的。另外，營地後面的補給和輜重區域戒備森嚴，探子沒能靠近，但他們圍著外部繞個圈後，還是估算出這個區域並不大，由此可以斷定，崔興部隊所帶的糧草和其他輜重也不多。

「果然有詐啊！」訇俱領搖頭感歎，他心中的陰影變得愈加清晰，糧草、輜重的數量以及營地中的空帳篷，所有這些加起來只能得出一個結論：崔興所謂的十萬大軍乃是虛報！他所擁有的實際兵力也許連十萬的一半都不到。那麼，這個事實的背後又意味著什麼呢？訇俱領想到兩種可能，一個對突厥是好消息，另一個則是大麻煩。

對突厥有利的可能是，崔興雖然號稱十萬大軍討伐突厥，但在募集軍隊時遇到了困難，實際組織起的軍隊數量不足五萬。為了壯大聲勢、不讓敵方知道我方弱勢，崔興仍然搭起空的營帳，以此來迷惑突厥。崔興這兩天的進攻都是淺嘗輒止，正表明他對自己的實力信心不足，也許還在多方調募，所以只是做出個姿態，並不真急著攻城。

可惜訇俱領的直覺告訴他，情況並不這麼樂觀。他心中反而隱隱地認為，那大麻煩的可能性更大。也就是說，崔興率兵從涼州出發時，就把兵力分成了明暗兩支。一支在崔興的帶領下，大張旗鼓往肅州進發，以吸引注意力。而另一支則暗中繞道前往瓜州，意圖在不知不覺中突襲瓜州，攻擊突厥防禦的薄弱環節。正因為崔興的這支部隊是從涼州出發繞道的，就完全可以不經過肅州周邊，匐俱領的人馬當然也就發現不了了。

這麼想來，匐俱領的額頭開始直冒冷汗。假如真是後一種情況，算時間瓜州遭到攻擊近在眼前了，自己該怎麼應對？如果立即派兵過去支援，可萬一崔興確實是在等待更多的兵馬到來，而自己卻讓主力離開肅州，一旦崔興開始猛攻的話，豈不是肅州危殆？但如果不去支援瓜州的話，瓜州若是失守，沙州和肅州的突厥軍隊就被切斷，也是作戰大忌。一時間，匐俱領真是左也不是右也不是，越想腦袋越大，恨不得立即殺幾個人發洩。匐俱領今天算是領教了，和漢人玩腦子實在累死人也！

匐俱領兀自在肅州左右為難，同一個夜晚，伊州刺史也正徹夜難眠。面對從天而降的欽差大人武重規，就連為官多年、居功赫赫的伊州刺史孔禹彭大人，在剛收到稟報時也不覺有些惶恐。欽差大人拿著御賜金牌叫開城門後，就直奔刺史府而來。從床上被喊起來的孔大人剛來得及整好衣冠，氣喘吁吁地跑到正堂門口，武重規已經一步跨了進來

武重規二話不說，高舉聖旨大喝：「伊州刺史接旨！」

孔禹彭慌忙跪倒在地。聖旨宣完，孔禹彭愣在地上，差點連叩頭謝旨都忘記了。武重規也不管他，大搖大擺地往主座上一坐，滿臉寒霜地質問：「孔大人，聖旨你都聽見了吧？怎麼樣，你有何話說？」

孔禹彭這才回過神來，困惑地道：「欽差大人，聖旨裡說瀚海軍秘密調動至伊州，這是從何

談起啊？」

武重規鼻子裡出氣：「怎麼？你的意思是說你不知道？」

孔禹彭一拱手：「非也。」

武重規神色一凜：「那麼說確有其事？」

孔禹彭再度拱手：「沒有的事。」

武重規氣得吹鬍子瞪眼：「這也不是那也不是，你在搞什麼名堂？」

孔禹彭不由皺緊眉頭，他在邊疆為官多年，政績顯赫、為人正直，打心眼裡看不上武重規這種狐假虎威的樣子。如今隴右道戰事正酣，孔禹彭日夜操心的都是如何保障伊州的安全，哪裡能想到突然來了這麼道沒頭沒腦的聖旨，還有這麼一位以仗勢欺人、剛愎自用著稱的欽差，讓孔禹彭真有如芒在背的感覺。

但此刻不是置氣任性的時候，他還是耐下性子回答武重規：「回欽差大人，瀚海軍是駐守庭州的軍隊，伊州有自己的伊吾軍，兩軍各自為政、互無往來，說瀚海軍來到伊州這根本是無稽之談嘛。退一萬步說，就算真有瀚海軍來到伊州，他們來伊州幹什麼？而我這個伊州刺史又怎麼會一無所知呢？因此，下官可以向欽差大人保證，聖旨上所說之事乃是子虛烏有。」

孔禹彭的語氣神情坦白而肯定，倒讓欽差大人有些意外。武重規想了想，再度開口呵斥：「放屁！你說子虛烏有就子虛烏有？你的意思難道是這聖旨在誣陷你？」

孔禹彭氣結，可又不得不強壓怒火，盡量用和緩的口氣辯解道：「欽差大人，下官怎敢聲稱聖旨誣陷，只是從下官的角度看，瀚海軍秘密調動到伊州是不可能的。當然，既然聖上派來欽差大人，就是要徹查此事，下官自會配合欽差大人的調查，絕不敢有半點隱瞞。」

武重規一拍桌子：「本欽差來了就是要查！既然你矢口否認與此事有關，那麼以後若是被本欽差查出來你有牽連，你可就別怪自己當初不識相了！」

「欽差大人儘管查，下官問心無愧。」

「哼！」武重規狠狠地白了一眼孔禹彭，對方這不卑不亢的態度著實讓他不爽，他大咧咧地往椅子背上一靠，拉長了聲音道：「就算你本人對此事一無所知，也不能保證伊州沒有其他人了解此事吧？」

孔禹彭緊接著他的話道：「下官可以擔保，整個伊州官府都不可能有人瞞著下官私自引入瀚海軍。」

武重規猛拍桌子，指著孔禹彭的鼻子斥道：「好你個孔禹彭，你憑什麼敢打這種保票？」

孔禹彭沉著地道：「就憑禹彭對大周朝的赤膽忠心，憑伊州這些年來的吏治清明！」

武重規仰頭發出一陣狂笑：「孔大人就不要在本欽差這裡自吹自擂啦，免得到時候自己打臉！」

孔禹彭直氣得眼冒金星。像他這樣的邊境大員都是有些脾氣的，本來就是將在外軍令有所不受的，才不會像京官對武氏子弟那麼唯唯諾諾。尤其是他曾聽說過很多武重規飛揚跋扈、草菅人命的故事，今日一見其為人果然暴戾粗疏，令人厭惡。聖旨裡說瀚海軍秘密駐紮在伊州附近，在孔禹彭看來簡直是空穴來風，心下不禁懷疑是否武皇在借題發揮，但一時又參不透內情，急怒之下言行竟有點兒失控了。

武重規還在那裡步步緊逼：「孔大人，怎麼不說話了？是不是心虛了？」

孔禹彭咬一咬牙，悶聲道：「欽差大人既然要查伊州的大小官員，下官現在就命人去把他們全部叫來，您挨個審吧！」

武重規冷笑：「怎麼？孔大人想去通風報信嗎？」

「欽差大人！」孔禹彭暴喝一聲，終於還是硬生生克制住自己，低下頭閉口不言了。

武重規看著孔禹彭鐵青的臉，這才感到勝利的滿足。他抬手揉了揉脖子，哼道：「唔，一路馬不停蹄地趕來，本欽差也乏累得很了。這樣吧，今天本欽差就在這刺史府裡將就了。伊州的大小官員嘛，明早本欽差自會逐個查問，只是……」他故意停了停，瞥了眼孔禹彭，才又道：「孔大人今晚就哪裡都不能去了，我的衛隊會照顧你的。哈哈，這樣也是讓孔大人避避嫌疑嘛，孔大人，你說怎麼樣？」

孔禹彭這時稍微冷靜了點，朝武重規作揖道：「全憑欽差大人安排。」話音中還遺留著一絲憤懣。

武重規也的確是累了。從吐蕃借道說起來只一句話，畢竟是要翻越祁連山脈，沿著高原的邊緣行進，虧得武重規保養得當、身體強健，否則還真撐不下來。回到刺史府後院匆匆布置出來的臥房，武重規帶著成功打擊了孔禹彭的滿足感，欣然入睡。

這一覺睡得香甜，可惜還是被急促的敲門聲和喊叫聲打斷。武重規從床上跳起來，破口大罵：「他娘的，什麼人！」

門外傳來孔禹彭變了調的叫嚷：「欽差大人，伊、伊州城外的折羅漫山突發山火，火勢極為凶猛，需、需要立即派人去救火啊！」

「折羅漫山？折羅漫山？」武重規一邊穿衣服，一邊怨氣沖天地想，「哪門子的折羅漫山，燒就燒了吧……不對！」他幾個箭步衝到門口，拉開房門瞪著孔禹彭，「就是聖旨上說瀚海軍偷偷駐紮的那個折羅漫山？」

孔禹彭跺腳：「欽差大人！折羅漫山位於庭州、伊州和東突厥三地的交界處，山脈綿延幾百里，這次著火的是最靠近伊州城的地方。伊州夏季乾旱，山火一旦爆發就會燒得天昏地暗，山民遭殃不說，這些天盛刮西南風，若不及時扼制，很快就會燒到伊州城的！」

武重規還沒完全睡醒，況且他擅長的是爭權奪利，救火可從來沒幹過，聽完孔禹彭的話一時也愣住了。他衝著孔禹彭翻了翻白眼，遲疑著問：「那、那就快組織人手去救火啊，你找我幹什麼？」

孔禹彭急道：「長史杜灝已經帶了些人過去了。山火也是他先發現的，但火勢太猛，需要動用伊吾軍去救火才行。可伊吾軍只有下官有權差遣，您的衛隊又攔著我哪兒都不能去……」

武重規這才算明白了始末，陰沉著臉想了想，吩咐道：「孔大人不要太慌張！本欽差這就與你去正堂，你讓他們請伊吾軍將領過來吧。」

不僅伊吾軍將領悉數到場，連伊州官府衙門上上下下的官兒，除了已經趕去救火的長史杜灝大人，其餘能走得動的全到了，站滿了刺史府大堂。孔禹彭安排救火的事宜，武重規這裡便開審瀚海軍的案子。結果不出所料，在場官員全部矢口否認知道此事，還個個賭咒發誓、振振有詞。

武重規一天審下來，沒有絲毫進展，反倒弄得口乾舌燥，心浮氣短。華燈初上，武重規趕走眾人，想想還是決定請孔禹彭一起吃個飯，來硬的不行就得來點兒軟的。人家好歹也是伊州刺史、一方大員嘛，要在伊州查案子，沒有孔禹彭的支持，恐怕還真不行。

酒菜上齊，兩人都累了一天，幾乎沒吃過什麼東西，可現在對著一桌的西北特色菜餚，仍然毫無胃口。沒心沒緒地喝了幾杯悶酒，武重規尋思著該怎麼對孔禹彭開口，畢竟昨晚上對人家太不客氣，現在遇上麻煩又要找人家幫忙，武重規也怕對方借此刁難，正猶豫著，孔禹彭卻先說話了：「欽差大人，請問今天審案有什麼結果嗎？」

「這……」武重規聽他這麼一問，又不想直接承認自己一無所獲了，「唔，暫時還沒有確定的結果。」

孔禹彭沉吟著，全然沒有了昨日初見武重規的自信氣概，整個人都蔫頭耷腦的，看上去比武重規還要懊喪。兩人各自沉默，又過了好一會兒，孔禹彭突然站起身來，直直地就朝武重規拜下去，口稱：「欽差大人，下官有罪！」

武重規大感意外，一口酒差點嗆下喉去，咳了好幾聲才問：「孔大人你什麼意思？你有何罪？」

「下官有失察之罪。」

武重規悟道：「哦，你是說山火的事情啊，這個天災嘛，也是難免的。」

孔禹彭搖頭：「欽差大人，下官只怕這場山火不是天災那麼簡單啊。」

看到武重規不解的神情，孔禹彭苦笑著搖了搖頭，道：「欽差大人，昨天您來宣讀聖旨的時候，下官確實認定，所謂瀚海軍私下調駐伊州根本就是無稽之談。可今天這場山火，讓下官改變了看法。這山火早不來晚不來，偏偏就在欽差大人抵達的次日凌晨燒起，首先就令人起疑，再加上起火地點，又恰恰在聖旨所稱的瀚海軍偷偷紮營的折羅漫山，實在太過蹊蹺了。其實昨日剛接到聖旨，下官就想請欽差大人去折羅漫山實地勘察，以證清白，但那裡山勢險峻、地形複雜，又豈是一朝一夕能夠查出究竟的，所以下官才沒有貿然提出。然今晨這把火一燒，倒反而讓下官覺得、覺得這像是有人在刻意毀滅證據！」

武重規愣住了，半晌把酒杯往地上一砸，跺腳喝罵：「孔禹彭！你現在承認有問題了？可如今該怎麼辦？那山火撲滅了沒有？折羅漫山上到底有沒有瀚海軍？你說，你說啊！」

孔禹彭肅然叩首：「欽差大人，有沒有問題下官不敢斷言。但下官正在命人全力以赴，將山火盡快撲滅。一旦山火熄滅，下官便立即陪大人一起去折羅漫山巡查。咳，下官還是但願能有證據證明，瀚海軍並未到過此地……」

武重規憤然：「我看你還是但願能保住自己的腦袋吧！」

孔禹彭遲疑片刻，又硬著頭皮提出：「欽差大人，折羅漫山的火勢很猛，下官想請命去現場監督，指揮滅火的過程，盡快熄滅山火，避免更多的證據被銷毀！」

武重規又是一愣，想了想，面露猙獰道：「孔大人莫不是別有他圖吧？」

孔禹彭早預料到他會有這一說，果然是多疑狡詐又愚蠢的個性，便長歎一聲，冷冷地道：「欽差大人不信任下官，下官也無話可說。只是下官想提醒您，如果下官真的心中藏奸，剛才也不會把對山火的懷疑說出來了。」

武重規遭此搶白，臉上更是過不去，惡狠狠地瞪了眼孔禹彭，起身拂袖而去。走到門口，意猶未盡地拋下一句話：「孔大人，不僅你不能去折羅漫山，伊州的大小官員，除了救火必需的人員，今晚上全都留在刺史府裡，哪都不許去！」

孔禹彭呆坐在桌邊，他想趁著救火之際去勘察蛛絲馬跡的企圖，就這樣破滅了。半晌，孔禹彭走到窗前，猛地一把推開窗戶——黑沉沉的遠山上空，一大片殷紅觸目驚心。

天亮了，庭州的雨在連下了六天六夜之後，總算停了。錢歸南站在裴素雲家的小院中，神清氣爽地眺望東方那抹絢麗的曙光，不管怎麼說，雨停了總是件好事。

還沒容錢大人好好享受一番雨後清晨的寧靜爽朗，院門上又響起一陣急促的敲擊聲。錢歸南幾乎要罵娘，但想到王遷不在，現在這個時候找上裴家院落的，一定是最緊急的事情，於是他強壓怒氣，叫人進來。

果然是最緊急的事情！來人送到的是一份敕鐸可汗的急信，錢歸南有段時間沒得到伊柏泰的消息了，正在忐忑，看到敕鐸的急信連忙展開，讀著讀著臉色變得煞白，持信之手哆嗦個不停，連裴素雲走到他身邊都沒有察覺。

「歸南，歸南，你怎麼了？發生什麼事了？」

裴素雲柔柔地喚了好幾聲，錢歸南才如夢方醒，對裴素雲擠出一個比哭還難看的笑容，嘟囔道：「沒事，啊，沒什麼……」

裴素雲也不追問，只是默默地牽過錢歸南的手，道：「先吃了早飯吧。」

錢歸南勉強掩飾道：「哦，好啊。素雲，你看看，天放晴了，好兆頭啊，哈哈！」

裴素雲翹首望向東方，漆黑的雙眸中似有霧氣繚繞，悠悠地輕歎口氣，她扶住錢歸南的胳膊道：「歸南，你看這朝霞的顏色，紅得古怪，只怕很快還會下更大的雨。」錢歸南已經煞白的臉色登時由青轉灰，裴素雲朝他投去又憐又憎的複雜眼神，垂下頭等著他恢復平靜。

總算錢歸南收攏心神，抬腿往屋裡走去，邊走邊道：「素雲，我有急事要去刺史府，現在就走。」

「吃過早飯再走吧？」

「啊，來不及了，更了衣就過去。」

裴素雲點點頭，從架子上取來錢歸南的官袍革帶，一邊替他換下常服，一邊道：「歸南，今天我也去趟刺史府吧。」

錢歸南一愣：「嗯，你去那裡幹什麼？」

裴素雲輕蹙秀眉，低聲道：「你昨晚回來時說，巴扎上有人得了疫病，其實這兩天我也有些耳聞，城中陸續有些病人出現。今天雨停，我想出去看看。」

「哦，是這樣。」錢歸南皺著眉頭，若有所思地問，「你想怎麼做呢？」

裴素雲衝他溫柔地笑了笑：「歸南，別的我不管，但現在這個時候，我想你還不願意疫病就在庭州大為肆虐吧？」

錢歸南怔了怔，訕笑道：「咳，知我者素雲也。」

裴素雲彎下腰給錢歸南束革帶，又道：「我想今天就給那些病人派發藥物，凡是他們的親屬，也讓他們一律喝下神水，這樣至少這段時間內，疫病還是可以控制住的……除非，你要它立即蔓延開來……」

錢歸南撫著裴素雲的肩膀，搖頭道：「暫時還不要吧，唉，其實我也不想那樣，那是萬不得已的下下策。」

裴素雲整理好錢歸南的衣襟，輕輕地吁了口氣，看著順葡萄架滴落的水珠：「所以我想今天上午就到刺史府去發神水，至少不能讓刺史府裡有人得病，你說呢？」

錢歸南思忖著點了點頭：「好吧，那就辛苦你了。我會先吩咐他們安排好，你去了不必見我。」

「知道。」

錢歸南心不在焉地匆匆離去。裴素雲送他出去，馬上返身關牢院門，背靠在濕漉漉的木門上，她按了按自己的胸口，好像要把撲撲亂跳的心按回去。剛才那些話她自己也不知道是怎麼說出口的，說的時候很自然很鎮定，現在才覺得全身脫力。裴素雲明白，這不是因為害怕，而是因為激動，以及突然湧上心頭的悲喜交加……

天邊的朝霞渲染出長長的紅暈，在朵朵灰雲中變幻出猶如彩虹般的斑斕。大雨初晴，所有的東西都像被徹底清洗過一遍，包裹在水珠中閃閃爍爍。裴素雲發了會兒呆，便疾步往屋裡走去，她還要準備防治疫病的藥物，這事情是不能讓其他人經手的，即使阿月兒也不行。就在跨入門檻的一剎那，裴素雲瞥到門檻下一張白白的紙片，角上已經被積水浸濕。她微微詫異，彎腰撿起來，發現這竟是剛才錢歸南所讀的急信。

錢歸南真的是太慌亂了，連這樣重要的東西都會掉落。裴素雲剛想把信收起來，心念一動，又輕輕將信展開。很快地瀏覽一遍，裴素雲感到一陣天旋地轉，她終於明白是什麼讓錢歸南六神無主，咬了咬牙，裴素雲又仔仔細細地重新讀過，才慢慢將信疊好，收入懷中。

「娘，娘……」阿月兒帶著安兒走進院子，裴素雲蹲下身，摟過安兒，親吻起孩子的面頰。安兒卻晃動胳膊，拚命往後院探著身子，裴素雲知道他是又想鑽到冬青樹叢裡去玩了，便輕聲勸慰著：「安兒，寶貝，那裡面都濕著，不能進去，聽話啊……」

安兒煩躁地扭動，表示著他的不滿，裴素雲無奈地歎息，還能做些什麼讓這孩子開心呢，其實是有的，只是不能罷了。

正午剛到，裴素雲在刺史府後院的耳房內熬好了一大鍋神水，藥材都是她事先配齊的，家裡所剩下的已經不多，這回就幾乎全用完了。神水的配方是當初藺天機和裴素雲的父親一塊兒研究出來的，只傳給了裴素雲，所以每次配置神水，她都是親力親為，就為了不讓別人知道其中的秘密。

耳房外遠遠地站著四名士兵持械把守，像庭州所有的人一樣，他們對裴素雲這位伊都干敬畏有加，幾乎是當作神祇一樣來崇拜。庭州十多年前疫病肆虐的慘狀，這些二三十歲的士兵們記憶猶新，今年遲遲不發放神水，他們早就在心裡犯嘀咕，但又不敢明言。近些日子暴雨成災，庭州各處都有零散的病人出現，雖然大家不願承認，心裡卻都在恐懼著是否疫病又開始了。今天裴素雲來刺史府熬製和發放神水，刺史府上下可真當作件天大的事情，誰都不會不拿自己的命當回事，更何況得疫病而死可謂痛苦萬狀，就是想想也叫人不寒而慄。

神水熬好，錢歸南事先安排的錄事參軍已等候多時，早就列好名單，便開始按序派發。官職高些的自有人專程送去，其餘人等則在耳房外排起隊伍，規規矩矩、誠惶誠恐地來喝這每人一小碗的神水。另有告示提前張貼出去，讓家中有病人的百姓也到刺史府來領取藥物。

裴素雲在耳房中，看著一切有條不紊地進行，過了約莫半個多時辰，她走到錄事參軍身旁，隨意地道：「刺史府上下都要派發到神水，可別漏了什麼人。」

錄事參軍忙得一頭汗，見裴素雲說話，趕緊躬身回答：「伊都干請放心，本官是按著刺史府的花名冊排的次序，不會有人遺漏。」

「哦，」裴素雲點了點頭，又提醒道：「除了在花名冊上的，若這些天有外人進入刺史府，也別忘記了，要一併發放了才好。」

「那是自然，那是自然。」錄事參軍點頭如搗蒜，恰好一名士兵排到隊前，剛端起碗來喝神水，聽見兩人的談話神色驟變。想了想，他湊到馮錄事的耳邊小聲嘀咕了幾句，馮錄事也變了臉色，轉身對裴素雲作揖，吞吞吐吐地道：「伊都干，刺史府最近只有一名外人進來，是一位姓袁的戍邊校尉，原來派去管理巴扎的，不知為什麼昨天起錢大人吩咐將他看管在刺史府後院裡。這位就是看管袁校尉的兵卒，據他說、說……那人有些不對勁。」

「不對勁？怎麼不對勁？」裴素雲追問。

馮錄事和那兵卒當然很理解她的緊張，那兵卒撓了撓頭，支吾道：「說不清楚，這袁校尉從昨天上午來了以後就一直躺著，送給他的飯菜幾乎沒怎麼動……」

裴素雲跨前一步，聲音顫抖著道：「馬上帶我過去看。」

那兵卒朝馮錄事看，馮錄事跺腳：「還不快帶伊都干過去！」

「是！」

刺史府裡是設有監房的，用來拘押那些尚在審理中的嫌疑犯。不過錢歸南給了袁從英特殊的待遇，並沒有把他關進監房，而是看管在刺史府東北角的一個小跨院裡。這小跨院裡只有一間正房，除了房門外四壁無窗。院內雜草叢生，院牆倒比別處高出數尺，院門和房門前都有專人把守，一點兒不比正式的監房鬆懈，說穿了就是個專門軟禁特殊犯人的場所。

裴素雲走進小院時，腿都有些發軟，但她還是強自鎮定地吩咐看守退到院外。看守略有猶豫，便屈服於對伊都干的敬畏和對疫病的恐懼，替裴素雲打開房門後，就恭恭敬敬地走到院門外等候去了。裴素雲在身後輕輕掩上房門，屋子裡頓時變得黑乎乎涼颼颼的，炎熱和光亮一起被擋在門外。

裴素雲閉了閉眼睛，再睜開時眼前的光暈消失，她能模糊看見，北牆下一副床榻上躺著個人，面朝內蜷縮著身子，一動不動。屋子西側的牆邊還有一張方桌和兩把椅子，桌上堆著些碗碟，應該是送來的飯菜，除此，整間屋子裡再無其他。

腦海裡空空蕩蕩的，裴素雲下意識地挪動腳步，走到床榻前。躺著的人還是毫無動靜，裴素雲支持不住了，一下便坐到榻邊。從昨天錢歸南向她提起軟禁了袁從英，她就一直盤算著怎麼才能來見他，現在那躺著的人分明就是袁從英，她的心卻軟弱得幾乎要停止跳動。這輩子大概都沒有這樣害怕過，裴素雲哆哆嗦嗦地探出手去，立即就被攥進一隻溫熱的手掌中，她倒吸了口氣，淚水頓時充盈了雙目。

袁從英坐起身來，微笑地看著裴素雲，輕聲道：「我還以為在做夢呢，原來是真的。」握著她的手一用力，裴素雲便被不由分說地攬進他的懷中。裴素雲說不出話來，只管貼緊在他的胸前，雖然拚命忍著，眼淚還是落下面頰。

袁從英沉默地摟著她，過了一會兒才問：「你哭什麼？」

裴素雲努力平息心潮，她拭去眼淚，抬起頭仔細端詳著袁從英，勉強笑道：「沒什麼，就是擔心你，剛才真的很害怕。」

袁從英不以為然地調侃道：「女巫也會害怕？還記得那次祭祀的晚上你是怎麼訓斥我的？我可一直覺得你很有些膽量，比我厲害多了。」說著，他朝門外努努嘴，「你是怎麼支開他們的？」

裴素雲歎了口氣：「他們害怕染上疫病，不用支開自己就會走……」

袁從英眉尖一挑：「染上疫病？為什麼？哦……」他恍然大悟地笑了，問，「你怕的也是這個？」

裴素雲眉頭緊蹙，抓住袁從英的手，語氣急促地問：「我上回給你開的方子，你抓了藥嗎，吃過幾服？」

袁從英隨口答道：「嗯，吃了幾回，太麻煩了後來就沒……」

裴素雲長舒了口氣，不等他把話說完，就舉手探他的額頭，嘟囔道：「你這傢伙，太會嚇人了，怎麼有些發燒？」

袁從英往床頭一靠，自嘲道：「不是發燒，是發餿！」

「發餿？」裴素雲納悶。

袁從英笑著解釋：「我是全身濕透地給關進來的，也沒衣服可換，這破地方又悶不通風，還不是給捂餿了。」

裴素雲不覺也笑了，搭了搭他的脈，點頭道：「難怪你精神不好又沒胃口，這是風熱之症。」

袁從英盯著她，有些好笑地追問：「哦，你肯定不是疫病？可別搞錯了。」

裴素雲氣結，想想又覺得不對，好奇地問：「唔，給關在這裡你倒好像挺開心的？我還沒見過你心情這麼好呢。」

袁從英重又把她的手握緊，溫和地說：「你來了我當然開心。」

一句話說得裴素雲再沒脾氣，她低下頭摩挲著袁從英的手掌，他的手溫暖乾燥，掌心布滿薄繭，還有深深淺淺的傷疤，挺粗糙的。裴素雲難以克制地想到，不論藺天機還是錢歸南，他們的手都很光滑，又濕又涼……想著，想著，她下了決心，抬眸鄭重地對他說：「我有個辦法可以幫你出去。」袁從英詫異地眨了眨眼睛，沒說話，裴素雲以為他默認了，便繼續道：「我這裡有服藥，你吃了以後就會像得疫病似的，我再一嚷嚷，就說你病得沒救了，所有的人都會害怕得要死。那時候，我就讓他們把你抬到郊外，你自可脫身……」

裴素雲的話還沒說完，袁從英已經笑出了聲，邊笑還邊搖頭：「原來你來就是為了這個……可我若是想出去，根本用不著你幫忙。」

裴素雲又氣又惱：「好，那就算我瞎起勁！」

她作勢起身，雙手卻被袁從英攥得牢牢的，根本就動彈不得，緊接著便聽他正色道：「我可以馬上就離開這裡，用不用你的方法都行，但有一點，你要和我一起走。」

裴素雲愣住了，袁從英目不轉睛地看著她：「還有安兒，我帶你們倆離開庭州。好不好？」屋子裡驟然寂靜，良久，袁從英輕歎一聲，苦笑道：「是我不該問這種問題，你別在意。其實早知道會是這個結果，可看到你來了，還是忍不住想問。」他放開裴素雲的手，低下頭一言不發。

裴素雲猶豫再三，抬手輕撫他的後背，柔聲道：「不、不是因為別的……我和安兒都不能離開庭州，這是祖訓……」

「既然如此，我就更沒必要離開這裡了。」袁從英的聲音重又變回往日的冷淡，他平靜地端詳著裴素雲，又微笑了一下，才說：『我和你的事情，全憑你做主，只要你覺得合適，怎麼樣都行，我隨你。」

「可你真的要繼續留在這裡嗎？」裴素雲朝門口看了看，不能待得太久，否則會引起懷疑。

袁從英也順著她的目光望向門口，答道：「是的。我待在這裡大家都可以安心一些。」他的語調已變得冷冽如冰，「尤其是錢歸南，他知道狄大人要來隴右道，想用我做救命稻草呢。」

裴素雲一哆嗦，袁從英注意到她詢問的眼神，點了點頭又道：「就因為知道大人要來，我才會這麼情願被關押起來。其實從昨天進來以後我一直都在想，被關起來也不錯，我就什麼都不用管了。」

裴素雲愈加困惑了：「為什麼狄大人要來，你就什麼都不想管了？」

袁從英輕吁口氣，低聲道：「我是想，假如大人知道我現在的情形，他一定不允許我繼續插手錢歸南的案子，大人會說我有私心的。」

裴素雲忙問：「你有私心？狄大人會擔心你挾私報復？」

袁從英輕哼道：「那倒不會，但他會說，仇恨影響了我的判斷！我想來想去，直到目前，我並沒有確鑿的證據指控錢歸南。而且，我有種強烈的感覺，他還在左右搖擺，隨時有可能改變立場。現在這種時候，如果我逼得他太急，或許他會孤注一擲。」頓了頓，他若有所思地說：「我確實從心底裡希望錢歸南罪不容誅，但事實呢？」

兩人都低頭沉默，少頃，裴素雲鼓足勇氣問：「如果錢……還有轉圜的餘地，你真的就待在這裡什麼都不做，一直等到狄大人來？」

袁從英深深地看了她一眼，平淡地反問：「那你想要我怎麼做？」

裴素雲嘴唇顫抖得說不出話來，良久才道：「我、我怎麼能要求你，我無以回報……」

袁從英冷笑：「我做什麼了你就要報答我？還是算了吧。」

裴素雲臉色登時煞白，袁從英長歎一聲，伸手摟住她的肩膀，在她耳邊輕聲道：「你知道這些天我有多累嗎？不過沒關係，至少你知道我想得到什麼，還有就是，我不會使用卑劣的手段，但也絕不放棄。」

裴素雲衝他淒然一笑，便無力地靠在他的肩頭。此刻她完全理解了他的心意，更覺得從未如此親近過另一個人的心，因而胸中雖然酸楚難耐，眼中卻沒有了淚。

就這樣又過了一小會兒，袁從英輕輕扶起她，道：「你該走了，時間太長會讓人疑心的，說不定還會通報給錢歸南。」

裴素雲點頭，坐直身子，從衣袖裡取出張紙，遞過去：「你看過這個我就走。」

袁從英接過紙來匆匆讀過，也不禁大吃一驚，忙問：「你從哪裡得來的這個？」

裴素雲把早晨錢歸南收到信件的過程簡單說了說，袁從英連連點頭，又讀了一遍信，喃喃道：「太好了，武遜他們真的把伊柏泰保住了。」

裴素雲雙眸晶亮地注視他，輕聲問：「這一切都是你安排的吧？」

袁從英被她問得一怔，隨即笑道：「你怎麼知道的？」

裴素雲輕哼一聲：「那次我去乾門邸店，就是梅迎春約請的，你們啊，都是一夥兒的！」

袁從英不以為意地搖搖頭，把信還給裴素雲，道：「敕鐸的這封信表明，錢歸南確實參與了突厥進攻庭州的計劃，現在一擊不成，就看錢歸南怎麼應對敕鐸的發難？另外，他是不是會選擇繼續配合敕鐸，還是審時度勢，掉轉槍頭？」

裴素雲咬了咬嘴唇道：「據我對錢歸南的了解，他應該會見風使舵。而且他今天連這麼重要的信件掉落都不知道，就說明他已經方寸大亂，我想他一定在打退堂鼓了。」

袁從英站起身來，領著裴素雲朝門口走，一邊急急地道：「你快走吧。錢歸南肯定已經發現信件丟失，他會盤問你的，你打算怎麼辦？」

裴素雲道：「沒事，我能應付。」

兩人已經站在門邊，袁從英從門縫往外張望，院子裡依然空無一人，衛兵們看來真是嚇壞了，還在院門外守著。他注視著裴素雲，突然一把將她摟入懷中，用力抱緊。裴素雲被他摟得幾乎窒息，卻又不敢有半分掙扎，恨不得就此死在他的懷裡，恍惚中聽到他在說：「如果有事就想辦法讓我知道，我在這裡，你什麼都不用怕。」

裴素雲走出去時，輕輕拉了拉袁從英的手，袁從英會意，就候在門邊，果然聽到裴素雲在院門外故意抬高聲音說：「這人已染上疫病，還好不嚴重。你們注意不要與他接近，每天傍晚去我那裡取一次藥，你們自己要吃，也要給他。」她囑咐完走出小院時，空中又飄起紛紛揚揚的細雨，很快勢成凶猛。

好天氣就這樣轉瞬即逝，庭州總共才晴了大半天時間，就再次被暴雨籠罩，整個天空陰霾密布，疾風驟雨無邊無際。

這天下午，林錚大將軍和狄仁傑的大軍進入了涼州城。因涼州刺史崔興上了前線，涼州政務由長史臨時擔當。弗到涼州，就見城池防衛得當，城內管理井然有序，百姓生活並未受到隴右戰事的影響，但外鬆內緊，刺史府和赤水軍營裡又是另一番戒備森嚴，隨時待戰的警惕狀態。林錚和狄仁傑剛進涼州就馬不停蹄地視察，結果讓他們十分欣慰。

午後，林錚與褚飛雄在赤水軍營討論戰況，狄仁傑帶著沈槐登上涼州城樓。當甘涼大漠的蒼莽景象在眼前展開時，狄仁傑長歎一聲，心中默唸著：「念天地之悠悠，獨愴然而涕下。」他想，恐怕這是自己一生中，最後一次面對大周塞外的無限風光了。前無古人，後無來者，人生是多麼孤寂的一段旅程，即使與有緣之人共走一程，又能夠相互理解多少呢？

在城頭默默地走了一圈，狄仁傑停下腳步，轉身對沈槐道：「沈槐啊，自離開洛陽你便少言寡語的，是不是還在和老夫賭氣？」

沈槐一怔，躬身抱拳：「大人，沈槐一向少言，您以前沒發現嗎？」

狄仁傑淡然一笑：「一向少言，還有程度上的區別嘛。呵呵，你可不要想糊弄老夫喔。」

沈槐無言以對，只管低著頭。

狄仁傑凝神注視著他，突然長歎一聲，伸手過來拍了拍沈槐的肩膀，溫言道：「怪我，怪我啊。是我對你太過苛刻了。」

「大人！」沈槐出聲叫道。

狄仁傑搖搖頭，微笑道：「你別著急，許多話還是不要說透得好，老夫心裡是明白的，只不過希望你也能體諒老夫，沈槐啊，要說你這脾氣也夠倔強了。」

沈槐又叫了聲「大人」，不過這次是抬頭直視著狄仁傑的眼睛叫的，兩人四目相對，都從對方的眼睛裡看到了隔閡和試探，但也有期待和誠懇。

帶著沙塵的熱風撩動城樓上的旌旗，狄仁傑拍了拍沈槐的胳膊：「來，沈槐，你猜猜看，崔興大人何時能拿下肅州？」

沈槐愣了愣，坦誠地道：「這……大人，卑職猜不出來。」

狄仁傑和藹地笑了，捋一捋鬍鬚，煞有介事地道：「我猜崔大人最遲兩三天內就可以拿下肅州。」

沈槐詫異地問：「這麼快？大人，您為什麼這麼肯定？」

狄仁傑的笑容中帶上了點得意，道：「因為崔大人有了老夫給他帶去的錦囊妙計。」

沈槐乖巧地沉默著，等待狄仁傑的下文，果然，只停片刻，狄仁傑便自己說了下去。

「老夫讓宋乾給崔興帶去的錦囊妙計一共兩條，計七個字。」狄仁傑又停下來捋捋鬍鬚。在沈槐眼裡，宰相大人這時倒真有點兒老小孩的天真模樣。心頭一熱，他情不自禁地上前一步，輕輕扶住狄仁傑的胳膊，問：「大人，是哪兩條，哪七個字？」

「一條是：匐俱領多詐；還有一條呢更簡單，就兩個字：瓜州。」

「這……」沈槐聽得一頭霧水，困惑地瞪著狄仁傑。

狄仁傑微笑著解釋：「其實也不算什麼錦囊妙計啦，只是我根據自己的經驗和判斷，給崔大人提的醒。這次突厥在肅州的將領匐俱領，是默啜可汗最器重的兒子，預定的汗位繼承人，從小熟讀咱們的兵書戰策，因此特別喜歡使用謀略。對付這樣的人，就要注意虛虛實實，一詐套一詐，讓他對自己的陰謀詭計失去信心，陷入慌亂之中，否則很難取勝。至於瓜州嘛，是我分析了戰況，認為突厥現在把兵力都集中去攻打沙州，瓜州的防禦一定鬆懈，他們的如意算盤必是由肅州擋住東面來敵，因而匐俱領的壓力其實很大，而瓜州就是突厥的軟肋！」

沈槐聽得連連點頭，想了想又問：「大人，您這兩點提醒確實很精準，可並沒有說出實際的應對之策啊。」

狄仁傑頷首，親切地注視著沈槐，問：「那麼你倒說說，我為什麼沒有點出應對之策？」

沈槐遲疑了一下，抱拳道：「大人，按卑職想來，崔興大人乃是一方刺史，過去也曾屢立戰功，大人只給他分析的結果而不是直接的對策，主要是顧慮崔大人的心情，不想令他誤會和難堪吧。」

狄仁傑注意地聽著沈槐的回答，臉上的神情一時有些複雜，隨即又溫和地笑道：「嗯，你的說法也有些道理，不過略有偏差。老夫不直接給崔大人支招，確實是考慮到了崔大人的戰功赫赫，但卻不是怕他難堪，而是我認定，他作為一名有經驗的將領，必能比我這紙上談兵的文人擬出更好更實用的克敵之策來，老夫就不必越俎代庖了。」

沈槐默然，剛剛融洽些的氣氛又現尷尬。良久，沈槐鼓足勇氣站到狄仁傑身後，低聲道：「假如崔大人真能快速拿下肅州、瓜州，進而解除沙州之圍，也就可以盡早把您的口信帶給欽差大人了。」

狄仁傑背對著沈槐，似乎沒有聽見他的話，毫無動靜。不知道過了多久，沈槐才聽到狄仁傑悠悠地道：「老夫並沒有讓宋乾派人給崔大人帶口信。」

狄仁傑轉過身來，面無表情地道：「你是對的，我那所謂的口信不僅於事無補，反而會讓崔大人為難，除了可以讓我自己心裡好受一點之外，沒有任何益處。因此，最後我還是放棄了這個念頭。」

沈槐深深地吸了口氣，他能感覺到，狄仁傑銳利的目光越過他的頭頂，投向蒼茫寂寥的無垠大漠。

「不過，」狄仁傑又說起來，語氣矛盾，似無奈又似期冀，「我派去給崔大人送錦囊妙計的，正是替從英送軍報過來的瀚海軍沙陀團旅正高達，他是軍報中所述瀚海軍私自調動的當事人，有他在，應該可以幫助欽差大人認清真相吧。」

沈槐忙道：「一定會的，大人！」

狄仁傑又拍了拍沈槐的胳膊，長歎一聲：「但願吧。」

長城，烽火台。幾百年來，只要長城上的任何一座烽火台被點燃，其餘的烽火台就會一座連一座地將信號傳遞下去，防禦的變遷、部隊的調動，無一不依託於此。

從肅州到瓜州，沿線的長城上共有二十多座烽火台，自四月中突厥攻克肅州和瓜州之後，這些烽火台就被突厥士兵佔領了。因為圍攻沙州，瓜州的突厥部隊早被調空，只餘區區千餘人的小部隊維持著城內的秩序，可謂不堪一擊，現在，瓜州的安危全靠擋在東面的肅州，而向肅州的匐俱領部隊報告瓜州敵情的重要任務，則完全依託這些佔領不久的烽火台了。

這天正午，離瓜州最近的一座烽火台上，驕陽似火，烤得駐守的突厥士兵昏昏欲睡。這時，他們聽到烽火台下有人在用突厥語打招呼，望下去，樣貌是自己人，大概十來個，說是來傳達匐俱領殿下最新的作戰命令的。想來不會有人膽大妄為到在光天化日之下喬裝劫營，於是突厥士兵將這個小隊放了進來，

當那隊人馬亮出武器時，突厥士兵才知道天下還真有這樣不怕死的人。雙方都很清楚這座烽火台的意義，實力對比也相差無幾，便拚盡性命搏殺起來，一時間這座荒山中的烽火台上刀光劍影、血肉橫飛，直殺得盛夏的日光也失去了顏色，由亮白轉為淒紅！

終於，戰鬥停歇，橫七豎八的屍首被胡亂清理到旁邊。烽火台上重新由身穿突厥服裝的士兵們把守停當，但他們究竟還是不是原來的那些人呢？大漠平川，長沙落日，又一個夜晚降臨了……

第三章　突變

肅州的攻守戰結束了第三個白天的僵持。入夜時分，肅州城外的夜幕再度被成群的烏鴉霸佔。烏鴉的叫聲不絕於耳，令匐俱領感受到了從未有過的焦慮和壓力。大周的進攻越來越粗疏草率，前兩天好歹還有雲梯步兵衝鋒到肅州城牆外側，今天乾脆連步兵都不出動了，只派上投石車和箭塔，在城下虛張聲勢地攻擊一番。匐俱領今天巡視戰況的時候還發現，大周投過來的石塊比前兩天還要小，射來的箭鏃打造得也很劣質，假如換了平時，匐俱領一定會由此推斷大周的武器後備已然枯竭，並為此興奮不已，但是今天他體會到的只是愈加強烈的不安。

現在情況已經很清楚了，崔興的部隊就是在佯攻肅州。匐俱領思之再三，決定做好最壞的打算。這天下午開始，他就離開城樓，不再親自指揮這毫無意義的攻守戰，而是轉去排兵布陣，做好了盡速馳援瓜州的準備。根據這幾天的所有跡象，匐俱領斷定，崔興很有可能已把主力部隊派往瓜州方向，因此匐俱領將自己手下的總共三萬人馬分成兩部分，一部分兩萬人馬是最精銳的主力，由匐俱領總領，一旦瓜州有變就立即奔襲去救援。另一部分一萬人馬則由驍勇善戰的偏將阿史那堅指揮，在匐俱領他們離開後繼續鎮守肅州。有將領提出，只留一萬人馬鎮守肅州是否太少，但匐俱領想來想去，沒有更好的方案。因為假如崔興真的去攻擊瓜州，一定勢在必得，突厥方面必須使用最強的力量與之抗衡，否則只怕不僅於事無補，反倒貽誤戰機。至於肅州嘛，到底易守難攻，況且崔興的主力部隊不在這裡，武器輜重也差強人意，匐俱領認為還是有把握守住的。

布置停當，訇俱領終於鬆了口氣。許多天沒有睡好覺了，這個晚上他決定放鬆一下。攻入肅州城後，部隊洗劫了城中的妓院，除了最美豔的頭牌姑娘留給訇俱領享用之外，其餘的早就給弟兄們蹂躪過無數遍了，訇俱領卻一直沒有心情，頭牌姑娘他連碰都沒碰。今晚上，訇俱領讓人把這女人送來，在營帳裡好一陣翻雲覆雨，才算多少紓解了他這麼多天來的困擾和重壓。夜闌人靜時分，訇俱領枕著那女人的酥胸進入了夢鄉。

可歎夢才剛開了個頭，訇俱領就被營帳外的喧鬧吵醒。他猛然跳起身，心臟被巨大的恐懼牢牢攫住，他預感到自己最擔心的事情發生了！身邊睡得懵懵懂懂的女人哼唧著來抱訇俱領，被他粗暴地掄起一拳，打翻在炕上。訇俱領敞著懷，赤足直奔帳門外，與匆匆趕來的副將撞在一處。

「殿下，殿下！烽……烽火！」

訇俱領來不及答言，翻身跳上馬背，朝城牆一路策馬疾駛，轉眼便直上西城門樓。果然不出所料，西方已是一長溜的烽火熊熊燃起，沖天的煙火把黑色的天空都染得赤紅！夜風吹動衣裾，袒胸露腹的訇俱領卻大汗淋漓，雖然隔著幾十里的路途，那烈焰的熱度倒彷彿近在咫尺。沒有時間再猶豫了，訇俱領甚至覺得慶幸，還好自己已經有了準備，接過部下遞過來的戰甲和兵刃，他一邊匆匆穿戴，一邊下令集結那二萬士兵。

由於早有布置，二萬軍兵片刻便集結完成。隨著訇俱領的一聲令下，肅州西城門大開。已經裝束齊整，威風凜凜的訇俱領在戰旗下舉起馬鞭，高聲喊道：「弟兄們，漢賊去攻打瓜州了！咱們這就去收拾他們！定要讓漢賊們有來無回！殺！」

「殺，殺，殺！」突厥士兵們群情激憤，隨著匐俱領的話音齊聲高呼，匐俱領滿意地點了點頭，雙腿猛夾馬腹，帶頭衝出城門，奔向西方的曠野。

在城頭看著匐俱領帶隊煙塵滾滾而去，副將阿史那堅命人緊閉城門。從現在開始，他就要靠手下的一萬人馬來駐守肅州城了。不過，阿史那堅並不太緊張，這三天崔興的攻城戰打得實在拙劣，讓阿史那堅十分不屑，認定這些漢兵都是些膽小無能的鼠輩，最多玩些個陰謀詭計，實不足懼！他將四千人馬放在面對大周軍隊的東城，其餘六千平均分配在南、北、西三面，便回帳休息去了。

隨著匐俱領人馬的遠去，肅州城內外再度陷入深沉的寂靜，這是塞外大漠包裹中的寂靜，時間的威儀和生命的滄桑盡顯其中，又隱隱蘊含著無法言傳的騷動和力量。夜晚是漫長的，匐俱領已經離開將近兩個時辰了，為了救援瓜州，他們是拚盡全力向西行軍的，這時候必然已經翻越了肅州西面最近的金山山峰，進入到獨登山的山腹中，崇山峻嶺阻擋在身後，匐俱領和他的部隊已經看不見也聽不到肅州的任何動靜了……

大周營盤中，崔興全身甲冑，精神抖擻地佇立在整齊列隊的軍兵之前，數萬人的大軍此時此刻沒有半點聲響，每一個人都不由自主地屏住呼吸，等待那激動人心的剎那。狄仁傑送到軍前來的瀚海軍沙陀團旅正高達，被派往瓜州烽火台執行特殊任務。高達是好樣的，果然不負眾望，仗著他已走過一遍隴右道的優勢，帶著一小支敢死隊跨越艱難險阻，如期奪取瓜州烽火台，在今夜點燃了誘走匐俱領的烽火。

四更終於敲響，崔興瞪圓一雙血紅的眼睛，奮力揮舞手臂，令下如山倒，大周軍營中驟然爆發出雷鳴般的喊殺之聲，營盤大門敞開，彷彿壓抑了太久的爆發，在燈球火把的映照下，潮水般的進攻開始了！

起初，阿史那堅還很鎮定地指揮著突厥的防守，但很快他就驚恐地發現，這回進攻的大周軍隊整個都變了樣。拋石車呼嘯聲聲，投上城頭的全是巨大的石塊，重達百斤，一砸一大片，所到之處血肉橫飛，慘叫四起。石塊撞上城牆時都帶著千鈞的重量，整座城樓都在連續不斷的攻擊下戰慄。箭塔被推進到了離城樓咫尺的距離，雙方士兵已經能清楚地看到對面那一張張充滿仇恨決絕的臉了。暴雨般的箭和弩，支支燃著烈火，不停歇地發射而來，轉眼間守軍這邊，城樓上下已成火海。大周的武器哪裡劣質？哪來不足？反而是取之不盡用之不竭一般！

阿史那堅暈頭轉向了，這還是三天來那支軟弱無力的大周軍隊嗎？不容他有暇思考，城樓之下鋪天蓋地的步兵已經架著雲梯趕到近前。阿史那堅聲嘶力竭地呼叫著，指揮反擊。可是這些大周人發了瘋似的，對頭頂上如驟雨般傾瀉而下的石塊和箭鏃毫不理會，不時有大片的兵卒被砸倒燒斃，但剛剛出現的空缺馬上又被後來者補上。阿史那堅展目望去，肅州城下被火光點亮的整片曠野上，黑壓壓全都是大周的軍隊，源源不斷，一眼看不到頭。更可怕的是那決一死戰的士氣，那無所畏懼的豪邁，如重雲壓頂般地撲上肅州城牆。在這樣的勇氣和決心之前，即使再堅固的城防又有什麼用？阿史那堅感到，腳下的城樓和他的信心都開始搖搖欲墜了。

戰場的這一側，崔興目眥俱裂地指揮著一輪又一輪的衝鋒。他志在必得的決心感染著身邊的將領和士兵們，憋了好多天，為的就是這一夜的決戰。從那些空落落的營帳下，鑽出一隊又一隊大周軍兵。這幾天，為了麻痺匐俱領，崔興下令在建立營帳之初就在許多營帳下部挖了壕溝，他早料到訇俱領會派探子來營內探看，便讓一大部分的軍隊連同輜重一起躲藏在壕溝中，造成一種大周營帳空虛的假象。這實在是費盡心機的連環詐術，為的就是讓詭計多端的訇俱領判斷失誤。

現在訇俱領果然中計，只留下小部隊駐守肅州，崔興以五萬軍兵的實力，攻打對方一萬守軍，他已發下毒誓，城不下人不亡，今夜哪怕就是用大周軍隊的血肉，也要在肅州城下鋪出條坦途！一批批架著雲梯攻城的士兵們都做好必死的準備，只要能打亂城防，拋頭顱灑熱血又有何懼！與此同時，上百架拋石機不斷投擲出的巨大石塊，在城外越壘越高，很快就搭起數座小小的石山，高度幾乎和肅州城樓齊平了。新的衝鋒就在這座座小石山上發起，大周士兵們肩搭背扛，登上石山頂與突厥守軍開始慘烈的肉搏。

黎明的曙光漸漸升起在東方，這個夜晚很快就要結束了。肅州的四座城門已儼然成了人間地獄，屍橫遍野、火光熊熊。突厥守軍還真是英勇，一萬人馬殺到現在所剩無幾，卻還在拚死搏鬥。東城樓上，阿史那堅的身邊只剩下數十名兵丁，從城牆外翻越過來的大周兵卒越聚越多，見一個殺一個，見兩個殺一雙，全是以命搏命的殺法，戰鬥已到最後一刻了。

城樓之下，崔興的大軍衝到了近前，他指揮著士兵用粗大的木棒猛烈撞擊城門，「砰，砰，砰！」每撞一下，整座城樓便顫抖連連。阿史那堅身負多處重傷，臉上早被血糊成一團，透過眼前的血紅，他根本辨不清來人，只是一味地舉刀狂砍，還從喉嚨裡發出猶如垂死的野獸般絕望的咆哮。突然，隨著又一聲劇烈的撞擊，他的耳邊傳來驚天動地的呼喊，阿史那堅的心感受到了最後的冰涼，他知道，肅州失守了。

就在阿史那堅一愣神之際，旁邊同時砍來的幾把刀，輪番砸在他的頭頂和身上。最後時刻，阿史那堅的嘴裡噴出血沫，瞪著雙血紅的眼睛，他朝向西方嘶喊著：「殿下！匐俱領殿下！肅州！肅……」沒有能夠說完這最後一句話，一柄寶劍插入他的胸膛，用力之猛竟穿透他的身體，阿史那堅低頭看了看露在胸前的劍柄，仰面摔倒。

崔興跨前一步，從阿史那堅的胸口拔出自己的佩劍，忍不住仰天長嘯。一時間他淚灑前襟，這場勝利來得太不容易，也太及時了。然而戰鬥還遠遠沒有結束，硝煙未滅戰場也來不及清掃，崔興已高踞肅州城樓之上發布了新的迎戰計劃。除了進入肅州城內布防的軍隊之外，面向瓜州方向的山嶺間，崔興布下三道伏兵。白晝到來，肅州城頭烽煙不絕，匐俱領現在只要翻上山坡，回首眺望時就可以發現肅州的異狀。崔興斷定，匐俱領一旦意識到自己中計，必定會惱羞成怒，撥轉馬頭再襲肅州。肅州失守的恐懼、倉促奔襲的慌張，還有連番中計的沮喪將徹底打亂匐俱領的心緒，崔興則以逸待勞，準備好關門打狗。

隴右戰事，勝敗就在此一舉了！

對於錢歸南來說，這幾天恐怕是他一輩子中最艱難的日子了。庭州的雨自昨日起變得下下停停，淋漓不盡的樣子更讓人心煩。這天下午錢歸南坐在刺史府正堂中，回想昨天晚上與裴素雲的對話，他心中疑竇叢生，不知不覺地陷入沉思。

昨天上午將敕鐸的急信遺落在裴素雲處，起初錢歸南還一無所知，待正午休息時他發現信件不在身上，頓時急得幾乎昏厥。這樣重要的東西，可以直接證明他與敕鐸暗中勾結的憑據，如果落到旁人手中，他錢歸南之命休矣！拚命鎮定下來一想，錢歸南覺得還是落在裴家的可能性比較大，想要立即找來裴素雲詢問，可她還在刺史府發放神水，不便打攪，錢歸南只得勉強耐著性子等待，直等到錄事參軍來報伊都干已完事回家，錢歸南才匆匆趕回裴家小院。

一腳踏進飄散著百合香味的屋子，錢歸南還沒有開口，裴素雲就向他點頭示意。錢歸南順她的目光往桌上一瞧，那封信端端正正地擱著，這才大大地鬆了口氣。幾乎是奔撲上前，錢歸南將信一把抓過來塞入袖中，坐在椅上連喘幾口粗氣，這才瞥見裴素雲用略帶異樣的目光看著自己，錢歸南不由臉上青白交雜，訕笑道：「呵呵，還好，還好。這要命的東西還好讓你給收了，若是落在旁人手中，我可真就……」

裴素雲垂下雙眸，她的神態讓錢歸南心中越發忐忑。錢歸南咽了口唾沫，支支吾吾地道：「呃，素雲，這個……我與敕鐸，也是萬不得已而為之的。」

裴素雲毫無動靜，良久才抬起眼睛，直視著錢歸南道：「歸南，我們曾有過約定，你在伊柏泰做任何事情，都要讓我先知曉的。」

錢歸南尷尬萬分，眼神閃爍了半天，才下定決心道：「也罷，素雲啊，事已至此，我就不再瞞著你了。你我相處十年，雖說沒有夫妻之名，好歹也是恩恩愛愛，還有了安兒這個小孽障，而今之計，你我更要坦誠相見、互相扶持，方能共度難關啊。」

裴素雲仍然低著頭。坦誠？他們之間曾經有過坦誠嗎？也許有過，但都是附加著條件的，哪怕是今天也依然如此。

錢歸南看裴素雲靜默的樣子，以為自己的開場白打動了人心，便聲情並茂地繼續往下說：「素雲你知道，為了幫助你保住伊柏泰的秘密，我也算是煞費苦心了。將那個地方改造成地下監獄，組成編外隊，派兵駐守，先是呂嘉後有老潘，我遣去管理伊柏泰的都是自己最信任的心腹——」

裴素雲微微點頭，過去十年她已經看慣了錢歸南類似的表演，但不知為什麼最近這些日子來，同樣的面貌卻讓她越來越無法忍受，似乎她的內心已悄悄地發生了巨大的改變。

裴素雲的唇邊泛起一抹冷笑，第一次毫不客氣地打斷錢歸南：「歸南，這些年來你從伊柏泰也得到了不少好處，並不吃虧的。」

裴素雲的態度令錢歸南大出所料，不由自主地道：「唔，你是說……」頓了頓，他起身走到榻邊，親熱地摟住裴素雲的肩膀，半戲謔半認真地道：「素雲，你最近是怎麼了？是不是也太緊張了？咳，弄得古裡古怪、一本正經的，叫人親近不得。」

裴素雲僵硬地繃著身子，一聲不吭。

錢歸南深感無趣，不覺沉下臉來，冷冷地道：「說到好處嘛，是有一些，可都是冒著風險的，你又不是不知道！」

裴素雲喃喃：「知道，我當然知道，我記得我還勸過你許多次，不要去做那種火中取栗的事……」

「現在說這些有什麼用！」錢歸南不耐煩了，惡狠狠地瞥了眼裴素雲，厲聲道，「該做不該做的，反正都已經發生了。開弓沒有回頭箭，我如今日夜焦慮的，說穿了也就是因為那些事情，不對你說透，就是怕你擔心，你居然還如此不領情，真真叫人心寒！」

「我不領情？」裴素雲低聲重複一句，她的心猛然被莫大的遺憾和悲哀淹沒。其實她再清楚不過，那個人一多半是為了自己才留在刺史府裡，可得到的只是一次又一次的拒絕，對他，自己何止是不領情？應該是太狠心太絕情了吧。現在連她也開始懷疑，自己這樣堅持的意義到底在哪裡？想到這裡，裴素雲淒然一笑，柔聲道：「歸南，我當然領情的。只是你要告訴我，這敕鐸到底是怎麼回事？也許我還可以幫你出出主意。」

錢歸南慨然長歎，捋捋裴素雲的秀髮，道：「敕鐸的信你也讀過了。這樣說吧，敕鐸是通過默啜與我達成的協議，利用伊柏泰作為中間橋梁，經沙陀磧進攻庭州。」

裴素雲瞪大眼睛：「歸南！你還真是……這到底是為什麼呀？」

錢歸南捏起拳頭，重重地砸在桌上：「我是被迫的呀！」

「被迫？是誰強迫你？難道……是默啜？」

錢歸南悶悶地哼了一聲：「除了他還有誰！我告訴你呀，素雲，我這是讓小人要挾了！本以為咱們在伊柏泰做的一切都是天衣無縫的，哪想到還真給人抓住了把柄，弄得我十分窘迫，只好與他們周旋。」

裴素雲緊蹙雙眉：「歸南，默啜要挾你的莫非就是咱們與他合作，在伊柏泰假扮土匪、劫殺過路商隊的事情？」

錢歸南唉聲歎氣道：「唉，說的就是這個。原本想的只是暗中協作，各取所需罷了。我負責擾亂沙陀磧裡頭的商路，把商隊趕往東突厥借道，他們坐收路稅，再瓜分好處，滿好的生財之道，我也不用承擔什麼風險。可哪想到默啜這個突厥賊，胃口實在太大，前幾年在大周河北道上燒殺搶掠不過癮，如今又打上隴右道的主意！」

裴素雲低頭輕歎：「當初我提醒過你的，默啜是個出爾反爾的小人，與他合作無異於……」她看了看錢歸南的臉色，把後面的話咽回去，過了一會兒才又問：「但敕鐸又是怎麼牽扯進來的呢？」

錢歸南一副憤懣難當的樣子，咬牙切齒地道：「默啜這廝想奪取隴右又沒把握，居然定出個東西夾擊的奸計來。東面由他自己親率的東突厥人馬為主，一個月前就已攻取了瓜州和肅州，如今正在沙州和大周軍隊膠著。西面則聯合突騎施敕鐸可汗，由敕鐸從碎葉出發，一路殺取庭州。而我，就必須要配合敕鐸這邊，在伊柏泰接應敕鐸的人馬，再開放庭州、納其以入！」

「天哪！」裴素雲盯著錢歸南，嘴唇哆嗦地說不出話來，好一會兒她的眼中濕氣凝結，喃喃地吐出一句話：「歸南，這可是死罪啊……」

「咳！」錢歸南低下頭，眼眶也有點兒發紅，勉強笑道：「素雲，你也不用太著急，這事情啊，目前看起來還有轉圜的餘地。」

裴素雲哀哀地望著他，一時竟有些萬念俱灰的感覺，始終不敢想不願想的，終於還是要面對了。

錢歸南長吁口氣，眼神空洞地說下去：「素雲，你聽我說，本來我盤算的是，與其讓默啜揪住把柄，每日裡寢食難安，倒不如乾脆賭一把，配合他奪取隴右道。假使他能成功，我也換得個榮華富貴，大周朝廷於我無恩無惠的，我錢歸南毫不留戀。至於庭州這種地方嘛，歷來政屬更迭頻繁，老百姓們早習慣了胡漢交替統治的處境，就算庭州真讓敕鐸攻下，他也不會在此久留，到時候庭州的長官還得是我。並且默啜還許諾，事成之後將附近的其他州郡，包括伊州、西州都交給我。」

裴素雲沉默著，錢歸南的如意算盤實在讓她無話可說。錢歸南既已打算一吐為快，也就不管其他，繼續道：「誰知那默啜一發兵就在沙州遇到了麻煩，久攻不下，而朝廷也已派出了幾路大軍挺進隴右道。據我看來，默啜在東路很快就要遭到敗績，他奪取隴右的計劃必將破滅。素雲啊，這就虧得我當初還留了一手，一直在與敕鐸周旋，拖延了不少時間，就是為了等待東路戰局明朗，以免身陷泥沼難以脫身。」

裴素雲此刻方才抬起眼睛，問道：「那敕鐸這信裡說的？」

錢歸南點頭道：「敕鐸等得不耐煩，終於還是派先鋒隊進了沙陀磧，誰知那先鋒隊卻中了烏質勒和武遜共同設下的圈套，全軍覆沒了。這不，敕鐸急怒之下，才發來這封書信聲討，向我興師問罪呢！」錢歸南皺著眉頭住了口。

等了等，裴素雲問：「你打算怎麼應對他？」

錢歸南思忖著道：「此次戰役，大周必勝，我是絕對不會再去理會敕鐸那邊了。而今之際，反倒要管好庭州的防務，守住沙陀磧，找機會在朝廷面前立個功才是！」說著，錢歸南倒有些興奮起來，一邊在屋子裡來回踱著步，一邊道：「總之，經此一役，默啜在聖上面前徹底失信，我也不怕他再捏著我的把柄去上告朝廷。敕鐸一擊不中，沒有我的消息更不會輕舉妄動，我只要派瀚海軍嚴加防禦沙陀磧和庭州，再放出風聲去，敕鐸必不敢再次來犯。這樣，我反倒成了大周的大功臣了！」

「大功臣……」裴素雲掉開目光，內心充斥的荒謬感讓她無法正視錢歸南，同時卻又覺得如釋重負，畢竟，事情看起來真的有了轉機，殺戮、背叛、災難，這一切都可以避免了嗎？一個念頭毫無預兆地跳上她的心，假如庭州安然無恙，錢歸南僥倖脫身，所有的危機都被化解，那麼她也算對得起錢歸南和過去的十年了，到那時候，也許她就可以再無愧疚、毫不猶豫地面對自己的真心……裴素雲的手指痙攣地握緊裙襬，怎麼會突然如此想念那個人，想念到心痛難耐、不能自已。

錢歸南在片刻的自我陶醉之後，重又恢復了清醒。他從袖籠中取出敕鐸的書信，舉到焚著檀香的點彩白瓷獸頭香爐前，掀開蓋子，在書信的一角引上火頭，全神貫注地看著信紙在火焰中卷曲、焦黑、散落。最後，他小心翼翼地將冒著青煙的紙灰全部歸進熏香爐，這才拍了拍手，長歎一聲：「這就算是毀屍滅跡了。」

裴素雲毫無動靜，全然沉浸在自己的思緒中。錢歸南看著她神思恍惚的樣子，突然皺了皺眉，抬高聲音道：「素雲，而今我就有一個最大的困惑，那突騎施的流亡王子梅迎春怎麼會跑到伊柏泰去的？另外老潘居然失手，武遜完全控制了伊柏泰，我們卻連一點兒風聲都沒得到，這兩撥毫不相關的人還聯起手來對抗敕鐸，這也太匪夷所思了……素雲，素雲！」

裴素雲渾身一震，訥訥道：「梅迎春、老潘……我不知道啊，你問我嗎，歸南？我怎麼會知道？」

錢歸南瞪著雙充血的眼睛，質問道：「就是要問你啊，那梅迎春前些天不是約你去邸店談了一下午，你們到底談了些什麼？你就沒看出什麼端倪來？」

裴素雲蒼白著臉回答：「談些什麼我回來就都告訴你了，不過是些巫術神算之類，難道你以為他會與我商量如何奪取伊柏泰？」

錢歸南愣了愣，忙換上安撫的語氣：「唉，素雲，你別多心，我沒有旁的意思。不過是想那梅迎春不早不晚，就在那幾天約見你，多半是想從你這裡探聽些庭州官府的動靜，所以才讓你回想回想，當時他的言談是否有異？」

裴素雲搖頭：「沒有。」

「哦。」錢歸南失望地點點頭，又自言自語道：「這梅迎春怎麼會認識武遜的呢？太不可思議了……」他的眼睛突然一亮，「素雲，你記得嗎？當初老潘誅殺呂嘉的時候，曾提到有位突騎施的蒙丹公主參與其中，蒙丹是梅迎春的親妹妹，莫非……這裡面有什麼瓜葛？」

錢歸南低頭沉思起來，裴素雲緊張地盯著他，只見他的面容越來越陰暗，漸漸變得猙獰，從齒縫裡擠出話來：「袁從英，袁從英，又是他！老潘的報告寫得明白，蒙丹和袁從英一行相識，那麼梅迎春也很可能與袁從英早有交情。至於老潘說武遜與袁從英有嫌隙，估計就是讓此二人給耍了……袁從英！細細想來，所有這些事情還真都與他脫不掉干係！」錢歸南絲絲倒吸著涼氣，咬牙切齒地道：「假如這一切真的是袁從英一手布置，那麼這個人實在太可怕了，太可怕了！素雲，你怎麼看？」

裴素雲已然面無人色，勉強答道：「歸南，我不知道，對袁從英，我一點兒都不了解，無從判斷……」她本來應該能預料到，錢歸南早晚會得知她去看過袁從英，這樣的謊言太容易被戳穿。但是這一刻裴素雲心亂如麻，失去了冷靜。

思考了整整一天，傍晚時分錢歸南開始分別起草給武遜和梅迎春的信件。對於武遜，他以刺史的身分表彰其擊退敕鐸部隊的戰績；對於梅迎春，他則既感謝其出手相助，也明確要求其將突騎施的部隊盡快撤出伊柏泰，因為整個行動未曾徵得過大周官府的許可，怎麼說也是名不正言不順，錢歸南這個庭州刺史、伊柏泰的管理者，當然有權提出異議。

雖然對袁從英的懷疑越來越深，錢歸南現在還不願面對他。袁從英的背後是狄仁傑，目前的形勢之下，錢歸南對他是既忌憚又期冀，頗有些百轉千回的複雜滋味，在自己沒有做好全面部署的時候，錢歸南不想輕舉妄動，以免像上回那樣，又在對方的面前露出什麼馬腳。寫完了這兩封書信，錢歸南也不急著送出去，他還在等待一個關鍵人物的到來：王遷。

經過一天一夜的奮戰，折羅漫山的大火總算給撲滅了。武重規在孔禹彭等伊州大小官員的陪同下，前呼後擁地來到了離伊州最近的火災現場。夕陽西沉，淒豔的殘紅落在大片大片漆黑的焦土之上，凸顯著難以名狀的慘烈和悲戚。

本是盛夏時節，燒了一天一夜的火災現場連空氣都依然是炙熱滾燙的，再加上動植物燒焦以後的臭氣衝鼻而來，簡直令人難以呼吸。武重規等人騎馬而來，也只能走到火場的邊緣，觸目皆是焦黑的殘枝枯土，其間還能看到些燒成焦炭狀的動物屍體，連是牛是羊都辨認不出了。一時間大家的心情都無比沉重，有些官員的眼中泛起淚光，這折羅漫山是伊州最蔥翠鬱鬱的一座青山，莫名遭此橫禍怎不叫人唏噓。

武重規可沒心情慨歎，他擔心的是能否找到瀚海軍來折羅漫山駐紮的痕跡。沿著山道越走越深入，他的心也漸漸沉入谷底。焦土、煙塵、屍體……馬匹搖晃得厲害，行走已經十分困難，武重規給顛得頭昏腦脹，還有窒息和炎熱，這一切足夠讓他打退堂鼓了。

終於大家停下來，前面已經沒有路了。武重規強打精神問孔禹彭：「孔大人，咱們到了聖旨中所說的瀚海軍駐紮的地點了嗎？」

孔禹彭看上去比武重規精神還差，滿臉沮喪地答道：「回欽差大人，聖旨上所說的瀚海軍駐紮的地點，沿此向前還有五里左右山路。」

「那……」武重規詢問地看著孔禹彭，後者聲音嘶啞，幾乎難以辨別地支吾道：「過、過不去了，前面都燒得一塌糊塗，就算硬闖過去查看，也必然什麼痕跡都找不到了。」

武重規待了半晌，也實在受不了那個氣味那個場面了，便道：「既然無法查看，就回去吧。要不然，孔大人你將那個什麼杜長史喚來刺史府，他是頭一個發現山火的，或許看到什麼蛛絲馬跡也未可知。本欽差今夜便在刺史府裡訊問他……」

他的話音未落，就見孔禹彭淚如雨下，武重規大為訝異，忙問：「孔大人，你這是為何？」

孔禹彭哽咽著道：「欽差大人，這杜灝大人為了撲滅山火，身犯險地，已經、已經殉職了！」

「什麼？」武重規也不由大吃一驚。

孔禹彭一邊拭淚，一邊敘述了前後經過。原來那杜灝前日凌晨發現山火後，除派人給刺史府送信之外，就只帶了幾個自己的貼身手下趕來火場。山火太過凶猛，他們幾人進入山區後就被大火圍困，而孔禹彭這邊為了調動伊吾軍，請示武重規又花了些時間，等大批人馬趕至現場，那杜灝大人和手下早已不見蹤影。本來大家還指望著救火的過程中能發現他們，結果卻只是在山火撲滅以後，發現了幾具燒得像木炭似的屍體，連衣服鞋帽都燒得灰飛煙滅了。

武重規聽得張口結舌，愣了愣才問：「那、那你們怎麼斷定那些就是杜大人和他手下的屍體？」

孔禹彭滿臉悲戚、說不出話來，只是招手換來一名副官，那人含淚捧上塊黑色綢布，上面齊齊整整地排放著幾個小小的物件，都被燒得黑黢黢的。武重規探頭一看，也不由長歎一聲，原來那些小物件都是當時文武官員革帶上必佩的東西，包含小刀子、礪石、算帶等等，即所謂的「蹀躞七事」，這些小東西倒是質地堅硬沒有被燒毀，卻也由此證明了杜灝的身分。

一時間愁雲慘澹、眾心悲戚。暮色更深，眼看著面前焦黑灼敗的景物越來越幽暗，死亡的氣息遮天蔽日，恐懼攫牢心房，悲涼反而退居其位。武重規乾咳幾聲，孔禹彭會意，強忍悲傷吩咐回城。

回到刺史府已是華燈初上。坐在亮如白晝的正堂上，武重規和孔禹彭的心情卻猶如暗夜無光，兩人都垂頭喪氣地，長久說不出一句話來。不需要再探討什麼，下午之行他們都看得很明白，折羅漫山毀壞嚴重，肯定是找不到任何與瀚海軍有關的線索了。武重規只顧頭疼如何理清案子的頭緒，而孔禹彭則要面對折羅漫山火和折損伊州第二號官吏的善後，也顧不上其他了。

枯坐良久，堂外有人來報，杜灝大人的屍首已運到刺史府中，還待孔大人定奪。孔禹彭慘然應承，忙問杜長史的夫人是否已請到，正說著，外面報說杜長史的夫人到了。孔禹彭詢問地望向武重規，不知道欽差大人是否疲累了先去休息，還是願意一同會見下長史遺孀。武重規歎道：

「咳，就順便安撫了吧。」

隨著通報聲，正堂門口裊裊婷婷地走入一個婦人。在二位大人面前深深地道了個萬福，口稱：「妾身呂氏，見過二位大人。」武重規正不自在，低頭喝茶，這聲萬福顫巍巍地鑽入耳窩，卻是嬌媚非常、柔情似水。武重規不覺矚目細瞧，只見堂口紅燭映照之下，側身站定一名通體素白的女子，微低著頭，薄施脂粉的臉上淚痕閃閃，還不時舉起手中的絲絹在鼻翼邊擦拭，可不知怎麼的，就是看不出有多麼悲傷，通身上下倒有種別樣的風情，武重規向來好色，乍一見這別有異趣的西域脂粉，欽差大人微張著嘴，有些看呆了。

孔禹彭顯然認識這個女人，悄悄掩飾起一絲鄙夷之色，他鄭重地起身施禮道：「夫人快請坐。」呂氏點頭，剛剛坐下，便握著帕子嗚嗚咽咽地哭起來：「孔大人，妾身剛才聽說，我那夫君，他、他……」

武重規不由自主地接口道：「夫人請節哀。那杜大人嘛，是為了撲滅山火而殉職，朝廷必會重重給予嘉賞！」

呂氏又抹了抹眼淚，從絹帕下瞟了一眼武重規，細聲細氣地道：「這位大人是……」

孔禹彭悶聲道：「夫人，這位是朝廷派來的欽差大臣高平郡王爺武大人！」

「哎呀，是欽差大人啊，妾身冒犯了！」呂氏嬌聲連連，站起身來便拜，武重規差點兒就要欺身向前去攙，孔禹彭在旁咳嗽一聲，武重規才穩了穩心神，裝腔作勢地道：「啊，夫人不必多禮，不必多禮。」一邊說著，眼睛在呂氏的渾身上下滴溜溜亂轉，那呂氏居然讓他看得臉色緋紅起來。

孔禹彭把此情此景看在眼裡，心中真是說不出的滋味，便道：「夫人，杜大人的屍身現在後堂，夫人要不要去辨認一下？哦，其實也……也面目全非看不出什麼了，本官倒是勸夫人不看也罷，以免傷心過度。」呂氏聽他這麼一說，乾脆舉帕掩面大哭起來，武重規和孔禹彭面面相覷，勸也不是不勸也不是，只好呆坐著看她哭。

呂氏總算哭夠了，又按著胸口嬌喘片刻，才有氣無力地道：「二位大人，妾身新喪，而今是六神無主、心膽俱裂。現妾身領回為夫的屍身，今後還要二位大人多多關照我們這孤兒寡母的一家人，嗚嗚……」

孔禹彭耐著性子道：「夫人請放心，杜大人乃為公事殉職，本官必會向朝廷稟報，請求朝廷好好撫恤。哦，恰好欽差大人也在，事情的原委這位武大人都很清楚了……」

他的話音未落，武重規就搶道：「對，對，夫人請放心，本欽差會為你做主的。」

呂氏聞言面露春色，含羞帶怯地又瞟了武重規一眼，搖搖晃晃地站起身道：「那麼妾身就告辭了，還要去料理先夫的後事……」

孔禹彭道：「好，夫人還請節哀順變，保重身體，不要過度勞累。哦，這裡有杜大人的幾件遺物，唉，水火無情，只搶出來這麼幾樣小東西。夫人請收好。」說著，命旁邊的差官將黑色綢包捧到呂氏面前。

呂氏盈盈拜謝，接過綢包打開，若有所思地將那幾個小物件細細看過來。突然間，她的臉色大變，雙手劇烈顫抖，綢包從手中掉下，「蹀躞七事」撒落在腳旁。孔禹彭和武重規十分詫異，互相望了一眼，再看那呂氏已經面無人色，整個人都搖搖欲墜起來。

孔禹彭忙喚：「快攙扶夫人！」一名差官猶豫著伸手過去，被那呂氏猛地甩開，這女人突然抬頭盯住孔禹彭，雙眼似要冒出火來，方才的嬌媚容顏頃刻變成了母夜叉，只聽她一字一句地問：「我、我那先夫的屍身現在何處？」

孔禹彭丈二和尚摸不著頭腦，含糊答道：「唔，就在後堂。本官這就命人護送杜大人的遺體隨夫人回府。」

「不！」呂氏嘶聲尖叫，狀似瘋婆，「我、我現在就要去看他！」

孔禹彭嚇了一大跳：「夫人，這……屍身已成焦炭狀，恐怕夫人要受驚嚇……」

「讓我去看！」呂氏猛撲過來，一把揪住孔禹彭的袍袖，孔禹彭驚得從椅子上跳了起來，趕緊拉開她的手，邊道：「這，夫人一定要看，本官就命人帶夫人過去。」

呂氏跟著差官匆匆而去，留下孔禹彭和武重規衝著堂口直發呆。對方才呂氏的那番風雲突變，兩人都有點兒暈頭轉向，搞不清楚出了什麼問題。孔禹彭想了想，還是走過去將那散了一地的「蹀躞七事」撿起來，重又包裹上黑色的綢布，揣入懷中。武重規本來倒對呂氏頗有些興趣，經剛剛那一折騰徹底沒了心情，打個哈欠，準備先行告退了。

還未等武重規開口，就聽外面一聲女人撕心裂肺的尖叫，驚得孔、武二人都直蹦起來，聽聲音就是呂氏的，緊接著後堂一片喧譁，夾雜著呂氏淒厲的呼號哭喊，猶如天塌下來一般絕望瘋狂。兩人三步併作兩步趕到門口，一名差役滿臉慌張地跑進來，大聲叫道：「大、大人！那呂夫人她、她瘋了！」

「什麼？」孔禹彭張口結舌，武重規也叫：「這、剛才還好好的，怎麼說瘋就瘋了？」

差役雙手一攤：「我們也不知道是怎麼了。在後堂一瞧見杜大人的屍身，這呂夫人就狂呼亂喊起來，還去扯那黑炭樣的屍身，嚇得我們……哎呀，大人您快去看看吧！」

武重規望著孔禹彭道：「莫非是急痛難當，失心瘋了？」

孔禹彭皺眉道：「應該不至於啊。她此前已經得到杜大人亡故的消息，剛才在這堂內舉止也很從容，未見得有多悲傷。怎麼會一見到杜大人的遺體就喪失理智了呢？」

兩人邊說邊往後堂方向走去，沒走幾步，前面甬道上奔來好些個人，為首的竟然就是呂氏，後面跟著刺史府的幾個差役。

只不過一小會兒時間，這婦人已經完全改變了模樣。慘白的月光下，她披頭散髮、跌跌撞撞地向前猛跑，身上的白色披紗褪到腰間，酥胸袒露，一隻腳上的繡花鞋也不見了蹤影。她邊跑邊喊，正撞到孔禹彭的身上，一把將他死死地揪住，嘴裡語無倫次地嚷著：「夫君，夫君，救我！救我！有人要殺我！要殺我！」

孔禹彭想要掙脫，不料這女人瘋得一股子蠻力，孔禹彭費盡力氣甩她不下，旁邊差役一齊動手才算把她摁牢。孔禹彭也弄得衣衫凌亂，狼狽不堪地吩咐道：「快、快把夫人送回長史府去。」

「不！我不回去！我要和夫君在一起！」呂氏聲嘶力竭地狂呼起來，趁幾個差役不備，她突然脫身而出往旁邊的樹上就撞，雖然立即又被抓住，還是將一張俏臉蹭出大片血痕。

鬧到這個時候，孔禹彭心中悲不自勝，一夜之間，折羅漫山被毀，長史夫婦死的死，瘋的瘋，真是禍從天降。想到這裡，他長歎一聲，搖頭吩咐：「還是先把呂夫人安頓在刺史府吧。派人去長史府中接幾個丫鬟僕婦來照料，另外，再去請個郎中來給夫人看看吧。」

也怪了，那呂氏聽說要把她留在刺史府裡，即刻安靜下來。自己理理衣衫起身就走，經過孔、武二人面前，還對他們嫣然一笑，襯著她散亂的頭髮和青紫的臉龐，真是要多詭異有多詭異。武重規看得心驚肉跳，剛要扭頭，就聽呂氏衝著他如泣如訴地喚道：「夫君，夫君！」武重規和孔禹彭相視苦笑，這女人剛死了個丈夫，就到處認起丈夫來，倒也是件奇事。

差役過來拉呂氏，她依然嘻嘻地笑著，深情款款地對著武重規拋媚眼，一邊哼著：「夫君，你說要帶妾身回庭州娘家的，你這就帶妾身去吧……」武重規渾身的寒毛直豎，往後連退兩步，那呂氏才算是讓差役給攙走了。

眾人散去，孔禹彭苦著臉對武重規作揖道：「欽差大人，讓您受驚了。」

武重規若有所思地望著呂氏遠去的身影，喃喃道：「庭州，庭州……」突然眼前一亮，正視孔禹彭道：「而今折羅漫山被燒，伊州上下官員又審理不出結果，本欽差要趕往庭州調查瀚海軍的案子！」

孔禹彭微微一愣，隨之坦然道：「欽差大人如此決斷，下官遵命。不知道欽差大人打算何時動身？」

「從伊州去庭州路上需要多久？」

「日夜兼程的話，兩天一夜足矣。」

武重規點頭：「很好，本欽差明早就動身。除我帶來的欽差衛隊，你再派五百伊吾軍護衛吧。」

「遵命！」

在夢中，他又一次嗅到了令人心碎的幽香，馥郁悠長，沁人肺腑。眼前的一片漆黑中，她的面容閃閃發光，清麗明亮的雙眸中流露出動人的溫情和憐惜，讓他心醉。他情不自禁地伸出手去，想要觸摸這近在咫尺的愛意，但是突然，她的臉像水波中的倒影般破裂成一個個碎片。當這些碎片重新凝聚匯攏時，他看見了誰？啊，是她，是她……那依舊絕美的容顏，那不曾改變的幽深目光，自他記憶的最深處悠悠浮起，伴隨著讓他至今無法面對的巨大痛苦，向他席捲而來。

蘭花的香氣充塞在每一次呼吸中，這香氣對絕大多數人來說，都是莫大的享受，可惜對他卻從來不是這樣。像過去無數次從噩夢中驚醒那樣，袁從英從床上猛跳起身，難以形容的窒息和壓抑令他通體大汗，恐懼、絕望，還有無盡的悲傷，與那股若隱若現的香氣一起縈繞在他的心頭，許久無法擺脫。他環視周圍的深重黑暗，真切地感到自己是這樣孤獨、無助。

在床上坐了片刻，袁從英才平靜下來。探手入懷，他從貼身的衣襟裡掏出那張疊得四四方方的紙，思忖著把紙湊到鼻子前聞了聞，不覺微笑了一下。這香氣果然神奇，彌久不散，而且貼身放置的話，它還會隨著人的體溫變得濃郁。好多年都不能聞花香的他，還是頭一次喜歡上這種清淡而苦澀的味道。

袁從英起身走到桌邊。臨睡前點起的一支小蠟燭，還未燃盡。借著微弱的光線，袁從英展開那張紙，又看了一遍神符的圖案和律詩，仍然沒有絲毫靈感。他搖搖頭把紙重新揣好，一邊頗為沮喪地想，自從被錢歸南軟禁在這裡以後，他幾乎把每天的大部分時間都用來睡覺，可是仍然休息不好。疲勞好像已經深入骨髓，怎麼也驅趕不出去。本來還指望庭州的乾燥天氣能夠緩解傷痛，偏偏又突變成連日陰雨，後背上的疼痛綿延不絕，實在叫人難以忍受。

桌上放著看守從裴素雲處給他帶來的藥物，封裝在一個精緻的小瓷罐子裡，蠟封上印了個小小的五芒星。由於這個蠟封在蓋子底下，很不容易察覺，只要罐子被旁人打開過，袁從英立刻就可以察覺出來。事先裴素雲和袁從英並沒有對此做過任何約定，但他一拿到這個罐子，就心有靈犀地發現了裴素雲設下的這個小小記號，這個發現讓他怦然心動、倍感溫情。

但是當他打開罐子時，卻又十分不解，裡面盛的不是黑乎乎的苦藥，卻是透明的湯汁，嚐一嚐，甜甜的，很是清香。袁從英也不管三七二十一，咕嘟嘟就一口氣喝了大半，非常可口，滋味他能分辨，這是用剛剛成熟的庫爾勒香梨燉的汁，多半就是裴素雲從自家院子裡的梨樹上摘下的果子。袁從英不明白裴素雲為什麼要冒著風險給他送來這個，原以為裡面會有幫助休息的藥物，結果卻讓他很失望，他仍然睡不好，又一次被噩夢驚醒。

四周萬籟俱寂，從蠟燭的長短來看，他知道自己並沒有睡多久，看來今夜又要睜著眼睛等待天亮，不過反正也習慣了。他把罐子裡剩下的梨汁喝光，倒是很解渴，突然聽到門外傳來一陣接一陣的鼾聲。袁從英一驚，來了這裡三天，房門上雖然不掛鎖，門口卻一直都有至少兩名看守，院門外再守上四個，他留意觀察過，看守們分日夜兩班，所以整個夜晚都是精神抖擻的。

袁從英湊到門縫朝外看了看，發現那兩名看守東倒西歪地躺在屋外，睡得爛熟。雨停了，這兩個傢伙的鼾聲在寂靜中顯得異常清晰，他猛然想到，院外的那四個看守一定也睡著了，否則絕不會毫無察覺。

這是怎麼回事？袁從英仔細思索著，眼睛無意中掃到桌上的罐子，頓時靈光乍現。肯定是裴素雲在給看守的藥物裡做了手腳，之所以沒有給袁從英同樣作用的藥物，就是為了讓他保持清醒，以便趁夜逃跑。也就是說，雖然昨天他拒絕了裴素雲幫助他離開此地的建議，她依然自作主張為他做了安排，提供了她認為必需的條件。立刻，他好像又聽到她在說著拒絕的話，但眼神和行為卻總是暴露出她截然相反的內心。這真是個喜歡自作聰明又固執己見的女人，讓他十分無奈，卻又深深地愛憐。

莫非這傻女人真的希望他拋下她獨自逃走？袁從英覺得啼笑皆非，她把他看作什麼人了？誰知道這女巫是怎麼想的，難道自己表達得還不夠明白？也許，是她看透了他的軟弱吧。這軟弱雖然他竭力掩飾，恐怕還是沒能完全瞞過她的眼睛。他記得，自己只有十年前的時候，才有過類似的軟弱，結果也同樣沒能瞞過另一個人的眼睛。他們都看出來他的徬徨、恐懼和依戀，卻用了截然不同的方式來對待。好在兩種方式他都能理解，並且真心喜歡。

桌上的蠟燭燃到最底端，「噗哧」一聲響後便熄滅了。屋子裡頓時伸手不見五指，袁從英的心悄然一動，他能準確地估算出現在還未到子時，離天亮至少還有兩個多時辰。不知道裴素雲的藥能不能讓看守們酣睡到明早換崗的時候，但這確實是個絕佳的機會，不應該白白浪費，否則也對不起她的苦心。袁從英不打算逃走，可是決定出去跑一趟。直覺告訴他，過了今夜，就再沒有可能了。

走出院子，不出所料，另外四名看守也都橫七豎八地倒在牆下。袁從英找到其中一個小隊長模樣的傢伙，從那人腰間摸出塊刺史府的令牌，憑著這個小玩意他便可以順利出入庭州城了。

袁從英騎著從刺史府馬廄裡牽出的駿馬，只花了不到一個時辰就跑上了庭州城外的草原。雨後的草原上泥濘遍野，青草和野花芳香撲鼻，月光出奇地皎潔，他離得老遠就看到狄景暉和韓斌藏身的牧民帳篷外，用木條圍起的馬棚中一大一小兩匹紅馬風姿超群。袁從英的心中禁不住狂喜，正像他期望的那樣，蒙丹也在這裡！

當袁從英小心翼翼地閃入無聲無息的帳篷時，立即被攔腰一把抱住。他隨手向外一推，居然沒推開，油燈「噗」地亮起來，袁從英低頭看看韓斌仰起的小臉，驚喜地說：「好小子，越來越有力氣了！」

韓斌興奮得滿臉通紅，輕聲嘟囔了一句：「哥哥你總算來了！可想死我了！」話音未落，眼睛裡就噙上淚花。

狄景暉和蒙丹一起迎過來，不約而同地歡喜道：「斌兒拚命說你今晚會來，居然還讓他給說中了！」

「嗯，」袁從英拍了拍韓斌的肩，問蒙丹：「你是什麼時候回來的？」

蒙丹也很激動：「前幾天我們在沙陀磧和鐵赫爾打了一仗，把敕鐸可汗的五千鐵騎全給收服了。哥哥讓我回來給你送信，可大雨耽擱了行程，前天才回到庭州！」

袁從英朝蒙丹點了點頭：「這些我已經知道了。」

蒙丹大驚：「知道了？怎麼會？你……」

袁從英笑而不答，蒙丹又忙忙地道：「我回來後就去巴扎小院找你，才知道你讓人抓進刺史府了，我都快急死了，一直在想怎麼能救你出來，可一時又沒有好的辦法。」

狄景暉插嘴道：「我說過你不用瞎操心吧，刺史府對他就是大巴扎，隨便逛！」

幾人圍在桌邊坐下，袁從英道：「咱們有話快說，我沒有多少時間，馬上還要回去。」

蒙丹和狄景暉更加訝異，便索性不再發問，安靜下來等袁從英解釋。袁從英卻一時無言，默默地看著油燈的火苗，半晌才正視著狄景暉，道：「大人要來了。」

狄景暉驚得目瞪口呆：「我爹要來庭州？他來幹什麼？」

「具體是不是到庭州我也不清楚，但一定會來隴右道。」

於是，袁從英就把幾天來在刺史府裡發生的事情，和得到的種種消息，一五一十地說了一遍。隨後，他鄭重地看著蒙丹，囑咐道：「從現在開始，你更要盡全力保證狄景暉的安全。狄大人來到隴右道後，你可多派人出去打探消息，只要有可能，就想辦法把狄景暉安然無恙地送到狄大人的面前。」

狄景暉嚷起來：「這是幹什麼？為什麼非要把我送——」

袁從英瞪了他一眼，厲聲打斷他：「難道你想要別人利用你來要挾大人嗎？」

蒙丹咬了咬嘴唇，點頭道：「這沒問題，你就放心吧。可是你怎麼辦？」

袁從英平靜地道：「不用擔心我，我有的是辦法。剛才我對你們說的事情，你們都要記清楚了，有機會見到狄大人就對他和盤托出，但對其他任何人，就什麼都不能說。還有……」他頓了頓，又皺起眉頭對蒙丹道：「最好想辦法告訴你哥哥，假如大周官府對他在伊柏泰的行動有非議，請他務必不要和大周朝廷對抗，否則對他今後所圖的霸業不利。如果真有人發難，他可以把全部的責任都推到我的身上。當然了，我相信烏質勒王子在這點上自有計較，我也就是白提醒一句。」

這席話說完，蒙丹和狄景暉都有些發愣，袁從英看著二人憂心忡忡的樣子，輕聲道：「你們也不用太擔心了，我都不知道接下去會發生什麼，只不過做好最壞的準備。總之，只要你們能平安見到大人，我就有退路、有支持。所以你們一定要保護好自己。好，沒別的事，我這就該走了。」

他剛要起身，卻被韓斌死死地抱住，袁從英對他搖了搖頭：「斌兒，別叫我再為你操心了吧。」

韓斌狠狠抿緊嘴唇，低下頭，乖乖地把手鬆開了，蒙丹過去摟住他的肩膀。袁從英朝狄景暉使了個眼色，兩人並肩走到帳篷外。

時近凌晨，濃重夜幕中的草原上，殘星寥落，輕煙飄浮。袁從英和狄景暉相視一笑，似有千言萬語卻又無從說起。過了一會兒，袁從英才低聲道：「見到大人，替我問個好吧。」

狄景暉輕哼一聲：「我不說，要說你自己去說。」

袁從英朝他伸出右手：「上回我放在你這裡的書信，還在嗎？」

狄景暉點頭，從懷裡掏出封信遞過去，一邊問：「喏，我一直隨身帶著呢。怎麼了？你不是說讓我替你保管著，找機會送給我爹嗎？這不是有機會了？要麼你自己給他？」

袁從英笑了笑，將信收進懷裡：「也沒什麼要緊的，以後再說吧。」

狄景暉攤手：「隨你咯。」

靜了靜，袁從英又道：「還有斌兒，我一直都很後悔把他帶到這裡來，而沒有讓他留在大人身邊。假如——」

狄景暉不耐煩地打斷他：「哎，我可沒興趣聽你說這些話，簡直和我爹一樣婆婆媽媽，你要走就快走吧。」

袁從英點點頭，轉過身去正要認蹬上馬，狄景暉又想起件事，扯住馬轡繩道：「關於裴素雲給你的那首詩，我這幾天一直在琢磨。頭一聯提到伏羲八卦，它雖然是八個方位，和五芒星的五個方位不同，但伏羲八卦的左上是『兌』卦，意思是『澤』；左下是『震』卦，意思是『雷』；而右上是『巽』卦，就是風的意思；右下是『艮』卦，意思是山。倒是與薩滿的『水、火、風、地』四神符暗合。因此這些天我想來想去，覺得也許那五芒星的四個角就代表『水、風、火、土』四神符，位置大概就和伏羲八卦的卦位一致。不過……呵呵，我也說不好，等有機會你再去問問你那女巫，看看這謎猜得準不準！」

「好，我知道了。」

狄景暉看著袁從英撥轉馬頭，揚聲道：「從英，自己多小心！」

「是的，景暉兄，你和公主也要多保重，管好斌兒。我走了！」

長空的遠端，星輝褪盡，不見朝陽。微微泛白的草原黎明，一人一馬的背影很快就在灰濛濛的晨霧裡消逝無跡，隨之飛散的還有撕得粉碎的信紙，像夏日中意外飄落的雪花，轉眼就融化在他清澈見底的目光中。

肅州以北，金山山脈間夾雜著大片瘡疤似的砂石灘，碩大粗礫的砂石中寸草不生，是真正的戈壁荒原。生命在此停止了最細弱的搏動，只有一輪紅日年年歲歲如約而至，從東北方的百鳥海子上升起，又沉沒於西南方的金山山巔，循環往復永無停歇。

太陽越過頭頂，這是又一個火辣辣的西域炎夏。從金山的山廓裡奔逃出一小隊狼狽不堪的人馬。不足百人的小隊個個丟盔卸甲、遍身血污，連他們的坐騎也都踉踉蹌蹌，舉步維艱。顯然，這小隊人馬剛剛經歷了九死一生，他們的同伴大概都已經永遠留在金山的南側，再也不能返回北方的家園了。

領頭的一匹黑馬上，訇俱領披散的棕髮凌亂，後腦勺不停地淌下鮮血，他身上的戰甲早就被血浸透，臉上也是血污斑斑，連原本漆黑尖翹的唇髭都被染成褐色，黏成一團。他艱難地跨騎在馬匹上，雙手雖仍死死抓著轠繩，腦袋卻垂在胸前，隨著馬匹的步伐上下顛顫，一望而知便是筋疲力盡，或許還身負重傷，唯有微閉的那雙眼睛，還沒有喪失最後的一點神采，時不時地迸放出摻雜著怨恨、恐懼和憤怒的光芒。

這就是剛剛慘遭敗績的突厥王子訇俱領。昨夜，當他被烽火所誘，率領兩萬精兵馳援瓜州，在群山峻嶺中狂奔了將近兩個時辰之後，翻越到獨登山的最高峰時，驀然回望，卻萬分震驚地看到了肅州城上的滾滾硝煙。再往西看去，通向瓜州的長城烽火台上，一座座沖天而起的烽火觸目驚心，訇俱領立刻了然於心，自己上當了！

沒有絲毫的猶豫，訇俱領率隊掉頭就往肅州趕。他知道，崔興此計一出，必然是抱著破釜沉舟的決心，然而訇俱領不敢也不能面對肅州的失守，這將是他人生最大的失敗和恥辱！於是，他率領大軍在一夜間來回奔波於瓜州和肅州之間，匆忙和憤怒使得他們前所未有地慌亂，結果一頭撞進了崔興設好的埋伏圈。

激烈的戰鬥在肅州城外的獨登山脈中展開。實際上，匐俱領再沒有能夠看到肅州城巍峨雄偉的城樓。崔興在肅州到獨登山腹之間設下三道防線，兩重圍堵，形成守株待兔的態勢，只待狂怒慌張的匐俱領跳入圈套。

突厥兩萬精兵被切成兩段，分別被圍困在兩個山坳裡面苦戰。大勢已定，分出勝負只是時間問題，突厥士兵雖然驍勇異常，但心志已亂，再被崔興那摩拳擦掌好幾天的大軍甕中捉鱉，也是萬無勝機。戰鬥從黎明打到正午，又從正午打到日落，突厥的兩萬人馬已經所剩無幾，幾員大將接連陣亡，匐俱領自己頭部、大腿都遭重創，在親勳衛隊的拚死保護下，才算勉強殺出重圍，往北逃竄而來。

崔興並未窮追不捨，匐俱領的軍隊絕大部分已被消滅，他不擔心突厥人捲土重來，便整理軍隊，分兵派將，一方面鎮守好剛剛奪回的肅州，一方面集結人馬向瓜州而去。突厥被打得暈頭轉向，這正是最好的時機，可以立即奪取防守空虛的瓜州。因此，匐俱領才得以逃出生天。

經過大半天瘋狂逃命，現在匐俱領和他所剩下的最後百餘人馬，終於踏上金山山麓。只要穿過面前的這大片荒灘，去到平整如鏡又深邃墨綠的百鳥海子邊，那藍天白雲之下，就是突厥和大周牧民交替逐牧的原野，不屬於任何行政管理的自由天地了。

「殿、殿下，沒有追兵了。是不是歇一歇，補充些食水？」一名偏將擦著汗問，臉上血肉模糊，但口齒還是清晰的。匐俱領點點頭，在偏將的攙扶下，他艱難地翻身落馬，剛跨出步子，就坐倒在沙地上。其餘眾人也都跟著橫七豎八倒在他身旁。匐俱領舉目四望，除了自己手下這些殘兵敗將，再不見一絲生機，他心中鬱積的仇恨和暴怒如岩漿翻滾，眼看著就要噴薄而出。這些狡詐的漢人，總有一天我匐俱領要報仇雪恨！

偏將遞過水來，匐俱領喝了幾口，滿嘴的血腥氣，他喝不下去了，抬頭往來的方向看去，突然他猛地從地上一躍而起，眼前頓時金星直冒，連連搖晃著倒在偏將的懷中。「殿下！殿下！」偏將不知道發生了什麼事情，急得亂叫。匐俱領咬牙推開偏將，自己勉強站立，卻忍不住面向西南方嚎啕大哭起來。

午後的荒漠上，他的哭聲驚天動地，所有人都手扶肩撐地朝西南方望去。只見火熱的落日下，白日烽煙直衝雲霄，突厥人認得這長城上報告勝利的烽煙，他們深知這回不是詭計，而是在宣告真正的勝利：緊跟在肅州之後，瓜州也從突厥短暫的掌控中掙脫，重回大周！

傍晚，錢歸南終於等到了王遷。王遷剛風塵僕僕地踏進刺史府正堂，錢歸南便直迎上去，熱情洋溢地打著招呼：「哎呀，王遷，你終於回來了。」

王遷抱拳躬身：「錢大人，我——」

錢歸南抬手一攔，王遷趕緊閉嘴，待衛兵魚貫退出，錢歸南親自去關上正堂門，這才回過身來，長吁口氣，問：「一切還順利嗎？」

王遷詫異地端詳著刺史大人，才走了四天時間，錢歸南似乎變得蒼老不少，鬍子拉碴，原本保養得體的臉皮上皺紋根根凸顯出來，衣冠也有些凌亂。王遷知道，錢歸南的為人其實最膽怯，想必是事到臨頭，憂思過重了。心中掠過一絲不屑，王遷微微一笑，壓低聲音道：「錢大人，卑職把瀚海軍都帶回來了。」

「啊，哦，好！好！」錢歸南連聲稱是，眼睛還是忍不住四下亂看，好像生怕有人偷聽。隨即，他一把抓住王遷的胳膊，道：「一路之上沒有叫人發現吧？可曾留下什麼蛛絲馬跡？」

「錢大人，您就放心吧。卑職能確保萬無一失。」

錢歸南連連點頭，又道：「你來得正好啊。等我們談完，我就會吩咐下去，讓沙陀團和天山團分別把守住沙陀磧的北部和南部，到時候還要你親自帶隊過去。」

王遷眼珠亂轉，反問道：「大人，為什麼要把守沙陀磧？敇鐸那邊您打算……」

錢歸南一跺腳，將敇鐸可汗來信的事情簡略地講了一遍。王遷直聽得滿頭冷汗，接著錢歸南又把自己決計與默啜撕毀合謀，重新倒向大周懷抱的算盤說出。

王遷大驚，說話都結巴了：「錢、錢大人，您、您這麼做，萬一默啜……呃，還有敇鐸……」

錢歸南惡狠狠地瞪了王遷一眼，斥道：「慌什麼！就在等你把瀚海軍從伊州帶回來的這段時間裡，我前前後後都考慮過了。突厥那頭不用擔心，朝廷現在肯定對他們恨之入骨，絕不會再相信他們的任何說法。而今瀚海軍一回來，此前與突厥合謀的一切證據便都不復存在。你我只要再對沙陀團和天山團陳明厲害，想必也沒有人敢冒這個天下之大不韙，反去告發。再說，這樣做對他們也沒有任何好處嘛。」

「這……」王遷低著頭不吭聲，錢歸南狐疑，便皺眉道：「你還有什麼話，都說出來嘛。如今你我二人可是休戚相關的，在此緊要關頭，必須要開誠布公才是。」

王遷這才抬起頭來，直視著錢歸南道：「錢大人，事情恐怕沒有這麼簡單。」

「唔，你什麼意思？」

王遷兩眼冒出冷光，一字一句地道：「卑職到達伊州的時候，朝廷派出的欽差大人也到了。」

錢歸南大驚：「欽差大人？誰？來幹什麼的？」

「高平郡王武重規大人，就是去伊州調查瀚海軍私自調動的事情！」

「什麼？」錢歸南身子晃了晃，王遷忙伸手相攙，將他扶著坐到椅子上。錢歸南臉色煞白，接連喘了好幾口氣，才算稍稍鎮定下來，一把揪住王遷的衣服道：「這是怎麼回事？消息怎麼會走漏出去？連朝廷都驚動了？而且……」他頓了頓，難以置信地道：「此前怎麼伊州一點兒消息都沒有透露給我們？」

王遷哭喪著臉道：「錢大人，此次欽差大人是秘密查案，估計也就當今聖上和幾位宰相大人知道，伊州那裡事先更是什麼都不知道。要說咱們運氣還算不錯，卑職到得太及時了，要是晚到伊州一步，大概就什麼都完了！」

錢歸南面如死灰地愣在那兒，好半天才道：「既、既然你把瀚海軍平安帶回來了，就說明欽、欽差還未及發現……」王遷點了點頭，錢歸南長舒口氣道：「你先把在伊州的經過詳詳細細地給我說一遍。」

雖然正堂內再無旁人，外面又有衛兵把守，這二人還是做賊心虛地壓低聲音，竊竊私語了好久，總算把伊州的狀況全部理清，錢歸南勉強擠出個虛弱的笑容，拍了拍王遷的胳膊，道：

「好，這件事你辦得好啊。果然有勇有謀，本官沒有看錯人。這回只要能夠度過難關，本官絕不虧待於你，定讓你加官進職！」

王遷連連稱謝，錢歸南想了想，又道：「只是那個女人留下來，終歸是個禍患！」

王遷點頭道：「卑職明白。已派了殺手在伊州繼續找機會下手，卑職自己實在難以兩頭兼顧，只好先趕回來。」

「嗯，你做得很對。」錢歸南隨口應道，接著又自言自語：「如此看來，欽差大人對這事還沒有十分的把握，可朝廷到底是怎麼得知消息的呢？王遷，我們必須要把疏漏找出來，才好應對啊！」

兩人一起開始冥思苦想，正堂內頓時安靜下來。想來想去，只有一個地方確實出過紕漏，那就是至今蹤跡皆無的沙陀團旅正高達！也許是高達跑到了洛陽，將瀚海軍的事情報告給了朝廷？但錢歸南不相信以高達的身分，能夠上達天聽，此事乃軍中機密又涉及朝廷重臣，兵部會聽信高達這樣一名邊疆駐軍小旅正，私離駐地又越級投訴的一家之言？恐怕高達就是到了洛陽，也會投告無門的。

如此翻來覆去地琢磨不出名堂，錢歸南只得先讓王遷去安排瀚海軍，又叫人將給武遜和梅迎春的兩封書信送出。該做的準備還是要做，欽差大人離庭州只一步之遙了！

王遷走了，錢歸南一人仍在堂中百思不得其解。有人來報，說庭州最偏遠處的葉河驛一名姓郭的驛站長找來刺史府，說什麼被人騙了。錢歸南剛想罵人，連這樣的破事都來煩自己，突然間他的眼睛一亮，葉河驛，被人騙……他命人立即將這名郭驛長召來問話。

第四章　交鋒

郭驛長邁入庭州刺史府正堂時，腿肚子直轉筋。雖說驛站長也算個流外九品的小官吏，還直屬兵部，但身居葉河驛這樣的偏遠小驛站，郭驛長連庭州城都從來沒機會進，更別說面見錢歸南這樣的四品刺史了。

錢歸南咂了口茶，瞥一眼站在堂前哆哆嗦嗦的郭驛長，不知為什麼，他預感到此人將給自己帶來性命攸關的重大消息。於是，他和顏悅色地詢問起郭驛長的身分職務，幾番對答之後，郭驛長慢慢放鬆下來。錢歸南不再浪費時間兜圈子，單刀直入地問他此行的緣由。

對此郭驛長倒是有備而來的，自那天袁從英騙出馬彪以後，他就始終忐忑不安，總覺得事情不簡單。考慮再三，他決定要向庭州官府匯報事情的經過，此時距袁從英劫驛馬和傳符已經過去快一個月了。郭驛長從葉河驛出發前往庭州，本來就要跋山涉水，再加上庭州附近這半個月來暴雨成災，好多處山洪暴發，河流氾濫，他一路上費盡了九牛二虎之力，待趕到庭州城裡，又過去了大半個月。

見錢刺史發問，郭驛長便把那天的情況原原本本地述說了一遍。錢歸南臉上雖然還能保持波瀾不驚，心中卻早已隨著郭驛長的敘述天翻地覆。郭驛長說得明白，當時那人是握著大周宰相狄仁傑的手書密令，要求動用「飛驛」來傳遞加急軍報到洛陽。根本不用多加推敲，天底下能持有大周宰相狄仁傑的手書密令者，又恰在庭州的，除了袁從英還會有誰呢？

再聽到袁從英特地要求驛卒避開庭州沿線驛站，錢歸南只覺得頭皮發麻，身上一陣一陣寒顫，這分明就是要避開他錢歸南的監控和轄制。這個袁從英，他哪來這麼大的膽量和這麼精明的手段，他到底想幹什麼？他又到底了解多少內情？

郭驛長還在嘮嘮叨叨地說著，他畢竟是朝廷任命的驛站長，懂得傳驛的規矩，當然不會答應這樣的無理要求……錢歸南突然目光一凜，咄咄逼人地發問：「你說你不同意改換驛路？」

郭驛長嚇得差點兒屈膝跪倒，期期艾艾地回答：「是，是，下官、我……沒有同意。那人……也、也就算了。」

「你說他就算了？」

「是啊。我都給驛卒馬彪交代清楚的，他絕對不會私自改換線路。」

錢歸南緊鎖雙眉，三百里加急「飛驛」是重大軍情，途經庭州的話他不可能得不到稟報，也就是說，這位郭驛長肯定還是讓袁從英給耍了。想到這裡，錢歸南陰慘慘地咧嘴一笑，輕言細語地對郭驛長道：「郭驛長，你知道邊關寧定，近幾年來庭州一線都沒有見過三百里『飛驛』了。因此，你那驛卒馬彪，要麼就是違背你的命令，私自改換線路入京；要麼就是早讓人給殺了！」

「啊！馬彪，小彪子他絕對不會違背我的命令的，他、他……」郭驛長急痛交加地望著錢歸南，張大嘴說不出話來。山裡人感情淳樸，馬彪跟在他身邊幾年，他就當兒子那麼看待，如今聽說馬彪生死未卜，郭驛長於公於私都更痛恨那個攪亂葉河驛平靜的陌生人了。

錢歸南瞪著郭驛長，心裡卻在嘀咕著，誰知道那袁從英又耍了什麼手段，也許就真的把馬彪給說服了？或者就是找其他人代替馬彪入京送信……他現在對袁從英產生了巨大的畏懼，簡直覺得對方無所不能。而且，假如真的是袁從英把瀚海軍的相關消息送到洛陽，直接傳遞給狄仁傑，那麼朝廷派出欽差來查案就不足為奇，整個過程可以保持得如此機密也更加順理成章了。

那麼，袁從英到底是怎麼偵得瀚海軍的動向呢？剎那間，錢歸南覺得頭痛欲裂、天旋地轉，原以為一切有了轉機，哪想到殺機時時刻刻就潛伏在自己的身邊，根本無從逃離。他無力地癱軟在椅子上，這輩子從來沒有遇到過這樣的對手，這樣的危局，錢歸南覺得很累很迷茫，一時間四顧茫然，彷彿死到臨頭了。

良久，錢歸南才勉強抬起眼睛，看到郭驛長還站在堂下發愣，便叫來差役，讓他們帶著郭驛長去關押袁從英的小院認人。雖然心裡已經認定，在某種模糊的期望驅使下，錢歸南還是想再驗證一次。

差役很快又帶著郭驛長回來了。錢歸南遏制不住地緊張，忙問郭驛長認出來沒有。郭驛長卻撓了半天腦袋，支吾道：「看著……挺像的。不過沒靠太近，看、看不太清楚。」

「什麼意思？」錢歸南望向兩旁的差役，「為什麼不靠近些認？」

差役也是吞吞吐吐：「唔，這個……袁校尉在睡覺……」

錢歸南啼笑皆非：「睡覺？現在這個時候，睡什麼覺？」

「唔，他都睡了一天了。」

錢歸南氣得臉通紅：「他睡覺你們不會叫醒他？他是被關押在刺史府，又不是我請來休養的！你們這些蠢……」暴怒之下，他伸出手去就搧了差役一個大大的耳光，差役被打得嘴角頓時滲出血來，抬手捂著臉，又害怕又委屈地辯白道：「錢、錢大人，是伊都干說這袁校尉得了疫病，讓我們不要靠近他。我們、我們叫他他不理，我們也不敢上前觸碰，所以就只好隔得遠遠地看……」庭州人人皆知錢歸南與裴素雲的關系，差役見錢歸南盛怒，慌亂中本能地就抬出伊都干來做擋箭牌。

錢歸南一愣：「疫病？袁從英得疫病了？怎麼會？」他皺著眉頭想了想，嘴裡唸唸有詞：「伊都干說袁校尉得了疫病……」

差役湊過來補充：「伊都干讓看守每天去府上取藥，還給這袁校尉也帶了藥……」他還未及說完，就看到錢歸南面如死灰，直勾勾地瞪著自己。差役再度被嚇得接連倒退兩步，垂首侍立，再也不敢開口了。

大約只有五內俱焚這個詞，才能形容出錢歸南此時此刻的感覺。疑慮、憤怒、恐懼，還是絕望？錢歸南站不住了，雙眼發直地跌座椅上。他的腦子裡只有一句話在反反覆覆地回響：裴素雲認識袁從英，裴素雲認識袁從英，裴素雲，袁從英……半晌，錢歸南才抬起血紅的雙眼，揮了揮手，示意眾人退下，刺史大人要靜一靜。

王遷忙了半天，總算把沙陀團和天山團在沙陀磧周邊的防務安排妥當。由於連下了十天大雨，庭州的暑熱消退了不少，現在的沙陀磧倒比大雨之前要涼爽很多。王遷帶著瀚海軍沿著沙陀磧的東側走了一大圈，發現周邊的幾條大河水位均已暴漲，如果要穿越沙陀磧，現在倒成了最佳時機，天氣涼爽，水源充足，當初敕鐸要是能多等些日子，鐵赫爾的五千鐵騎也就不會毫無名堂地給梅迎春剿滅了。

不過話又說回來，現在有瀚海軍的兩個團把守住沙陀磧的東線，就算敕鐸的人馬順利通過沙陀磧，來到庭州這側也照樣會遭到瀚海軍的迎頭痛擊。以兩軍的實力對比來看，敕鐸仍然沒有勝機。

待王遷匆匆趕回刺史府向錢歸南覆命時，已到了掌燈時分。他走到正堂門口就發覺氣氛不對，房門緊閉，兩名侍衛肅立門旁，周遭鴉雀無聲的。王遷邁上兩步剛要敲門，侍衛連忙伸手阻攔，又是擠眉又是弄眼，王遷不耐煩道：「我有要事回稟錢大人，怎麼了？」

侍衛壓低聲音道：「錢刺史誰也不讓進，一個人待在裡面很久了。」

「哦，出什麼事了？」

「不知道，好像有大麻煩……」王遷不覺鎖緊眉頭，怎麼大麻煩一個接一個的？他正猶豫著，門內傳來錢歸南嘶啞的聲音：「是王遷吧？」

「啊，是，錢大人！卑職……」

「你進來吧。」

王遷定了定神，推開房門邁入正堂。堂內烏漆墨黑的，沒有點燈燭，只有從窗紙上投入的昏沉夜色。他瞇著眼睛仔細瞧，才看到端坐在案邊，錢歸南那一動不動的身影。

王遷有些摸不著頭腦，硬著頭皮抱拳：「錢大人，卑職來覆命。」

「哦，沙陀磧防務都布置好了？」

「是的，都布置好了。」王遷回答著，心裡卻陣陣發怵，錢歸南的嗓音聽上去怨憤交加，又似乎有些萬念俱灰，實在讓人瘮得慌。

錢歸南沉默了，王遷也不敢說話，等了好久才聽到對面又傳來陰森森的聲音：「王遷啊，今晚還有件事情要麻煩你。辦完這件事，你便可以去休息了，這些天也辛苦了。」

「大人請吩咐。」王遷心中嘀咕，這錢大人一定出了大事！

又是沉默，良久，錢歸南才悠悠歎了口氣，道：「每天吃完晚飯，阿月兒都要到離家兩條街的一戶牧民家裡，去取新做好的酸奶。你現在趕過去，應該正好能碰上。去，把她抓到這裡來。」

王遷愣住了，抬起頭困惑地望向錢歸南那團黑黑的身影。

「小心，不要驚動任何人。來了以後就直接帶到這裡，哦，用黑布蒙上腦袋，把嘴堵上，別叫人認出她來。」

這天晚上阿月兒徹夜未歸，裴素雲急得在家裡團團轉，卻又無計可施。裴素雲的家中，平常除了她和安兒，也就阿月兒這一個小婢，除非錢歸南過來，才會帶來若干衛兵在外把守。如今阿月兒不見，裴素雲又不敢撇下熟睡的安兒獨自在家，只好望眼欲穿地傻等了一夜。她想不出來阿月兒會遭遇什麼不測，眼睜睜地看著晨光透過敞開的窗戶，照亮了床前的黃泥地。裴素雲俯身看看安兒在睡夢中露出笑意的紅撲撲的臉蛋兒，站起身來打算去請隔壁的大娘來照看孩子，她要去刺史府，讓錢歸南幫助尋找阿月兒。

剛掀起珠簾，猛見一人的身影堵在面前。裴素雲嚇得猛退一步，才看清楚是錢歸南。她撫了撫胸口，輕聲抱怨：「你一聲不響地站在這兒幹什麼？差點兒嚇死人。」

「哦，素雲這麼大的膽量，怎麼還會受驚嚇？」

裴素雲聽著不對勁，清晨的光線黯淡，錢歸南的臉在逆光中黑乎乎的，看不清楚表情。裴素雲放下珠簾，走到外屋，一邊道：「安兒還沒醒。咱們在外屋聊吧。」錢歸南一言不發地轉過身來，裴素雲不再看他，只低聲道：「你怎麼一大早過來了？正巧我打算去找你。」

錢歸南冷冷一笑：「你我心有靈犀嘛，我知道你想我了，就特意過來看看你。」說著，他一把端起裴素雲的臉龐，仔細端詳，嘖嘖歎息道：「素雲啊，這些天我俗事纏身冷落了你，白白辜負了這稀世的花容月貌，實在太可惜了。」

裴素雲從他的手中挪開臉孔，正色道：「歸南，阿月兒昨天晚飯後出去了就沒有回來，我很擔心。你能不能派人出去找找？」

錢歸南好像沒有聽見她的話，自顧自踱到牆邊，天藍色的粉牆上掛著把胡琴，錢歸南舉手觸了觸琴弦，怪聲怪調地哼起來：「有美人兮，見之不忘。一日不見兮，思之如狂……素雲啊，還記不記得十年前，我剛剛到庭州來任司馬，當時的韋刺史宴請薩滿巫師藺天機，我在宴席上頭一次見到你，歌班奏的曲子就是這首〈鳳求凰〉。」

裴素雲咬著嘴唇，她的心越沉越低，耳邊彷彿也響起了多年前那幽怨的琴聲。

錢歸南還在哼下去：「願言配德兮，攜手相將。不得於飛兮，使我淪亡！」

裴素雲激靈靈地打了個冷顫，她勉強鎮定自己，不動聲色地道：「歸南，阿月兒不見了。我擔心她出事，你讓人去找找吧。」

錢歸南總算停止了歌詠，彷彿還沉浸在回憶中，恍恍惚惚地答道：「阿月兒，她能出什麼事情？十四歲的女子，也該春情萌動了，多半是去幽會情郎，保不準就此私奔了，我能去哪裡找呢？」

裴素雲忍耐不住，稍稍提高聲音道：「歸南！你在胡說些什麼？」

錢歸南回過身來，一雙眼睛裡放出冷光，惡狠狠地道：「我胡說？有你這樣的風流主子教導著，她阿月兒偷個把男人算什麼？至少她還做不到像你這樣，偷一個出賣一個，偷兩個出賣一雙！」

裴素雲全身哆嗦，少頃，才抬起晶亮的眼睛，一字一句地道：「你說的什麼話，我聽不懂。」

「你聽不懂？你這麼聰明的女人，你有什麼不懂？」錢歸南雙眼裡此刻已經冒出熊熊的烈焰來，他的臉色煞白，嗓音也克制不住地顫抖著，「多麼美的容貌啊，十年了，我眼看著這副相貌越來越美，比之當初那清秀的少女更有韻味，可歎我卻沒有發現，這國色天香之下的蛇蠍心腸，還兀自做著天長地久的美夢！」

裴素雲已經說不出話來了，只是直勾勾地瞪著錢歸南，臉上卻並無怯意。

她的樣子更加激怒了錢歸南，他一把攥住裴素雲的胳膊，鼻子已經快貼上裴素雲的臉了，唾沫飛濺地嚷著：「瞧這雙楚楚動人的眼睛，瞧這樣孤傲淒婉的神色，想當初我就是被這眼睛這神色給迷得神魂顛倒，才會拜倒在你的石榴裙下！我冒了多麼大的風險，承擔著被詛咒的恐懼，就為了得到你，硬是把一代薩滿宗師藺天機給整死在了伊柏泰！這十年來我庇護著你，供養著你，為你守著伊柏泰的秘密，幾乎對你言聽計從……我錢歸南對哪個女人這樣盡心盡力過，你說啊！你為什麼還不滿足？為什麼還要背叛我？」

裡屋突然爆發出一陣孩子的哭鬧聲，裴素雲竭力要掙脫錢歸南的抓握，含著眼淚道：「你嚇著孩子了，我去看看他，你放開我！」

「不許去！」錢歸南大聲怒吼，用盡全力搧了裴素雲一記耳光。裴素雲被打得仰身倒在桌前，嘴角邊頓時淌下血絲，她也不管，仍然掙扎著想往裡屋去，怎奈錢歸南的雙手好像鐵鉗子，抓住她拚命搖晃，大吼著：「你說啊！你回答我，到底是為什麼？啊？你嫌我老了是不是，你嫌我本事還不夠大是不是？你到底要怎麼樣才能滿足？」

裴素雲的眼淚流了下來，她輕聲道：「歸南，我沒有不滿足，我……也沒有背叛你。」

錢歸南稍稍冷靜了點，譏諷地反問：「這麼說來，我還錯怪你了。好吧，既然你不承認，我倒想聽聽你的解釋。」

「解釋什麼？」

錢歸南滿臉陰森地狂笑起來：「素雲啊，我真的很佩服你。你若是個男人，一定是天下最毒辣最狡詐的陰謀家。不過也難怪，世上最毒婦人心嘛。都已經把我的底細全部透露給了我的敵人，卻還做出這樣一副無辜的模樣。你是不是一定要我把話點明，要我把你那野男人的名字說出來？」

裴素雲閉上眼睛，她實在無法再正視錢歸南那張扭曲變形的臉。錢歸南卻湊到她的耳邊，一字一頓地道：「袁、從、英，怎麼樣？聽到這個名字很親切吧，關於他，你真的不想說些什麼嗎？或者還是堅持說你對他完全不了解……」

裴素雲搖了搖頭，用低不可聞，卻又不容置疑的聲音說：「袁從英與我有什麼關係，你對我提他做什麼？」

錢歸南冷笑：「你還真夠固執的。要不要我讓阿月兒來和你對質啊？怎麼她說的是完全不同的另一個故事？」

裴素雲瞪著錢歸南：「原來是你……你把阿月兒怎麼了？啊？你不許傷害她！」

錢歸南再次冷笑：「阿月兒很好，我只是讓她把所知道的事情都說出來罷了，這也能算傷害嗎？那麼，你對我所做的一切，難道就不是傷害？」

裡屋安兒的哭鬧聲越來越驚天動地，裴素雲終於抬起頭，對錢歸南淒然一笑，又說了一遍：「歸南，我沒有背叛你。」

錢歸南愣了愣，鬆開手，正在這時，安兒從珠簾裡跌跌撞撞地跑了出來，一頭撲進裴素雲的懷中，含混不清地叫著：「娘……娘……」

裴素雲將孩子緊緊摟住，輕聲說著：「娘在這裡，安兒不怕。」

錢歸南看著他們母子相依的樣子，眼裡的狂怒漸漸被哀痛遮蓋，忍不住長歎一聲：「素雲，我是多麼希望，我所聽說的都不是真的……」

裴素雲只管低著頭，又說了第三遍：「歸南，我沒有背叛你。」

錢歸南走到裴素雲身旁，撫弄著她的肩膀，換上溫和的語氣：「好吧，素雲，袁從英來過這裡，阿月兒都告訴我了，你也不必再隱瞞，我只想聽你說實話。」

裴素雲摟著好不容易平靜下來的安兒，幽幽地道：「你不在的時候，他來找我治病，我給他作了一次法，如此而已。」

錢歸南歎息道：「你為何要瞞我？」

「怕你多心，本來也沒什麼，所以就沒有提起。」

「哦。」錢歸南又問：「那你在刺史府裡也見過他，這又是怎麼回事？」

裴素雲垂下眼簾，沉默片刻才道：「他們告訴我有個外人關押在後院，似乎有病。我擔心外人帶疫病到刺史府才過去看的，我不知道那人就是袁從英。」

「是這樣……」錢歸南的表情深不可測，緊盯著裴素雲逼問：「你說他得了疫病是怎麼回事？還讓看守都服藥，囑咐他們不可靠近袁從英又是怎麼回事？」

裴素雲注視著前方，平靜地回答：「袁從英……他的身體的確很不好。讓看守們服藥，不與他靠近只是為了預防萬一，沒別的意思。」

錢歸南連連點頭：「你想得還真周到。不過，為什麼你給看守的藥會讓他們在夜裡一睡不醒，嗯？袁從英的身體很不好，在你的幫助下逃跑得倒很輕鬆！」

裴素雲一驚：「袁從英逃跑了？」

錢歸南慢悠悠地道：「是啊。跑啦，無影無蹤啦，就在你的藥讓看守們睡死的昨天夜裡。」

他注意地觀察著裴素雲的神情，問：「怎麼？很意外嗎？」

裴素雲不吱聲，錢歸南又湊上去，托起她的下頜：「袁從英跑了，你很高興吧？」

裴素雲喃喃道：「他還是走了……這樣，便沒有什麼可以隱瞞的了。」

錢歸南追問：「你什麼意思？」

裴素雲彷彿在自言自語：「我原以為他走了我會高興的，可結果……卻很心痛。不過還是走了的好，走了我就不用再替他擔心了。」她朝錢歸南綻露溫柔的微笑，「歸南，我不願意欺騙你的，我更不會背叛你。我、我會一直守在你身邊。」

錢歸南頗為玩味地看著她，片刻，突然爆發出一陣狂笑，邊笑邊搖頭：「裴素雲啊裴素雲，你以為你能把男人玩弄於股掌之中，可你根本就不了解男人。你不了解袁從英，你也不了解我！男人對你順從，是因為寵愛你，縱容你，你卻誤認為自己技高一籌，真是蠢到了極點！」當他看見裴素雲因為驚懼連嘴唇都變得煞白，便愈加心滿意足地點頭，「嗯，女巫畢竟還是聰明啊，醒悟得很快嘛。」

裴素雲的眼中又湧起了霧氣，但還是倔強地直視著錢歸南。錢歸南牙齒咬得咯咯直響，從齒縫裡擠出話來：「袁從英根本就沒有離開。而且，現在他就是真的想走，也絕對走不掉了。這，就是你帶給他的好處！」裴素雲的腦海已經變得混沌，但此刻她不願意在錢歸南的面前表現出軟弱，她微微瞇起眼睛，將最鄙夷的目光投向錢歸南：「錢歸南，你騙我……」

「是的，你騙了我這麼久，就不許我騙你一回嗎？啊？」錢歸南語音剛落，舉手又是一掌，結結實實地打在裴素雲的臉上。安兒被嚇得「哇」的一聲又哭起來。裴素雲幾乎要昏暈過去，可還是強撐著摟住孩子，沙啞著喉嚨安慰他。

錢歸南衝過去，粗暴地把安兒從裴素雲的懷中推開，將她抵在桌前聲色俱厲地說著：「整整十年了，我幾次要納你做妾你都不同意，我起初以為你是想做正室，可三年前程氏病故，我欲娶你為正房續弦，你還是不肯！現在我算明白了，裴素雲啊，原來你委身於我不過是想利用我，你的心太高了，壓根就看不上我！」

裴素雲的眼中乾澀，已經沒有哀怨，只剩下刻骨的蔑視，就那麼冷漠淡然地望著錢歸南，連安兒的哭聲都不能引起她的注意了。

裴素雲的冷傲更加激怒了錢歸南，他近乎瘋癲地繼續說下去：「你看不上我沒關係。我懂，聞喜裴氏家族的女子，裴矩的親侄重孫女，生來就是當王妃的胚子，當然不屑做四品刺史的夫人。那袁從英是什麼人？背後是當朝宰相狄仁傑，自己被貶之前也是正三品的大將軍，所以他就入了你的法眼了，對不對，對不對？」

裴素雲終於冷冷地開了口：「可他現在只是個戍邊校尉，你的階下囚。」

錢歸南拚命咽了口唾沫，冷笑著道：「說得沒錯，從七品下的小校尉，屁都不是的東西！可那副傲慢的樣子，好像全天下人都不在他的眼裡，居然敢把我往腳下踩！還別說，你們這兩個狗男女真挺配的，一個落魄一個下賤，卻偏偏又都狂妄至極，賊膽包天！所以你和他就一拍即合了是不是？所以你就故伎重演了是不是？當初勾引上了我害死藺天機，如今又想借袁從英之手，害死我！」

「我沒有！」裴素雲嘶聲辯白。

「你還想騙我！」錢歸南圓瞪著血紅的雙眼，吼聲震耳欲聾，「這回你騙不了我的，我不是藺天機！那個袁從英，為了狄仁傑的緣故我一直對他留有餘地，可是現在你們幫我下了決心，我發誓定要將他千刀萬剮，挫骨揚灰！我會讓你二人眼睜睜看著對方受盡折磨，再讓你親自送他上路！哈哈哈哈，非如此不足以解我的心頭之恨！」

裴素雲一聲不吭地滑倒在地上，暈厥了過去。安兒大叫著娘，抱住她的身子嚎啕大哭。

「沈槐啊，你是否聽說過有這麼幾句詩？」

「大人？」

「霧裡轅門似有痕，相傳四十八營屯，可憐一夜風沙惡，埋沒英雄在覆盆。」

「沈槐不曾聽說過。」

「嗯。」狄仁傑點了點頭，將遠遠眺望的目光從鳴沙山那金黃色的山脊上收回，落在近旁那矯健的年輕人身上。沈槐一身千牛衛將軍的鎧甲，和頭罩的紗籠，腳上的虎頭攢金靴，無一例外均在盛夏的驕陽下放射著奪目的光輝，從洛陽一路行來，他的裝束似乎未曾沾染半點風塵，整潔如初，連狄仁傑也不禁暗暗稱奇。

沈槐被狄仁傑看得有些侷促，連忙抬頭遠顧。在他們的面前，一座蜿蜒的沙山在無垠的沙海中起伏，金黃色的細沙隨著陣風泛起遮天的煙塵，耳邊還時時響起哨音般的鳴響，時而如沉悶的雷聲，時而又如悠揚的管弦，這鳴沙山果然是人間奇景，名不虛傳。

狄仁傑接起方才的話頭，道：「這首詩所說的是關於鳴沙山的一個傳說。相傳，此地原來是座綠樹成蔭、水草和美的青山。漢代時候有位將軍，率軍西征，紮營此地時遭到了敵軍的偷襲，因為沒有做好準備，將士們只得赤手空拳地與敵人拚殺，直到屍橫遍野、血流成河。就在漢軍將要全軍覆滅之際，突然刮起一陣黑風，捲來鋪天蓋地的黃沙，猶如暴雨傾盆而下，將兩軍人馬盡數掩埋在黃沙之中。從此，青山變成了隨風而鳴的沙山，據說那是將士的英魂，至今還在搏殺，所發出的最悲壯的吶喊！」

沈槐直聽得心情澎湃，良久才道：「大人，您剛才唸的詩，說的就是這個故事。」

「是啊，」狄仁傑感慨萬千地道，「一代代戍邊的將士們，就是這樣用他們的血肉，守護了中原疆土的平安。而我們這些朝堂中人，就更要給他們最大的支持和信任，唯如此，方能對得起將士們的拋頭顱灑熱血，也方能對得起天下蒼生和我們自己的良心！」

沈槐默然。颶風驟起，沙山轟鳴，彷彿在與狄仁傑鏗鏘有力的話語相應和。

「狄閣老！」

「狄大人！」幾聲急切的呼喊從沙鳴中鑽出，緊接著是整齊的馬蹄聲，一小隊人馬從沙州城的方向疾馳而來。剛剛靠近，領頭之人翻身落馬，緊走幾步來到狄仁傑的馬前，恭恭敬敬地作揖道：「崔興見過狄大人。」

沈槐一怔，此人倒是言簡意賅，半個頭銜都未提，半點兒官場虛禮都不講究。一邊想著，一邊趕緊下馬，趕到狄仁傑身邊，未及伸手相攙，狄仁傑已經自己跳下馬來，沈槐連忙扶住，忍不住低聲抱怨了一句：「大人您小心，等卑職來攙啊。」

狄仁傑輕拍沈槐的胳膊，大踏步來到崔興面前，握住對方的雙手，道：「崔大人，你立了大功啊！」聲音竟有些哽咽。

崔興臉漲得通紅，顯然也是激動難抑，半晌才道：「狄大人年事已高，為國為民日夜操勞，如今還要勞動您親赴隴右道安撫，實在是我們這些邊疆官吏的失職啊。」

狄仁傑端詳著崔興被風沙吹得黝黑的臉膛，微笑道：「崔大人你哪裡失職了？你在數日之內連下肅州、瓜州，而今又解了沙州一個月的圍城之難，令突厥默啜賊子望風而逃。崔大人，你打了大勝仗，是大周的大功臣啊！」

崔興被狄仁傑說得有些不好意思了，四下望望，扯開話題道：「狄大人，林錚將軍一早就率大軍入沙州城了。卑職是專程來接您的，請隴右道安撫大使來巡查沙州狀況。」

狄仁傑點頭，眾人再度上馬，邊談邊往沙州方向而去。狄仁傑抬起馬鞭，指了指鳴沙山的方向，高聲道：「老夫今天已經在這周邊看了看，一個月的圍城戰，突厥人燒殺搶掠，百姓生靈塗炭，更不要說牧場毀壞、牲畜遭殃，其狀令人痛心啊。」

崔興聞言也神色黯然：「是啊，不僅是沙州，被突厥短期佔領的瓜州和肅州都遭到了可怕的劫掠，這些狄大人您也都看見了。」

「嗯，所以朝廷才要老夫沿途安撫，讓百姓盡快從戰爭的創傷中恢復過來，重新開始安居樂業的生活。」

頓了頓，狄仁傑又道：「不過關鍵還是崔大人迅速瓦解了突厥的進攻，這場戰爭如果拖得再長些，沙州一旦被破，戰局就將進入拉鋸，到時候曠日持久地打起來，雙方的損失都必然更加慘重，百姓也將遭受更悲慘的命運。」

崔興連連點頭：「誰說不是啊。好在肅州一戰，默啜的愛子匐俱領身負重傷，逃回石國之後就一病不起，危在旦夕。默啜見瓜州、肅州俱已丟失，沙州久攻不下，愛子又病重，故而無心戀戰，倉皇退兵而去了。」

狄仁傑沉吟著問：「那匐俱領的傷情很重嗎？」

「據說是生命垂危，默啜正著急遍尋天下名醫，拯救兒子的性命，所以再無心思作戰了。」

狄仁傑重重點頭：「也該他們付出代價了！」接著又問：「默啜的大軍全部退到金山以北去了嗎？」

「還沒有，林大將軍今天已和卑職商討了剿殺的策略，一定要把來不及撤走的突厥軍兵們斬盡殺絕。」

「好！」

邊說邊走，很快就來到了沙州城下，從這裡往東望去，沿線的長城烽火台一座接一座，濃煙滾滾似乎與烈日的灼焰連接在一起，這景象太壯觀，吸引了眾人的目光，崔興不覺慨然長歎：「狄大人，此次戰役勝就勝在這烽火上了。」

狄仁傑朝他點了點頭：「嗯，我已聽說了崔大人的連環妙計，果然妙啊！」

崔興赧然：「那還得多虧了狄大人，一份錦囊加一個高達旅正，成就了此次隴右大捷啊！」

「噯，明明是崔大人指揮得當，有勇有謀，如今全賴在老夫的身上，老夫可不認，不認！」

狄仁傑說得眾人朗聲大笑起來，勝利的喜悅洋溢在每個人的臉上。笑聲落下，狄仁傑輕捋鬍鬚，瞇縫著眼睛轉向西方，有些遲疑地問：「崔大人啊，那高達現在到了哪裡？你可知道？」

崔興連忙在馬上躬身：「高達奪取瓜州誘敵烽火後，又帶領大軍進入瓜州，真是為瓜州之勝立下了汗馬功勞！其後他隨卑職一起來到沙州，突厥大軍剛剛敗退，往西的路途一通暢，卑職就立即讓他趕往伊州而去了。」頓了頓，他又道：「狄大人，您放心。我派給高達隨行的小隊十人，都是最精幹的士兵，他們一定能夠安全迅速地抵達伊州的。嗯，估摸著行程，今天一早應該就到了。」

「那就好，那就好啊……」狄仁傑低聲喃喃著，沈槐一直在旁觀察著他，此刻驟然發現，狄仁傑剛剛神采奕奕而顯得年輕的面容黯淡下來，感傷、憂慮和思念交織出現，這張臉頓時又變回到一位七旬老者的模樣，更因為對兒輩的擔憂過甚，顯得衰老異常，令人不忍卒睹。

五月二十日的傍晚，武重規率領著欽差衛隊到達庭州城外，只見城門緊閉，護城河上的吊橋高高掛起。離得老遠，大家就聞到一股刺鼻的腥臭氣味。待到近前，只見整條護城河河水漫溢，發黑的河水浸透近旁大片的河灘。馬隊往城門跑去時，馬蹄踩在淤泥和水坑中，四下飛濺的污水躍上武重規的袍服下襬，臭氣熏天，還油膩膩的，若不是天氣還算涼爽，武重規大人簡直想罵娘了。

來到城門口叫門，守衛聽說是欽差大人，居然都不肯開門，說上頭嚴令，城門關閉以後任何人要進城，都必須通報到刺史大人。武重規心下冷笑，前幾天晚上到達伊州時，也是一個規矩，看起來這庭州、伊州兩地的官府都被隴右道東線的戰事嚇得不輕，拚命加強本州的防務級別。於是他讓手下將欽差金牌遞過去，自己領人在城門前等候。

等了沒多久，就見庭州城門大開，錢歸南騎著快馬衝出來，一見到武重規便在他的面前翻身下馬，「啪噠」一聲跪倒在污水之中，口稱迎接欽差來遲，連連賠罪，就差沒有磕頭點地了。武重規倨傲地在馬上點頭，算是接受了錢歸南的敬奉，在伊州那幾天裡孔禹彭對他不卑不亢的，武重規十分不爽，看樣子這錢歸南要識相許多。

錢歸南陪著武重規往庭州城裡去。武重規舉鞭發問：「錢刺史，這護城河怎麼如此髒臭，你是怎麼治理管轄的？」

錢歸南戰戰兢兢地回答：「欽差大人，只因庭州前段時間天氣反常，先是數月乾旱，隨後又連續下了十多天的暴雨，城裡城外的河流水系便都成了這個樣子。暴雨這兩天才停，下官正打算好好疏排一下積水，不過……暫時還沒有時間。」

「哦，錢刺史都在忙什麼呢？」

錢歸南神色一凜，故作神秘地湊到武重規面前，壓低了聲音道：「欽差大人，隴右道東部戰事緊張，庭州位於西域邊境，當然也要做好準備。這些天下官都在忙於部署瀚海軍，加強庭州的防務，因而還未騰出手來顧及河道疏整的事情。」

武重規心中暗想，巧了，自己還沒提到瀚海軍，錢歸南倒先送上門來。於是他微微一笑：「錢刺史，本欽差此行就是奉聖上之命，巡查隴右西道的防務情況，尤其是伊州的伊吾和庭州的瀚海兩軍，面向西方，承擔著防禦西突厥的重任。既然錢大人提到瀚海軍，本欽差現在就想去看一看。」

錢歸南臉色頓變，更加誠惶誠恐地回道：「這……欽差大人您一路上旅途勞頓，如今天色已晚，是否先進城休息了以後，明日再巡查瀚海軍不遲——」

武重規打斷他的話：「休得多言，本欽差現在就要去！」

「是……」錢歸南拱手稱是，瞻前顧後地引著武重規一行朝瀚海軍軍營而去。

弗至軍營，武重規冷眼觀察，倒是戒備森嚴，軍容齊整。武重規其實對軍隊的管理沒什麼見識，只不過外行看個熱鬧，一眼望去隊伙標旗規整肅穆，步騎軍械排列如儀，武重規也挑不出什麼刺來。想了想，武重規要求見一見瀚海軍的高級軍官們。

命令傳下去，很快跑來了兩名甲冑閃亮的團級軍官，在武重規和錢歸南面前抱拳施禮。武重規問了幾句話，這兩名團正答得恭敬白信，毫無破綻。武重規正覺滿意，突然想到，按朝廷編制瀚海軍應該有四個正式編團，怎麼只來了兩名團正呢？錢歸南對這個問題毫不意外，再次煞有介事地湊到武重規面前，壓低聲音回答說，瀚海軍另外兩個團沙陀團和天山團俱已布防在庭州西側的沙陀磧沿線，所以那兩名團正並不在軍營中。

武重規瞥了錢歸南一眼，不滿地道：「安排在沙陀磧就在沙陀磧，你這麼鬼鬼祟祟的幹什麼？」

錢歸南訕訕地笑，支吾著說不出個所以然。

武重規不耐煩了，厲聲道：「既然如此，本欽差現在就要去沙陀磧！」

「啊？」錢歸南大驚失色，連連擺手道：「不可不可。欽差大人，這沙陀磧離庭州城可不近，來回至少一天一夜。您，您現在過去到那裡就該是明天上午了。」

武重規陰沉著臉不說話，這些天連著折騰，他也累壞了，確實不想再連夜趕路，便道：「那你就讓那兩名團正即刻返回庭州，本欽差要向他們問話。」

「是！」這回錢歸南答應得挺痛快，兩名團正最快也要明天中午才能到達庭州，錢歸南便請欽差大人去刺史府歇息。

回到庭州刺史府，一桌豐盛的接風酒席已經在正堂上擺好。堂門大敞，涼風習習，院內的大棵松柏之下，小小的一支樂班奏出悠揚動聽的西域樂曲。武重規連日奔波，在伊州又碰上連環的麻煩事，心情鬱悶至極，聽到這管樂悠悠，不覺精神一振。錢歸南殷勤地請武重規上座，自己親自把盞斟酒，武重規一嚐，真是頂級的葡萄佳釀，笑道：「哈哈，這葡萄美酒真是好味道，連皇宮裡頭都喝不著啊。錢刺史，你這個邊疆大吏做得滿舒服嘛！」

錢歸南嘿嘿笑著，繼續擺酒布菜，接著又叫出幾個當地舞女，和著箜篌、琵琶和鼓聲，跳起了讓人眼花繚亂的胡旋舞。武重規連吃帶喝再欣賞樂舞，真是心花怒放，對錢歸南的印象好得無以復加。待到月上三竿、酒席將盡時，兩人已像老朋友般親密了。

總算吃飽喝足，酒筵撤下，錢歸南見武重規酒酣睏倦，便請欽差大人去後堂歇息。武重規搖搖頭，招呼錢歸南到跟前，推心置腹地開了口：「錢、錢大人，你不錯，很不錯，比伊州那個孔禹彭強上百倍！」

錢歸南連忙做出一副受寵若驚的模樣，武重規又把他的脖領子一拖，拉到跟前道：「錢大人，你知不知道，有人密報瀚海軍私下調防，把聖上都驚動了。本欽差這次來伊州、庭州就是為了這件事情。」

錢歸南頓時面無人色，武重規得意洋洋地看了他半天，揚聲道：「哎，錢大人，要不你就對本欽差從實招了吧，哈哈，看在你這半天伺候得不錯，說不定我會為你在聖上面前求幾句情！」

錢歸南撲通一聲跪倒在地，磕著響頭喊起冤來：「欽差大人，下官冤枉，冤枉啊！」

武重規不屑地撇嘴道：「錢大人！你有話就說嘛，喊什麼喊！本欽差就問你一句，瀚海軍到底有沒有無故調駐伊州？」

「啊？」錢歸南瞠目結舌，愣了半天才答道：「這是哪裡話說，哪裡話說？簡直太無中生有了吧！欽差大人，下官可以用性命發誓，瀚海軍從未離開過庭州！」頓了頓，他又道：「欽差大人，今天那兩個團正您都問過話，沒有異常。還有沙陀團和天山團的團正，明早也會到庭州。欽差大人可以親自審問他們！」

「嗯，我當然要審。不過……密報上面說私自調動的兩個團就是沙陀團和天山團。所以嘛，錢大人你現在說不定正派人給他們送密信，串供呢，哈哈哈哈！」武重規仰天大笑，樂得前仰後合。

錢歸南不敢再喊冤，只好連連以頭搶地，額頭上頓時紅紫。武重規忍俊不禁地搖晃著上前，伸手攙起錢歸南，拉長調門道：「嗨呀，本欽差開個玩笑嘛，錢刺史何至於驚嚇至此啊？其實呢……」他打了個酒嗝，一股酒氣直沖錢歸南的腦門，身子晃了晃，錢歸南趕緊扶住，就聽武重規醉眼矇矓地說：「唔，我看錢刺史你還算是個老實人嘛，怎麼就得罪了人呢？讓人把你給告了！」

錢歸南的眼中凶光乍現，咬著牙問：「欽差大人，下官斗膽問一句，究竟是什麼人惡意誣陷下官？」

武重規癱在椅子上，打了幾下呼嚕，又抬起頭嘟囔道：「就是那個……那個狄、狄仁傑的前任衛士長，袁從英……上你這兒來戍邊的……」

話音剛落，武重規靠在椅上呼呼大睡。錢歸南一動不動地站著，額頭上又是汗珠又是血痕，雙眼精光四射充滿仇恨。然而，錢歸南又對整個局面感到慶幸，武重規沒有先行訊問袁從英，還將內情透露給自己，說明他對袁從英其實並不信任，看來朝野關於武重規與狄仁傑不和的傳聞非虛。既如此，自己今天分明已佔到了先機。袁從英！不要以為只有你才會使用陰損卑鄙的手段，要和我錢歸南鬥，你還太嫩！

錢歸南讓手下將武重規架到後堂歇息，今夜他要好好謀劃，明天必須一擊成功，將所有的事情做個了結，成敗便在此一舉了！想著想著，錢歸南的臉上浮起陰森恐怖的笑容，他彷彿看到了袁從英和裴素雲正被自己百般折磨、痛不欲生的慘狀……他的腦海中輪番出現一個又一個這樣的畫面，感到前所未有的興奮：你們終於要為所作所為付出代價了，還能令我從與突厥聯盟的泥沼中脫身，多麼完美的計策啊！

這天看守很晚才給袁從英送來晚飯，而且沒有附上裴素雲的小瓷罐子。袁從英立即發現了異常，他叫住看守問緣由，看守支吾著回答，是伊都干說不用再服藥，就慌慌張張地閃出門外。袁從英在桌邊呆坐了一會兒，盡力平復剎那席捲全身的巨大恐慌，他無意識地伸出手觸摸桌上的碗筷，指尖冰涼、心底冰涼，彷彿不是置身於盛夏，卻是嚴冬。

一定有事發生了。他好像又一次來到了阿蘇古爾河畔，發現飲水就要枯竭的時候，心被刺骨的絕望浸透。他痛恨自己的無能，總是竭盡所有想去保護，但卻每每讓自己最關心的人陷入致命的危險。好在他還有一息尚存，好在他還有頭腦和膽魄，袁從英閉上眼睛，靜靜地思考，在心裡悄悄地對她又說了一遍：有我在這裡，你什麼都不用怕。

實際上，庭州刺史府裡這所軟禁人的小院子，從這天凌晨起就被重兵團團包圍，只是在院子裡面仍然保持原樣。為了不打草驚蛇，錢歸南甚至都沒有撤換那幾個被裴素雲的藥物放倒過的看守。當然，他也沒有忘記將他們暴打了一頓，兼以最惡毒的咒罵和威脅，直把這幾個看守嚇得半死不活，哪裡再敢有半分疏忽。同時，錢歸南在小院外圍布置下幾十名荷槍持械的兵丁，可謂是天羅地網，袁從英縱然有天大的本領，怕也是插翅難飛。

袁從英暫時還不知道院子外的包圍圈，但既然發現裴素雲這裡有變，他判斷對自己的監控一定也成倍加強了。然而坐以待斃從來就不是袁從英的性格，很快他便拿定了主意，重重地敲起門來，聲稱有急事要面見錢刺史。看守小隊長本來不欲理會，可袁從英鬧起來沒完沒了，在夜深人靜的刺史府裡吵得實在太不像話，小隊長只好來到門邊詢問。

隔著門縫，袁從英朝小隊長晃了晃手中的木牌，小隊長驚得倒退兩步。前夜他們幾個沉睡不醒，已經被錢歸南又打又罵，唯一慶幸的是袁從英沒有乘機逃走，否則真是有幾個腦袋都不夠砍的。小隊長早就發現身上的令牌不見了，他惶恐之下隱而不報，心存僥倖地期望只是不慎丟失，絕不敢想像令牌被袁從英拿到手中，這意味著罪責翻倍，讓錢歸南知道了只有死路一條。他是個明白人，此刻一見袁從英的陣勢，立即痛快答應帶袁從英去面見錢刺史，只要對方肯歸還令牌。

夜已深，錢歸南還在正堂上像被困的野獸般來回徘徊，毫無睡意。當看守報告袁從英要見他時，錢歸南一時有些聽不懂，他實在無法相信，世上真有這樣大膽、敏銳而又執著的對手。錢歸南突然覺得十足亢奮，棋逢對手和嚼穿齦血的感受混合在一起，他也迫切地想與袁從英見一見了。

袁從英走進正堂時，錢歸南用一種全新的眼光上下打量他，無法遏制地想像他與裴素雲親密相依的情景。這種想像讓錢歸南的心在恨、怨、嫉妒和畏懼等多種情緒中緊縮成一團，備嘗自虐的快感。兩人沉默對視，還是錢歸南先沉不住氣，咳了一聲問：「袁校尉夤夜來見本官，有什麼急事嗎？」

「當然。」袁從英一如既往地言簡意賅，「我想知道，刺史大人打算把我拘禁到什麼時候？」

「哈，哈，哈！」錢歸南仰天怪笑三聲，「袁校尉居然不知廉恥到這種地步，實在令本官佩服啊！」

袁從英面無表情地反問：「刺史大人什麼意思？我聽不懂。」

錢歸南又是一陣爆笑，直笑得上氣不接下氣，擦著眼角溢出的淚花，斷斷續續地道：「袁校尉過謙了，過謙了……以袁校尉的本事能為，天底下怎麼還會有讓袁校尉不懂的事情？」

袁從英仍然不為所動，平靜地道：「錢大人，請你回答我的問題。」

錢歸南沉下臉來，被仇恨煎熬的眼角皺紋又深又密，他抹了抹唇髭，打起官腔：「上次袁校尉丟失流犯狄景暉，請袁校尉來刺史府是為預備欽差到來時，本官有話可回。如今嘛，朝廷派的欽差已經到了庭州，袁校尉少安毋躁，想必解脫在即了。」

言罷，他緊盯著袁從英，小心捕捉對方每一絲神色的變化。果然，他發現袁從英很明顯地愣了愣，隨即又鎮定下來，斬釘截鐵地道：「我要見欽差大人。」

錢歸南挑起眉毛：「袁校尉，你還真是……一會兒想見我，一會兒又要見欽差。你還記得自己的身分吧？」

袁從英跨前一步，低沉著聲音重複：「我要見欽差大人！」

錢歸南頓覺凌厲的殺氣從那對漆黑的雙眸中逼射而來，全身的血液驟冷，情不自禁就打了個寒顫。慌忙定了定神，錢歸南再度堆起惡毒的笑容，故作姿態道：「袁校尉，你這樣子實在嚇人，到時候可別驚擾到了欽差大人。欽差大人旅途勞頓已經睡下，袁校尉明早再見如何？」

「我現在就要見！」

「你……哎呀！」錢歸南搖頭晃腦地站起身來，無奈地朝後堂方向走去，邊走邊嘟嘟囔囔：「袁校尉的性子也太急了，讓本官很為難啊。欽差大人飲了些酒，現在是叫不醒的。袁校尉你實在想見，就在門口看一眼吧，啊？哈哈！」

說話間兩人已來到後堂外，武重規的呼嚕聲驚天動地傳出來。袁從英的腳步一滯，錢歸南得意地幾乎要笑出聲來，朝守在門前的衛兵一揮手，衛兵無聲無息地將門敞開。武重規橫臥榻上睡得正香，袁從英走到門邊，靜靜地向內看去。錢歸南湊到他的身邊，親熱地小聲說：「袁校尉可看仔細了，本官沒有欺瞞你吧。這位大人袁校尉可識得？」

袁從英自唇邊浮起一抹冷笑，也小聲回答：「倒還認識。高平郡王武重規大人，算是老相識了。」

錢歸南差點兒鼓起掌來：「好啊，好啊，這麼就更好辦事了嘛。呃……袁校尉看完了沒有？欽差大人好睡，你我還是退下吧？」袁從英退後，緩緩走下台階。

錢歸南緊跟而來，殷勤相問：「袁校尉現在還有什麼要求？」

袁從英點點頭，嘲諷地道：「也沒什麼別的，既然欽差大人在此安睡，我今夜就在這院子裡候著吧。」

「啊？」錢歸南吃了一驚，還未及開口拒絕，袁從英又道：「錢大人，你最好還是答應我。」語氣平淡卻又殺氣騰騰。

錢歸南咬牙切齒：「你敢威脅我？」

袁從英不再說話，徑直走到空地中央的石桌旁坐下，他抬頭望了望天邊那輪明月，被月光映得愈加蒼白的臉上，淺淺的哀傷和惆悵轉瞬即逝。

錢歸南恨恨一跺腳：「你要在這裡吃夜露就隨便吧，本官回去歇息了！」

看著他疾步經過石桌，袁從英突然道：「錢大人就不怕欽差大人突然醒來，我與他先私下交談？」

錢歸南猛停下腳步，憤懣地瞪著袁從英。袁從英抬抬手，慢條斯理地道：「我想錢大人今夜是睡不著的，何不一起在此等候欽差大人醒來？業已過了三更，很快就要天亮了。」

錢歸南緊鎖雙眉想了想，冷笑道：「也好，今夜錢某便與袁校尉一起度過吧。」說罷，便一屁股坐在袁從英對面的石凳上。除了武重規的鼾聲一起一伏，院中再無其他聲響，這是生死決戰之前才有的靜謐。月影搖曳，輪番掃過兩個紋絲不動的身形，雲霧散去時綻放的剎那光華，如生命中最後的執念，短暫閃耀後便歸入永恆的黯淡……

天亮了。

盛夏不閉窗扇，火辣辣的太陽直接投到武重規的臉上，將他從宿醉中喚醒。武大人哼唧著從榻上坐起來，感覺腦袋還是沉甸甸的。他從京內一路帶來的貼身侍從，趕緊上來伺候大人洗漱。待換上官袍，武大人晃晃悠悠走出門外，一邊摸著鼓噪連聲的肚腹。猛抬頭，卻見明晃晃的烈日下，直挺挺地站著兩個人。

武重規瞇縫起眼睛打量了半天，袁從英他是認識的。當初在河北道戰事時，狄仁傑與武重規針鋒相對過一次，袁從英那冷酷倨傲的態度也給武重規留下了深刻印象。於是武重規對他視若無睹，咳嗽一聲，慍怒道：「錢大人你怎麼搞的，本欽差還未用過早膳，你就堵在這裡？」

錢歸南撲通跪倒在地：「武大人，不是下官，是他硬要堵在這裡……」

武重規這才掃一眼袁從英，狠狠地朝地上啐了口唾沫，揚聲道：「也罷！既然都到了，就讓他們把飯菜端到這裡來，本欽差索性邊吃邊審！」

在石桌邊坐下，武重規陰陽怪氣地道：「袁將……呃，校尉，好久不見啊。」

袁從英朝他點點頭，算是打過招呼。武重規差點給氣樂了，以不與小人一般見識的口吻道：

「袁校尉，你的一封密報把整個朝廷都驚動了。本欽差一路跋山涉水而來查案，如若查出半點虛言，袁校尉你應該知道自己的下場！」

「我保證絕無虛言。」

「好。」武重規抖擻精神，一指錢歸南，揚聲道：「戍邊校尉袁從英指控庭州刺史兼瀚海軍使錢歸南，私自調動瀚海軍的沙陀團和天山團，至伊州邊界的折羅漫山，意圖不明且有與東突厥私相勾連的嫌疑。對此，錢大人有什麼想說的嗎？」

錢歸南磕了個響頭：「欽差大人明鑑，袁從英對下官的指控乃是惡意誹謗，一派胡言！下官可以向上天發誓，瀚海軍從未有一兵一卒離開過庭州。沙陀團和天山團的團正在返回庭州的路上，正午即可到達，他們定會向欽差大人證實下官的清白。至於……與突厥勾連，那更是袁從英血口噴人！」

「嗯。」武重規心中暗喜，轉了轉眼珠道：「那麼本欽差這就有個疑問了，袁從英三個月前才來庭州戍邊，與錢大人無冤無仇的，為何要百般陷害於你？」

錢歸南神色大變，嘶聲吶喊：「欽差大人為歸南申冤啊！」話音方落，涕淚交流。武重規嚇了一跳：「哎喲，這是怎麼了？有話好好說……」錢歸南卻已哭得泣不成聲，抽抽搭搭地道：「如此醜事，某……某實在難以啟齒。可袁從英欺人太甚，今天我也顧不得臉面了！」

武重規聽得話中有話，一下子來勁了，催促道：「說！快說啊！」

錢歸南又連磕幾個響頭，額頭鮮血迸流，整張臉上血淚模糊，就聽他如癡如狂地訴說：「袁從英來庭州不過三月，就與庭州的頭號薩滿女巫裴素雲勾搭成奸。然這女人、這女人乃是下官的外室，與下官廝守已逾十年，還為下官生育一子……十年來下官與此女恩恩愛愛、琴瑟和諧，哪知、哪知袁從英一來就橫刀奪愛啊！」

「噢！」武重規可聽到新鮮事了，雙眼瞪得溜圓，身體前傾地湊近哀痛欲絕的錢歸南，追問道：「這……還有這等事情啊？居然在你的眼皮子底下？」

錢歸南抹了把眼淚：「誰說不是呢？我、我、我痛心疾首啊！」

武重規好不容易憋住笑，裝腔作勢地表態：「該死！真該死！那麼……這事與袁從英陷害你有什麼關係呢？他已然得了便宜，莫非還要趕盡殺絕？」

「欽差大人英明！」錢歸南聲色俱厲地道，「袁從英無中生有捏造事實陷害下官，其意圖就是必置下官於死地，他可將裴素雲那女人獨霸到手！此人之心惡毒至極，真真叫人齒冷。更有甚者，他還與西突厥別部突騎施的烏質勒和瀚海軍判賊武遜私相串通，乘東突厥進攻隴右道之際，計劃以沙陀磧中的伊柏泰為據點，發兵進犯庭州。一旦下官受誣陷遭革職，則他們裡應外合發起行動，整個庭州不日就將落入他們的手中！」

此話既出，武重規方才聽得眉飛色舞的臉容，也驟然陰沉下來，正色道：「錢大人，這裡通外國可是滔天大罪，你和袁從英各執一詞，分別指控對方，都有確鑿的證據嗎？」

錢歸南挺直身軀回答：「下官通敵的證據還等袁校尉拿出來。至於袁校尉通敵的證據嘛，再明顯不過，那突騎施王子烏質勒率領幾千突騎施的騎兵，現就駐紮在沙陀磧中的伊柏泰。據下官得到密報，前段時間的暴雨阻擋了他進攻的計劃，現在雨停，他們應該不日就會對庭州發起進攻。下官將瀚海軍布置在沙陀磧東線就是為了抵禦他們。欽差大人只要在庭州稍作停留，一定能夠看到下官的話成為事實！烏質勒與武遜原先並不相識，但這二人卻分別與袁從英過從甚密，如果不是他居間撮合，此謀斷不能成！」

武重規連連點頭，隨即朝袁從英一指：「袁校尉，錢大人言之鑿鑿，有理有據。對他的指控，你又有何話說？」

自錢歸南開始呼天搶地，袁從英就一直冷眼旁觀，自始至終神色不變，這時聽武重規發問，方才微微挑起眉尖，平靜地應道：「沒有。」

「哦？」武重規倒也有些意外，「袁校尉的意思是……全盤應承了？」

仍是乾脆地回答：「當然不是。」

武重規皺眉：「對錢大人的指控，袁校尉說不出反駁的意見，自己又拿不出證據來證實對錢大人的指控。袁校尉，這案子就是放在你的舊上司狄大人手中來斷，恐怕也對你不利吧？」

袁從英輕吁口氣，依然不動聲色地道：「武大人，我手上沒有證據，這不假。但錢大人方才對我通敵暗謀的指控，一樣也僅憑推斷，並無半點真憑實據，所謂的來自於沙陀磧的進攻，未曾發生如何可以採信？因此，在證據上雙方並無區別，您憑什麼就認為，此案對我不利呢？」

武重規愣住了，他曾經領教過狄仁傑這般繞來繞去的說理方式，當時就給嗆得暈頭轉向，沒想到袁從英也學會了這一套……想了半天，武重規遲疑著道：「可是本欽差剛從伊州過來，的確未曾發現瀚海軍駐紮過的痕跡。庭州這邊的瀚海軍官本欽差也審問過了，他們的證言都支持錢大人。」

袁從英不屑地搖頭：「欽差大人，瀚海軍都是錢歸南的人，就是再來一百個證人，也都一樣。他們的話不足為信！」

武重規按捺不住，咚咚咚地拍起了桌子：「可不可信你說了不算，本欽差認了就算！袁從英，你目前處境堪憂，最好還是多想想自己該怎麼辦吧！」

袁從英陰鬱的臉上突現一抹狡黠的光芒，他神態輕鬆地對武重規說：「欽差大人，我倒有個建議。」

「唔？」

「煩請欽差大人傳本案中最關鍵的人證到場，即可迅速斷清本案。」

「本案中最關鍵的人證？誰？」

「裴素雲。」

錢歸南驚得面紅耳赤，一時又摸不清袁從英的意圖。再看武重規，眼珠亂轉，還真動心了。武重規向來好色，被袁從英一提，確實挺想見一見這個薩滿女巫、庭州城的頭號美人兒，把錢、袁二人都勾引得神魂顛倒的女人。想了想，他吩咐道：「錢大人，麻煩你找人把你那外室請過來吧。」

「這……」錢歸南尚在猶豫，看到武重規的神情，只好咬牙傳令下去。

時間不長，裴素雲被帶到。她的雙眼紅腫，鬢髮略微散亂，白皙的面頰兩側均有清晰的指痕，倒平添了幾分哀怨淒楚的動人姿色。她懷裡抱著東張西望的安兒，隨著差役慢慢走入院中，所有人的目光立即都落在她的身上，裴素雲卻似渾然不覺，只管低垂著眼睛，目不斜視地直走到武重規的面前。

「裴素雲，好你個賤婦。眼見欽差大人為何不跪？」錢歸南厲聲大吼，武重規一擺手：「噯，錢大人你嚷什麼？這不還抱著個孩子嘛！」說話間，武重規的眼珠子黏在裴素雲蒼白的臉上挪不開了，果然是人間絕色，哎呀呀！將心比心，欽差大人一方面對錢歸南十分同情，一方面又對袁從英極其理解，早把軍國大事拋到九霄雲外，和顏悅色地開了口：「下面站的可是庭州薩滿裴素雲？」

裴素雲稍稍彎了彎腰：「妾身裴素雲見過欽差大人。」

「哦，好，好，不必多禮。這……把孩子放下吧，抱著多累。」

裴素雲將安兒放下，淒然一笑：「回稟欽差大人，妾身這孩子有癡癲之症，離不開母親，所以只好抱過來。」

「哦……這孩子叫什麼？」武重規見到美貌婦人就全身發酥，乾脆和裴素雲拉起家常來。

「安兒。」

「唔，大名呢？」

裴素雲這才斜藐了錢歸南一眼，冷漠地回答：「世安，錢世安。」

「錢世安……前世安……」武重規爆發出一陣輕浮的大笑，「前世安了，難怪這世就有麻煩！哈哈哈哈，錢大人，看來是你這姓不好，要不得，要不得！」錢歸南臉上青紅交替，眼中幾乎要冒出火來，又不敢發作。武重規好不容易止住笑，繼續溫言細語地和裴素雲說話：「錢大人說此子乃他與你所生，看來是沒錯的了。只是，錢大人控告你如今移情別戀，與那袁從英勾搭成奸，可有此事啊？」

裴素雲把嘴唇咬得煞白，抬起淚光點點的雙眸，直視著武重規道：「絕無此事。妾身與袁從英並無半點奸情，請欽差大人明斷！」

武重規往椅背上一靠：「哦？錢大人，你說呢？」

錢歸南大叫：「欽差大人，這賤人怎肯承認此等醜事？她、她還想袒護袁從英，這只能說明他二人確實有染！況且，我這裡還有旁證！欽差大人傳來一問便知！」

武重規擺擺手，譏笑道：「錢大人別急，本欽差知道你說的是實話。你一個堂堂四品大員，臉皮還是要的！」他轉向袁從英，「袁校尉，你說的關鍵證人已經在這裡。不過，就算她不承認與你的奸情，也絲毫無法減少你的罪責。本欽差倒想知道，你還有何說頭？」

袁從英慢悠悠地從裴素雲的身上收回目光，疲倦地歎了口氣，才道：「欽差大人，朝廷將您千里迢迢派到庭州，不是讓您來審風流韻事的吧？」

武重規一愣，氣鼓鼓地道：「袁從英，你什麼意思？本欽差來審理的是關乎大周安危的軍國大事，哪是什麼風流韻事！」

「很好。」袁從英笑了笑，「欽差大人，我請您提來裴素雲，只是為了讓您親眼看一看這個水性楊花、見異思遷的女人。您覺得，我袁從英會為了這樣一個女人背叛使命、出賣國家，將自己一生的前途事業均拋諸腦後，為了她奮不顧身嗎？如果換成是欽差大人您，您會嗎？」

武重規張大嘴巴愣住了。錢歸南在一旁聽得膽戰心驚，忍不住狂叫起來：「欽差大人，袁從英是在狡辯！他、他確實與裴素雲有奸情，如若他二人再不肯承認，欽差大人請用刑……」

袁從英怒喝：「錢歸南！誰說我不承認與裴素雲有染了？我說過嗎？」

武重規徹底糊塗了：「袁從英你、你到底和裴素雲有沒有奸情？你把話說說清楚！」

袁從英死死盯著武重規，一字一句地道：「好，欽差大人您聽清楚了，我確確實實與裴素雲有染，但卻不是什麼風流韻事，我接近此女的唯一目的，就是要查清錢歸南裡通突厥，蓄意叛國的行為。我在密報中所稱的事實，全都是這個女人親口告訴我的！您要的所謂證據，就是她！」

此話一出，舉座震驚！裴素雲像見了鬼似的逼視著袁從英，身子搖搖欲墜。錢歸南愣了愣，隨即殺豬似的尖叫起來：「裴素雲！你這個該死的賤人！袁從英！我要將你千刀萬剮！」他朝袁從英撲過去，武重規急忙示意，手下人將錢歸南死死摁住。武重規自己也穩了半天神，才強作鎮定道：「袁從英，你說話出爾反爾、顛來倒去的，讓本欽差如何相信？」

袁從英冷笑，此刻他冰寒肅殺的面容已與凶煞無異，他繼續用殘酷至極而又不容置疑的語調說著：「信不信由你！不過欽差大人，我已經提醒過您，您在審的是軍國大案，根本不是什麼男女私情！請您再看看面前這個女人，確實很美，可您也很清楚，朝廷歷年來賞給我這樣正三品大將軍的官妓，哪一個也不比她差吧！我袁從英從來就視女人為草芥，不過是用來暖衾侍睡的工具，既亂之則棄之，我連身世清白的正經妻室都懶得娶，何況是這麼一個身分低賤、已為人婦的女人！從頭至尾我都不過是在玩弄她、利用她，也就是憑此才查清了錢歸南通敵之實，我對大周對聖上的忠心日月可鑑！欽差大人您今天信也罷不信也罷，我言盡於此，您要殺要剮請便，只要欽差大人您能對聖上交得了差，對大周天下交得了差！」

安兒「哇」的大哭聲響起，原來是裴素雲昏倒了。武重規呆坐在椅上，腦海中一片混亂。好半天他才回過神來，傳下欽差令，將袁從英、裴素雲分別關押到刺史府的監房中，嚴加看管。再看看癱軟在地上已經面如死灰、抖作一團的錢歸南，武重規皺著眉頭歎息一聲，也吩咐欽差衛隊將其拘禁起來，就在原來關袁從英的那所小院子裡。

沙州刺史府中，狄仁傑正與劫後餘生的沙州刺史邱敬宏談笑風生。沙州之圍剛解，崔興和林錚便率大軍繼續北上追殺逃竄的突厥餘孽，狄仁傑則留在沙州指導政務，安撫百姓，兩天忙下來已把諸事安排停當，沙州的民生正在迅速恢復中。

沈槐腳步匆匆從外面跑進來，抱拳施禮，雙手遞上一封書信：「大人，崔大人送來的急信。」狄仁傑連忙接過來，讀後沉默半晌，方抬頭道：「看樣子本閣要繼續西行了。」

「什麼？」邱敬宏和沈槐都吃了一驚，邱敬宏拱手道：「狄大人，隴右道戰事至沙州已止，您作為安撫使再往西……」

狄仁傑長吁口氣：「崔大人來信說，欽差大人武重規在伊州沒能查清瀚海軍的案情，前日已往庭州去了。本閣……要去伊州助他一臂之力。哦，高達旅正在伊州沒有找到欽差，也跟著趕去庭州了。」

沈槐抬眼凝視狄仁傑，又一次被這古稀老人身上所蘊含的精力和膽魄所折服。同時，一種強烈的酸澀湧上心頭，沈槐再清楚不過，狄仁傑不顧一切執意向西的真正原因到底是什麼。此刻，沈槐內心深處的複雜情緒中究竟包含了哪些內容，連他自己也難以說清，更不願說清。

第五章　奇兵

武重規返回正堂內坐下，這才發現全身上下汗透衣襟。不知不覺已近正午，連日暴雨帶來的涼爽天氣到了盡頭，火辣辣的西域盛夏再度降臨。黛瓦覆頂、青磚鋪地的刺史府正堂裡，因門窗大敞空氣流動，其實還是滿陰涼的，然而欽差大人此刻的心情就宛如在火堆上灼烤，焦慮、困惑和莫名的悲愴，攪得他頭昏腦脹。

親隨侍從端上茶水，小心翼翼地問欽差大人是否要用午飯，武重規不耐煩地擺手把人轟了出去。實際上早飯他也沒來得及好好吃上幾口，現在卻完全沒有食慾。一個人坐在鴉雀無聲的正堂上，武重規的眼前輪番出現早上發生在後院裡那一幕幕驚心動魄的場面。按說今早的針鋒相對雖然激烈，卻並沒有流血殺戮，對於見慣了大陣仗的武重規算不得什麼，但不知何故，此刻欽差大人的心中竟有種激痛難耐的況味，讓他坐立不安。

武重規生性輕浮善變，為人更是乖戾無情，但他並不愚蠢。早上的局面他看得清清楚楚，心裡頭多少也猜了個八九不離十。伊州之行，武重規固然沒有查得瀚海軍的蹤跡，折羅漫山突如其來的山火、長史杜灝的意外死亡和夫人呂氏古怪的發瘋，怎麼也說明了一些問題。而今天上午圍繞著裴素雲的那番唇槍舌戰，看起來很像在爭風吃醋，實際卻是場慘烈非常的生死搏殺。武重規看得出來，那錢歸南算是一敗塗地，真正賠了夫人又折兵。之所以沒有當場定出勝負，說得冠冕些是因為還缺少確鑿的證據，其實也就是武重規對狄仁傑和袁從英素有罅隙，不願意讓袁從英速戰速決，還想乘機為難他，試圖從他身上再挖出些可用來攻擊狄仁傑的材料罷了。

現在這兩男一女都給押了起來，武重規頭疼得很，拿不定主意接下去該怎麼辦。這事還不能再拖，從袁從英和錢歸南的陳述中都可以聽出，沙陀磧那邊恐怕馬上有新的威脅要來，如今庭州刺史兼瀚海軍軍使的錢歸南被擒，怎樣禦敵如何抗擊只能由欽差大人定奪。想到這裡，武重規真把腸子都悔青了，接了這麼個又累又苦又難辦的燙手山芋，要是辦砸了，正如袁從英所說，自己該如何面對聖上的責難？

武重規正在為難之際，侍從來報，隴右道前軍總管崔興大人派人送來最新戰報。武重規精神一振，因沙州隔斷了隴右道東西段，好些天沒得到最新戰況了，看來有好消息！

來人身材魁偉步伐矯健，一望而知是一名訓練有素的軍官，可不知為何腦袋上纏滿紗布，就露出了五官在外面，根本分辨不出本來面目。武重規皺了皺眉，又想想一定是殺敵受傷所致，便示意侍從接過對方雙手呈上的軍報。匆匆讀過，武重規又驚又喜，喜的是崔興果然大敗突厥，隴右道東段戰局已定，自己沒了後顧之憂。驚的是信中所稱來人的身分，武重規思忖著吩咐左右退下，並關牢正堂大門。

隔著桌案，武重規居高臨下地打量跪倒在地的信使，慢吞吞地問：「你叫高達？」

高達抬首抱拳：「回欽差大人，小的正是瀚海軍沙陀團的旅正高達。」

「嗯，你這個樣子？」

高達抬手解下滿頭滿臉的紗布，再度叩首：「這裡上下都是瀚海軍把守，卑職為了不被人認出才做此打扮，請欽差大人見諒。」

武重規一擺手：「起來回話吧。」

高達站直身軀，武重規把手中的信紙往案上一丟：「崔大人信上說，你是錢歸南私自調動瀚海軍的人證，現在你就把事情經過對本欽差說一說吧。高達你可聽好了，務必要老實交代，如有半點虛言，那就是欺君之罪，我必殺了你全家！」

高達躬身抱拳：「欽差大人，卑職絕不敢欺君罔上的！」由於緊張，他低垂的面頰悄悄地抽搐了幾下，但很快又從內心深處鼓舞起勇氣和信心。

高達抬起頭，有條有理地開始敘述，從自己隨沙陀團被錢歸南帶到伊州郊外的折羅漫山起，到逃離追捕回到庭州，再到躲進沙陀磧至伊柏泰投奔武遜，最後是被武遜遣去與袁從英會合，並由袁從英設計成功截奪葉河驛，自己冒充驛者直下洛陽，將密信送到狄仁傑的手中，一五一十、詳詳細細地將整個經過和盤托出。因為早在心中複述過無數遍，高達從頭至尾講得胸有成竹、毫無疏漏。

高達講完了，他等待著欽差大人的問話，桌案後卻是長久的肅靜。武重規陷入沉思，事實再清楚不過了，他只是弄不明白，高達這麼一個現成的證人，為什麼狄仁傑一直隱匿不報，卻讓自己在伊州和庭州像沒頭蒼蠅似的亂撞。武重規當然難以揣測，狄仁傑為了在最合適的時機打出高達這張牌，是多麼煞費苦心，又擔負了多麼沉重的壓力。高達此證，用得恰當則既能解戰事之危局，又能給予袁從英最大的援助；用得不當則不僅於事無補，反更禍及袁從英和武遜。這些天來狄仁傑殫精竭慮，鬢邊又添幾許白髮，最後決定將高達派往前線崔興處時，這位老人幾乎用盡了全部的心力。

良久，武重規長吁口氣，沉聲道：「高旅正，你方才說述之經過雖頗為完整，但畢竟沒有任何憑據佐證，又怎麼能證明你不是在信口雌黃呢？」

高達微微一怔，終於來到最艱難的環節了，他定了定神，抱拳朗聲道：「回欽差大人，您只要帶高達在這刺史府或者瀚海軍營走一圈，所有的人都可證明高達的沙陀團旅正身分。不過，卑職倒提議，您不如秘密召幾個瀚海軍沙陀團的士兵過來，即使他們現在脅迫之下不敢吐露實情，卑職還是願意試一試說服他們，讓他們講真話。這樣，欽差大人您便能見到更多的人證，可以從旁證實卑職所言非虛。」頓了頓，見武重規仍舊緊鎖雙眉不說話，高達下定決心，從懷裡掏出幾顆乾癟的植物果實，在掌心摩挲幾遍，才雙手送上桌案。

武重規伸著脖子看看，納悶道：「你這是什麼意思？」

高達清了清嗓子：「欽差大人，這種果子名叫迦藍果，是產於西域的一種特別的果子。因其對土質和氣候有很苛刻的要求，咱大周境內只有伊州附近的折羅漫山上才見得著。」

「哦？」武重規捻起一顆，黑乎乎的，倒是從來沒見過的樣子，便問：「嗯……你是不是想以此證明你的確到過折羅漫山？」

「欽差大人英明。」

「大膽高達，竟想以巧言矇騙本欽差，你不想活了嗎？」武重規突然拍著桌子大聲呵斥起來。

高達撲通跪倒在地，神色卻並不慌張，昂頭分辯道：「欽差大人，小的並無半點虛言吶！」

「胡說！你分明是企圖拿這些破爛果子來欺瞞於我。你以為我不知道嗎？你先從庭州到洛陽再從洛陽回庭州，至少有兩次機會經過折羅漫山，都可以撿拾這些果子，如何能證明它們就是你隨瀚海軍到伊州時所得？」

高達又磕了個頭，不慌不忙地回答：「回欽差大人，卑職假冒葉河驛者送信去洛陽時，為了不被庭州官府偵知，刻意繞開庭州各驛站，是在西州換的驛馬，這些您一查便知。西州與伊州一南一北，以卑職的行進速度來看，卑職絕沒有時間中途繞路到折羅漫山去。至於回程嘛，欽差大人您更清楚了，折羅漫山已過山火，山區被封，卑職也不可能貿然進入。因此，卑職呈上的這些迦藍果，只能是卑職隨瀚海軍調駐伊州時所取的。」

武重規沉默了，高達的辯詞無懈可擊，不由得人不信。武重規不知道，世上根本就沒有所謂的迦藍果，獨產於折羅漫山中更是無稽之談。高達是在不折不扣地犯著欺君之罪，但是對狄仁傑的信任使他戰勝了內心的恐懼。就在他離開洛陽的前一天晚上，狄仁傑將這些不知名的小果子交到高達的手中，一遍遍地教他重複這些謊言，並且向他承諾，一切罪責都由自己承擔。高達還清晰地記得，當初在葉河驛套上傳袋的時候，袁從英也向他說過一模一樣的話：「你放心去吧，所有的罪責由我來承擔。」

既然這樣，高達還有什麼可怕的呢？迦藍果的說法固然荒唐，但武重規真要查個究竟尚需要些時間，時間！還有什麼比時間更寶貴？為了爭取時間，袁從英和狄仁傑先後鋌而走險。

武重規還在下意識地捏著幾個小黑果子，門外隨從在喚：「武大人，王遷都尉帶著沙陀團和天山團的兩位團正剛剛趕到，您是這會兒見，還是……」

武重規如夢方醒，揚聲回答：「啊，快，快讓他們進來。」又看一眼跪在地上的高達，揮揮手道：「你先去廂房裡候著，時機到了我再叫你現身。」

堂門打開，高達一低頭，與兩名跨入堂內的團正擦肩而過。那兩人全神貫注地望向欽差大人，都沒有留意高達。走進院中，武重規的親隨過來帶高達去西廂房，高達卻突覺背後掠過一道凶光，他猛抬頭，沒發現什麼異常，只見到王遷匆匆往院外走去的身影。高達雖然認識錢歸南的這名親信軍官，但官階差得較遠，彼此並不熟悉。

沙陀團和天山團的兩名團正起初還一口咬定從未到過伊州，但武重規這回可不容他們輕易過關了。先是一通殺全家滅九族的威脅，再抬出大小十多件刑具，連詐帶喝，光那副殺氣騰騰的樣子就把兩個做賊心虛的團正嚇得肝膽俱裂、語無倫次。武重規看看火候差不多了，便讓人把高達帶進堂內。那沙陀團的現任團正是王遷臨時從幾名旅正中選出來的，與高達是知根知底的兄弟，此刻一見高達還活著，頓時明白再無詭辯的餘地，乾乾脆脆地交代了個底朝天，只求能將功折罪換回條性命了。

天山團團正當然獨木難支，也跟著老實交代。不過他的證詞讓武重規又一驚，因為據他說帶天山團去伊州的並非錢歸南本人，而是王遷都尉。「這麼看來，王遷也參與了錢歸南的陰謀？」武重規喃喃道。

跪在地上的兩名團正相互看了看，一齊殷勤地磕頭道：「回欽差大人，我們兩個團在折羅漫山一直駐紮到五月十五，是在十六日凌晨一起被王將軍帶離返回庭州。」

「十六日凌晨？」武重規大喝一聲，他記得清清楚楚，自己是在十五日夜間到達伊州，第二天一早被孔禹彭叫醒，報稱折羅漫山大火，正是十六日！也就是說，王遷恰恰在自己剛抵達伊州的那個晚上才把瀚海軍帶走，多麼驚險而又放肆的行動啊！想想自己前幾天在伊州一籌莫展的處境，武重規真氣得七竅生煙，咬著牙又問：「那麼折羅漫山的大火也是你們所為嗎？啊？快說！」

那兩名團正磕頭如搗蒜，斷斷續續地回答：「這個……不是我們所為，只聽王將軍說伊州會有人押後處理——」

武重規打斷他們的話，暴喝起來：「來人吶，快去給我把那王遷抓起來！」武重規的親隨侍衛本就是官拜四品的中郎將，現在情況緊急，欽差一聲令下，就由衛隊全面接管了庭州刺史府。幾名偏將正要帶人去搜捕，高達提醒，方才王遷在此院中見到自己後就趕緊離開，恐怕是預感到情況不妙，因武重規審問兩名團正前後花了大概一個時辰的時間，如果王遷那會兒就逃離刺史府的話，現在大約已走得很遠了。

既然如此，武重規連忙讓人去封堵前後門，就算王遷已經離府，那也要跟著追出去，其餘眾人則分成幾班在刺史府裡開始搜索。頃刻間，整個刺史府上下是雞飛狗跳，武重規在正堂上來回踱著步，正焦躁萬分地等消息，突然聽得外頭傳來一聲女人撕心裂肺的慘叫，嚇得他原地蹦了蹦，緊趕幾步邁到堂外，連聲詢問：「怎麼回事？怎麼回事？」

欽差衛隊的大部分人都散在刺史府裡搜捕王遷，這時院內只留了幾個武重規的貼身侍衛，也都東張西望，不得要領。緊接著一聲聲慟哭傳來，淒楚急迫之狀令人心悸，聽上去離得並不太遠。武重規心裡琢磨著，按大周吏治官員都各有家宅，刺史府只是辦公場所，通常沒有女人啊？女人？裴素雲！武重規恍然大悟，那裴素雲和袁從英都被關押在離正堂不遠的臨時牢房中，哭叫聲就是從那裡傳來的。

這麼想著，武重規沿著正堂門前的甬道就往監房方向趕，從前面那道低矮的院牆後哭聲還在不停傳來，但已變成低弱的哀泣，恰好此時又有幾名衛兵聞聲跑來，武重規在眾人的簇擁之下邁進院中。大家頓時都愣住了！

就見院中橫七豎八倒臥著幾名看守，個個毫無動靜，也不知道是死是活。西側屋子的台階上，裴素雲半臥著，白色的衣裙上血跡斑斑，凌亂的髮絲將秀麗的面容遮去大半，仍在哀哀地低泣著，而蹲在她的身邊，將她緊緊摟在懷中，不停地輕聲安慰、輕柔愛撫著的男人，正是袁從英！

武重規完全想不出來該說什麼、做什麼了，只管目瞪口呆地看著這一對男女。裴素雲看似已有些昏亂了，氣息十分微弱，雖抽泣著不停地訴說，從武重規站的地方完全聽不清楚。袁從英則全神貫注地聽著她的哭訴，一邊也低低地在她耳邊說著什麼，還抬手溫柔地撫摸著裴素雲的面頰，他的撫慰顯然起了很大的作用，裴素雲漸漸停止了哭泣，在他的懷裡閉上了眼睛。

直到此時，武重規才憋出一句：「這……到底是怎麼回事？」他已經走上台階，就站在袁從英和裴素雲的跟前。眼睜睜地看著這對男女旁若無人地在自己面前親密，和一個多時辰前的情景截然相反，欽差大人心裡頭又亂又酸，徹底摸不著頭腦了。

袁從英小心翼翼地把裴素雲平放到地上，輕輕掩好她有些散亂的衣襟，答道：「她的胸口被砍了一刀，兼以驚嚇和急怒，現在非常虛弱。你立即找人來好好給她醫治。」

「哦……」武重規伸長脖子仔細瞧，果然裴素雲的前胸衣服撕裂，明顯的是刀傷，「這裴素雲是遭什麼人所傷？那些看守又是如何遇害的？為何獨獨你毫髮無損，你快說！」武重規高聲喝問，其實他心裡最想問的是，袁從英你到底和裴素雲是什麼關係？

袁從英慢慢站起身來，與武重規對面而立。武重規登時就被那雙眼睛裡的殺氣逼得直想後退，可台階狹小，武重規咬牙挺住不動，他欽差大人的面子在這個早上都快丟光了，現在無論如何也不願意再示弱。但袁從英並不放過他，仍然死盯著他的眼睛，厲聲道：「錢歸南的親信王遷假冒刺史之命，先乘看守不備將其全部殺害，隨後又劫走了裴素雲的孩子安兒。為免裴素雲反抗叫喊，王遷才將她砍昏，裴素雲醒來後哭號呼救，我聽到動靜從另一側的監房破門出來察看情況，便已是如此景象。欽差大人！王遷在逃十分危險，安兒那孩子更有性命之憂，請欽差大人允許卑職立即去追捕王遷！」

「啊？袁從英，你、你還真是……」武重規連連跺腳，他實在不能再相信袁從英的話了，這簡直就是一派胡言嘛！王遷發現自己敗露，急著逃跑都來不及，還跑來搶個白癡孩子，莫非那王遷自己也是個白癡不成？不，是袁從英把所有人都當成白癡了！他居然還敢請命去抓捕王遷！想到這裡，武重規一聲冷笑：「袁從英，你不僅僅是玩弄了裴素雲，你恐怕是把天下人都當成可隨意玩弄的傻瓜了吧！分明是你自己想逃離刺史府，才搞出這麼多是非，做下這些命案，本欽差不會再上你的當了。那王遷本欽差自會派人追捕，不需勞煩你袁校尉，你還是老老實實在這裡待著，除非案情大白證實你的確毫無罪責，否則你仍是嫌犯身分，不得擅動！」

袁從英注意聽著武重規的話，終於微微搖了搖頭，淡然一笑道：「欽差大人，看看這滿地躺倒的看守們，您真的認為我需要等到您來了才逃跑嗎？」

武重規被駁得張口結舌，還沒想好怎麼回答，突然覺得眼前一花，肩膀上襲來劇痛，彷彿被個鐵鉗牢牢地鉗住，身子不由自主地轉了個圈，他大喊：「啊，啊，袁從英，你想幹……」脖子上涼颼颼的，武重規頓時全身僵直，再也發不出聲音了。

院子裡還站著十來個跟隨武重規而來的衛兵，風雲突變，他們居然沒有一個人看明白究竟是怎麼回事，欽差大人就已經被人劫持在手中，抵在武大人脖子上的那柄劍還是他自己的隨身佩劍。武重規前一刻還頤指氣使的，現在已經徹底蔫了，兩條腿在袍服下一個勁兒地哆嗦，他能夠清楚地感受到身後那人決然的氣概，假如不是面前那些衛兵還看著，大概就直接喊起饒命來了。

袁從英在武重規的耳邊輕聲道：「欽差大人，既然你不肯放行，那就不得不麻煩你親自送上一程了。」

武重規狂咽唾沫，好不容易擠出一句：「……你、你不要傷我性命，別的都、都好說……」

袁從英不再說話，手上稍稍用力，武重規痛得眼冒金星，立刻乖乖地往前邁步，在眾目睽睽之下朝關押犯人的小院外挪去。

此地離刺史府正堂不遠，往前走幾步就上了直通府門的甬道。從刺史府各處趕來的衛兵越聚越多，將袁從英和武重規圍了個裡三層外三層，然而欽差大人的脖子就在那寒光閃閃的劍刃之下，周圍的人再多，沒有一個敢輕舉妄動。武重規更是嚇得汗流浹背，雖然說不出話來，兩隻手卻在身前狂舞，示意眾人千萬不要亂來。兩人就這麼亦步亦趨，硬是挪到了刺史府的大門口。

「讓他們把門打開！」袁從英在武重規的耳邊低聲命令，稍稍移開劍刃。

「快！快開門！」武重規嘶聲吶喊起來，才剛喊了一句，那冰冷的鋼鋒又壓上脖頸，武重規只覺得天旋地轉，整個人都要軟癱下去。與此同時，刺史府大門吱呀呀地打開了，袁從英突然將武重規往簇擁的人群猛推過去，武重規腳軟身浮，撲通往前栽倒。眾人呼叫著都朝欽差大人衝去，就在這千鈞一髮之際，袁從英的身形快如閃電，已從大門一躍而出。

刺史府門外是庭州城中最熱鬧的通衢大街，時值正午，街上人來人往熙熙攘攘，袁從英手持武重規的佩劍，凶神惡煞一般衝上街面，嚇得行人紛紛閃避。他剛剛跑到街心，迎面飛奔過來一匹赤紅色的馬匹，身形不算高大，但罕見的敏捷。馬上的騎手竟是個紅衣少年，朝袁從英高聲大喊：「哥哥，我來啦！」袁從英往前連跨幾步，腳尖輕點，就在紅馬擦肩而過之際飛身躍上馬背。那紅馬發出一聲清脆的嘶鳴，撒開四蹄，風馳電掣般地奔向大道的盡頭。

武重規剛被眾人從地上攙扶起來，便暴跳如雷地率領著衛兵們趕到大門口，正好看見炎風載著袁從英和韓斌絕塵而去。武重規跳著腳地大吼：「快！快！給我追！」一干人等手忙腳亂地抄傢伙上坐騎，蜂擁著追了上去。通衢大道上百姓們四散奔逃，武重規站在刺史府門前，指著袁從英逃走的方向亂叫亂罵，狠狠地發洩了一通，累得心浮氣短，這才讓人將自己攙回正堂。

還沒等欽差大人坐下來好好緩上口氣，又有急報上來，發現刺史錢歸南大人死在了軟禁他的小院中！武重規聞言往椅上一靠，雙眼緊閉，險些兒就背過氣去。好半天，他才悠悠穩住心神，有氣無力地問：「錢……大人怎麼死的？」

手下滿頭大汗地回稟：「回、回欽差大人。卑職們方才奉命搜捕王遷，搜到後院關押錢大人的小院時，發現十來名看守悉數被殺，連……連錢大人本人也身中數刀，已然氣絕身亡了！」

「氣絕身亡、氣絕身亡……」武重規下意識地重複著，這個早晨發生的變故太多，而且樁樁件件都涉及生死，他簡直要崩潰了。

武重規低垂著腦袋靠在椅上，老半天也不吭一聲。手下個個又急又怕，噤若寒蟬，幾乎每個人都在止不住地微微顫抖。突然，武重規抬起頭，眼中精光暴射，指著那來報錢歸南死訊的人厲聲喝問：「你說是在搜捕王遷時發現錢刺史被殺，為什麼不立即來報，卻要拖到現在？」

那人哆嗦著回答：「欽、欽差大人，卑職們一發現錢大人遇害就立即趕來報告，不過軟禁錢大人的那個小院在刺史府最後頭，離正堂有點兒距離，等卑職們趕到正堂的時候，欽差……欽差大人您那會兒正和袁從英、裴素雲在一塊兒呢，卑職們無法通報。再後來、後來就——」

「好了，不要說了！」武重規把桌案上的筆筒嘩啦掃倒，他真的很後悔，剛才看到袁從英和裴素雲在一起的樣子，又好奇又緊張，居然毫不防範地站到了袁從英的跟前，才讓對方有機會劫持自己，乘機逃脫……不過話又說回來了，早上袁從英那番義正詞嚴的表白太具說服力，誰能想到僅僅過了一個多時辰，他就以自己的行為又全盤推翻了早上的供詞，甚至當眾犯下挾持欽差、反出官府衙門的罪行！

武重規此刻的心情真是一言難盡，他只覺頭痛欲裂，什麼都不願想、什麼也不能想，可又不得不想！現在整個庭州和瀚海軍都指望在他這個欽差身上，案情由於一系列的突變更加撲朔迷離，武重規不得不打起精神，錢歸南都死了，好歹要去查看查看吧。

勉強起身，武重規正要吩咐往現場去，猛地又想到什麼，喃喃自語道：「關押錢歸南的院子在刺史府最後頭，這麼說來，袁從英應該沒機會去殺錢歸南……」

手下面面相覷一番，其中一人鼓足勇氣湊上來，道：「欽差大人，殺錢大人的恐怕是王遷……」

「哦，憑什麼這麼說？」

「卑職們趕到現場時，那些看守中還有一個未斷氣的，當時就嚷了幾聲『王、王……』屬下們想，刺史府裡要有人做下這樣大的命案而毫無動靜，肯定是打了個措手不及。王遷為眾人所熟識，才能先令看守失去警覺，再乘其不備將他們殺害。」

武重規皺眉思索，想想有理，忙問：「到底有沒有搜到王遷的蹤跡？」

又一個手下戰戰兢兢地上前來：「據後門的衛兵說，就在您審問兩名團正的時候，王遷帶著三四名親信聲稱有公務，大搖大擺地就離府而去了。」

「什麼？」武重規豎起眉毛剛要罵人，一想肯定也是剛才的意外事件阻礙了他們的報告，不由長歎一聲，「唉，這王遷看樣子是逃脫了！」他又想起什麼，問：「王遷走時可曾帶著那個……呃，安兒？」

「這倒沒有看到，不過那小孩身量不大，弄暈了裝進個袋子裡，一眼都看不見的。」

匆匆看過錢歸南的遇難現場，武重規筋疲力盡，再也無力支撐，整個下午都獨自在刺史府正堂裡發呆。他倒還記得問了問裴素雲的狀況，郎中瞧過說外傷並不重，只是急火攻心，神智昏亂，一醒來就哭喊哀告著拚命要孩子，郎中無奈給灌了安神藥，如今是人事不知。武重規又是歎氣，看起來這女人也指望不上了。

出去追捕袁從英和王遷的人馬陸續回來了，不出意外全部一無所獲。武重規也懶得再理，直到當天日落西山之時，滿臉睏倦和憤恨的欽差大人才叫進親信侍從，宣布了他對案情的論斷和欽差敕令：首先，庭州刺史錢歸南裡通突厥、蓄意反周，罪行昭昭，不容置疑，已被欽差大人按律處決；其次，戍邊校尉袁從英偵得錢歸南之陰謀，又因與錢歸南之外室裴素雲勾搭成奸，遂向朝廷告發錢歸南，意欲借朝廷之手除去錢歸南。袁從英同時與瀚海軍都尉王遷串通，聯絡西突厥突騎施部的賊寇，企圖乘亂謀取庭州。現二人因陰謀敗露，均已在逃。最後，武重規頒布欽差敕令，全面接管瀚海軍，為防袁從英和王遷帶領西突厥部隊進攻庭州，瀚海軍沿沙陀磧東側布防，庭州城亦進入全面戒備，繼續派專人全城搜捕在逃欽犯，因袁從英和王遷重罪滔天，且都是窮凶極惡之徒，一旦遭遇，殺無赦！

發布完命令，武重規總算是長出了口氣。草草用過晚餐，武重規在正堂上提起筆來，打算給聖上起草案情呈報了。同時，他還要寫一封信，給正在往西趕來的狄仁傑。想到狄仁傑接到書信時將會遭到的打擊，武重規這些天來頭一次有了揚眉吐氣的舒暢感。當初河北道戰事時，狄仁傑參了他武重規一本，說他暴戾殘忍、濫殺無辜，現在武重規倒要看看，狄仁傑如何應對他最信任的前侍衛長的叛國投敵之罪！

伊州刺史孔禹彭久聞狄仁傑英明睿智的大名，這天他陪同剛到伊州的狄仁傑，花了整個上午在燒得焦黑殘破的折羅漫山火現場察看。眼見這位古稀老者不顧年老體弱，不畏暑熱難耐，細心投入地勘察每片山林，尋訪任何一點可能的蹤跡，孔禹彭不禁從心中歎服。令人遺憾的是，山火燒得太旺，過火面積又大，很多山區已暫成死地，無法進入細查，即使是狄仁傑這樣的火眼金睛，也沒能找到任何有價值的線索。

轉眼過了晌午，折羅漫山區本來可以遮蔽烈日的大樹燒得只剩下殘肢斷木，孔禹彭見狄仁傑早已汗濕衣襟，蒼老的面頰曬得通紅，實在於心不忍，便上前勸說：「狄大人，折羅漫山就先查到這裡吧。晌午過後，這山裡頭會越來越熱，狄大人年事已高，萬一要有個閃失，下官可擔當不起啊！」

狄仁傑稍作遲疑，還是同意了。一行人這才打道回伊州，一路上狄仁傑又讓孔禹彭把武重規來伊州所發生的事情，前前後後細述一遍。孔禹彭不停地擦著汗，從早上開始他把這些話說了不下五遍，實在有些吃不消，但看到狄仁傑那專注的樣子，自己也不敢有半分懈怠，只是心中多少有些困惑。

孔禹彭又怎麼能夠理解狄仁傑此刻那焦慮萬分的心情呢？伊州有鬼這點毋庸置疑，即使是孔禹彭本人也無法否認，但是突破點到底在什麼地方？如何才能找出確切的證據來支持袁從英的報告，同時還能查出事件背後的隱情？而且這一切行動還要快，越快越好。自從在沙州決定繼續西行，狄仁傑就幾乎沒有休息過，除了趕路便是思考案情，他有種強烈的緊迫感，再晚就來不及了……

眾人回到伊州刺史府，匆匆吃了幾口午飯，狄仁傑便繼續問案。他讓孔禹彭取來當初證明杜灝身分的物證，也就是那幾樣燒得墨黑的「蹀躞七事」，一件件細看。許久，狄仁傑才抬起頭來，揉一揉脖頸，讓呆坐一旁的孔禹彭上前來。

狄仁傑指了指面前那堆黑乎乎的小物件，首先問：「孔大人，本閣聽你敘述，那杜灝的遺孀呂氏，似乎就是見到這些遺物後才發的瘋？」

孔禹彭遲疑著回答：「唔，回狄大人，準確地說是見到這些物件後神色大變，堅決要求驗看杜大人的屍身，至於發瘋嘛，是看完屍身以後的事情。」

狄仁傑點點頭，又指了指那「蹀躞七事」，問：「孔大人，難道你和武欽差都未曾發現這些物事的問題？」

「啊？」孔禹彭一愣，連忙再看，還是困惑地搖頭，「這……狄大人，這些物事就是官員們通常所佩的，和你我無異啊，我看不出什麼來。」

狄仁傑皺一皺眉：「請孔大人將腰間所佩之『蹀躞七事』取下來對照一下，便可看出端倪。」

孔禹彭不太相信地取下腰間的革帶，將所佩之物逐一取下，放在桌上那堆黑乎乎的物件旁邊。狄仁傑道：「孔大人，請你說一說你這七件物事與杜大人遺物之間的區別吧。」

孔禹彭略一沉吟，便開始鎮定自若地解說：「閣老，本朝官員所佩『蹀躞七事』為佩刀、刀子、礪石、契苾真（用於雕鑿的楔子）、噦厥（用於解繩結的錐子）、針筒、火石，一共七件。」

「唔，但是杜大人的遺物並沒有七件？」

「是的，那是因為契苾真、噦厥、針筒，這三樣分別為木和竹的材質，大火已將它們燒毀，所以只餘下四件，也就是佩刀、刀子、礪石和火石。」

狄仁傑拈了拈鬍鬚，點頭道：「不錯，餘下這四樣裡，礪石和火石被燒成墨黑，但形狀還在。只是這佩刀和刀子看上去有些古怪。」

「哦？有什麼古怪呢？」

孔禹彭湊上去再看，皺著眉頭不說話。狄仁傑知道他還是沒有想明白，和藹地笑了笑，道：

「很簡單，佩刀和刀子都是一樣鐵質的物件，按說過火以後看上去應該差不多，可為什麼這刀子未曾因火變形，而這佩刀卻已被燒得彎折，完全沒有原來的樣子了呢？」

孔禹彭十分驚詫，連忙細瞧，還真如狄仁傑所說的那樣，他低下頭不說話了。

狄仁傑輕輕摸了摸那柄小刀子，低聲道：「都說真金不怕火煉，其實這素樸的鐵器，反比昂貴的金子更經得住鍛燒啊。」

他的話音剛落，孔禹彭恍然大悟地喊道：「啊？難道，難道這佩刀乃金質？」

狄仁傑微笑：「你說呢？」

孔禹彭抓起那柄燒得彎折、奇形怪狀的佩刀在手中，顛過來倒過去再看，終於長吁口氣道：「狄大人，下官太佩服了！這柄佩刀業已燒得變形，故而大家都未曾多留意，其實現在看來，還真和大家通常所帶的七事中的佩刀不一樣。」

狄仁傑聳起眉頭，輕哼道：「只怕你們未曾留意，有人卻早看出蹊蹺了。」

孔禹彭倒吸口涼氣：「您是說那呂氏？……只是，狄閣老學貫古今、知識淵博，自然能夠想到這刀具材質的差別，可那呂氏一個婦道人家，大門不出二門不邁的，她何以……」孔禹彭說著直搖頭，一臉的無法相信。

狄仁傑不置可否，又問：「杜大人的屍體還停放在刺史府中嗎？本閣現在就去驗看。」孔禹彭連忙稱是，因為呂氏瘋癲，兩個孩子均未成年，沒有人來收殮杜大人的遺體，再說案子未結，所以一直停屍在刺史府後院。狄仁傑不等他說完，起身就往後院而去。

孔禹彭頭前領路，狄仁傑帶著沈槐緊緊相隨，還未到停放屍體的廂房外頭，一股臭味就撲面而來。狄仁傑腳步不停，卻狠狠地瞥了孔禹彭一眼，孔禹彭有所察覺，尷尬地解釋：「狄大人，杜大人是被燒死的，全身潰壞，再兼伊州這幾天十分炎熱，所以雖然放置了很多冰塊保存屍體，還是沒能……」

狄仁傑二話不說，已經搶先登上廂房前的台階。守衛慌忙打開房門，更加刺鼻的臭味湧出，沈槐頓覺胸中連連翻騰，再看狄仁傑已經走進屋內，只好也硬著頭皮跟上。廂房中央的木床上，白色的麻布覆蓋著杜灝的屍身，那麻布上星星點點的污跡表明，屍體肯定腐敗得很厲害了。孔禹彭剛想吩咐候在旁邊的仵作，狄仁傑早就跨前一步，親手掀開屍布察看。沈槐稍稍後退，雖然站得遠些，還是能看到那令人心悸的慘狀，並聞到逼人眩暈的屍臭，可狄仁傑卻似渾然不覺，彎下腰從頭到腳地查驗屍身，還不停地和仵作交談。

沈槐有些走神了，實際上他對這種話題一點兒都不感興趣，只是在心中反覆問著自己，狄仁傑如此熱切於這樁案子，顯然不是完全出於公心……突然一個念頭猝不及防地襲來，會不會狄仁傑還指望著憑藉這次的案件，將袁從英重新召回身邊？彷彿兜頭被澆了桶冷水，沈槐登時愣在原地。

「沈槐？沈槐？」狄仁傑已驗完屍，走到廂房門口，回首叫道。

沈槐這才回過神來，趕緊奔出屋外，大大地吸了口新鮮空氣。狄仁傑瞧著他狼狽的樣子，微微笑了笑，張嘴好像要說什麼，突然臉色一變，身體就往旁栽過去。沈槐嚇得高叫一聲「大人」，一個箭步衝到狄仁傑身邊，剛剛好將他攙扶住。

孔禹彭也嚇得瞠目結舌，幫著沈槐扶穩狄仁傑，連問：「狄大人，您怎麼樣？」

狄仁傑勉強站直身子，少頃，才擺手道：「沒事，天氣太熱，歇歇就好。」

沈槐輕聲道：「大人，卑職扶您去後堂休息吧。」

狄仁傑拍拍他的胳膊：「老夫已經好了，呵呵，人老了，站久了就覺得累，再被那屍臭一熏，倒真有些恍惚。」說著，狄仁傑朝孔禹彭搖手，「禹彭啊，那呂氏現在何處？」

「回狄大人，還在刺史府中呢，下官想那杜大人因公殉職，遺孀又突患瘋癲，實在可憐得很，就暫時安置在東花廳裡。又自城中尋了最好的郎中來給她醫治，可惜這幾天治下來，都沒見什麼效果，仍然時喜時悲，語無倫次，瘋得著實厲害。唉！」

「嗯。」狄仁傑點頭，「如此就請禹彭領本閣過去那東花廳瞧一瞧。」

「啊？」孔禹彭見沈槐一個勁地朝自己搖頭，忙道：「狄大人，那呂氏服了郎中配的安神藥，現在恐怕還沉睡不醒，無法應對閣老的查問……」

狄仁傑微嗔道：「行啦！憑老夫手中幾根銀針，這呂氏就算是真的沉睡不醒，本閣也有把握將她喚醒，你們兩個就不要再想要什麼花招了！」

沈槐無奈輕歎，只好攙起狄仁傑的胳膊朝東花廳去。為了讓狄仁傑少曬到些正午的毒日，他特意靠近廊簷下走，才走了幾步，抬頭正對上狄仁傑溫和慈祥的目光，沈槐心中一動，臉上不覺赧然。

東花廳外搭滿花架，垂絲藤蔓把廊簷下遮得陰涼舒爽，真是塊盛夏裡難得的避暑之地。可惜那瘋癲了的呂氏根本不肯走出屋子一步，從早到晚就縮在悶熱的房間裡哭哭笑笑，至今還穿著第一天來時的衣服，天氣又熱，幾天下來整個人已弄得污穢不堪，哪裡還看得出半分當日初見欽差時的嬌媚容色。

此刻她又趴在地上，把婆子送去的午飯撒了一地，手裡還握著根銀簪點點戳戳，時不時抄起米粒往嘴裡送，狄仁傑諸人站在門口，看得十分不是滋味。

孔禹彭抄著手支吾道：「狄大人，這女人幾天來都是這個樣子，您看……」

狄仁傑搖搖頭，慢慢走到呂氏的跟前，悠悠然道：「世人皆癡，唯我獨醒。憑君多顧，堪堪妾心。自古至今，男子為權勢為聲名而瘋狂，女人卻多只為了一個情字，倒更叫人既唏噓又感動。」那呂氏原本在地上邊撈米粒吃邊哼哼唧唧地唱著什麼，聽著狄仁傑的話語突然停下動作，蜷縮起身子蹲坐下來，嗚嗚地哭泣起來。

狄仁傑朝孔禹彭使了個眼色，孔禹彭趕緊上前，將杜灝那柄燒壞的佩刀放在呂氏的面前，狄仁傑溫和地開口道：「呂氏，你可認識這柄佩刀？」

呂氏的眼睛在滿額亂髮後閃著光，盯著佩刀看了看，突然伸腿出去猛踢那佩刀，狂亂地喊起來：「這是那個死鬼的東西，他的東西！他、他不是去了閻王殿了嗎？啊，來索命了！他派了小鬼來，小鬼來！」話音未落，她竟一頭朝狄仁傑撞去，一邊尖叫：「青天大老爺，救命啊！」

沈槐哪裡會容她近狄仁傑的身，早擋在狄仁傑的面前，將呂氏牢牢地揪在手中，這女人還不肯罷休，拚命掙扎著又踢又叫，滿嘴的瘋話聽去就是：「小鬼！小鬼！大老爺救命！」

孔禹彭尷尬萬分地看著狄仁傑，不知該如何是好。狄仁傑銳利的目光卻在屋子裡掃了個遍，這時候除了他和沈槐、孔禹彭外，房內只有一個安排來照料呂氏的老婆子，束手無策地傻站著，門邊則守著孔禹彭的貼身隨從。

狄仁傑的眼角聚起密密的皺紋，朝那老婆子微微頷首：「孔大人說你是從杜府裡過來伺候你家夫人的？」

老婆子抹抹眼睛，哆哆嗦嗦地回答：「是的，大老爺。我家夫人在這裡發的瘋，孔大人便叫我過來照應她。」

狄仁傑又問：「你這婆子既然是老爺夫人的貼身僕婦，想必知道你家老爺左腳的小趾有缺？」

那老婆子瑟縮著點頭：「嗯，是……沒錯。」

正問著話，讓沈槐抓在手中的呂氏剛安靜了一小會兒，突然爆發出一陣狂笑，邊笑邊喊：「青天啊青天！若要人不知，除非己莫為！哈哈，莫非判陰司的閻王大老爺來了，來吧，來吧！我呂麗娘什麼都不怕，黃泉路上有人陪不寂寞，嗚嗚，夫君啊……」

狄仁傑輕歎一聲：「沈槐，放開她吧，沒關係的。」

沈槐猶豫著鬆開手，果然呂氏並未再有狂躁的舉止，反倒蹲到地上，以手蘸著唾沫，在青磚地上寫起字來，嘴裡還唸唸有詞：「鴻雁出塞北，乃在無人鄉……狐死歸首丘，故鄉安可忘！」

狄仁傑走到呆立門邊的孔禹彭面前，低聲問：「禹彭可知這呂氏的娘家在哪裡？是做什麼營生的？」

孔禹彭怔了怔，為難道：「上回呂氏瘋的時候似乎說過娘家在庭州，哦，欽差大人便是聽她提起庭州，才決定即刻趕往庭州的。至於她娘家原來是做什麼營生的，這、這下官實在是不清楚了……」

「嗯。」狄仁傑緊接著道：「那就請孔大人立即著人去查一下。」頓了頓，他又道，「哦，我看這呂氏雖然瘋癲，情況倒也不算太嚴重，還是把她送回長史府中將養比較好，在熟悉的環境中，應該有利於她恢復神智。」

孔禹彭抓了抓鬍子：「狄閣老，本來下官就打算把她送回去的，可是她死活不肯離開刺史府，倒也可以強行為之，但、但她畢竟是長史的遺孀，下官心裡著實不忍，下不去手啊。」

狄仁傑面露狡黠之色，對孔禹彭點點頭：「本官倒是有個好主意，可以讓呂氏乖乖就範，你附耳過來。」

狄仁傑和孔禹彭湊在一塊兒，嘀咕了老半天，終於孔禹彭如釋重負地露出會心的笑容。狄仁傑和沈槐先行離去，這廂孔禹彭喚過始終等在旁邊的扈隨從，又如此這般地交代了一番。

這個夏夜悶熱異常，沒有一絲風，聲聲不絕的蟬鳴讓溽暑難眠的人們愈加煩躁。杜灝的長史府中卻是一片死寂，彷彿蟲蜉有知，也隨主人一起拋棄這份曖昧凶險的家業，升登西方極樂世界去了。

正房的門徐徐開啟，從屋子裡隨之散出股淤香的怪味，來人以巾掩面，躡手躡腳走進屋。沿牆和門邊倒坐著兩三個婆子，都睡得人事不知。來人徑直走到臥房的榻邊，順手點亮了榻前的紗燈。昏黃的燭光照在床上熟睡的呂氏臉上，這張臉看樣子稍稍清洗過了，頭髮也略微規整，女人秀美的容貌重又展現出來，只是已深深刻上了悲痛、驚恐和絕望的印跡。

似乎是嫌光線還不夠亮，來人乾脆擎起紗燈，湊到呂麗娘跟前仔細端詳，許是女人酣睡中蒼白的姿容倍加誘人，來人忍不住伸手出去，剛要碰上呂氏的嘴唇，呂氏突然睜開雙眼，就聽一聲響亮的「啪」，來人結結實實地挨了個大嘴巴。

那人猝不及防往後倒退兩步，手中的紗燈也掉落在地。呂麗娘已自榻上坐起，定睛看著來人，煞白的臉上漸漸浮起詭異的笑容，終於哈哈地笑出聲來，越笑越響，嘴裡還唸唸有詞：「小鬼來了！小鬼終於現身了！哈哈哈哈，來啊，來啊，我不怕你，不怕你！」

那被打之人悻悻地欺身近前，惡聲惡氣地道：「行了！別再裝瘋賣傻了！你也休想有人會來救你，我勸你還是老實些比較好，免得受罪！」

呂麗娘停住笑聲，姍姍地挽起滿頭烏髮，冷冷地問：「老實？你要我怎麼老實？我若是老實了，又有什麼好處呢？」

那人嘿嘿一樂：「我們的手段你也清楚，如果你急著想去見你那死鬼夫君，我倒是可以助你一臂之力。」

呂麗娘悠悠地回道：「那你怎麼一直不動手啊？都好幾天了，還挺有耐心。」

來人怒道：「呂麗娘，我勸你不要敬酒不吃吃罰酒！你裝瘋賴在刺史府裡，不就是為了保下你這條賤命？可惜人算不如天算，來了個什麼當朝神探狄大人，居然把你給送回來了，現在你落入我的手中，最好還是乖乖地聽話，否則我定讓你求生不得、求死不能！」

呂麗娘激靈靈打了個冷顫，仍然毫不示弱地直視對方：「你就不怕我去告發你們？」

來人仰天大笑：「告，你去告啊！為什麼欽差在時你不告？狄大人在面前時你也不告？現在倒想起來要告發了？哼，你若一告，杜長史的一世清名可就徹底毀了，你也一樣活不成！呂夫人是什麼樣的精明人物，這筆賬會算不清楚？」

「可你們不也要殺我？」

來人連連搖頭：「噯，只要呂夫人將東西交出來，我可以留你條活命，你和長史的一雙兒女也不至於成為孤兒。到時候便假稱夫人瘋病發作而死，我可以將你們一家三口送到北面去。那裡天高地闊，再加上杜大人這些年謀取的錢財，你們怎麼著也可以過上愜意的生活，如何？」

呂麗娘陰慘慘地冷笑：「我交出那東西，你們就把我殺了滅口，你以為我會相信你嗎？」

來人上前一把扼住呂氏的脖頸：「那你信不信我現在就會殺了你？」

呂麗娘被扼得兩眼暴突，舌頭都伸出老長，那人這才意猶未盡地鬆開手，喝道：「少廢話，立即將東西交出來，如若不然，我就把你那對小兒女帶到這裡來，你想不想看見他們啊？」

呂氏連連咳嗽著，終於抬起流滿淚水的面頰，啞著嗓子道：「不要動我的孩子們，東西……就在這裡。」

她來到屋側的多寶格前，移開一尊三彩花瓶，暗門開啟，裡面竟是個小小的密室。旁邊那人喜出望外，一手持燈，一手推搡著呂氏走進密室。這密室也就三步的寬窄，堆得密密匝匝的全是鼓脹的麻布包，幾乎沒有空隙，兩人只能待在門口。

那人忙問：「東西呢？」

呂氏朝最近的麻包努嘴：「你自己看嘛。」

那人狐疑地靠近麻包，從腰間抽出匕首往包上一捅，麻包破了個大口子，嘩啦啦掉了滿地的白色小豆子，隨之散出股淡淡的辛辣味道。那人將手中的匕首掉過來直指呂麗娘的面門，喝道：

「這是什麼東西？你敢耍我！」

呂麗娘嫵媚地露齒：「這是胡椒啊，大爺怎麼認不出來？好東西呀。哈哈哈哈！」她突然爆發出淒厲的大笑，笑得上氣不接下氣地說著，「證據，這就是證據……勾結突厥、積斂財富，到頭來就換得這滿滿一屋子的胡椒，哈哈哈哈！多麼可笑啊，扈大爺……你不覺得可笑嗎？哈哈哈哈！」

「你這瘋婆子，鬧夠了吧！」那人氣急敗壞地猛撲過來，突覺眼前一黑，腦袋上被人猛擊一掌，緊接著胸口又被狠狠地踹了一腳，他吃痛不住，大喊著翻倒在地，剛想起身，雙手已被牢牢地揪住，背上亦被沈槐的虎頭攢金靴踏得無法動彈。

屋子裡面剎那間燈火輝煌，地上之人惶恐地瞪眼望去，狄仁傑、孔禹彭面沉似水站在中央。呂麗娘早已停下狂笑，雙膝跪倒在地，磕頭哀告：「罪婦呂麗娘有冤情上訴。」

狄仁傑點一點頭，卻轉向孔禹彭：「孔大人，本閣建議還是由你先問一問這位心腹隨從。」孔禹彭早已氣得面色鐵青，顫抖著手指向扈隨從，厲聲喝問：「扈八！竟然是你！你什麼時候和突厥勾結在一起的？又和杜長史夫婦有何牽連？快說！」

沙陀磧上漫天星光，蒼穹璀璨。袁從英和韓斌躍馬飛馳於無邊無際的曠野之上，身後揚起一路沙塵，翻滾旋舞、直上雲瀚。今夜的大漠上微風蕩漾，遠處起伏的沙丘就像身形巨大的鬼魅，駐守在這片死亡之地已歷萬年，以始終不變的冷漠目光，看盡日出日落、春去冬來、滄海沙野、生生死死。

阿蘇古爾河已完全改變了模樣。疾馳的馬匹在波濤洶湧的河畔停下腳步，韓斌拍了拍炎風的肚子，真是好樣的！從昨日中午在庭州刺史府的門前劫下袁從英，他們幾乎一刻不歇地在奔跑，可是小神馬炎風依舊精力充沛、神采奕奕。相形之下，袁從英胯下所騎的那匹馬是他們闖入沙陀磧之前從突厥牧人處奪下的，跑的路程遠沒有炎風長，卻已累得通身大汗，連連喘著粗氣。

月光靜靜地潑灑在阿蘇古爾河上，天上的星星彷彿直接墜入河中，與粼粼波紋連接到一起。死般沉寂的大漠中，這裡便是生命的源頭。停駐河畔，韓斌猶豫再三，終於亮起嗓子問：「哥哥，這河裡怎麼有水了呢？」沒有回答，他轉過頭去，偷偷瞥了瞥袁從英那如雕塑般沉靜的側影。

自從在并州遇到這個叫作袁從英的人，韓斌從來都沒有怕過他。即使知道了他的身分是令人聞風喪膽的大將軍，即使親眼看到他身懷絕技、英勇善戰，對韓斌來說，他就是那個第一次見面就被自己劃傷了的傻瓜；那個為了保護自己幾次三番豁出性命的家伙；那個一路西來始終照顧自己疼愛自己對自己言聽計從的好哥哥……但是今夜，當韓斌從近旁這沉默的人身上感受到濃烈的寒意時，他頭一次害怕了。

袁從英終於轉過臉來，黑如曜石的雙目盯牢韓斌，少年只覺得全身冰寒徹骨，忍不住打了個哆嗦，小聲嘟囔：「哥哥……你怎麼了？」

「你是偷著跑出來的吧？」

「我……」韓斌垂下腦袋，本來料想會挨罵，但從昨天開始他們一直疲於奔命，都沒有時間交談，韓斌心存僥倖，覺得這事兒已經過去了。

「回答我，是誰讓你這麼幹的！」

韓斌嚇壞了，他從來沒有在袁從英的臉上見到過這樣嚴酷和憤怒的表情，低下頭緊緊揪住韁繩：「哥哥，我、我太想你了，擔心你……」抬起頭時，少年的眼眶裡蓄滿淚花，「哥哥，我錯了。可你別生氣了，我、讓我幫你，我可以的！」

「你可以什麼？」袁從英又是一聲怒喝，指著阿蘇古爾河，厲聲道：「你知道我為什麼來這裡嗎？就是因為你！否則我現在都可以到伊柏泰了！」

「啊？哥哥，我和你一起去啊？」

「胡說！我帶你上沙陀磧已經是走投無路，昨天在刺史府前那麼多人都看見了你，我怎麼還能把你留在庭州？從現在開始你就給我老老實實地待在這裡，哪兒都不許去！」袁從英的聲音越來越喑啞，好像嗓子都被怒火燒壞了。

「我……」韓斌小聲嘀咕著，悄悄抹了把眼淚。

袁從英只當他就範了，自言自語道：「這裡現在有足夠的水，後面的胡楊林也很茂盛，足夠防狼了。現在就去土屋裡看看，應該有吃的，你也會射殺小野物，哪怕在此地待上十天半個月都沒有問題的。」他跳下馬，疾步往河床上的土屋走去，韓斌緊跟在後面嚷：「哥哥，你別嚇我，你要把我一個人扔在這裡嗎？哥哥！」

袁從英不理會他，幾步來到土屋門前，突然停住腳步。韓斌跑過去，被袁從英一把攬在身後。當初袁從英把呂嘉的鋼刀和弓箭全寄放在牧民家中，韓斌這小子機靈，這次倒給他一併帶了過來，因此袁從英這時便手握那柄削鐵如泥的寶刀，屏氣凝神聽了聽土屋裡的動靜，一腳將屋門踹開。

屋門外引起袁從英注意的斑斑血跡，在屋中央變成一大攤。猩紅的血泊中匍匐著一個人，全無動靜，韓斌緊貼在袁從英背後，悄悄問：「哥哥，他是誰呀？他死了嗎？」

袁從英深深地吸了口氣，往前邁了一步，突然將鋼刀扔下，雙手抱起那浴血之人，顫抖著聲音喚道：「武遜、武校尉……你、快醒醒。」

叫了好幾聲，那氣息奄奄之人真的緩緩睜開雙目，看見袁從英，武遜慘無人色的臉膛上居然浮現出淡淡的笑意：「袁……校尉，真的是你……」

「是，是我。」袁從英托起武遜的頭，讓他靠在自己的肩上，韓斌遞上水袋，袁從英小心翼翼地端到武遜的嘴邊，輕聲問：「武校尉，你怎麼會在這裡？發生了什麼事情？」

武遜讓開水袋：「不用了……」這時袁從英才看到武遜身上幾處致命的傷口，能夠堅持到現在算得上奇蹟了。

武遜翕動著嘴唇，斷斷續續地說：「我估摸著，肯定跑不出沙陀磧了……所以來這裡……碰碰運氣，還真……真見到了你，袁校尉……」

袁從英緊緊抱著他：「武遜大哥。」

武遜的眼睛突然瞪得溜圓，高聲嚷著：「敕鐸、敕鐸帶人突襲了伊柏泰，就在……昨天晚上！編外隊的弟兄們……全完了……」

袁從英大驚：「怎麼會這樣？梅迎春呢？他的人馬呢？」

武遜喘了口氣：「梅……走了，兩天前……錢歸南飛鴿傳、傳書，要求……梅、梅迎春立即、撤出……伊柏……泰。我們怕、怕連累你……梅……當天就帶人撤往庭州了……」

袁從英把牙齒咬得咯咯直響，啞聲道：「我明白了。」他對武遜勉強一笑，「武遜大哥，你放心，一切有我，我立即就去伊柏泰！」

武遜微微點頭：「我……放心，見到你我就、就放心了。袁校……不，袁將軍！我武遜佩服你啊，將軍……」

「武遜大哥！」袁從英看著武遜的呼吸越來越急促，禁不住熱淚盈眶。

武遜死死地盯著袁從英，突然抬手猛揪他的衣襟，拚盡全力喊道：「袁將軍，你千萬要小心！小心！敕鐸，他們是要發……奇兵進攻庭州！庭州！」

話音落下，武遜的手一鬆，倒在袁從英的懷中氣絕身亡。袁從英輕輕將他的身軀放平在地上，良久，抬起頭道：「斌兒，我走了以後，你將武大哥的屍體掩埋在屋後的胡楊林中，記得做好記號，日後可以來找。」說著，他銳利的目光掃了圈屋子，恢復了往日那不帶絲毫感情的語氣，「麵粉、乾餅和醃肉都在那裡，夠你吃的了。這裡前面有大河、後面有樹林，野狼應該過不來，但晚上還是要在門外點上篝火，炕洞裡有火折子。」

袁從英說完，站起來就朝屋外走。韓斌呆了呆，奔過去一把抱住袁從英的身子，叫著：「哥哥！」

「嗯，還有什麼事？」袁從英拍了拍他的腦袋，韓斌淚眼朦朧地抬起頭，看見袁從英的目光又變得十分柔和。在說著：「別害怕，你在這裡待十天，假如還沒有人來接你，就帶上足夠的食水回庭州，去找梅迎春他們。有炎風陪著你，不會有事的。」

「讓我和你一起去吧，哥哥……」韓斌做著最後的努力。袁從英沒有再說話，只是將他輕輕推開去，飛身躍上馬背，馬匹在土屋前面兜了個圈子，便頭也不回地奔上星空下的曠野。

「哥哥！」韓斌衝著那背影高喊了一聲，靠在炎風的身上嗚嗚地哭泣起來。

杜長史府裡的審訊進入了最緊要的關頭。扈隨從本來還想負隅頑抗，但罪行畢竟已暴露在狄仁傑和孔禹彭的眼前，強作掙扎不久，便不得不如實交代了自己早被長史杜灝收買，為其暗伏在孔刺史身邊當眼線。前次武重規突抵伊州，就是他將消息通報給杜灝的。

孔禹彭聽到這裡，不由慨歎：「真沒想到最大的紕漏就在我的身邊！」

狄仁傑冷厲地道：「孔大人，你身邊的紕漏還不少呢。」

孔禹彭面紅耳赤：「狄大人，下官確有失察之罪，伊州一系列變故下官難辭其咎，敬請朝廷責罰，下官絕不敢有半點怨言！」

狄仁傑面沉似水：「孔大人，爾身為一州刺史，不僅自身要清正廉明，本州吏治同樣是你的職責所在。而你，卻對發生在身邊的陰謀叛亂熟視無睹、毫無察覺，幾乎釀成大禍。孔大人，你大大地失職了！」

孔禹彭「撲通」跪倒在地，口稱：「下官有罪！」

狄仁傑長長地歎息了一聲，擺手道：「你的失職之罪本閣自會報請吏部懲處，但此刻最要緊的是立即查清案件真相，才能防範更大的禍患，你這個伊州刺史兼伊吾軍軍使，還要擔起你的責任來！起來吧。」

「是。」孔禹彭羞愧難當地應承著，站起身來。

狄仁傑沉吟著道：「孔大人，當初趕來向你通報折羅漫山山火和杜長史親赴火場的，就是這位扈隨從吧。」

「正是。」狄仁傑輕捻鬍鬚，「孔大人啊，那時候你就應該懷疑到，凌晨時分郊外山巒著火，四野無人，就算是山民發現，只怕也要到白天才能報到伊州城內。可這位杜長史居然已經親自率人去救火了，實在於理不合。可歎的是你與欽差大人，慌亂中竟都沒有察覺到此中的蹊蹺，白白錯失了查案的最佳時機！」

孔禹彭撩起袍袖擦汗，拚命點頭道：「狄大人所言極是。唉，剛才扈八也說了，當時王遷恰恰潛入杜府與杜灝私會，欽差大人來到伊州查案的消息令二人頓時驚慌失措，惶急之下決定立即前往折羅漫山，由王遷將瀚海軍帶回庭州，杜灝則押後燃放山火，燒毀相關線索。」

狄仁傑朝著呂麗娘頷首道：「如果本閣沒有猜錯，他們密謀的時候你也在場吧？」

呂麗娘神思恍惚地點了點頭，應道：「狄大人說得是，妾身親耳聽他們定下計策，由先夫為王遷斷後放火，待折羅漫山火起，他只要將事先準備好的屍首投入火場，隨後便可北上潛入突厥。」

孔禹彭恍然大悟：「我明白了，難怪你聽聞杜灝死訊，初到刺史府時看上去並不悲傷……因為你知道杜灝根本就沒死！」呂麗娘垂頭不語。

狄仁傑長歎道：「但是當她看見杜灝遺物中那柄特殊的佩刀時，她開始懷疑自己被更為凶殘惡毒的勢力欺騙了！」

孔禹彭一驚，忙問呂麗娘：「那柄佩刀有什麼特別嗎？」

呂麗娘抬頭慘然一笑：「回二位大人，這柄金質佩刀乃是妾身從娘家帶來的陪嫁，是我夫婦二人的定情之物，杜灝極為珍視。我們原來商定以他人的屍體代替先夫，並用他所佩戴的『蹀躞七事』來證其身分，但只要以普通佩刀即可蒙混過關，杜灝絕不會將這把珍貴的金佩刀遺留在火場。」

孔禹彭連連點頭：「因此當你看見佩刀後便顏色大變，馬上要求查看杜灝的屍體。」

狄仁傑接口：「而杜灝左腳腳趾的缺損讓呂氏確定，杜灝確確實實已經被燒死在了折羅漫山中，那具焦炭樣的屍體就是杜灝本人！」

呂麗娘發出一聲淒慘的嗚咽，伏地慟哭起來。

狄仁傑陰沉著臉，向沈槐使了個眼色，沈槐衝著呆若木雞的扈隨從大喝：「杜大人是不是被你害死的？說！」

扈八嚇得屁滾尿流，狂擺雙手辯解：「不，不，不是小人，是王遷派人幹的。」

狄仁傑厲聲追問：「那麼說也是王遷授意你繼續找機會殺害呂麗娘？」

扈八苦著臉道：「王遷說杜灝夫婦知道內情太多，而且杜灝貪生怕死，一旦事情敗露必然將所有內情供出，因此還是直接殺人滅口了乾淨。至於呂氏，本來沒料到她能發現真相，但她既然已有所察覺，也就留不得活口了。只是……這女人刁滑得很，看到杜灝被害就裝瘋賴在刺史府中，使得我難以輕易下手。」

呂麗娘止住悲聲，咬牙切齒地罵道：「呸！你這個忘恩負義、恩將仇報的歹毒小人！這些年來杜灝待你不薄，可到了緊要關頭你為了自保，竟要將我夫婦二人斬盡殺絕，我呂麗娘就是做了厲鬼，也斷斷不會放過你！」

狄仁傑道：「呂麗娘，扈八之所以遲遲沒有動手，不僅僅是因為你躲入了刺史府吧？」

呂麗娘冷笑：「狄大人真是一針見血，是的，扈八三番五次威脅於我，而妾身以言辭暗示手上握有關鍵的證據，那扈八到底做賊心虛，害怕妾身被逼得走投無路時，真的將證據交出來，才始終未敢下手。」

孔禹彭歎道：「所以狄大人才安排了今晚的這齣好戲。」

狄仁傑冷哼道：「如果不巧做安排，令你這位貼身隨從自己現出原形，恐怕孔大人你還會一味地維護自己人吧。」孔禹彭再度羞愧地躬身作揖。

狄仁傑轉向呂麗娘，用稍微溫和的語氣道：「呂夫人，你所說的證據的確存在嗎？」

呂麗娘從懷中掏出個信封，雙手舉過頭頂：「這裡面有先夫與庭州刺史錢歸南，以及先夫與……突厥可汗的往來信件，從中便可以看到整件事情的始末由來。杜灝離家前讓妾身將這些信件貼身收藏，以防萬一。」

沈槐取過信件，狄仁傑匆匆瀏覽一遍，面色凝重非常，良久，才緩緩吐出一句：「原來竟是這樣。」他又轉向呂麗娘，「呂夫人，杜灝為何會與庭州刺史錢歸南暗相勾結，你知道其中的緣由嗎？」

呂麗娘淒然道：「回狄大人，妾身本是庭州人，先夫暗中歸順突厥之後，本想策劃佔據伊州。怎奈孔刺史精明強幹，對大周更是一片忠心，先夫百般試探後覺得無機可乘，便想到了妾身的兄長呂嘉。兄長在庭州瀚海軍任職，為庭州刺史錢歸南管理沙陀磧中的監獄伊柏泰。」狄仁傑聽到伊柏泰三字，心中頓時一抽，不由自主地緊盯住呂麗娘。呂麗娘還在哀哀敘述，「那伊柏泰是錢刺史極為看重的一個地方，所以呂嘉在瀚海軍中雖然只擔任個編外隊隊正，實際上卻深受錢大人的信任，先夫便通過我與呂嘉的關係，最終為錢大人和突厥可汗搭上了線，這樣才有了後來的一系列事情，列位大人都可以從那些來往信件中看到。」

「嗯。」狄仁傑疲憊地點了點頭，沈槐看著他的臉色，欺前小聲道：「大人，天都快亮了，今天莫不就先到這裡吧？大人您該休息了。」

狄仁傑微微一笑：「最後一個問題。呂夫人，本官很好奇，那佩刀已燒得面目全非，你是怎麼看出它是你與杜長史的定情之物？」

呂麗娘木然答道：「狄大人有所不知，妾身娘家是庭州最出名的冶煉世家，尤善打造兵刃。妾身從小便熟悉金、銀、銅和鐵器，特別是兵刃，否則也不會帶把純金佩刀作為陪嫁了。妾身的兄長呂嘉正是由於這項能為，才被錢歸南大人特別看重的。可是……」呂麗娘的目光突然又變得凶狠憤懣，尖聲怨道：「就在兩個多月前，妾身的兄長呂嘉莫名其妙地死在伊柏泰。錢歸南說是一個叫袁從英的人殺了他，可杜灝和我都不相信此事與錢歸南完全沒有干係。後來錢歸南雖然按約將瀚海軍調來伊州，但就是躲在折羅漫山中不肯露頭。因此妾身想來，王遷殺死杜灝，一定是錢歸南授意的，無非是看到突厥戰敗，欽差又來查案，便企圖滅口，徹底掩蓋他與突厥勾結的內情！錢歸南、王遷、扈八……還有那個什麼袁從英，害得我家破人亡，都是十惡不赦之徒，哪個都不得好死！」

「夠了！」狄仁傑勃然大怒，直指著呂麗娘的面門斥道，「杜灝與突厥勾結策反大周官員、陰謀叛亂、出賣國家，難道就不是十惡不赦之徒？就以杜灝和呂嘉所犯下的罪行，將他們凌遲都是罪有應得！你有什麼資格因為他們的死就肆意謾罵，更有什麼資格詛咒別人不得好死？」狄仁傑這突如其來的沖天怒火把一旁的孔禹彭驚得目瞪口呆，他不明白始終鎮定睿智的宰相大人怎麼會一下子如此失態，竟氣到花白的鬚髮都直豎起來，指著呂麗娘的手顫抖個不停。

呂麗娘也給嚇得愣住了，半晌，她才如夢方醒般地展顏一笑，輕聲道：「狄大人，您老人家別氣壞了身子，那倒是妾身的罪過了。這大周的江山社稷，還要靠您這樣的頂梁柱撐著呢。杜灝有罪，妾身也有罪，罪大惡極、罪不容誅，先夫已去，妾身早已無意獨留世間，但是我那雙可憐的小兒女沒有罪，只求狄大人、孔大人能給他們尋條活路，妾身便是在九泉之下，也會感激你們的！」話音剛落，一縷殷紅的血跡順著她的嘴角緩緩淌下，呂麗娘側著身子倒在地上。

狄仁傑箭步上前，蹲在呂麗娘的身邊，摸了摸脈門，歎息道：「她死了。」

「這……」孔禹彭和沈槐面面相覷，正要上前扶起狄仁傑，卻見他已顫巍巍站起來，身子卻又猛地一晃，向後便仰。

沈槐大叫：「大人！」衝上前，狄仁傑剛好倒在他的懷中。

第六章 決勝

沙陀磧東側邊緣，梅迎春率領著原鐵赫爾所轄五千突騎施鐵騎兵，和由哈斯勒爾領軍的數百名王子直系騎兵隊，殺氣騰騰地列隊而立，與對面虎視眈眈的瀚海軍沙陀團數千名軍兵對峙了差不多有一個時辰了。

頭頂上驕陽似火，朔風酷熱灼人，沙陀磧上飛揚的沙塵滾滾而來，兩方的士兵早已汗透甲冑，沙土和著汗水，把一張張臉都染得黑紅相間，大家開始有些按捺不住了。

哈斯勒爾把沿著盔甲滴到額頭的汗水甩在沙地，催馬來到梅迎春身邊，大聲喊道：「王子殿下，瀚海軍這算什麼意思？不是庭州刺史讓咱們撤出沙陀磧的嗎？現在怎麼又不許我們出沙陀磧，難道要把弟兄們困死在這裡嗎？」

「哈斯勒爾，住口！」梅迎春低聲呵斥，哈斯勒爾對他十分敬畏，不敢再吱聲，只好憤憤地退後，但仍惡狠狠地死盯著對面。梅迎春此刻也是強抑怒火，他心裡明白，按手下這些剽悍的突騎施勇士們的性子，根本就不願廢話，別說擋路的是瀚海軍，就算天兵天將下凡，他們也照樣會奮勇向前，殺他個天昏地暗、你死我活。

然而，今天的梅迎春又怎能逞一時的匹夫之勇？和袁從英的聯盟，梅迎春已經押上了全部的賭注，現在的他不成功則成仁，如果無法徹底擊垮敕鐸的勢力並取而代之，凶殘的敕鐸可汗就算是到天涯海角也必要將梅迎春消滅。梅迎春根本就沒有選擇，他必須取得大周方面的信任和支援，而絕不能讓自己腹背受敵。否則他又怎麼可能被區區錢歸南的一封公文召回庭州？

正對著熾烈的陽光，梅迎春微瞇起雙眼，催馬上前，再度朝瀚海軍揚聲喊話：「突騎施部烏質勒遵大周庭州刺史錢歸南諭，攜部眾撤離沙陀磧，並請求進入庭州轄屬。還望諸位放行！」這話過去一個時辰裡面他已經喊了不下十遍，瀚海軍上下就是毫無反應，只是嚴陣以待地擋在突騎施隊伍的面前，虎視眈眈地和他們對峙著。

梅迎春的額頭青筋直暴，他感覺到胸中升騰的烈焰正變得越來越難以壓制，身後突騎施騎兵們的呼吸也愈加粗重，連胯下的「墨風」都開始焦躁，馬蹄在沙地上踏出連串的悶響。就在此時，鐵板一塊般的瀚海軍隊列中突然閃開一條通道，一名紫袍的大周官員騎著高頭大馬來到陣前。梅迎春當然知道，這身袍服裡裹著的必是位大周朝的三品大員，他不覺暗暗驚詫，原以為自己要面對的是庭州刺史，卻不料來了個更有分量的角色。

武重規來到庭州以後，還是頭一次見到名聞遐邇的大沙漠——沙陀磧，果然是天蒼蒼野茫茫，令人望之卻步的沙海荒漠。烈日當空，鋪天蓋地的沙塵在炎熱的空氣中飛舞，撲面而來的每一股熱風都可以叫人窒息，武重規在心中暗暗禱告，老天爺保佑，這輩子都不要讓我再踏上此地，但願這一切都趕緊結束吧！

與梅迎春剛一照面，武重規即被此人的王者氣概和突騎施隊伍的聲勢深深震懾，但是表面上，他仍勉強擺出副不可一世的模樣，高舉馬鞭喝道：「對面何人？竟率領部眾在我大周轄地上撒野？」

梅迎春躍馬上前，抱拳道：「在下乃西突厥突騎施部王子烏質勒，並非肆意擅闖大周屬轄，實有內情相告，不知這位大人是？」

武重規身邊的親隨搶著回答：「這位是大周皇帝派下的欽差，高平郡王武重規大人！見到欽差大人，烏質勒還不趕快行禮？」

梅迎春瀟灑自若地跳下馬，朝武重規鞠躬致意：「烏質勒見過大周欽差。」

「嗯。」武重規點點頭，不好再胡亂發作，便拉長了聲音道：「烏質勒，你一個突騎施的王子，怎麼會率領這麼多人馬流竄於大周所轄的沙陀磧之中，現在又聲稱要進入庭州屬地，你能解釋一下是怎麼回事嗎？」

梅迎春皺了皺眉，他預感到事情和原先設想的有很大的出入，想了想，他從懷中掏出錢歸南送來的信件，雙手呈上：「欽差大人，烏質勒是遵照庭州刺史錢大人的吩咐，才率部返回庭州的。此前，烏質勒在沙陀磧中的伊柏泰協助大周瀚海軍剿匪團抗擊突騎施敕鐸可汗的進攻。這些，欽差大人均可以從錢刺史的信件中看到始末端倪。」

武重規半信半疑地瞥了瞥烏質勒，接過親隨轉呈的信件匆匆瀏覽，半晌，他抬起陰晴不定的臉，冷冷地道：「烏質勒，你以為你拿著這封信，本欽差就會相信你，把你和你的部隊輕易放出沙陀磧嗎？」

梅迎春愕然，隨即又抱拳道：「欽差大人，您不會是懷疑烏質勒假造刺史大人的信件吧？如果是這樣，欽差大人只要親自問一問錢刺史，真假立辨！」

「哦？可是錢歸南已經死了，我總不能把他的魂招來問話吧？」

「什麼？錢刺史死了？」

「是啊，很意外嗎？本來盤算得好好的吧？哼哼，哪想到半中間出了岔子，咳！紅顏禍水，紅顏禍水啊……」

武重規還在那裡裝腔作勢、搖頭晃腦地感歎著，梅迎春的心中卻猶如翻江倒海一般，他知道必定是出了大事，可一時又判斷不出到底哪裡有問題，更加擔心蒙丹和袁從英等人的安危，真如百爪撓心，滿頭的熱汗頓時都變成了冷汗。不過外表上烏質勒王子依然氣定神閒，不卑不亢地向武重規再施一禮：「欽差大人，那錢刺史大人還算是烏質勒的朋友，能否請教他的死因？」

武重規恨得牙癢，心說這袁從英的同黨和他真是一個德行，夠大膽夠狡詐，於是他端起滿臉陰損的笑容開了口：「哦？錢刺史是王子的朋友，那麼烏質勒王子是否還有個叫袁從英的朋友呢？」

梅迎春的心一沉，但仍坦然應答：「是的，袁從英也是在下的朋友。欽差大人提到他是……」

武重規哈哈大笑：「王子殿下，假如你的一個朋友殺了另一個朋友，你會如何應對啊？」

梅迎春神色一凜，跨前半步道：「欽差大人，烏質勒不明白您的意思。」

「本欽差的意思再明白不過了，殺死錢歸南的正是袁從英！」

「是嗎？」梅迎春倒吸口涼氣，迅速在腦海裡判斷著真偽。根據之前對整個事件的了解，袁從英在緊急情況下殺死錢歸南不是沒可能，但沒有皇帝的許可就擅自誅殺朝廷四品大員，怎麼說也是件重罪……想到這裡，梅迎春微微一笑：「袁從英殺錢歸南，莫非是欽差大人授意的？」

武重規真把鼻子都氣歪了，怒吼道：「你放……簡直是一派胡言！那袁從英算什麼東西，本欽差怎麼會授權一個戍邊校尉誅殺朝廷四品命官！明明是袁從英與錢歸南陰謀串通西突厥，呃，也就是你梅迎春，企圖裡應外合攻佔庭州，將大周疆土拱手送予外邦，以換取榮華富貴！錢歸南的這封信，顯然就是個詐術，不過是令你憑此便可大搖大擺地突破瀚海軍的防線，不費吹灰之力進入庭州。可惜啊，你們犯了兩個嚴重的錯誤！」

梅迎春微藐雙目，冷笑著問：「哦，兩個嚴重的錯誤，烏質勒願聞其詳！」

武重規得意洋洋地道：「你，一個突騎施部族的王子，怎麼可能幫助大周抗擊突騎施的部隊？因此這信裡的話乃是一派胡言！此其一也。你按約率眾出沙陀磧赴庭州，卻不料這兩天內錢歸南與袁從英為了一個女人發生內訌，袁從英殺死錢歸南後反出刺史府，完全暴露了他的狼子野心，而你，因在沙陀磧中行軍自然無法得到相關的訊息，此其二也！所以說人算不如天算，你們真是機關算盡，聰明反被聰明誤啊！」

梅迎春握緊雙拳，沉默片刻方道：「欽差大人，您的這番說辭實在稱得上顛倒黑白、肆意誣蔑了！」

武重規大怒：「你說什麼？你竟敢——」

梅迎春打斷他的話：「欽差大人，烏質勒再問一句，既然您一口咬定袁從英犯下了殺人罪行，那麼他現在何處？欽差大人可曾將他拘捕歸案？」

武重規恨道：「讓這廝跑了！」

「哦，什麼時候的事情？」

「昨日正午！」

梅迎春點頭：「很好，那麼烏質勒就要請欽差解釋一下，既然您認定烏質勒此番率部入庭州，是與袁從英事先商議好的，那麼他從昨日正午就逃離庭州，為何不直接來找烏質勒通報情況，反讓烏質勒蒙頭撞入欽差大人的圈套？這不是白白喪失時機，破壞了欽差大人所謂的我們共同的陰謀詭計嗎？」

武重規頓時語塞，旋即惱羞成怒：「那袁從英就是個瘋子，誰知道他是怎麼回事！他既然可以狗膽包天、勾搭上峰的女人，情急之下出賣你這個突厥賊也沒什麼稀奇！」

梅迎春的眼睛裡已經要噴出火來：「既無真憑實據，全靠妄斷臆測，居然血口噴人、肆意辱罵，一口一個叛匪，一句一個賊寇，難道這就是天朝大周皇帝的欽差所為嗎！」

武重規的臉上青一陣紅一陣，乾脆一揮手：「行了！本欽差沒工夫和你這突厥賊廢話！既然你的什麼朋友錢歸南和袁從英都是叛賊，那麼你也必是大周的敵人！本欽差命你，即刻率部退出大周地界，滾回你突騎施老家去，否則……哼哼，可別怪我大周瀚海軍不客氣了！」

大漠上吹來的熱風揚起沙塵，眾人紛紛低頭躲避，只有梅迎春站在原地紋絲不動，沙塵落下，他朝地上啐了口唾沫，揚聲道：「雖說大周乃泱泱天朝，突騎施只不過西突厥的一個小小別部，但也不是你們招之即來揮之即去的奴僕！突騎施的勇士們更不會被區區幾句恐嚇嚇倒！欽差大人，烏質勒今天還就是要出這沙陀磧，你准也得准，不准也得准！」話畢，他翻身躍上「墨風」，通體烏黑的神馬高高揚起前蹄，仰天嘶鳴，整個突騎施隊伍中的戰馬齊齊應和，伴著騎兵們敲擊武器的鳴金聲，振聾發聵、直沖霄漢。

武重規急忙撥轉馬頭，躲到了隊伍後面，一邊語無倫次地喝令：「快、快給我上！擋住他們！」瀚海軍奉命前擁，眼看著兩軍只差十來步的距離，一場惡戰在所難免了！

梅迎春咬緊牙關，他能清楚地感覺到後背上炙熱的目光，那是他收服不久的突騎施五千鐵騎兵兄弟們在看著他，性如烈火的突騎施漢子們，怎麼能忍受剛剛這樣的屈辱！然而梅迎春還在猶豫，今日一戰，他臥薪嘗膽、苦心孤詣安排了那麼久與大周的聯合就要毀於一旦，無論勝負，他都將成為突騎施與大周共同的敵人，他一人的生死算不得什麼，但這些突騎施的弟兄們怎麼辦？復國振興的壯業怎麼辦？

一望無際的沙陀磧邊緣，空氣似乎都凝結不動了。梅迎春的拳頭握緊又鬆開，鬆開再握緊，終於他下定了決心，高高揚起右手，剛要喝令，猛然間就聽一聲馬嘶，一個豔紅色的身影如閃耀的火團飛馳到陣前，馬上輕甲栗髮的少女邊跑邊喊：「哥哥！住手！快住手！」

「蒙丹？」梅迎春大驚，眼錯之間，蒙丹已經跑到了突騎施這側，在兄長面前猛地勒住坐騎，那張絕美動人的臉上一雙碧眼如金星般閃爍，她用突厥語氣喘吁吁地說著：「哥哥！袁從英在你走後曾特地來關照我們，讓你千萬不要與大周朝廷為敵，他說狄仁傑大人已經來了隴右道，咱們務必要耐心等待，狄大人定會讓真相大白於天下！」

梅迎春又驚又喜：「狄大人來了隴右道？」

蒙丹重重點頭，又壓低聲音道：「哥哥，我都打聽到了，狄大人已到達離庭州一箭之遙的伊州了！」

「那袁從英呢？他到底怎麼樣了？」

蒙丹急得面頰通紅：「我也不知道啊。前天晚上小斌兒從我們的藏身處偷跑出去找他哥哥，我和景暉早上發現以後追到庭州城，才聽說袁從英昨天中午已經反出刺史府，不知去向了！哦，似乎斌兒和他在一起！」

梅迎春長吁口氣，仰頭靜靜地思考。少頃，他撥回馬頭，平靜而剛毅的目光掃過騎兵隊，隨即轉身，緩緩催馬走近瀚海軍一側，翻身落馬，向武重規深鞠一躬，朗聲道：「烏質勒方才冒犯了，還請欽差大人原宥。」他見武重規滿臉狐疑地瞪著自己，便又微微一笑，曼聲道：「欽差大人，烏質勒在大周屬轄的全部行動，均非擅自所為，當然此間內情頗為複雜，三言兩語無法解釋清楚。至於錢歸南與袁從英，乃大周朝廷命官，欽差所控他們的反叛罪行，更是與烏質勒無關。此刻，烏質勒只想向欽差大人陳明心志，突騎施絕不會、也不敢與大周為敵！」

武重規愣住了，剛才劍拔弩張的局面突然來了個大轉彎，他有些拿不準，擔心梅迎春在耍花招，想了想，便倨傲地道：「哦？你這麼說，似乎本欽差還冤枉你了？」

「不敢。只是確有內情，還望欽差大人能稍待時日，善作查察以後，再下定論。」

武重規冷笑：「烏質勒，你是怕打不過我們，才出此緩兵之計吧？」

梅迎春露出意料之中的微笑，隨即正色道：「欽差大人，烏質勒已經說了，突騎施絕不與大周為敵，又怎麼會有打不過之虞？」頓了頓，他抬高聲音，鄭重道：「為證誠意，烏質勒這就下令部眾繳械，任憑大周欽差處置！」

話音落下，梅迎春抬起左手，朝鐵騎部隊做了個手勢，動作遲緩但堅決。突騎施部隊中微波拂動，剎那便已平復，全部士兵拋下武器，落馬於地，束手沉默著。武重規倒是大出所料，猶豫片刻才陰沉著臉道：「很好，你自己要找死就怪不得別人了。來人吶，立即將這幫突騎施的賊寇包圍起來！給我殺！」

瀚海軍荷槍持劍，正欲衝上前去，從方才蒙丹過來的方向突然又躍出一匹駿馬，也以迅雷不及掩耳之勢直奔兩軍陣前，馬上之人灰布長袍，施施然朝梅迎春一點頭，便大咧咧地衝著武重規開口了：「噯，大周的欽差怎麼如此沒有風度？人家都繳械了，你就是殺光了這些手無寸鐵的人，也算不得什麼本事吧？」

武重規大怒：「什麼人？竟敢這樣和本欽差講話？」

那人一點頭：「你先別急，我還沒說完呢！想當初河北道戰事，也是你為欽差，我爹當的安撫使，武大人總不會想讓舊事重演吧？」

武重規倒抽一口涼氣，忙問：「你……你是狄景暉？」

「正是罪民。」狄景暉這句話說得實在趾高氣揚，蒙丹看得禁不住莞爾，也就是他，能如此飛揚捐狂卻不叫人生厭。

武重規可沒心情欣賞狄景暉的風度，他在河北道戰事時濫殺降敵和良民的作為，曾被狄仁傑狠狠批駁，並上告朝廷，雖然仗著武皇庇護，此事最終不了了之，但他也被逼私下在女皇面前賭咒發誓，絕不再犯。狄景暉的這幾句話，雖然不曾戳破那層窗紙，算給他在眾人面前留了面子，但武重規不得不想到，狄仁傑緊緊尾隨而來，自己已經逼走了他的心腹前衛隊長，對眼前他這個犯了流刑的兒子倒更要小心應對了，否則誰知道那狄仁傑氣急敗壞之下，又會到皇帝那裡去給自己下什麼藥？武重規從不認為自己有本事扳倒狄仁傑，不過想找些機會打擊狄仁傑，讓他痛心，出出惡氣罷了，因此面對狄景暉，武重規倒真有些頭疼。

抬起頭來，就見狄景暉意味深長地望著自己，那瀟灑傲然的模樣好像他是欽差，自己倒成了犯人，武重規哭笑不得，好不容易憋出一句：「狄景暉，你怎麼也和這些突厥賊寇混到一處？」

狄景暉聳聳肩：「因為有人要對我不利，突騎施人保護了我的安全，他們是大周的友鄰，我可一點兒沒覺出他們是賊寇啊……怎麼？欽差大人莫不是也要指認狄某叛國投敵吧？哎呀，您這一來庭州，怎麼整個庭州裡裡外外就都叛了國、投了敵？這未免也太巧了吧！」

「你！」武重規張口結舌。

狄景暉也不管他，繼續揮斥方遒：「我說欽差大人，您就聽狄某一句勸，這大熱天的，又守著個大沙漠，劍拔弩張、大動干戈地累死人了！還不如乾脆些，既然突騎施人懾於您的權威，都已繳械投降，您不如就先把他們圍在此地，這樣他們一沒兵械，二不能自由行動，反叛進攻也就成了一句空話。您騰出手來好好問案，再把那在逃的袁從英抓捕歸案，何況……嘿嘿，我那老爹也快到了，狄某這裡也有些個內情，都寫在家書裡送給他老人家了，到時候你們二位大人坐下來一合計，不就真相大白、天下太平了！」

武重規頻頻轉動眼珠，狄景暉的意思很明顯，如果自己動手殺害突騎施人，他必會通報給狄仁傑，而且他已有書信送給狄仁傑，這樣自己就是想設局害死狄景暉再嫁禍突騎施人，恐怕也會被狄仁傑那老狐狸窺破，何況這還是他的寶貝兒子……不，不行，武重規覺得不可莽撞，還是小心為上。於是他擦了擦汗，順水推舟道：「嗯，你的話也有些道理。以我天朝之威儀，怎會把區區突騎施的烏合之眾放在眼裡。也罷，烏質勒，你就把部眾集合起來，從現在開始受瀚海軍管制，直到案情查清，再酌情屈處。」

梅迎春深鞠一躬：「烏質勒謹遵大周欽差敕令。」

武重規又對狄景暉一揚馬鞭：「你，以流放犯的身分怎可四處遊蕩、不歸監管，也太不像話了！還不立即隨本欽差回刺史府衙門！」

狄景暉撇了撇嘴：「這可不行，我要和突騎施人在一起。否則欽差大人你突發奇想，趁夜來個火燒連營什麼的，他們豈不是死得不明不白？況且這裡都被瀚海軍圍起來了，我也算是受到監管，和關在刺史府沒什麼兩樣！」

武重規氣結，頓了頓，才咬牙切齒地道：「好，很好。這裡所有的人都看清楚了，是你自己要和突騎施人待在一處的，如果出了什麼差錯，狄大人可千萬別來找本欽差的麻煩。」

狄景暉灑脫地一笑：「欽差大人儘管放心，我爹這人，心裡面有數得很！」

在瀚海軍的團團包圍中，哈斯勒爾率領騎兵隊慢慢移出沙陀磧，在附近的空地上紮下營來。

梅迎春驅馬來到狄景暉面前，熱誠地道：「景暉，今天多虧了你啊！」

蒙丹湊過去給狄景暉抹了把汗，又捏一捏他的衣襟，輕聲道：「怎麼都濕透了？」

狄景暉長歎一聲，緊握住蒙丹的手：「熱得唄，還有嚇得！你們不知道，那個武重規，是個出了名的不近情理、喜怒無常的家伙，不好對付的！今天真是冒險，不過也沒別的法子了……」

他的臉上浮現少有的憂慮神情，望定梅迎春兄妹，「這下我們大家可都沒有退路了，但願我爹能早點兒趕過來。」

梅迎春壓低聲音問：「景暉你真的送信給狄大人了嗎？」

狄景暉搖頭：「沒有，我們才剛打聽到我爹到伊州的消息，還來不及送信過去，剛才那麼說都是為了唬住武重規。」

「嗯。」梅迎春點頭，「沒事，我想辦法派人出去傳信。」語罷，三人不約而同地沉默了。良久，梅迎春抬起深邃的雙目，心中默唸：從英，我們這些人，俱已將全部的生死榮辱、是非恩怨託付於你一身，此刻你又在做什麼呢？莫非已經去找狄大人了？你現在到底在哪裡？

在通向伊柏泰的最後一座沙丘下，袁從英胯下那匹瘋狂奔馳的馬匹突然前腿發軟，隨著稀溜溜一聲變了調的嘶鳴，馬匹往前猛然栽倒，將袁從英甩落在沙地上。灰黃的沙塵沖天揚起，袁從英在綿厚的沙子上接連翻滾，險險避開馬匹倒下的身子。他立即騰身躍起，眼前卻襲來大片黑暗，袁從英以手支地，半跪著的身體微微顫抖了一下，幾滴鮮血順著他的嘴角落入面前的沙地。猛烈的熱風刮來，黃沙掠地飛舞中，那幾點殷紅瞬間消逝。

袁從英安靜地等待了片刻，眼前的黑霧終於漸漸散去，他慢慢撐起身體，看了看就摔在近旁的馬頭，馬嘴邊全是白沫。袁從英探手過去，輕輕撥開被汗水黏在馬眼上的鬃毛，看見那雙大大的棕色眼睛裡淤積的混濁淚水，很顯然，這匹馬已經到了生命的極限。袁從英有些歉意地捋了捋馬鬃，強壓下胸口又一陣腥鹹的湧動，搖搖晃晃地在沙地上站了起來。

毒辣的烈日毫無遮擋地灼烤著正午的大漠，踩在沙地上，腳底隔著靴子都被燙得生疼。鋪天蓋地的黃，刺痛雙目的光，在裊裊熱氣的包裹中，所有的景物都變形扭曲、令人昏眩。袁從英從馬背上取下羊皮水囊，痛痛快快地喝了一大口，嘴裡的血腥味這才淡去，他蹲到那垂死的馬匹身旁，將水袋中剩餘的水盡數倒入馬嘴，黯淡無光的馬眼閃動出微芒，隨即熄滅。清水從馬半張的嘴裡又流出來，一沾上沙地就化為輕煙。

雖已經歷過太多的生死，但他每一次仍會心痛如割，這樣的心痛他從未和任何人談起，只有自己默默品味。此刻，袁從英重新在沙地上挺直身軀，愈加清晰地感覺到，自己也來到了極限邊緣，然而他沒有絲毫的緊張或恐懼，極限於他，就像死亡一樣，不過是扇漆黑的大門，跨過去就是了。這樣也很好，天地之間，唯餘他一人，徹底孤零地去戰鬥，這就是他的宿命罷。抬頭長舒口氣，袁從英揹好呂嘉的硬弓和箭袋，又將鋼刀掛牢在腰間，邁步朝伊柏泰的方向走去，他的腳步越來越輕捷，很快便在沙地上奔跑起來。

此刻，在伊柏泰破損的朽木圍牆中，黑盔重甲的敕鐸可汗岔開雙腿，穩穩地站在整齊肅立的突騎施精兵面前，猶如暗夜之神，又似來自地獄的使者，通身上下都散發出叫人不寒而慄的恐怖氣息。

圍牆內外，厚實起伏的黃沙上點綴著一大灘、一大灘的豔紅，這是剛剛結束的殘酷殺戮留下的印跡。營盤後面，一個巨大的火堆已燒到了盡頭，黑色的餘燼在耀眼的日光間飛舞，層層疊疊的焦屍上發出的惡臭，和黃沙間的血腥氣味混雜在一起，在整個伊柏泰的上空漫延不絕。這裡，已儼然成為名副其實的人間煉獄！

在如此可怕殘酷的地方，怎麼會有個孩子傷心的哭聲？一個才四五歲大的小小身影，全身的衣服都已骯髒不堪，小小的臉上眼淚鼻涕糊得亂七八糟，孤獨地坐在木牆頂頭最小的那座磚石堡壘下的陰影裡，正在旁若無人地嚎啕大哭，一邊還在含混不清地嚷著：「娘！娘！」全然不理會佇立在跟前的那個突厥人暴戾的眼神，對他身後那排排列隊的士兵們更是視而不見。這孩子什麼都不懂，對什麼也不感興趣，他只知道，他離開娘親的懷抱已有很長、很長的時間，他現在又熱又餓又渴又怕，他要娘親！

敕鐸再次將冰寒刺骨的目光投向在一旁瑟縮的王遷。王遷趕緊垂下腦袋，卻沒有去碰那孩子，從昨天至今，他嘗試了無數的辦法，又哄又騙又打又罰，這個白癡孩子卻除了吃和睡以外，就只是哭。到今天哭聲都變得微弱喑啞，王遷不敢再試，萬一不小心把這小孩子弄死了，那一切就都完了！安兒哭得太累了，抽抽搭搭地往沙地上躺下去，敕鐸可汗緊盯著這讓人無計可施的小癡兒，眼睛裡都要冒出火來，他握在佩刀上的拳頭捏緊又張開，感到自己的耐心快要消耗光了！

當初鐵赫爾部在沙陀磧中莫名其妙地全軍覆滅，敕鐸暴怒中向錢歸南要求解釋，發出去的密信如石沉大海，卻意外地收到了錢歸南手下王遷的示好信件。王遷在信中密告錢歸南廢棄盟約、臨陣退縮，又表示自己願意協助敕鐸完成剩餘的進攻計劃。敕鐸起初並不相信王遷，但他實在咽不下伊柏泰大敗的恥辱，也很想借此役一舉奪得垂涎已久的庭州地區和西域商路北段更多的控制權，進一步擴張自己在西域的勢力。更重要的是，當敕鐸得知梅迎春在整個事件中所扮演的角色後，長期以來對這個大侄子的懷疑和恐懼終於得到了印證，敕鐸簡直寢食難安，無時無刻不在想著如何才能盡快消滅梅迎春這個心腹大患。因此在反覆斟酌之後，敕鐸可汗決定親自出馬奇襲伊柏泰。突騎施的軍隊人數並不多，除去被梅迎春收去的五千鐵騎，和留守碎葉的五千人馬，剩餘最精銳的五千人，這次敕鐸全部投入了奇襲庭州的戰鬥。也算是孤注一擲了。

不曾料想錢歸南惺惺作態的一封信幫了敕鐸的大忙，梅迎春帶隊離開伊柏泰，使得敕鐸只需要面對武遜所率領的百餘名編外隊雜牌軍。兩軍實力相差懸殊，敕鐸不費什麼力氣就攻入伊柏泰，隨即大開殺戒，將編外隊上下連同地下監獄的囚犯屠殺殆盡，算是出了口惡氣。但他也知道，瀚海軍在沙陀磧東側已布下天羅地網，以自己的數千人馬，靠硬攻是沒有任何勝機的。唯一可以利用的，便是當初錢歸南與呂嘉向突厥獻的一條奇計——循沙陀磧下的暗河，發奇兵潛入庭州！

裴素雲的幾位先人在庭州和沙陀磧探得隱藏於地下的縱橫交錯的暗河水道，並且留下了只有裴氏後裔才能懂得的一系列神秘標識。傳說這其中包含著驚天的秘密，然而自從十年前藺天機枉死於沙陀磧中，這秘密除了裴素雲之外，便再沒有人真正了解。

錢歸南與裴素雲相處十年，還派了心腹呂嘉駐紮伊柏泰探察，始終難得其詳。然而錢歸南畢竟還是探聽出來，沙陀磧下面的暗河河道有多個出口，有的深入天山山腹、有的直達北方的額爾齊斯河、西方的瑪珂斯湖，而其中的一個出口便是貫穿庭州全城的白楊河！至於地下暗河的入口，錢歸南只能確定一點，在伊柏泰的地下監獄裡有構建完善的暗道，可以直達地下暗河。

於是在錢歸南與突厥方面共同策劃的陰謀中，核心環節便是以沙陀磧中的伊柏泰為中轉，經地下暗河神不知鬼不覺地越過大周軍隊的防線，直接從庭州城內外的白楊河和護城河攻佔庭州。而錢歸南竭力向突厥方面推薦這個計策，就是因為這樣做既可避免正面衝突，出其不意取得勝利，又能讓錢歸南逃避疏於防範、抗敵不力的罪責，給自己留下充分的退路。

當然，要完成這個計劃，其中最關鍵的一個環節，是在伊柏泰內找出那條通往暗河的地道。讓敕鐸有所顧慮的是，對此錢歸南卻一直語焉不詳，從不明說到底有沒有把握找到地道，只說到時候自會有辦法。敕鐸對此頗不以為然，覺得錢歸南在耍花招，不過是想在整個計劃中佔據更有利的位置罷了。鐵赫爾失利後，敕鐸得知錢歸南打了退堂鼓，本以為發奇兵經暗河進攻庭州的計劃徹底泡了湯，可是王遷在來信中賭咒發誓，聲稱沒有錢歸南，他也能將敕鐸的隊伍帶進地下暗河。

王遷果然按約來到伊柏泰與敕鐸會合，但讓敕鐸大為驚訝的是，王遷竟然還帶著個癡癡呆呆的小男孩，並且一口咬定，只有這個叫安兒的傻孩子才能找出伊柏泰裡通往地下暗河的入口。敕鐸感到難以置信，王遷解釋，自己在錢歸南身邊多年，時時留意，才終於發現了這個重大的秘密。

原來當初裴冠完成伊柏泰複雜奇巧的地下設計以後，就在自己家的後院栽下一片矮冬青，將伊柏泰中的通道、轉折、暗門等等所有機關都在這片冬青林中複製了出來。冬青矮小，又栽種得緊密，其間的狹窄甬道只有小孩爬著才能通過。裴冠臨死前銷毀了伊柏泰的設計圖，卻留下遺志，要求裴家的後代男子小時候都要在這片冬青林中玩耍，以這種方式默記下伊柏泰內的全部機密。同時裴家世襲繪圖和勘探的學問，裴家子嗣從小起就用這片冬青林裡的構造來研習繪製圖紙，等長大到鑽不進這片樹林的時候，也恰好能將伊柏泰完整的設計圖紙繪製出來。裴冠認為，後人只有通過這種方式自行還原伊柏泰的設計，才能繼承建造和維持伊柏泰的重任。

到裴夢鶴這代，因只有裴素雲這個女孩，父親沒有傳授給她繪圖的本領，也不曾特意教她了解冬青林中的全部秘密，卻選擇將她許配給薩滿巫師藺天機為妻，並通過與藺天機的合作，最終建成了伊柏泰。藺天機引入薩滿神教的神符，摻加自己的特別設計，在伊柏泰、沙陀磧和庭州各處留下讓人難以捉摸的印跡，把整件事弄得愈加撲朔迷離。而裴夢鶴也將這些新添加的印跡安放到冬青林中，囑咐裴素雲一定要把裴家這歷幾代創立的秘密傳承下去。

世事難料，裴素雲與錢歸南相處十年，僅養育一子安兒，還是個天生的癡傻。這安兒長到如今五歲大，連話都不會講，對世事一竅不通，要教他製圖勘探的學問更是無從談起。但此子倒有一項特異，從兩三歲開始就在那片冬青林裡鑽進鑽出，根本不需人指引，好像天生就能窺透其中縱橫交錯、複雜迷離的路徑。對於藺天機的神符圖案，安兒也是無師自通，一望而知其中的奧妙，並且能夠過目不忘。錢歸南向默啜和敕鐸獻暗河之計，就是因為他相信安兒必能走通伊柏泰的地下迷宮，找到通往暗河河道的入口。

王遷作為錢歸南的心腹，對錢歸南的這點兒算盤心知肚明。然而錢歸南在與默啜的合作過程中畏首畏尾、左右搖擺，王遷就覺得多有不妙。待鐵赫爾在伊柏泰大敗，敕鐸的聲討信件發來，錢歸南決定背棄約定，重投大周一側，王遷表面上唯命是從，心中卻開始另作他謀。以王遷看來，錢歸南這次遇到的可是勁敵，根本沒機會翻雲覆雨，這樣朝三暮四的結果必然是徹底敗露通敵真相。王遷知道，錢歸南一旦被揭穿，必會想方設法將一切罪責推脫出去，自己肯定要被他抓去當替罪羊，王遷不願意坐以待斃，於是決定自救。這樣才有了他主動向敕鐸獻媚，又從刺史府裡劫走安兒的一系列行動。王遷甚至沒忘記在逃離刺史府之前殺死錢歸南，因為錢歸南了解整個計劃，必須滅口。

可惜王遷機關算盡，就是沒有想到該如何對付安兒。他以為從刺史府帶走一個小孩兒更方便，所以根本就沒想到要把裴素雲一併劫走，等到了伊柏泰面對著這連話都講不通的小白癡，才明白自己徹底失算了！折騰了一個早上，王遷幾乎絕望了，更讓他感到絕望的是，敕鐸越來越陰森的臉色……

就在這時，袁從英跑到了伊柏泰營地前的高台下面。他加緊步伐，縱身躍上高台，平坦的沙原上鱗次櫛比的土屋、中間環繞的黑色木牆和牆上反射錯落光華的鋒刃……伊柏泰一如當初，仍是那樣森嚴、冷酷、肅穆、壯麗！

袁從英的臉上掠過一絲冷笑，他反手取下弓箭，打亮火摺子引燃箭頭，彎弓搭箭，一支接一支火箭朝著那堵乖張橫亙的木牆飛去，每一支釘上朽木的火箭都立即燃起大團火苗，幾乎就在剎那間，剛剛還看似杳無人跡的死寂就被熊熊烈焰打得粉碎。

伊柏泰裡終於有了動靜。那扇被老潘聲稱數年來都很少打開的玄鐵大門發出「吱呀」的聲響，艱難地向兩旁移動。門越開越大，袁從英停止射箭，默默注視著從大門中整齊而出的一小隊士兵，人數不多，也就二十來個。通體黑色的甲冑是突厥士兵的特徵，只有跑在隊列最前面的將領卻是一身亮銀色的大周都尉鎧甲，他正是袁從英要找的人——王遷。

王遷在鐵門前站定腳步，難以置信地四下張望，除了那個高台上孤獨的身影，真的再無一兵一卒。哦，蒼穹之上還有只盤旋悲鳴的禿鷲，正朝倒斃於沙地上的馬匹俯衝而下。王遷抬起手臂，不由自主地高聲喝問：「袁從英！就你……一個人？」

「是的。」再沒有多一個字，連那禿鷲亦埋首在馬屍上貪婪啄食，曠野重陷死一般的寂靜。

還是王遷打破沉默，再度朝向高台喊喝：「袁從英，王遷真的很佩服你的勇氣！不過，你這麼貿然跑來送死，難道就不覺得可惜嗎？」

袁從英鎮靜自若地回答：「我不可惜。但是假如我死了，恐怕你們會覺得可惜！」

「哦？」王遷一愣，「你什麼意思？」

袁從英擺了擺手：「那個孩子——安兒，我來帶他回去。」

王遷皺起眉頭：「袁從英你糊塗了吧？連你自己都不能活著離開伊柏泰，還想要帶走什麼孩子？」

袁從英淡淡一笑，搖頭道：「王遷，我一點兒不糊塗。我知道你為什麼要將安兒搶來伊柏泰，但我相信，你到現在還沒有達到目的。」

王遷愣住了，袁從英的話直戳他的痛處，猶豫了一下，他半信半疑地問：「你……你說我有什麼目的？」

袁從英的語調愈加平靜：「不論你有什麼目的，都要仰賴安兒的協助，否則你怎會將他劫出刺史府帶到這伊柏泰？可歎你卻沒有能力讓那癡呆的孩子就範，而時間拖得愈久，敕鐸可汗必會對你失去耐心和信任，到那時候，你就該後悔沒有聽從我的勸告了。」

王遷憤憤道：「你、你想勸告我什麼？」

袁從英斬釘截鐵地道：「我們談個條件，你放我進伊柏泰，我有把握讓安兒聽從你們的要求，事成之後，你們允許我和安兒一起離開。」

「這……」王遷尚在遲疑，從木牆內傳來另一個低沉雄渾的聲音：「你滾開，我來和他談。」王遷一哆嗦，趕緊縮著脖子退到旁邊。伴著話音，一個高大的身影緩緩步出鐵門，從頭到腳的鐵盔重甲如墨石如黑夜，連最炫目的陽光也在他的身上失去了力量，只能在沙地上投下整片的陰影。

「你說你有辦法對付那白癡孩子?」敕鐸可汗慢悠悠問道，一邊上下左右細細打量著袁從英，臉上竟浮起微微的笑意。

袁從英雙眉一聳:「你是誰?」

「突騎施敕鐸可汗。」

「哦。」袁從英向敕鐸點頭致意，直截了當地道:「可汗何不讓我一試?如若不成再殺我，你們也不損失什麼。」

「嗯。」敕鐸臉上的笑意更深，果然好膽略，他揚起手做了個請的姿勢，「那麼就不要浪費時間了，請吧!」

袁從英自高台之上一躍而下，徑直向敕鐸走去。敕鐸右手扶穩腰間佩劍，似笑非笑地望著袁從英。就在袁從英走到鐵門前幾步之遙，敕鐸突然抽出佩劍，直指袁從英，厲聲喝道:「給我殺了他!」

王遷本來在旁邊發愣，聽到敕鐸這聲號令，連忙率小隊一擁而上，將袁從英團團包圍起來，但又拿不準敕鐸的真實意圖，正遲疑著沒動手，敕鐸再次低喝:「沒有聽見我的命令嗎?」

「是!」王遷再不敢怠慢，朝身後一擺手，五名突騎施猛漢率先跳入圈內。

袁從英也從腰間抽出鋼刀，用力握緊，一邊環顧周圍那五個橫眉怒目的壯漢，神情越發顯得從容。敕鐸冷眼旁觀，心中也不覺暗暗稱奇，於是不等王遷發令，敕鐸自己就一聲怒喝，好像晴天霹靂般，將那五名突騎施戰士炸得哇哇直叫，從各個方向朝袁從英猛撲。袁從英不慌不忙，將手中鋼刀揮舞成一團迅疾的銀霧，無形的罡氣比刀鋒還要銳利，瞬間就把五個突騎施戰士逼得進也不是、退也不能。

那五個人哪肯在可汗面前露怯，繼續大吼著拚命前衝，觀戰者只見一片刀光劍影、眼花繚亂中，一道黑色的閃電左橫右擋、旋轉飛騰，低沉的怒叱伴著金戛玉聲，再看那五名突騎施武士接連摔出圈外，倒在沙地上就頓無聲息。旁人忙上前查看，發現他們都被砍中要害，俱已氣絕身亡了！

圈中之人緩緩收勢，竭力平穩急促的呼吸，順著刀尖淌下的鮮血，把他腳邊的沙地染成赤紅。袁從英端平鋼刀看了看，長吁口氣道：「削鐵如泥的寶刀，才砍了這麼幾個人，居然捲了刃，突騎施人的骨頭還真夠硬的！」他抬眼望向臉色鐵青的敕鐸可汗，又慢悠悠地道：「很久沒有這麼過癮地殺人了。」

赤裸裸的悲哀和冷酷在他沙啞的嗓音中，交織出森嚴的力量，竟讓敕鐸都聽得毛骨悚然。敕鐸把頭轉向王遷，從齒縫裡擠出兩個字：「你上！」

王遷早嚇得面無人色，捏著佩劍的手抖得像篩糠一般，可再不情願，敕鐸黑沉的臉容要更可怕，王遷只好一步步向袁從英挪過去。好不容易來到袁從英跟前，王遷咬牙舉起佩劍，一招飛雨落花直襲袁從英的面門而來，那袁從英不躲也不閃，迎著劍勢舉刀就剁，王遷哪裡見過這種砍瓜切菜似的打法，驚得大叫起來，卻已來不及撤回兵刃，刀劍生生相碰，裂帛般的脆響不絕於耳，刺雲破霧。才過十來招，王遷的佩劍就在瀰漫的沙塵中脫手而出，人也失去重心，踉蹌著撲倒在地，袁從英跨前一步，冰冷的刀尖抵上王遷的後脖頸。王遷雙眼一閉，卻聽到背後響起冷漠淡然的話音：「此人背主求榮、不忠不義，殺他會髒了我的刀。可汗既然看他不順眼，就自己動手吧！」

袁從英真的撤回了刀。王遷先愣了愣，隨即手腳並用朝敕鐸可汗爬去，邊爬邊號：「可汗，可汗，您繞了小人的性命吧！可汗，就算這袁從英能讓安兒找出暗河的入口，庭州城裡面瀚海軍的布防還是小人最清楚啊！可汗！小人一定將功折罪，您就留下小人一條狗命吧！可汗！」敕鐸鄙夷地朝他的頭頂啐了口唾沫，當胸飛起一腳，王遷被踢得在沙地上滾作一團。

「可汗方才說了不要浪費時間，可自己卻一味地迂迴試探，未免叫人不解。」

聽到這話，敕鐸利刃般的目光再度投向對面那個瘦削的身影，微微點頭道：「袁從英，你是叫袁從英吧？我想試探就試探，自不需要你來指手畫腳！」

袁從英挑了挑眉尖，臉上波瀾不驚。

到了此刻，連敕鐸也不得不對袁從英心生期待。兩番試探讓他確定，袁從英絕非愚勇，也不是王遷的共謀，敕鐸決心讓袁從英試一試，否則這費盡心機的沙陀磧之役就只能功虧一簣了。

敕鐸緩緩抬起右手，再次道出：「請！」袁從英正要邁步，「慢著！」敕鐸指了指他手中的鋼刀，「你就不怕這東西會嚇著那個白癡小兒？」

袁從英淡淡一笑：「他倒不會，被嚇到的應該是你們……」手一鬆，鋼刀悄然無聲地落入黃沙，隨即，他目不斜視，大步邁入鐵門。敕鐸及王遷等人緊緊跟上，玄鐵大門緩緩合攏，粗礪的「吱呀」聲響起，那隻啄食死馬的禿鷲被驚得騰空直上，伊柏泰外的沙原重陷沉寂，時光靜凝，宛如洪荒再臨。

袁從英上一次進到這木牆之內，還是初到伊柏泰，由老潘帶領著粗粗看過。當時木牆內大片空闊的沙地上，只矗立著五座磚石堡壘，除外再無一物。但是今天，這片沙地上被全副武裝的突騎施士兵們站得滿滿的。袁從英一眼就看見盡頭那座最小的磚石堡壘下，蜷縮在沙地上的一個幼小身影，他皺了皺眉，快步朝安兒走去，眼睛的餘光卻迅速地把沙地內的情形掃了個清清楚楚。

當初武遜和袁從英設計蒙蔽老潘，奪取伊柏泰時，二人曾經商議過，在木牆之外的隊正營房外設有伊柏泰地下監獄的兩個出入口，並不利於管理。因此，武遜在殺死老潘，控制伊柏泰以後，就把位於木牆之外、隊正營房兩側一左一右的入口都堵死了。老潘曾經一口咬定地下監獄在木牆內沒有出入口，但袁從英讓韓斌悄悄探查過，證明五座堡壘中的四座稍大些的堡壘，都設有可以開啟的鐵門，而這五座堡壘作為地下監獄的通風口，又均有通道與地下監獄連通。因此後來武遜乾脆將其中三座堡壘的鐵門也一併堵死，最後只留下靠近木牆大門口的一座堡壘的門，作為整個伊柏泰中進出地下監獄的唯一入口。

袁從英在趕來伊柏泰的時候，並不清楚敕鐸他們的真正陰謀，但是根據武遜臨死前的囑託、方才王遷情急之下的一番話語，和現在這密密麻麻遍布木牆之內的突騎施士兵，他的心中豁然開朗，一切彷彿都被條暗暗的線索串聯了起來。他想起在刺史府關押犯人的小院中，神智昏亂的裴素雲在他懷裡一遍遍地說著：「安兒……伊柏泰……暗河……神符……」袁從英心有所悟了。

哭得迷迷糊糊的小安兒覺得自己被抱了起來，他費力地睜開眼睛：「娘……」可是立即又失望地扁起了嘴，怎麼不是娘，不是娘呀！安兒在袁從英的懷裡掙扎扭動起來，他才不願意被這陌生的男人抱著。袁從英的額頭上微微滲出汗珠，如果這孩子不肯聽話，別說救人無從談起，他二人恐怕立即就要一起喪命。袁從英竭力穩住心神，輕聲喚著安兒的名字，把小孩抱得更牢些，不想讓敕鐸等人發現異樣。

說也奇怪，當袁從英把安兒緊緊貼在胸前時，那煩躁不安的孩子突然平靜下來。髒兮兮的小臉一個勁地往袁從英的胸口鑽，嘴裡還喃喃著：「娘，娘。」袁從英先是詫異，隨即恍然大悟，從他被汗水濕透的衣襟裡面，一股清冽苦澀的幽香正輕盈溢出。袁從英俯首深吸口氣，頭腦頓時清醒了不少，精神也為之一振。誰說安兒是個癡傻，不，這是個多麼聰明的孩子啊，竟能一下子就分辨出母親的氣息。

看到安兒停止哭鬧，乖乖地依偎在袁從英懷中，敕鐸狠狠地瞪了王遷一眼，便走到袁從英跟前，傲慢地問：「袁從英，你知道我想要這孩子做什麼嗎？」

「願聞其詳。」

敕鐸冷哼一聲：「據說這白癡小兒識得伊柏泰裡的地道，能通往沙陀磧裡的地下暗河，你知道嗎？」

袁從英扯了扯嘴角：「既然你都清楚了，還問我幹什麼？」

「很好。」敕鐸點點頭，「那我們現在就下去吧。」

袁從英站著不動，敕鐸目露凶光：「怎麼？」

袁從英平靜地道：「可汗，我幫你是有條件的，你必須先答應了，我才會做。」

「哦？」敕鐸若有所思地看著袁從英，「我剛才聽到你說了，你是想事成之後，帶著這孩子離開。」

「是的。」

敕鐸微微搖頭：「我倒是可以答應你，但那不過是一句話。你就真的相信？」

袁從英望定敕鐸：「我沒有選擇，可汗你也一樣。在我看來，突騎施人是言而有信的真漢子，我要的就是可汗的一句話。」

敕鐸沉默半晌，慨然允諾道：「好！袁從英，我很欣賞你！沒錯，你們漢人常說『君子一言，駟馬難追』，可惜我看來看去竟沒有看到一個君子！好吧，袁從英，今天我敕鐸就做一次君子，給你這句話，事成之後一定會放你和這孩子離開，如違此約，人神共棄！」

袁從英點點頭，抱起安兒就朝唯一敞開著鐵門的堡壘走去。進入堡壘，一個碩大的洞口袒露在堡壘中央，寬闊的台階深不見底，台階兩旁的泥壁上隔一段就點著盞油燈。袁從英記得上回從木牆外的入口進入地下時，巷道非常狹窄，如此看來，這裡才是正式的入口，牆外的入口明顯是後來補挖的。慢慢逐級而下，周圍越來越暗，油燈的光芒剛剛可以照亮前後幾步的距離。安兒倒一點兒不害怕，兩隻胳膊緊緊摟著袁從英的脖子，轉動著明亮的眼睛四下亂看，袁從英張開手掌護著他小小的脊背，一邊盡可能地仔細觀察周圍，並沒有發現任何特殊的標記，就這樣走了百來步，台階到了盡頭。

轉過彎，面前是一片袁從英曾經見到過的地下監房，和上次不同的是，現在監房裡面空空如也。空蕩的監房頂上泥灰大塊脫落，木梁和磚塊裸露出來。不用想也知道，所有的犯人連同編外隊上下，都充實進了營盤後面那座冒著黑煙的屍堆。袁從英咬了咬牙，停下腳步。

敕鐸來到他身邊，冷冷地問：「又有何事？」

袁從英道：「我想知道你們已經走過這地下監獄的哪些地方？是否探查過所有的區域？」

敕鐸想了想，向後一揮手，兩名士兵立即跑來，在他們的面前扯開一張繪在羊皮上的地形圖。敕鐸手指點向地圖：「喏，這上面畫的所有通道，我們都走了個遍，可繞來繞去都在伊柏泰底下，並沒有可以通往暗河的出口。」

袁從英微微眯起眼睛，圖上的斑斑血跡讓他的心又一陣絞痛，這張圖是武遜來到伊柏泰之後，千方百計畫成的……當然，和呂嘉、老潘一樣，武遜雖然能夠摸清地下監獄的構造，卻仍無法窺探出其中所蘊含的秘密。袁從英抱著安兒向地圖俯下身子，輕聲問：「安兒，你看得懂這圖嗎？」安兒只瞥了一眼圖紙，立即不耐煩地扭過臉，把腦袋埋回袁從英的胸前哼哼。

袁從英頓時了然，自嘲地搖搖頭：「我還真是……」他騰出一隻手，從懷裡摸出那張香氣馥郁的紙，輕輕展開。安兒衝著紙眨了眨眼睛，甜甜地笑起來。不知怎麼的，袁從英的眼前突然一片模糊，透過層層迷霧，那四個神符彷彿在熠熠生輝，他猶豫著指了指火符，又指了指地符，隨後將嘴唇貼在安兒的耳邊，輕聲說：「把它們找出來。」

安兒大張著嘴愣住了，完全是個癡傻的模樣。但只過了片刻，這孩子呆滯的雙眸中泛起從未有過的光彩，嘴裡發出「咿咿呀呀」的聲音，拚命朝前探出身子，明顯是想要指示方向。袁從英連忙邁步，覺得自己從未如此緊張過，也從未如此興奮過。真的如有神助，安兒帶領著袁從英在曲曲折折、交匯錯雜的巷道中穿行，不論碰到怎樣古怪紛亂的岔口，他都只是略微停頓，便選擇好方向繼續往前。

敕鐸帶著眾人緊隨其後，吩咐每過一個岔口就在地圖上做下記號，可是安兒帶路越來越快，而且走法也是奇巧詭異，有些地方繞來繞去走了好幾遍，有些地方又是一次經過、再不回頭，敕鐸的人很快就沒法跟上安兒的速度了，地圖上劃得亂七八糟。敕鐸見這樣不行，就索性下令每隔五步站下一名士兵，用這個方式為後來者指示方向。

也不知道走了多久，袁從英覺得一定把整個地下監獄走了個遍，但安兒仍在充滿自信地帶著大家繞來繞去。袁從英漸漸發現異樣，這小孩隔一陣子就會猛揪他的胳膊，嘴裡還發出含混不清的低叫聲。袁從英料定安兒是想告訴自己什麼，便放慢腳步，在陰暗的巷道裡集中目力仔細觀察。開始他一無所獲，但安兒很有耐心，隔了一段時間再揪他的胳膊，袁從英額頭上的汗水成行地淌下來，滴在安兒的臉上，那孩子「咯咯」笑著垂下腦袋，袁從英也不自覺地跟著低頭，忽如醍醐灌頂，他的視線掃到一個黑色的鐵質神符，就嵌在腳邊的泥壁上！

原來是這樣！神符標誌是按照小孩兒在冬青林玩耍時的方式，嵌在地面之上寸把高的泥壁上，並且恰恰隱在油燈的陰影中。除非刻意在整個地下監獄裡面按這個方位搜尋，否則成年人習慣性地朝前和朝上看，無論如何都發現不了這個標記。此刻袁從英強壓狂亂的心跳，在神符旁邊蹲下身子。

敕鐸帶著王遷等人也湊了過來，周圍的火把頓時把神符照了個透亮。敕鐸半信半疑地打量神符，王遷諂媚地上前道：「可汗，我曾經聽錢歸南說起過，神符標誌著暗道的入口，只要啟動神符上的機關，入口就能打開！不過，要是啟動的方法不對，就會有可怕的異象發生！」

「異象？」敕鐸惱怒地瞪了王遷一眼，又思忖著看了看袁從英，陰森森地笑道：「看你的了。」

眾人全退到了十步之外，袁從英知道他們是害怕有機關，但他自己早已無路可退。袁從英問懷抱裡的安兒：「你會打開它嗎？」安兒眨了眨突然顯得無比澄澈透亮的眼睛，抬起小手就要去按五芒星的一角，猶如電光石火般地，袁從英猛地擋住了他的小手。安兒不高興了，哼唧著想要把手掙脫出來，卻被袁從英死死捏住。滿額滴下的汗水又一次模糊了袁從英的視線，他都沒有去擦，腦海裡輪番疊現出五芒星的圖案和那首五言律詩的句子。

就在幾天前的夜裡，他偷離刺史府在草原上與狄景暉會面時，狄景暉向他提到了對伏羲八卦和五芒星、神符之間關係的猜測。袁從英跟在狄仁傑身邊多年，耳濡目染地對八卦、相位、風水、術算之類也略知皮毛，狄景暉當時一說，他就覺得很有道理，後來自己又拿出畫著神符的紙看了幾遍，回想裴素雲透露的隻言片語，基本上認定了五芒星的四角暗合「水、風、火、土」四神符，其中左上「兌」位暗喻水神；左下「震」位暗喻火神；右上「巽」位暗喻風神；右下「艮」位暗喻地神。水神和風神的神符用在地面之上，他碰巧都見過了，也明白意思。火神和風神則用在地面之下，也就是在伊柏泰的地下監獄裡頭，但他始終猜不透含義。當敕鐸要求安兒尋找暗河入口的時候，他只好既指了火神符，又指了地神符給安兒看，究竟哪個指示暗河入口，其實袁從英心裡也沒有底。

現在安兒順利找到了一個神符，並且袁從英一眼就能認出，這是一個與地上水神符相對的火神符，他猜想這很有可能就是地下暗河的入口。但是，安兒剛才的舉動卻嚇得袁從英心跳驟停，因為那隻小手分明是伸向了五芒星的右下角！按照推論，右下「艮」位上的應該是地神符，而非火神符，不對，不對啊！難道是自己猜錯了？還是這孩子畢竟癡傻，雖能憑本能找到神符，對於五星上的位置卻稀裡糊塗？袁從英握著安兒的手，小心翼翼地問了第二遍：「安兒，你知道怎麼打開五星嗎？」

安兒不耐煩地撇了撇嘴，又把小手伸向五星的右下角，可惜還是給袁從英擋回去。安兒氣得狠狠地蹬了袁從英一腳，他卻渾然無覺。敕鐸等人離得遠遠的，也都目不轉睛地盯著石壁前這一大一小的兩個身影，等待著。袁從英的腦海裡已是一片空白，終於，他對孩子微笑道：「好吧，我都聽你的。」隨即伸出手，重重地按向五芒星的右下角。

很輕的一聲「吧嗒」，在幽暗的巷道裡帶出清脆的回音。緊接著腳底傳來細微的顫動，好像被輕風撩起的波紋，震動越來越劇烈，前面的岩壁隨之紛紛落下泥沙，袁從英護住安兒往後退，那孩子卻毫不畏懼，興奮得小臉通紅，拚命朝前方揮舞小手，彷彿是在他的指揮下，岩壁大塊大塊地脫落，伴著轟隆隆的悶響，飛沙碎石撲滿整個巷道。

待到塵埃落定，那堵看去嚴絲合縫的石壁上驟然出現個碩大的洞口。懵頭懵腦的敕鐸等人定睛一瞧，洞口前空空如也，大人小孩蹤跡全無。敕鐸大駭：「快！」帶頭衝到洞口邊，登時被眼前的情景驚得目瞪口呆。

在這個新出現的洞口裡面，赫然是一個巨大的岩洞，通向無盡的黑暗。舉起火把照進去，只能約略看出離得較近的岩洞頂端比地下監獄的頂部略低，上面怪石低垂，暗影嶙峋，底部則比伊伯泰要低十多丈，而且還呈現緩慢下斜的態勢，並有隱約的潺潺聲從下方傳來，若有若無的微風自岩洞深處吹拂，裹挾起一股可疑的臭氣，悶濁晦澀。

敕鐸正看得發愣，岩洞的底部突現一抹閃亮的紅光，「下來看看吧，那裡有台階！」敕鐸這才看見，袁從英抱著安兒，手持火摺子站在岩洞底下一片寬闊的坡地上。就在他們站立的位置大約幾十步遠的地方，漆黑的水波悠悠泛動，似沉潭深淵，幽寂難測；又如長河暗湧，一望無垠。

在敕鐸的命令下，突騎施士兵們分批從洞口進入，在暗河邊的斜坡上，很快用自帶的圓木紮成木筏，一艘艘放入暗河之中，前後相繼。剛開始時大家都有些受不了岩洞裡的腥臭味，但時間一長倒也習慣了，敕鐸問王遷是否知道這臭味的來歷，王遷一無所知，敕鐸又問袁從英，袁從英只搖了搖頭，仍然一動不動地站在原先的位置上，默默地看著突騎施人的行動，安兒倒舒舒服服地趴在他的肩上睡著了。

終於，除了留守在監獄裡和地面上的極少數人，突騎施士兵已全部上筏。木筏在黑色的暗河水面上整齊鋪開，密密麻麻的黑甲士兵一眼望不到頭，綿延直下岩洞的最深處，他們手中高擎的火把紅光跳躍，映照出活脫脫一幅地獄忘川的恐怖景象！

敕鐸最後一個踏上木筏，轉回身望向等在岸邊的袁從英。袁從英冷冷地開口了：「那麼就祝可汗一路順風了，我們是不是可以走了？」

敕鐸的眼中精光凜凜：「你們漢人好像有個說法：送佛送到西天？袁從英，你幫我找到暗河入口是沒錯，可是暗河河道縱橫，如何才能直下庭州，我……還需要個嚮導！」

袁從英沉默著，敕鐸身邊的王遷卻急不可耐地獻計了：「可汗，這個沒問題，我聽錢歸南說過，沙陀磧地勢西高東低，從伊柏泰往庭州，只要順流而下便可——」

「啪！」王遷的話還沒講完，就被敕鐸結結實實地送上一記耳光。

袁從英拍了拍剛被驚醒的安兒，重新劃亮一個火摺子，望定敕鐸：「可汗，我再說一遍，你應該兌現諾言了！」

敕鐸陰沉著臉，咬牙切齒地道：「殺了他們！」頃刻間，船上、岸邊、通向地下監獄的台階和洞口，突騎施士兵們齊齊張弓，對準了那一大一小兩個人。

袁從英搖了搖頭，低聲道：「既然如此……我便沒有遺憾了。」隨著話音，他揚手甩出火摺子，幽暗的洞窟中閃過一道絢麗的紅光，旋即，巨大的火團在暗河之上騰起，沿著漂浮於整個河道上的石脂迅速蔓延，只不過瞬息之間，靜謐暗河已成熊熊烈焰翻滾著的火海！

不是說水火不容嗎，怎麼水竟會燃燒？突騎施人都驚呆了，許多人還沒來得及躲避，就被火舌捲入。袁從英乘著這千鈞一髮的時機，俯身按下自己一直用身體擋住的神符。他和安兒初入這岩洞時，安兒就發現這個地神符，因為當初袁從英指給他看的是兩個神符，傻孩子居然一直記著！既然火神符指向暗河入口，那麼地神符就應該是通風暗道。袁從英明白，這就是他和安兒最後的生機了。

地符按下，頓時轟響連連，但被洞窟裡此起彼伏的慘叫聲蓋住，岩壁頂端亂石崩塌，袁從英將安兒整個護在懷中，緊盯著岩壁上凸顯的裂口，就在碎石剛剛停止掉落的一剎那，他抱牢安兒，縱身躍入裂口。此刻，石脂燃起的火焰絢麗非凡，整個地下暗河的岩窟裡面亮如白晝。借著亮光，袁從英看到，地符開啟的裂口引向的是一條狹長的岩縫，只能容人匍匐向前。他不知道這岩縫通向何處，但顯然已不可能後退，探首再朝腳下的岩洞裡望去時，只能聽到越來越瘋狂的慘叫聲，看見翻捲的火舌裡，突騎施人掙扎著紛紛落水，不，是落入更加熾烈的大火中！有離岸近些的，帶著全身的大火凫撲上岸，岸邊河灘上本就沾染著石脂，於是烈焰又朝向地下監獄的洞口擁去。守在洞口的兵卒們嚇得連連後退，火舌毫不遲疑地將他們一起吞噬。

袁從英並沒有立即離開，他從身上取下弓箭，對準裂口，將幾個試圖攀壁而上逃生的突騎施人一一射倒，直到火勢席捲整個岩洞，他才一把摟過呆若木雞的小安兒，沿著狹道迅速地向前爬去。他能感覺到，狹道各處都有清風潛行，肯定有通向地面的縫隙，但一時又發現不了可以容人通過的出口。前行不久，身下越來越熱，袁從英的心一沉，難道這狹道把他們重新引回火場？

前面不遠是個轉折，轉過去狹道就斷了，一堵泥壁赫然擋在眼前。袁從英定一定神，抬起胳膊肘就朝泥壁猛撞過去，因為他能依稀聽到外面的動靜，料定這泥壁很薄，何況他們早就無路可退了。泥壁果然鬆軟，袁從英豁出命來連撞幾下，眼前驟然一亮，泥壁外出現一道磚石台階，上面日影斑斕。他猛吸口氣，抱緊安兒躍身撲上台階，抬頭望去，立即認出這是自己曾經到過的通風用磚石堡壘。台階下面，沖天的熱氣撲捲過來，一團團的火焰燒得正旺，還能依稀看見大片正在傾倒的監房梁柱，甚至能看到猶在火焰中翻滾的突騎施人。原來風道是條捷徑，將他們帶離暗河岩洞，回到了地下監獄的上方，並且與通風堡壘相通！而那些逃竄求生的突騎施人將烈火帶進地下監獄裡頭後，又引燃了監房的木柱泥梁，此刻就在袁從英的腳下，整個地下監獄都在熊熊燃燒。

袁從英抱緊安兒正要起身，一個突騎施人裹著火團從台階下面撲來，袁從英舉起手中的弓猛砸下去，那人慘叫著摔回火海。袁從英剛想奔上台階，左腿一陣鑽心的刺痛讓他幾乎失足跌下，他跪伏在台階上，這才發現就在剛剛按壓地符躍入岩縫時，腿上、腰上已被幾支箭射中，左腿上的箭正中膝蓋後側，因此完全不能站立了，他方才只顧匍匐前進，居然毫不知覺。那麼，就爬吧！袁從英再一咬牙，手腳並用，終於爬上堡壘的沙土地面。

來不及喘口氣，袁從英把安兒往旁邊一放，就去拖那塊擱在旁邊的石蓋板。石板很重，但他現在似乎有無窮的力量，只幾下就把石板拖到台階口，再奮力朝下一推，石板斜杵在台階上，擋住了來路，也擋住了飛躥的火苗。

台階下面淒慘的呼號仍然不絕於耳，從堡壘外也傳來狂亂的喊叫，袁從英凝神聽了聽，這是留在地面上守衛出口的突騎施士兵們，在驚慌失措地救助那些從地底下逃出的火人。他環顧堡壘，終於明白為什麼幾乎沒有突騎施人往這裡逃生：這是他曾經到過的木牆中最小的那座堡壘，是根本沒有門的！

但是袁從英絲毫不覺得遺憾，現在那個唯一開著門的堡壘，肯定擠滿了被燒得面目全非、垂死掙扎的突騎施人，還有地面上的守衛們，以他目前的傷勢，帶著安兒是絕不可能活著突圍出去的。而現在，至少他們還能等待……等什麼呢？他也不知道。

袁從英側身倒在沙地上，能清楚地感覺到從腰間、膝蓋流出的鮮血，熱呼呼的，卻一點兒都不疼痛。他朝像傻子一樣呆坐的安兒伸出手去，那孩子卻根本沒有反應，他又將目光投向堡壘上部的通風口，只見金燦燦的陽光在頭頂上明暗交疊，昏黃不定，宛如流年相繼、死生往復。

韓斌趕到伊柏泰的時候，頭頂明月高懸，潔淨的月色下，曠野彷彿變成一片雪白。他在阿蘇古爾河畔的小土屋裡只過了一個晚上，就再也待不下去了，這回就算讓袁從英罵死，韓斌也要來，他不願意一個人孤零零地在那裡傻等！韓斌驅策著炎風，飛一般地朝伊柏泰奔來，越來越多的焦黑死屍倒伏在沙地上，韓斌沒有停下來查看，他不能停下，因為一停下就會失去全部的勇氣，就會害怕得死掉。木牆上的鐵門大敞著，他毫不猶豫地飛馳而入，濃重的焦糊味和血腥氣衝鼻而來，馬蹄踏在黏稠的血污中，韓斌的淚水早已流滿面頰，他用盡全身的力氣叫著：「哥哥！你在哪裡？我來了！哥哥！」

除了死寂，還是死寂。炎風在木牆裡繞了一圈又一圈，唯一有門的那座堡壘前屍體踐踏著屍體，嗆人的濃煙還在源源不斷地噴湧出來，根本進不去。倖存的突騎施人早逃得無影無蹤，伊柏泰在今夜徹底荒蕪。韓斌的嗓子快喊啞了，突然他聽到了一個聲音，很低沉，但是在千軍萬馬中韓斌都不會聽錯。連炎風都認出了這個聲音，直撲最小的那座堡壘。

灰黑的煙霧瀰漫在堡壘上部，「哥哥！你在哪裡呀？我看不見你！」韓斌轉了一圈，沒有找到門，他個子尚小，騎在馬上搆不到通風窗洞的位置，韓斌發瘋似的猛捶堡壘，拳頭上頓時鮮血淋漓。

「斌兒！」那聲音又響起來，低沉喑啞，可是鎮定如昔、堅韌如昔。韓斌立即安靜下來，聽到袁從英又說：「不要著急，你站到炎風身上，就能看見我了。」

雖然窗洞裡面煙氣炙人，逼得韓斌連連嗆咳，淚水奪眶而出，他還是拚命瞪大眼睛。他看見了，袁從英從窗洞裡向他伸出右手。韓斌在炎風的脊背上努力站直身子，也把手探進去，他不知道，其實袁從英早就聽到了他的叫聲，卻費了不少時間才站立起來，韓斌只知道，向自己伸過來的手依然溫暖、穩定，充滿力量。

「哥哥，你、你怎麼跑到那裡頭去了？門在哪裡呀？哥哥！我幫你出來！」韓斌語無倫次地嚷著。

「斌兒！」袁從英打斷他，「周圍還能看見人嗎？」

「看不見！只有很多燒焦的屍首……」

「嗯，很好。」袁從英捏了捏韓斌的小拳頭，「斌兒，炎風認得回庭州的路，路上不停，你們只需用一天一夜就能到庭州！即使碰上野狼也不要怕，你射箭把牠們趕開就行，炎風的速度，狼是追不上的，明白嗎？不要停，直接回庭州！」

韓斌猛點頭，又叫起來：「啊，哥哥！我和你一起回去啊！」

「不，你和他一起回去！」袁從英縮回手，托起安兒，慢慢地把他送出窗洞。這窗洞不大，但恰好可以容安兒小小的身體通過。安兒也認出了韓斌，朝他伸出兩隻小胳膊。韓斌摟過安兒，愣愣地看著袁從英。

袁從英對韓斌微笑：「我知道你一定能行。」

韓斌垂下眼簾，現在他完全明白了袁從英的意思，不知為什麼，流了一晚上的淚突然全乾了，他抬起頭來，緊抿著嘴唇不說話。

袁從英快要站不住了，但仍竭力用韓斌最熟悉的平靜聲調說著：「你去，找到梅迎春他們，告訴他們來這裡。」

韓斌終於開口了，一字一頓地道：「我知道了，哥哥，你等著我，一定要等我回來！」

「我等著。」

韓斌把安兒放好在馬鞍前面，又返回身，從窗洞口遞進一個羊皮水囊。袁從英剛要推回去，看到韓斌閃光的眼睛，就作了罷，只微笑著說：「斌兒，去吧。」

韓斌再對堡壘深深地看一眼，把此時此刻的所有印入心底，這記憶從此永不磨滅，至死相隨。

「炎風，跑啊！」韓斌一手摟住安兒，一手握緊轠繩，亮開嗓門高喊。炎風嘶鳴一聲，振開四蹄，宛然在沙地上飛翔起來。

皓月平沙，漫捲風塵，一匹火紅色的小馬，載著一大一小兩個孩子，頭也不回地奔向東方。

在他們的前方，天際曙光微露。

在他們的背後，重重黑霧籠罩中的伊柏泰，地上沉沙寂寂、地下烈焰滾滾。

第七章　孤星

「大人！這兒是個鎮甸。天色已晚，莫不如今夜就在此地歇宿？」沈槐騎在胭脂馬上，一邊抬首張望，一邊對馬車內的狄仁傑招呼著。沒有回應，沈槐對著馬車又叫了一聲「大人」，車內仍然無聲無息。

沈槐的心中突然一緊，趕緊示意車夫停車，自己下馬來到車邊，輕喚著大人，撩起車簾朝內看去。就見狄仁傑歪在後座上，帽子耷拉下來蓋住半邊臉，雙眼緊閉，蒼老的面頰在昏暗的光線中顯得異常灰白。

沈槐頓時緊張起來：「大人，您、您快醒醒！」

剛伸手要去推，狄仁傑倒睜開了眼睛，衝沈槐微微一笑道：「沈槐啊，大呼小叫的做什麼？大人我就瞇這麼一小會兒，你也不讓？」

沈槐長舒口氣，抹一把額頭上冒出的冷汗，輕聲道：「沒、沒事。大人，卑職……冒犯了。」

狄仁傑直起身子，朝車外張望：「哦，已然是黃昏時分了。」

沈槐點頭：「大人，我看這旁邊倒有些鋪戶人家，咱們今夜就在這裡尋家客棧住下吧。從伊州出發，馬不停蹄地走了一天一夜，卑職……很擔心您的身體啊！」

狄仁傑沒有答話，皺紋密布的眼眶裡，那雙眼睛布滿血絲，一望便知這位老人已心力交瘁，但眼中的神采依然炯炯。他將銳利的目光投向車窗外，沉吟著問：「沈槐啊，這裡是什麼地方？」

沈槐回答：「大人，我剛才看了看地圖，咱們已經進入庭州轄區了，這個地方叫作神仙鎮。」

「神仙鎮，好名字。」狄仁傑點頭，卻又皺起眉頭不停掃視周圍，問：「從這裡到庭州城，還有多少路程？」

沈槐略一遲疑，才道：「大人，假如一刻不停的話，明天正午之前肯定能到了。不過……」他頓了頓，終於下定決心道：「大人！您在伊州就身體不適，都沒來得及好好將養就急著上路，一口氣就走了一天一夜，正好這裡是個鎮甸，今晚上您無論如何要歇一宿！」

也許是沈槐的語氣太過堅決，狄仁傑注意地看他一眼，微笑道：「沈槐啊，你這口氣倒像在威脅老夫啊。如果我不聽你的呢……」

「大人！」沈槐急得聲音都有些顫抖了，「沈槐沒有別的意思，卑職知道您的心情，沈槐也想盡快見到景暉兄和從英兄……可是您畢竟上了年紀，自打從洛陽出發您就沒有休息過一天，馬上進到庭州城裡肯定又有無數的事情要勞心勞力……沈槐雖然不知道庭州到底出了什麼事情，可想來也差不了這幾個時辰。今晚咱們就在這神仙鎮歇一晚上，大人，沈槐求您了！」語罷，他漲紅了臉，雙手抱拳向狄仁傑深躬下去。

狄仁傑輕輕拍了拍沈槐的肩，和藹地道：「好了，好了，不要這麼激動嘛。沈槐啊，老夫還是頭一次聽你說這麼多話，原來你還挺能說的。看來平時是故意不肯讓老夫知道你的口才。」

沈槐頭一低，乾脆不吱聲了。狄仁傑又朝車外張望了一下，思忖著道：「這個神仙鎮怎麼看去有些古怪……」

「唔，大人？」

狄仁傑伸手搭在沈槐的胳膊上：「也罷，你先扶我下去走動走動。坐了一天一夜的車，雙腿都沒知覺了。」

沈槐小心翼翼地把狄仁傑攙下馬車，剛開始幾步，就覺得狄仁傑的腿都在微微哆嗦，沈槐盡力扶持，離開馬車走了十來步，狄仁傑才長舒口氣道：「咳，這神仙鎮的風景很不錯，就是市井太過蕭條。現在這傍晚時分，鎮甸裡行人皆無，院落上也幾乎看不見炊煙，莫非都住著神仙不成？」沈槐聽得愣了愣，這才注意觀察周圍，果然和狄仁傑說的一樣，整條街面上除了他們這隊人馬，竟再無一個行人。

正是夕陽西沉時分，在紅日落下的西南方向，天山山脈被暈染成鐵鏽般的山脊清晰可見，這就是進入庭州轄區最明顯的標誌。從伊州過來，一路上綠洲和沙漠交替，這神仙鎮周邊倒是青山蔥翠、綠水環繞，夏日傍晚的微風吹來草木和瓜果的甜香，實在是叫人心曠神怡的神仙樂土之境，難怪叫作神仙鎮。不過狄仁傑說的怪異也很明顯，如此宜人的環境，鎮甸裡西域式樣的平頂土屋也錯落有致地點綴在路旁，可就是看不見人跡，實在蕭條得很。

沈槐正在茫然四顧，就聽狄仁傑低聲道：「快看，前面那個宅院像是有人影晃動，咱們過去瞧瞧。」說著，狄仁傑甩開沈槐的手，三步兩步就走到那個黃泥刷牆的宅院前面，「咚、咚」敲起門來，嘴裡還叫著：「有人嗎？有人嗎？」

隔了好一會兒，院門內才傳來抖抖索索的問話聲，似乎是個老婦人：「是誰啊？」

狄仁傑連忙揚聲：「啊，我們是過路的，天色已晚，想在此地借宿，不知道主人家方便與否？」

院子裡沒聲音了，又過了好一陣子，木頭院門開了條縫，那老婦人在門後露出小半張臉，從上到下地打量著狄仁傑和沈槐，半晌才道：「你們是從哪裡來的？不是從庭州吧？」

狄仁傑和沈槐互相看了一眼，狄仁傑和顏悅色地道：「老人家，我們是從伊州來，要往庭州去。」

「啊？」那老婦人一聲驚呼，急切地道：「不，千萬不可！你們、你們還是快回伊州去吧。」

狄仁傑微微皺眉：「老人家，這是怎麼說？我們在庭州有事情要辦，您為什麼不讓我們去……」

「庭州去不得！哎呀，」那老婦人急得跺腳，「你們就聽老身一句勸，去哪裡都成，就是不要去庭州，那裡、那裡……」

狄仁傑臉色驟變，伸手扳牢院門：「老人家您說，庭州到底怎麼了？」

老婦人正要開口，忽聽屋內傳來一聲淒慘的呼號，緊接著呼號聲聲不絕，聽上去痛苦非常。那老婦人頓時慌了手腳，扭頭就往院內跑去，狄仁傑乘機一把拉開院門，帶著沈槐緊跟著也進了院子。老婦人已奔進屋內，狄仁傑和沈槐趕到屋門口向內一望，俱都大驚失色。

靠北的牆下一面土炕，炕上躺著個人，慘叫聲正是從此人的口中發出。老婦人一進屋就直衝炕前，努力想按住那人翻滾掙扎的身體，嘴裡連聲喚著：「山子，小山子，你哪裡難受？啊？你哪裡難受？」

那小山子斷斷續續地哼著：「娘，娘，我……我要死了，啊！救命啊，娘！我要死了……」

「不，小山子，你不會死的，娘不讓你死！」老婦人將小山子摟進懷裡，泣不成聲。

狄仁傑走到母子二人面前，仔細端詳著急促喘息著的小山子，對老婦人道：「老人家，他是你的兒子吧？他得了什麼病如此痛苦？老夫略通醫術，可否讓老夫瞧一瞧？」

老婦人抬起模糊的淚眼，愣了愣，突然聲嘶力竭地喊起來：「你們怎麼進來了？快走，快走啊！」

狄仁傑緊鎖雙眉，探身就去抓小山子的手腕：「大娘，你別著急，我來給你兒子瞧瞧病……」

哪知那老婦人劈手就朝狄仁傑打來，沈槐眼明手快，一把揪住她的手，厲聲喝道：「你這婦人忒不講道理，我家大人好心給你兒子診病，你怎麼還打人？」

老婦人給沈槐制住動彈不得，愣愣地看著狄仁傑給小山子診脈，不禁淚如雨下，哀聲道：「沒有用的……你們是好心人，可我……我不想害了你們啊。」

正說著，狄仁傑臉色鐵青地放開了小山子的手腕，注視著老婦人，嚴肅地問：「大娘，您知道你兒子究竟得的是什麼病嗎？這村子裡還有沒有人得同樣的病？神仙鎮上如此蕭條是不是就是因為這個病？」

老婦人噙著眼淚正要開口，炕上的小山子突然又翻騰呼號起來，兩手還撕扯著胸口的衣裳，指甲把胸口的皮膚都劃出道道血痕。

狄仁傑命令道：「沈槐，你把他按住，我來施針。」沈槐把小山子死死按在炕上，狄仁傑又對老婦人柔聲道：「大娘，我給你兒子扎幾針，可以為他減輕些痛苦。」隨即便從懷裡掏出針包，全神貫注地在小山子身上扎起針來。

終於小山子漸漸安靜下來，軟癱在了炕上。狄仁傑又把了把他的脈，長歎一聲從炕沿站起來，沈槐趕緊上前攙扶，狄仁傑以手撫額，稍稍閉了閉眼睛，這才對那婦人說：「大娘，他暫且能緩一緩，你隨我出來院中，我想問你幾句話。」

沈槐扶狄仁傑在院中的井台邊坐下，狄仁傑望著呆站在門前的老婦人，再度長歎：「大娘，您家裡還有其他人嗎？」

婦人搖了搖頭，淒然道：「大老爺，您看我那小山子還撐得過今晚嗎？」

狄仁傑搖頭。

老婦人抹了把淚，露出慘不忍睹的笑容：「也好，我實在看不得他再受苦了。」

狄仁傑面沉似水：「小山子如何會染上這麼厲害的瘟疫？大娘，我方才問你的那些話，你務必要從實回答。」

老婦人突然面露恐懼，尖聲叫道：「大老爺，這病、這病就是從庭州傳過來的！」

「庭州？」狄仁傑和沈槐不約而同地叫起來。

「是啊！」老婦人氣喘吁吁地繼續道，「我們神仙鎮離庭州城不過一天多的路程，鎮裡的很多男丁就給來往的客商當腳力，常來常往地掙些錢。可就這幾天，突然聽說庭州發了瘟疫，非常厲害，一兩天裡頭就有不少人染病。鎮上幾個從庭州剛回來的腳夫也染了病，我家小山子恰好在發瘟疫之前拉到一趟活去庭州，結果、結果昨天回家來就……就已經不行了。」老婦人話說到此，已然聲淚俱下。

「原來是這樣。」狄仁傑沉聲道，「那這鎮裡的人都去了哪裡？」

「庭州的瘟疫非常厲害，鎮裡的老人都記得十多年前的慘狀。如今一看瘟疫又犯，嚇得大家不敢再住下去，全都往各處逃走了。這兩天，連來往客商都聽說了消息，走的走、散的散。老身我……我不能丟下小山子啊，就是死，咱娘倆也得死在一處！」

狄仁傑低下頭沉默了，半晌才又抬頭，溫言道：「家裡還有燒酒嗎？」

「有一些……」

「嗯。」狄仁傑點了點頭，「把燒酒拿出來，這兩天時常喝一些，多少能防一防。等小山子……去了，你也盡快離開此地吧。」說著，他站起身來朝門外走去。走到門口，又轉回頭問：「你方才說鎮裡的老人都記得十多年前的慘狀？莫非這瘟疫近十年來沒有犯過。」

老婦人淚流滿面地點頭道：「是的，十年沒犯了。我們都快忘記有這茬了，哪想到……」

狄仁傑的馬車又上路了。這次，沈槐沒有再說半句阻攔的話，只是一言不發地騎馬跟在車旁。車隊很快駛離人跡寥落的神仙鎮，在月影婆娑的寂靜山道上奔馳。走了大概有半個時辰，狄仁傑突然招呼馬車停下，讓沈槐上車與自己同乘。沈槐十分意外，但也並無二話，叫人過來牽好自己的馬匹，就入車坐在狄仁傑的對面。

車簾掛起，微微顛簸的車廂內清風淡入、暗香習習，如果不是沉重如鉛的心緒，這該是個多麼美好恬然的旅程啊。沈槐借著月色，注目端詳對面的老者，連日的焦慮和操勞讓這張衰老的面容愈顯灰敗，但花白鬍鬚下緊抿的嘴角，又流露出懾人的堅毅和昂揚的鬥志。此刻，這位老人從沉思中回過神來，對沈槐親切地微笑了一下，低聲道：「沈槐啊，我在伊州收到武重規送來的急信，就決定立刻啟程趕赴庭州。你倒始終沒有問過，那信裡寫的是什麼？」

「大人認為有必要讓卑職知道的，一定會告訴卑職。大人如果覺得沒必要，卑職問了也是逾越。」

狄仁傑凝神聽著沈槐的回答，微揚起眉毛，意味深長地道：「沈槐啊，你的確有許多地方與從英非常相似，但剛才這番回答，又和他截然不同。」沈槐詫異，狄仁傑含笑頷首，「從英對所有感興趣的事情，都會直截了當地向我提問，而絕不像你這般小心謹慎。當然，你們兩個會有這樣的區別，關鍵並不在你們，還是在我啊……是我的錯。」

沈槐愣住了，趕緊低下頭，竭力掩飾翻騰的內心。

「你看看吧。」狄仁傑從懷裡掏出書信，遞到沈槐的手中。沈槐仍舊埋首，接過書信匆匆讀完，禁不住驚懼地抬眼直瞪向狄仁傑。只見狄仁傑面色異常凝重，一字一句地道：「沈槐，你對武重規的說法怎麼看？」

「這……」沈槐猶豫片刻，還是堅決地道：「大人，說從英兄會為了一個女人做出投敵叛國的行徑，這也太荒謬了！大人，沈槐死也不信！」

「哦，說說你的理由。」

沈槐又遲疑了，想了想才道：「大人，沈槐認為從英兄是個大義凜然的人，他斷不會因為兒女情長而喪失原則的。」

「兒女情長、兒女情長……」狄仁傑低聲重複著，目光中有種罕見的迷離和淒愴，良久，才苦笑著歎道：「沈槐啊，自古有道：兒女情長，英雄氣短啊。」

沈槐大驚失色，脫口而出道：「大人！您，難道您也懷疑從英兄？」

狄仁傑搖了搖頭，淡淡地道：「我怎麼會懷疑從英，不，當然不是。只是武重規的這封書信讓我深深地感受到，從英的處境有多麼凶險，他一定在經受著非同尋常的煎熬。」

沈槐沉默半晌，才字斟句酌地道：「大人，您不也在經受非同尋常的煎熬嗎？其實……沈槐倒覺得，正因為有您，從英兄不論面對何種狀況，他的心裡一定是很有底氣的。」

狄仁傑的眼中流光一閃，勉強笑道：「沈槐啊，你還挺會安慰人。」他拍了拍沈槐的手背，又輕聲道：「為國為民，不論承受多麼巨大的考驗，做出怎樣的犧牲，都是我們這些人的本分，這不算什麼。只是人老多情，心裡終究還是會捨不得……就像剛才看到那對母子，我亦會忍不住想，假如把小山子換成景暉，或者從英，恐怕我、我未必會比那老婦人鎮定。」

狄仁傑的聲音低啞下去，沈槐只覺眼中一陣溫熱，衝動地道：「大人，不會的！我們明天正午前就能到庭州了，您一定要放寬心！」

馬蹄得得，猶如急促凌亂的心跳，沈槐猶豫再三，還是把到嘴邊的話又咽了回去。為狄仁傑整整背後的靠墊，沈槐竭力用平靜的語調說：「大人，您睡一會兒吧。等到了庭州城外，卑職就叫醒您。」

正午的夏日明亮而熱烈，把狄仁傑臉上縱橫的皺紋照得纖毫畢現。狄仁傑從沉睡中猛然驚醒，剛睜開眼，正好看見沈槐向他探過身來，小聲地喚著：「大人，咱們到了。」

庭州城的東大門，巍峨的城樓之上日光耀眼，守衛的亮銀鎧甲和刀鋒劍刃的光芒匯聚在一處，乍望上去幾乎什麼都看不見，只有明晃晃的一片在城頭上閃耀。城門緊閉，沈槐攙扶著狄仁傑下車緩行，周遭的曠野上亦是一片肅穆，和神仙鎮的情形十分相似，明淨的夏日綠意撲面而來，天高地闊的塞外勝景中，卻不見半點人聲。

離城略近些，護城河的臭氣瀰漫在空氣中，纏繞於鼻翼間，令人十分不快。狄仁傑凝目於護城河水上的斑斑油跡，眉頭越鎖越緊。沈槐壓低聲音問：「大人，有什麼古怪嗎？」

狄仁傑冷然道：「看樣子那婦人所言非虛啊。隴右戰事已定，大白天的卻緊閉東城門，周圍也見不到一個要入城的百姓，這庭州城真是令人望而生畏啊。還有這護城河的腥臭也非比尋常，似乎不是一般的河道淤塞所致……」

狄仁傑話音未落，城頭上響起問話聲：「城下可是狄大人的車隊？」

沈槐跨前一步，抱拳道：「正是狄大人的車隊，煩請速開城門！」

「哦，請狄大人稍等！」沒過多時，城門果然緩緩開啟，從城內跑出一大隊人馬，跑在最前面的人身披一件黑色的大斗篷，在炎夏之中顯得尤其怪異。

那人率隊直衝到狄仁傑和沈槐的跟前，略一猶豫，還是翻身落馬，對狄仁傑拱了拱手，趾高氣揚地道：「狄國老，別來無恙啊。」

狄仁傑上下打量著對方，一邊回禮，一邊語帶戲謔地道：「武大人，多日不見，看來這趟差事辦得很辛苦啊。怎麼了？如此炎熱的酷暑中還包裹得這麼嚴實，莫非是有疾……」

武重規臉上青紅交替，滿面油汗，也不知道是熱還是尷尬，總之看上去實在狼狽得很，嘴裡還在含糊其詞：「啊，沒……沒事。本官甚畏日曬，如此而已、如此而已。」

「哦。」狄仁傑露出詫異的表情，「既然如此，武大人何必親自出城來迎，豈不是讓老夫深感不安嗎？」

「哎呀，我說了沒事就沒事！」武重規突然極不耐煩地衝口而出，隨即一聲冷笑道：「狄國老，庭州城這裡讓你不安的事情多著呢，你就不用再替我操心了！」

狄仁傑目光一凜，神色也即變肅穆，嚴正地道：「武大人，老夫一路行來，的確是一天比一天更覺不安。那麼你我也不用再浪費時間寒暄了，武大人，老夫即刻隨你進庭州城，我們好好談談！」

武重規眼珠亂轉，卻站著不動。

狄仁傑面沉似水，望定他道：「武大人，怎麼了？走啊！」

武重規咬咬牙，總算是下定了決心，強自揚聲道：「咳，咳！狄大人，本欽差自奉皇命，查察瀚海軍私自調動一案，從伊州到庭州，如今已令案件真相大白。具體的案情嘛，想必狄大人已收到本欽差的書信，我就不必在此一一贅述了！如今首犯袁從英雖在逃，他的同謀突騎施賊寇首領烏質勒懾於我大周威勢，已經在沙陀磧東沿繳械投降，這個案子嘛，就算塵埃落定了！本欽差這就要去向聖上交差去了。本來狄大人完全沒必要再趕到庭州來，不過既然來了，這善後的事宜嘛，恰好也是你安撫使的職責所在，本欽差這就把庭州交給你啦！」

狄仁傑聽得雙眉一聳，死死盯住武重規問：「本官沒有聽錯吧，武大人您這話的意思，是要走？」

武重規咽了口唾沫，惡狠狠地點頭：「沒錯！本欽差與狄大人見過面就走，狄國老有什麼異議嗎？」

狄仁傑緩緩地搖頭：「呵！欽差大人要走，本官無意阻攔。只是……武大人就不怕本官進了庭州城，把你斷過的案子再翻個底朝天？」

「你！」武重規面紅耳赤，張了張嘴沒說出話來，片刻才又冷笑道：「狄大人，本欽差知道，你的心腹愛將成了叛匪，你心裡頭過不去！可我告訴你狄大人，袁從英罪行昭昭，就算你狄大人再怎麼翻手為雲覆手為雨，也於事無補的！本欽差還想奉勸狄大人一句，如今連狄三公子都與烏質勒等人夾纏不清，狄大人你還是好好掃一掃自家門前雪，少管別人的瓦上霜了！」

「哼！」狄仁傑厲聲喝道，「既然武大人要走，那就不要在此地盤桓了，只怕……」他頓了頓，直視著張口結舌的武重規，「走得遲了，這庭州城的瘟神就要如影隨形了！」

武重規激靈靈打個冷顫，慌慌張張地轉身上馬，狄仁傑連看都沒有看他一眼，只是當馬蹄聲響起時，才背對著武重規遠去的方向，揚聲道：「武大人走好，不送！」

武重規憤憤地哼了一聲，帶著欽差衛隊揚鞭而去。

沈槐看武重規一行走遠，忙趨前問：「大人，欽差真的走了？」

狄仁傑冷笑：「他是逃走了！」

「逃？」

「嗯。」狄仁傑沉重地點了點頭，「走，咱們進城看看！」

庭州城裡的情況比想像的還要嚴重。因為錢歸南已死，武重規又甩手而去，剩下的長史、司馬、錄事等大小官員，群龍無首，全都眼巴巴地守在東城門前。見到狄仁傑進城來，這些人是又害怕又期待，躊躇著圍在旁邊，個個都是欲言又止的模樣。狄仁傑冷眼掃過，就知道他們早都沒了方寸。進得城來，就見城門內側，瀚海軍組成的人牆把城門四周堵了個嚴嚴實實。在他們的裡面，烏壓壓的人頭攢動，一眼望不到邊。

沈槐驚異，小聲問狄仁傑：「大人，您看這是……」

狄仁傑冷哼道：「假如本閣沒有猜錯，這些都是畏於瘟疫，想要出城逃難去的百姓。」他抬眼看了看身邊那干戰戰兢兢的官員們，沉聲道：「你們誰可以向本官解釋一下這裡的狀況？」官員們面面相覷，還是那個在刺史府中發放過神水的錄事參軍哆嗦著來到狄仁傑跟前，勉勉強強把事情陳述了一遍。

原來庭州城近十年來一直靠發放神水控制春夏的瘟疫，今年沒有發神水，瘟疫從一個多月前就零星出現，累積了這些日子以後，終於在幾天前突然呈現全城爆發之態。得病的人數成倍增長，又因為沒有有效的醫藥，病勢也異常兇險。庭州城的百姓深知這瘟疫的厲害，見此情景便開始紛紛外逃，武重規無奈，只得頒布欽差敕令，將四門緊閉，並派出瀚海軍鎮守，嚴禁百姓出入。此舉反而更加劇了人們的惶恐，越來越多的百姓聚集在刺史府和城門前，庭州城裡的局勢這兩天來已近乎失控了。

「原來是這樣！」狄仁傑目光如箭，射向身邊的官員們，「爾等身為一方父母，怎麼如此懈怠！本官來時的路上便聽說，庭州已有十年未發瘟疫，為什麼今年又犯？還會爆發到這等不可收拾的地步？」

眾人再度抖成一團，最後還是錄事參軍大著膽子，向狄仁傑提了神水和裴素雲的相關始末。

「裴素雲……裴素雲……」狄仁傑喃喃重複這個名字，只覺舌尖異常苦澀，武重規書信裡提到的這個女人，讓狄仁傑還未謀面就已恨之入骨，此刻想問的話竟然問不出口。沈槐見狀，便向那錄事參軍詢問裴素雲目前的狀況。錄事參軍回答，裴素雲自安兒被劫後，又傷又急，虛弱不堪，始終未曾清醒。若要控制瘟疫，這女巫應該是有辦法的，但目前看來，想讓她振作，除非能把她那白癡兒子找回來。

錄事參軍說完，見狄仁傑陰沉著臉不作聲，便又硬著頭皮對狄仁傑拱了拱手，囁嚅道：「狄大人，那個、那個袁從英校尉反……出刺史府，據稱就是為了去找裴素雲的孩子。所以、所以下官們覺得，莫不如先去尋得那袁從英……」

狄仁傑雙目灼灼，怒不可遏地喝問：「一派胡言！你有何證據說袁從英是為了那女巫的白癡兒子反出刺史府？」

錄事參軍嚇得撲通跪倒在地。狄仁傑又點指眾人：「武重規這兩天不是都在全城搜捕袁從英嗎，怎麼還沒找到？朝廷要你們這班無能之輩到底有何用？」

這下子庭州城的大小官員全部呼啦跪倒，再無一人敢吭聲。沈槐見狄仁傑面色煞白，趕緊上前攙扶，就覺狄仁傑的胳膊顫抖個不停，心中著實難受，輕聲勸道：「大人，您消消氣，您別……」

狄仁傑長歎一聲，道：「沈槐啊，剛才武重規說烏質勒駐紮在沙陀磧東沿？」

「是的，大人。說是已向瀚海軍繳械了。而且，好像景暉兄也在他那裡。」

狄仁傑微微頷首：「好，好啊。咱們現在就去會會烏質勒。」

自從布防在沙陀磧東線，瀚海軍並未遇到過真正的敵情。三天前梅迎春帶著五千鐵騎闖出沙陀磧，也是有驚無險。然而這天清晨到正午，鎮守沙陀磧東側的瀚海軍沙陀團卻一連碰上了兩件怪事。首先是清晨時分，如常沿著沙陀磧東線巡邏的守兵，突然發現大漠之上出現了一大群駿馬，懶散地逡巡於沙陀磧邊緣的零星綠洲之上。經過仔細觀察，瀚海軍斷定這些馬匹全是第一流的突厥戰馬，神駿超逸，極為罕見。按推斷，這樣的駿馬只可能屬於突厥某部的騎兵部隊，可卻偏偏只見馬匹不見騎士。十多名牧民打扮的人管理著這數千匹駿馬，形跡頗為謹慎，只在沙陀磧裡的幾塊綠地小心翼翼地放牧，看樣子與普通的游牧民十分相仿，但馬匹的數量和品質，又絕對不是一般游牧民所能有的。守兵遠遠地觀察了整整一個上午，認定這些駿馬來歷非常、十分可疑，便向上官做了匯報。

負責當天防務的軍官正想再往上報，突然幾名守兵往營帳裡抱進兩個小孩，說是在沙陀磧東側找到的。這豈不又是樁咄咄怪事？看這兩個孩子，大點兒的才十歲出頭，小點的不過四五歲大，沒有大人帶領怎麼會跑上沙陀磧這樣的嚴酷大漠？據發現他們的兵卒說，當時這兩個孩子合騎在一匹小馬之上，剛跑出沙陀磧就從馬上跌落下來。等過去看時，兩個孩子都已昏迷不醒，那大孩子手裡卻還死死地摟著更小些的孩子。大人們一陣忙亂，又是餵水又是驗傷，大孩子從馬上摔落時撞到了腦袋，傷得比較重些，小孩子倒是毫髮無損，兩個孩子都明顯地脫了水，唇裂皮綻，渾身發燙，看得叫人心疼不已。因孩子們沒有清醒，無法問出來歷，軍官正在發愁是否要匯報，營帳門前，一位身形魁偉的老人疾步走來。

「炎風，跑啊！」韓斌不停地叫著，一直叫到嗓子裡燃起了火苗，全身上下都燒得滾熱。剛剛離開伊柏泰，他們就陷入了野狼的圍攻。韓斌摟著安兒，根本沒法取弓射箭，只好硬著頭皮往前衝。炎風畢竟是匹小馬，牠也害怕了，差點兒邁不開步，韓斌急得拚命踢炎風的肚子，用盡全力喊著：「炎風，跑啊！」野狼越聚越多，越圍越近，其中一頭性急的甚至直撲上來，一口咬上了炎風的後腿。

炎風仰天長嘯，在最危急的時刻，這小神馬於血脈中迸發出了承襲自先祖的凜凜神威，牠向後猛踹將野狼踢翻，隨即騰空躍起，如一抹閃動的火焰，風馳電掣般地掠過沙原。野狼群被遠遠拋在身後，韓斌死死抱著安兒，伏在炎風的身上，他的眼前一片模糊，只有懸掛在東方地平線上的那顆孤星，在韓斌若明若暗的頭腦中執著地閃耀著，始終不變的凝練、清朗，引導著他奔向光明……

「哥哥！他在等我！哥哥！」韓斌從床上一躍而起，卻一頭撞入狄仁傑的懷抱。韓斌仰起頭，愣了愣，才認出那張已有些生疏的、衰老慈愛的臉。「大人爺爺……」韓斌翕動著嘴唇，卻沒有發出一點兒聲音。大人爺爺向小斌兒露出親切的笑容，可是這笑容看上去多麼悲傷，甚至……有點兒膽怯呢。狄仁傑張開雙臂，韓斌撲進他的懷中，拚命想說什麼，仍然沒有吐出一個字。韓斌急壞了，他要告訴大人爺爺，哥哥在等著，快去救哥哥！可是為什麼自己說不出話來了呢？啊，不！怎麼回事啊？大人爺爺，救救哥哥！救救我們！

韓斌全力掙扎，可還是說不出一個字。他急火攻心，竟往牆上撞去。狄景暉搶上前來，幫狄仁傑按住這近乎瘋狂的孩子，眼裡也不禁噙上淚花，低聲問：「爹，斌兒這是怎麼了？」

狄仁傑輕輕撫摸著韓斌的臉蛋，和藹又鎮定地微笑著：「斌兒，好孩子。別著急，別著急。你想說什麼？是關於你哥哥嗎？你知道哥哥的下落對不對？」

韓斌拚命點頭，眼淚撲簌簌地滾落下來。

狄仁傑朝狄景暉使了個眼色，低聲吩咐：「快，拿紙和筆來。」

狄仁傑的大手闔上韓斌滾燙的額頭，涼涼的很是舒服，韓斌精疲力竭地閉起眼睛，卻一下又看到了黑霧覆蓋的堡壘。哥哥！他渾身顫抖著推開狄仁傑的胳膊，不顧一切地要跳下床去，說不出話也沒關係，只要你們跟我走！來不及了，要快啊！狄仁傑按著韓斌不放，雙目炯炯，厲聲道：「斌兒，大人爺爺問你話，你點頭和搖頭。再不行，就寫下來！」

「斌兒，是哥哥救下了安兒？」

點頭。

「也是他讓你把安兒帶回來的？」

點頭。

「……你哥哥，他還……他還好嗎？」

點頭，搖頭，拚命地搖頭，淚如雨下。

狄仁傑的嗓子哽住了，定一定神，問話的聲音仍然沉著：「他，還活著？」

點頭，點頭，點頭。

「你知道他在哪裡？」

點頭。

狄仁傑含淚微笑：「斌兒，寫下來。」

韓斌抓過筆，又愣住了，他會寫的字本來就不多，壓根兒不會寫什麼「伊柏泰」啊！孩子絕望地抬起頭，求助地看著面前的大人們，可他們也都眼巴巴地等著自己！韓斌咬破了嘴唇，握牢筆，終於在紙上歪歪扭扭地寫下兩個大大的字——「沙牢」！

「沙牢……」守在床前的狄景暉和梅迎春互相對視，一起脫口而出，「伊柏泰？」

狄仁傑剛一愣神，韓斌就掙脫了他的懷抱，滾到了床下，又立刻跳起來，踉蹌著往外就衝。梅迎春箭步趕上，將韓斌抱起來，一邊回頭對狄仁傑道：「狄大人！恐怕伊柏泰局勢危殆，烏質勒請命即刻率部前往！」

狄仁傑點了點頭：「本閣再派瀚海軍三千人馬與你同去。」

「是！」梅迎春拍了拍韓斌的腦袋，「小伙子，真是好樣的！炎風累壞了要養幾天，你與我同騎墨風，咱們這就去找你哥哥！」

夜色蒼茫的大漠上，幾千鐵騎全速馳騁，揚起的滾滾沙塵黯淡了滿天星光。在他們前方，墨風一騎絕塵，把其他人全都遠遠地甩在了後面。韓斌昏昏沉沉地靠在梅迎春的懷中，他太累了，卻又不肯睡去。生怕一閉上眼睛，就錯過了哥哥的身影。從黃昏到凌晨，又自朝至夕，韓斌已經完全不記得，這些天他在沙陀磧的莽莽沙原上跑了多少個來回，韓斌好像覺得自己能夠記住這一路上的沙丘，能夠區分出它們每一個不同的面貌，但實際上，這只是他混沌頭腦中的幻覺罷了。

每一陣風刮過，沙丘就變換出新的模樣，通往伊柏泰的路途也跟著呈現出全然不同的面目。晨憑日影、夜隨星河，沙漠上恆久不變的，唯有長空中的日月星辰，與人心中永不泯滅的信念。

又一個夜與日在瞬息間流逝，既如人生般短暫，又似夢境般漫長。隨著墨風聲貫落霞的嘶鳴，傍晚時分，他們終於再次站在了伊柏泰的前面。然而，這還是伊柏泰嗎？

眼前的一切令梅迎春都不禁瞠目結舌，頭腦剎那空白一片。正是日暮，原先在重重沙丘包圍中的大片平原上，如血的殘陽遍地潑灑，在煙霞氤氳中，濺起一個又一個赤黃的小沙包，除此，再無其他！營房呢？木牆呢？堡壘呢？甚至，那些燒焦了的突騎施人的屍體呢？伊柏泰曾經的所有竟都消失得無影無蹤，彷彿被一雙無形的巨手抹去，又惡作劇似的在原址上堆起痤瘡似的小小沙堆。假如不是墨風識途，假如不是梅迎春和韓斌對伊柏泰記憶猶新，他們一定會認為自己走錯了地方！

韓斌從墨風身上滾落沙地，剛爬起身就朝伊柏泰原來木牆的方向撲過去。他想叫，可叫不出聲，他跌跌撞撞地跑著，原來平整綿軟的沙地變得坑窪不平，好像在下面埋伏著數不清的障礙。韓斌接連摔倒，又馬上爬起來繼續跑，突然他的腳底一陣劇痛，皮肉似乎被撕裂了，韓斌向前猛撲下去，被緊趕上來的梅迎春牢牢地抱住。

梅迎春看到韓斌的小靴子被什麼利器劃破了，猩紅的血水不停滴下，滲入黃沙之中。他將孩子輕輕放到身邊，示意他不要動，自己則抽出佩刀，奮力翻掘起面前被血水玷污的沙地。當凌厲錯落的鋒刃展現在眼前時，梅迎春驀地倒吸口涼氣，停止了動作。不，他沒有看錯，這些就是原先高聳的三尺木牆上遍插的刀鋒，此刻均已埋在了沙下！梅迎春還在發愣，身邊的韓斌又跳起來向前撲去，在一處小沙堆前揮起兩隻小手，瘋了般地刨挖沙地。

梅迎春突然意識到了什麼，也趕緊來到韓斌的身邊，和他一起不顧一切地掘挖沙地，很快就觸到了堅硬的磚石。往旁邊再挖過去，堡壘上的窗洞顯露出來，只是已被黃沙灌滿，找不到半點縫隙。梅迎春的心驟然冰涼，再看韓斌，小臉上沙土混著淚水，早辨不清模樣，兩隻小手已然血肉模糊，卻還在不停地挖著。「斌兒，住手！」梅迎春大喝一聲，猛地攥住韓斌的雙手，孩子掙了一掙，便昏倒在他的懷裡。

突騎施和瀚海軍的騎兵都趕到了。梅迎春指揮著他們挖了整整一個晚上。傾覆掩埋在黃沙之下的伊柏泰才算稍稍露出真容。然而，除了燒不爛的磚石和利器，其餘的一切都已成為焦黑的殘骸，與厚重的黃沙混合在一起，連原先是什麼都分辨不出來了。

第二天沙陀磧上刮起火熱的颶風，剛剛挖掘出的碎石爛磚再度被鋪天蓋地的飛沙淹沒，連梅迎春帶領的幾千騎兵隊都差點兒被活埋。伊柏泰不存在了，那些能夠提供水源的深井也難覓蹤影，此地無法久留。午後，梅迎春下令在伊柏泰四周插下數根鐵桿作為標記，便帶著大隊撤離，乘著涼爽的夜晚踏上歸途。為免意外，他一直讓人寸步不離地看管著韓斌，回程路上，梅迎春仍然像來時那樣，將韓斌放在墨風身前，親自保護這劫後餘生的孩子。他原以為韓斌會哭鬧，但實際上這孩子自甦醒以後就變得異常安靜，也再沒有流過一滴眼淚。奔馳整個夜晚之後，他們已經離開伊柏泰很遠了。梅迎春注意到，韓斌始終都沒有再回頭看過伊柏泰，反而一直瞪著雙眼望向前方，他是在尋找，黎明時分升起在東方天際的那顆金星。

裴素雲仍然被關押在刺史府的臨時牢房裡。從安兒被劫走到現在，已過去了整整五天。她前胸的刀傷本來就不重，已經好得差不多了，但這五天來裴素雲始終昏昏沉沉地躺著，幾乎沒有睜開過眼睛，也沒有說過一句話。直到這個夜晚降臨，黑沉沉的屋子裡突然有人點起蠟燭，昏黃的燭光映在她的臉上，緊接著她便聽到阿月兒急促的呼喚：「阿母，阿母，你怎麼樣了？你醒醒呀。」

裴素雲悠悠地睜開眼睛，阿月兒掛著淚珠的面龐在燈影前晃動，額頭面頰上的傷痕十分清晰，裴素雲抬起沉重的胳膊，想要撫慰一下這無辜受累的小姑娘……突然，裴素雲從榻上猛撐起身來，她看見了誰？是安兒！她可憐的孩子，正在阿月兒的懷裡嘻嘻笑著，撒嬌地向母親伸出雙手：「娘……」

「安兒！」裴素雲一把將安兒攬入懷中，沒頭沒腦地親吻他的小臉蛋，又忙借著燭光仔細查看孩子，全身上下乾乾淨淨的，除了幾道隱約可見的擦痕，真的是安然無恙！抱緊失而復得的寶貝，裴素雲喜極而泣，阿月兒也坐在她身邊抹起眼淚。只有安兒渾然不知發生了什麼，在母親的懷抱裡高興得手舞足蹈，咿咿呀呀地叫個不停。

一個蒼老嚴厲的聲音在屋子裡響起來，聲音不高卻似帶著千鈞的分量：「裴素雲，你既已母子團聚，是不是也該想一想庭州城內外，那些即將被疫病害得骨肉親人陰陽兩隔的百姓們？」

裴素雲打了個寒噤，這才看見桌邊端坐一人，面容隱在逆光暗影中看不分明。燭火搖曳，映在那人花白的鬚髮上，清冷又肅穆。阿月兒抱起安兒閃到一旁，裴素雲垂首而坐，沒有說話。老者的威嚴氣概，讓她隱約感覺出對方的身分，但那語調中鮮明的怨恨和敵意，又如烏雲蓋頂，壓得她難以喘息。

見裴素雲一直沉默，老者身邊侍立的軍官厲聲喝道：「裴素雲，狄大人問你話，你沒有聽見嗎？為什麼不回答？」

「狄大人……」裴素雲的猜測被證實了，她有些迷惑地抬起頭，還是無法看清老人的表情，她輕聲囁嚅：「我不明白，你們要我說什麼？」

沈槐憤憤地又要開口，狄仁傑向他微微搖了搖頭。借著昏黃的燭光，狄仁傑細細打量著面前這個女人，就是她嗎？——她就是那個武重規言之鑿鑿迷惑了袁從英，並令他犯下十惡不赦之罪的女巫嗎？散亂的鬢髮遮住了裴素雲的額頭，蒼白的嘴唇輕輕顫抖，此刻的她看不出有多美麗，反倒顯得十分哀怨而無辜。然而對狄仁傑來說，裴素雲每一分楚楚可憐的韻致，都只能在他苦澀難耐的心上平添更為刻骨的憎惡。她越顯得柔弱淒愴、哀婉動人，他就越恨得心如刀絞、筋疲力盡。

狄仁傑長長地吁了口氣，竭力使自己鎮定下來，冷冷地道：「你不明白？好，那麼本官就提醒你一句，裴素雲，你是庭州城名列第一的薩滿伊都干吧？」

裴素雲垂下眼簾：「是。」

「很好。本官還聽說，你配製的一種神水在十年中有效防止了庭州城內的疫病，可有此事？」

「是。」

狄仁傑緊接著質問：「既然如此，為何今年不發放神水？卻令疫病在庭州蔓延肆虐到不可收拾的地步？」

裴素雲還是低頭沉默。

狄仁傑擱在桌上的拳頭不住地顫抖著，邪佞妖祟、邪佞妖祟，他的頭腦中反反覆覆就只有這四個字：「裴素雲，你不說本官就替你說！你無非是妄圖借疫病要挾庭州百姓要挾大周官府，我說得不錯吧？」

「要挾？」裴素雲怔了怔，困惑地瞥了一眼狄仁傑，喃喃道：「狄大人，發放神水的事情是由庭州官府做主的。您……為什麼不去問問錢、錢刺史？」

「哼！」狄仁傑重重地往桌上擊了一掌，「你就不要再指望錢歸南了。他幫不上你！」說著，他朝沈槐使了個眼色，沈槐會意，高聲喝道：「錢歸南已經死了！」

「死了？」裴素雲驚得從床邊直跳起來，頓時天旋地轉，又軟軟地坐回去，不覺已淚流滿面，「他……是怎麼死的？」

狄仁傑冷哼道：「據查，錢歸南大人是被他的心腹偏將王遷所殺的。哦，你的孩子當日不也是王遷擄走的嗎？」

「王遷！」裴素雲發白的手指牢牢揪住裙裾，咬著牙道：「歸南，你信任的好部下……」她撲倒在床上無聲地痛哭起來。

狄仁傑等她哭了一會兒，才用冰冷的語調道：「哭夠了吧？雖然錢歸南已死，我方才的問話你還是要回答！」

裴素雲止住悲聲，慢慢撐起身子，問：「狄大人，疫病果然已經蔓延開了？」

狄仁傑冷笑反問：「伊都干，恐怕你對疫病比其他人都更了解吧？你應該知道自己的行為所帶來的後果！」

裴素雲愣愣地點頭：「知道，我……當然知道。」

狄仁傑一聲斷喝：「哼！那麼就不要再浪費時間了。伊都干，本官今日前來，便是來給你一個將功折罪的機會。只要你能交出控制和治療疫病的良方，救庭州百姓於水火，本官可以酌情寬宥你的罪行！」

裴素雲直直地瞪著狄仁傑，不知道在想什麼。半晌，她向安兒投去慈愛的一瞥，輕聲道：「狄大人，安兒遭劫，如今毫髮無損地回來，素雲尚未及謝過狄大人，請狄大人先受妾身一拜，謝狄大人的救命之恩。」語罷，她起身便拜，端端正正地給狄仁傑磕了個頭。

狄仁傑倒有些出乎意料，擺了擺手：「不必多禮。」他剛想開口，裴素雲搶著道：「狄大人！安兒，安兒是……是他救回來的吧？一定是他……他也在這裡嗎？」

「他？」狄仁傑一時語塞，看著裴素雲突然異樣地透出紅暈的面龐，椎心刺骨的創痛和仇恨猛然間席捲而來，狄仁傑只覺面前一陣發黑，不得不閉了閉眼睛。

睜開雙目，狄仁傑譏諷地問：「裴素雲，本官不知道，你說的他是誰？」

裴素雲咬了咬嘴唇，堅決地說下去：「狄大人，那日王遷將安兒擄走，素雲便求了……求了袁從英，求他搭救安兒。如今安兒平安歸來，素雲但求能見一見袁……能面謝恩人。這是素雲唯一的心願，還望狄大人成全！」

狄仁傑緊鎖雙眉，不可思議地搖頭道：「裴素雲，你這是在和本官談條件嗎？」

裴素雲目光閃耀，聲音清亮地道：「狄大人，素雲哪裡敢和您談條件。素雲是在懇求您！只要您讓我見一見……袁從英，素雲立即交出神水的配方。」

「荒唐，無恥！」狄仁傑從椅子上騰地站起，在屋子裡來回走了兩圈，才停在裴素雲跟前，強壓怒火冷笑道：「裴素雲，你也忒地不知好歹！沒錯，確實是袁從英身歷百險救回了你的孩子，而你不知感謝、不思悔過，反倒得寸進尺，真真是毫無廉恥之心！」裴素雲被他罵得臉色紙樣煞白，反倒倔強地挺直了身軀，目不轉睛地盯著狄仁傑。

裴素雲的模樣越發激怒了狄仁傑，他再難抑制滿腔悲憤，雙唇在花白的髫鬚下不停地顫抖，好不容易才一字一頓地道：「裴素雲，你最好還是清醒一點，休要抱什麼無謂的幻想。交出神水配方、救助庭州百姓是你減輕自身罪責的唯一機會，你沒有資格和我談任何條件！而且現在我就可以明確地告訴你，袁從英不想見你，我更不會允許他見你！」

裴素雲在原地，許久才綻露出一個淒楚至極的笑容，微微點頭道：「我明白了，狄大人。是我癡心妄想、不知廉恥。其實那天在大庭廣眾之下，他都說得清清楚楚了，只是我總也不肯相信……因為，因為他還說過一些別的話。」淚水淌進嘴裡，鹹鹹澀澀的。她繼續說著，聲音卻變得清朗沉著，「不過袁從英算得上是個君子，儘管他一直在欺騙我，但他還是信守了承諾，為我救回安兒。單就這一點，也足夠我對他感激涕零、犬馬相報了。」

一個時辰之後，庭州城內所有的中外藥商齊聚到刺史府正堂。他們傳閱著裴素雲寫出的神水配方，並將自己所有的相應藥材數量登報在統一的單據之上。錄事參軍前後奔忙，很快就合成了一份藥單，呈到狄仁傑的桌案前。

狄仁傑蹙起雙眉，全神貫注地閱讀藥單，突然將紙往桌上一拍，厲聲道：「怎麼回事？這份配方裡還有好幾味藥材無人登記？各位，難道現在這個時候你們還打算奇貨可居、賣個好價錢嗎？」

藥商們嚇得膽戰心驚，嘩啦跪倒一片。其中一個看上去資格老些的戰戰兢兢回話：「稟、稟報大老爺。絕不是隱匿不報，實在是那幾味藥材為西域大食藥商獨有，咱們這些人都沒有啊。」

「哦，那大食藥商呢？為什麼不來？不是吩咐叫來全城所有中外藥商嗎？」狄仁傑的雷霆怒火自進入庭州城後就沒有停歇過，沈槐在一旁看得著實擔憂。

還是那錄事參軍壯著膽子回稟：「狄大人，下官們都查過了。庭州城的大食藥商在一個多月前就全部離開庭州，回國去了。如今全城內外，連一個大食藥商都沒有了。」狄仁傑瞇縫起眼睛沒有說話，藥單被他在掌心中捏成一團。正堂內頃刻間鴉雀無聲，眾人的目光齊齊匯聚在桌案後的這位老人身上，已過深夜子時，他仍不眠不休地忙碌而絲毫未露倦意，唯有滿頭霜雪更甚。

「爹，您叫我嗎？」正堂門前，狄景暉布衣灰袍，長身而立。

狄仁傑從沉思中驚醒，抬手讓他進前來：「景暉啊，你來看看這藥單。有幾味藥說是大食藥商那裡才能買到，你幫忙想想，還有沒有什麼別的辦法？」

狄景暉快步來到桌前，接過藥單匆匆一瞥，臉色大變，驚問：「爹！這、這就是神水的配方？」

狄仁傑略帶嗔怪地道：「大驚小怪的做什麼？不錯，這就是裴素雲剛剛交出來的神水配方。

問題是其中關鍵的幾味藥材，因大食藥商均已離開，如今庭州城內無處可覓——」

「爹！」狄景暉打斷父親的話，聲音激動得有些顫抖，「您放心，這些藥材我都有！」

狄仁傑也大為驚詫：「你有？你怎麼會有？」

狄景暉突然跺一跺腳，眼裡似有清輝跳動：「爹！這實在是……唉，您還是先讓人跟我去取藥吧，就在乾門邸店。」

狄景暉領著人趕到乾門邸店後樓，打開那間封閉了一個多月的客房，滿屋飄出濃濃的藥材香味，層層疊疊的大藥包一直堆到屋頂。仔細核對藥單，關鍵的藥材果然一味不少，而且分量充足，應該能夠應對全城所需。刺史府中立即架起幾口大鍋，藥商們又送來其餘的藥材，狄景暉指揮眾人，按方配藥，在刺史府中連夜熬製神水。狄景暉還根據裴素雲的配方，針對已患上疫病者的病情輕重，適當增刪藥材，經狄仁傑親自審閱之後，配成不同等級的方劑。

第二天一大早，庭州城的百姓一覺醒來，便發現大街小巷都貼滿了告示，召集大家到大巴扎前的空地上申領神水。幾天來人心惶惶、死氣沉沉的庭州城，突然又有了生機。人們奔走相告，扶老攜幼往大巴扎趕去。與此同時，里長們挨家挨戶尋訪患病的人，登記造冊，問診送藥。狄仁傑更是帶領著庭州官府的大小官員，走街串巷，親自查看病人，發放藥物，安撫百姓。他也沒有忘記聯絡附近州縣的官府，查找散落在外的病人，並派人送去對症的方劑。

裴素雲的神水果然是治病良方，只不過兩三天的時間，來勢洶洶的疫病就被很好地控制住了。因為醫治還算及時，絕大部分的病人都得了救，病死的人數十分有限。庭州城裡的人心又安定了，百姓們不再急著出城，來自其他州縣和西域的商人們也陸續出現在了巴扎上。瓜果的香氣和笠篌的樂聲重新點染火辣辣的庭州夏日，一切，好像都恢復了原樣。

在狄仁傑的授意下，瀚海軍出其不意地襲擊了游散在沙砣磧旁的突厥馬隊，將千餘匹戰馬和十多名牧者盡數捕獲。狄仁傑親自審問那幾名突厥牧者，不出三言兩語就套出了他們的真實身分。原來這些假牧民都是突騎施敕鐸可汗的部下，敕鐸在領軍奪取伊柏泰之後，就命令他們這十多人喬裝成普通的游牧民，將部隊的戰馬繞道沙陀磧北側悄悄趕到靠近庭州的這一邊。狄仁傑再追問敕鐸這樣做的目的，那些假牧民們也說不出個所以然來了，他們只知道，敕鐸吩咐他們放牧戰馬，小心遮掩行藏，並等待進一步的消息。

審問完畢，狄仁傑遣散眾人，一個人在刺史府的正堂上坐了很久。敕鐸兵分兩路的行動耐人尋味，一時難以揣度出他真正的意圖，還要等待梅迎春探查伊柏泰的結果。

但現在至少有一點狄仁傑能夠肯定，那就是不論敕鐸的計劃為何，他一定沒有得逞。然而，敕鐸為什麼會失敗？在伊柏泰到底發生了什麼？袁從英……他怎麼樣了？梅迎春是三天前的傍晚帶著韓斌，率領突騎施鐵騎兵和瀚海軍一起進入沙陀磧的。這三天來，狄仁傑無時無刻不在牽掛著擔憂著等待著……可是，狄仁傑搖頭苦笑，自己牽掛擔憂等待了何止三天！計算時間，梅迎春從伊柏泰發出的消息一兩天內必會送到，此時此刻，狄仁傑卻從內心深處感到巨大的惶恐和無力。他很想找人說一說、問一問。有的打擊他已經承受過了一次、兩次，難道真的還要再承受第三次嗎？可是他老了，老了啊，連他自己都不知道，這樣的打擊他還能不能承受得住……這算是什麼？是賭氣嗎？還是示威？

在空無一人的正堂上，狄仁傑喃喃自語：「我原本一直以為景暉是最不聽話的孩子，現在才明白，你比他還要倔強得多……袁從英，你的所作所為不可原諒。」

又過了一天，六月初二的凌晨時分，墨風載著梅迎春和韓斌，挾裹著滾滾沙塵和炎炎熱風，從沙陀磧上飛躍而出。他們的回歸和帶來的消息，使狄仁傑能夠確定：庭州，徹底安全了。

裴素雲自那天交出神水配方以後，狄仁傑就下令將她釋放了。阿月兒也跟著回了家，仍舊幫裴素雲照料安兒，她們閉門不出，生活似乎又回到了過去。當然，這世上最深刻有力的變化永遠都只發生在人的內心，從外表上，往往是看不出來的。

六月剛至，似乎是為了補償前段時間暴雨所帶來的涼爽，庭州變本加厲地酷熱起來。這天傍晚，西方天邊的火燒雲遲遲不肯退去，裴家小小的庭院裡一絲風都沒有。阿月兒打出井水來潑地，潑了一遍沒什麼用處，她又從後院冬青林前的水井裡打水，打算再潑第二遍。正拎著水往前院走，突然聽到院門外有人叩門的聲音，她剛想去應，卻看見裴素雲已站在了院門口。

「狄大人？」裴素雲很意外，她瞧了瞧狄仁傑的身後，那位看上去像貼身侍衛的年輕軍官遠遠地站在巷口，身邊停著一輛馬車，除外便再無其他了。

狄仁傑微微一笑：「冒昧來訪，唐突了，不知道伊都干此刻方便與否？」

裴素雲垂下眼簾，她不太習慣狄仁傑這突如其來的慈祥與親切，但還是屈膝行禮，低聲道：「狄大人要問素雲話，派人來傳便是。」

「在刺史府裡是問案，老夫今天過來，不是為了案子。」

除開案子，我與你……你們就沒有任何關係了。裴素雲幾乎就脫口而出，她低下頭抿緊雙唇，卻聽到狄仁傑在遲疑地問：「呃……咱們可以去屋裡談嗎？老夫有些話想問問伊都干。」裴素雲不覺抬眸，老人的聲音太過悲愴，臉上的神情更是淒惶，完全不像上次所見到的樣子，她的心莫名地揪緊了。

踏過小院內濕漉漉的地面，來到外屋坐下。狄仁傑舉目環顧，四壁的天藍色靜謐而安詳，後窗下的神案上，琉璃香爐中裊裊的檀香消解著溽暑的悶濁之氣。夕陽最後的一抹餘暉，被天山之巔的冰峰折射而下，穿過敞開的窗戶，正投在神案中央的黃金五星上，光華奪目。

裴素雲雙手奉上一只潔白瑩潤的瓷杯：「狄大人，請用茶。」

「哦，好。」狄仁傑端起來喝了一口，微微點頭問，「這是……」

「這是冰鎮的奶茶，庭州人夏天喝的，也不知道您喝不喝得慣？」

「啊，不錯，很好喝嘛。」狄仁傑擱下瓷杯，端詳著裴素雲道：「老夫今天來，是特意來謝謝伊都干。」

「謝我？」

「嗯，伊都干的神水良方已令庭州擺脫了疫病的威脅，病人也都得到了妥善救治，伊都干厥功甚偉啊。」

裴素雲避開狄仁傑的目光，輕聲道：「素雲此舉不過是回報救子之恩，談不上什麼功勞，狄大人更不必言謝。」

狄仁傑一聲長歎：「你在一個多月前就把神水配方寫給了袁從英，那時候並不能肯定他會救你的孩子吧？」

裴素雲愣住了，半晌，才苦澀地道：「狄大人，現在提這些只會讓素雲感到羞辱，求您……就放過我吧。」

狄仁傑搖頭，語調竟比她還要苦澀：「看來老夫除了道謝，還應該向你道歉。」

「狄大人！」裴素雲驚得直勾勾盯住狄仁傑。

狄仁傑擺了擺手，沒有再說下去。

沉默片刻，狄仁傑又道：「素雲啊，老夫這兩天才聽說，你的先祖原來是三朝名臣裴矩先生。哦，你們裴氏現就有位裴朝岩大人，與老夫同朝為官，任的是國子司業，他與你是否近親？」

裴素雲淡淡地道：「回狄大人，這位裴朝岩大人算是素雲的堂兄。」

「哦，原來是這樣？那素雲為什麼不去投奔他，反要獨自流落在這邊陲之地？這樣的生活太過孤苦了，也不符合河東聞喜裴氏的氏族身分啊。」

裴素雲的唇邊勾起一抹譏諷的笑意：「狄大人，素雲只是庭州的薩滿女巫，聞喜裴氏的氏族身分與我沒有任何瓜葛。至於素雲為何要留在庭州……能說的不能說的，我都已經對人說過一遍，不想再說第二遍了。」衝動地一口氣說完，裴素雲才意識到自己語氣中的不恭，抬眼看去，金色夕陽下狄仁傑的鬢髮如雪，她頓感愧疚，囁嚅道：「狄大人，你是想問伊柏泰的事情嗎？他……袁從英沒有告訴您嗎？其實他都知道的。」

狄仁傑突然厲聲叱問：「那他知不知道該如何從沉沒於黃沙之下的伊柏泰逃生？你當初有沒有告訴他這樣的辦法？」

裴素雲驚駭得瞪圓了雙目：「狄大人？素雲、素雲不明白您的意思？」

「咳！」狄仁傑歎息著閉上眼睛，一字一頓地道：「你的孩子安兒是韓斌帶出沙陀磧的，從英……當時被困在了伊柏泰裡面，是他將安兒託給了韓斌。待突騎施的烏質勒王子和瀚海軍趕到的時候，伊柏泰已經埋於沙地之下了。」

在炎熱的夏夜裡裴素雲突感寒氣徹骨：「我不明白？怎麼會這樣？……他、他應該和安兒一起回來的啊……伊柏泰埋在沙下？不！」她幾乎尖叫起來。

「是的，整個伊柏泰都沉到了沙海之下！」狄仁傑死死地盯著裴素雲，連連逼問：「你說，為什麼會這樣？景暉告訴我說沙下有個巨大的監獄，但是現在所有地上的房屋和出口都塌陷在沙中，怎麼會出現這種情形？你所掌握的秘密中，有沒有造成這種現象的原因？另外據我所料，突騎施敕鐸可汗所率兵丁絕大部分也已埋入沙下。但這些不重要，都不重要……」狄仁傑的嗓子哽住了，他全力鎮靜，也難以扼制話音的顫抖，「最重要的是，你說從英，他還有逃生的機會嗎？」

裴素雲伏倒在桌上，無聲無息地過了很久，才又抬起頭來，臉上並沒有淚：「狄大人，你們找過他嗎？」

狄仁傑長歎一聲：「當然，只是……到現在還沒有找到。不過我會命人一直找下去的。老夫知道，伊柏泰是你們裴家世代相傳的秘密，我不勉強你說出來。今天老夫親自前來，只是想請你幫忙指點，看看你還有沒有什麼別的辦法。」

「狄大人！」裴素雲輕喚一聲，恍恍惚惚地道：「伊柏泰已沉入地下，所有的秘密也就不復存在了。伊柏泰就像枷鎖，套在我的身上好多年，我從來沒有想到過，它竟然會這樣就消失了。這一切真像是場夢啊，一場我做了半生的噩夢，今天終於夢醒了。可是，我卻已經失去了太多太多……」她淚眼婆娑地望著狄仁傑，「今後，我該為了什麼活下去？」

狄仁傑微微頷首：「我想，至少為了你的孩子，你也必須活下去。」他緩緩地站起身來，疲憊的目光落在裴素雲的身上，像一個老父親在撫慰傷心的女兒，「不要著急，假如一時想不出什麼線索，也沒有關係。老夫已經拜托了烏質勒王子，在老夫離開庭州以後，繼續尋找從英。你如果想到什麼，都可以去告訴烏質勒，他會盡力的。」

裴素雲茫然地問：「狄大人，您要走了嗎？」

「是啊。聖命在身，不能久留。庭州局勢寧定，老夫便要啟程返回洛陽了，朝中還有太多的事情要做。」

在院門口站下，狄仁傑對裴素雲親切囑咐：「素雲啊，既然伊柏泰已毀，你若是想離開庭州，我倒可以為你去向裴朝岩大人說一說，我想，他必不願讓裴氏宗族流落在外。」

裴素雲對狄仁傑深深一拜：「狄大人，素雲感謝您的好心。素雲過去的確想離開庭州，但總有各種各樣的約束和畏懼。而如今，雖然那些都沒有了，離開的理由卻也不存在了。狄大人，素雲哪裡都不去，普天之下，只有此處才是素雲的家。」

狄仁傑緩步走到巷口，沈槐攙扶著他登上馬車。回首望去，裴素雲依然站在院門前，黑貓哈比比熒熒的綠眼，在她腳邊的暗影中轉過來繞過去。黑夜降臨，裴素雲全身素白的纖細身姿，在越來越濃的暮色中閃耀出神秘奇異的銀色光芒。

「沈槐啊，我們現在去沙陀磧看一看。」

「啊？大人，現在嗎？」

「是的，現在。」

沈槐不再說話，默默地趕起馬車。狄仁傑輕輕拍了拍縮在馬車後座上的韓斌，微笑道：「斌兒，等急了吧？我們現在就去沙陀磧。你呀，真的不想再見一見小安兒嗎？他可是你救出來的啊。」

韓斌搖搖頭，把腦袋探向車窗外，兩隻晶亮的眼睛一眨不眨地注視著夜空。第二次從沙陀磧回來以後，他就變成了這個樣子。前一次是想說話說不出來，現在卻更像是這孩子自己選擇了沉默。為了弄明白在伊柏泰究竟發生了什麼，狄仁傑又試過讓他點頭、搖頭或者寫字，但是韓斌卻一概置之不理了。有些記憶太過珍貴，他將它們全部深鎖在心底，從此再沒有人能夠開啟。

馬車駛離庭州城，在鄉野小道上穩穩前行，沈槐趕車趕得很耐心，他心裡很清楚，這時候不需要著急。沉默許久，狄仁傑悠悠地招呼道：「沈槐啊，你還記不記得那天我們離開神仙鎮，往庭州趕來時談過的話？」

「大人，您是指？」

「關於兒女情長，英雄氣短。」

沈槐困惑地回頭：「大人，您的意思是？」

狄仁傑微笑著指了指前方：「看好前面。」

「噢！」又過了一會兒，沈槐才聽到身後傳來深沉的話語：「從看到武重規的書信開始，我就沒有一刻相信過那所謂的私情，我認定它要麼是誹謗、要麼就是欺騙。不過今天，我相信它是真的了。」

沈槐遲疑了一下，低聲道：「大人，要讓您相信可太不容易了。」

「唔，你說什麼？」狄仁傑似乎沒有聽清，追問道。

「哦，我、我沒有說什麼。」

狄仁傑望著車前那挺拔的背影，會心地微笑了。少頃，他歎息著道：「懷疑讓人保持警惕，相信卻令人感到慰藉。今天，我就多多少少感到了一絲欣慰。沈槐啊，你是對的……人應該更多地去相信。」

馬車停在沙陀磧的邊緣。沈槐等在車邊，狄仁傑牽著韓斌的手，一腳深一腳淺地走進沙漠。從這裡還看不到沙丘的疊嶂身影，在他們的面前，只有夜空與沙海在地平線的盡頭匯集，黛藍與墨黑的交接處，是璀璨壯美的星河。

走了一段，韓斌站住了不肯再往前。狄仁傑回頭張望，馬車還隱約可見，便點頭道：「好吧，聽你的。我們就走到這裡。」深深地吸一口充滿沙塵的熱風，狄仁傑仰起頭，彷彿覺得自己日漸衰老的軀體中，又被注入了煥然的生機。遼遠曠渺的天地此刻正安撫他疲倦的身心，為他帶來長久未得的寧靜。他不禁深深感歎，在這裡，生的歡悅和死的悲慟都顯得多麼無足輕重，在這裡，生與死已合二為一，殊途同歸。

狄仁傑感覺到韓斌在扯自己的衣襟，便低下頭，憐愛地撫摸著韓斌的腦袋，微笑道：「斌兒，過兩日你就要隨大人爺爺回洛陽去了。這沙陀磧，大人爺爺以後是再沒機會來了。不過你要是喜歡這裡，等長大了以後還能再來。你還想來嗎？」

韓斌眨了眨眼睛，重重地點頭。

狄仁傑遙望星空，沉聲道：「斌兒，曾經有一位大英雄，寫過這樣的詩句『對酒當歌，人生幾何？譬如朝露，去日苦多』，他說的是人生的短促，就像早上的露水，太陽一出就消失了。其實，人生也如這遍野沙塵，隨風吹散，是最輕飄最無常的。但是他又寫道：『青青子衿，悠悠我心。但為君故，沉吟至今。』斌兒，你要記住這些詩句，如露似塵的人生正因為這幾句詩才有了不同，才有了意義。」

韓斌似懂非懂地睜大眼睛，又扯了扯狄仁傑的衣襟。狄仁傑彎下腰來：「怎麼了？」

韓斌伸出手，輕輕地為他拭去不知不覺中已落滿面頰的淚水。

三天之後，狄仁傑離開庭州踏上歸途。庭州百姓交口稱頌安撫使大人令庭州城擺脫疫病之危，夾道相送的人群綿延到城外數十里。

也就在當天，梅迎春派出的日夜不停搜索沙陀磧的人馬，抓到了幾名傷痕累累、狼狽不堪的突騎施士兵。經過嚴刑審問，梅迎春終於從他們的嘴裡了解到了伊柏泰被焚毀的全部經過。更重要的是，梅迎春得知：敕鐸也已被燒死在了暗河的烈火之中。梅迎春當即決定，集結手中全部的力量，發兵碎葉，他終於要去實現自己醞釀多年的宏偉計劃了！

第八章 久視

前突厥猖狂，與兵犯境。瓜、肅、沙遭襲，伊、庭震動，隴右危殆。蹄音已至而百姓慄慄，將令不傳而士卒惴惴。

余本老邁，不堪大用。陛下專信，除隴右道安撫使。王命及身，不敢有負。每思及此，中夜驚悚，但懼非所託者也。報國之心猶存，七秩之身已衰。君囑殷殷，在耳切切，乃奮此殘軀，雖年高而不敢辭；雖路遙而不敢退；雖暑長而不敢避。萬里周轉，月餘奔波，終畢其功。弓騎所出，群賊辟易；王旗所向，宵小懾服。狼子野心，還歸鏡花水月；老謀深算，皆付逝水東流。

庭州刺史錢歸南，早私通默啜。僅以財故，罔顧大周。偽造匪患，暗製兵器。戰事起時，更開門揖盜，引施敕鐸入庭境，調瀚海軍至伊邊，欲讓庭州於默啜也。此等喪心病狂之舉，自高祖朝始未之有也。所幸當今天子英明，天下歸心。縱有一二跳梁，終為擒伏。首惡錢歸南、從惡伊州長史杜灝等伏誅。

而忠臣義士，雖身處危局，英勇果決，前赴後繼。肅州刺史崔興以下，克敵竟功，兵部應另有呈報，不於此細述。臣所見者，原瀚海軍旅正高達，前有送急報入京，後有飛奪瓜州烽火台，可謂勝局之眼成於其矣，功莫大焉。又有余子景暉，服流西北，巧得大食奇藥數種。適逢庭州瘟疫，傾其所有，救軍民無數，其功雖親不可沒也。伏請陛下恩賞。

庭州之亂，險如千鈞繫於一髮。主官叛，外敵侵，民受瘟疫之苦，軍受亂命之累。誠所謂巨岩壓於虛卵，一旦傾覆，隴右糜爛。當此岌岌之危，有突騎施王子烏質勒振作而起，率所部抵禦敕鐸，終於沙陀磧擊潰之。若無此人忠義，王師之勝雖必，時日或將遷遠，積重或將難返矣。突騎施部自敕鐸登酋長位，親突厥而遠大周，不臣之心日久，致西北重陲碎葉孤懸。今烏質勒反正，請命收復碎葉。

人曰五步之內，必有芳草，今乃知一族之下，必有忠臣。此實乃聖上之德被於四海，日月之輝及於宇內。臣不勝欣喜，因上表具奏，請嘉其忠勇以楷模，授其官職以正名。

臣狄仁傑再拜頓首。

武則天長吁口氣，輕輕放下手中的絲絹奏本，狄仁傑這篇發自庭州的奏章她已經不知道讀了多少遍，但每讀一次仍覺心潮湧動，熱血澎湃，似乎攻城略地的男兒豪情也將她這老嫗的身心點燃了。最近半個月來，前線捷報頻傳，但她就是不敢輕言勝利，甚至害怕在太宗和高宗的像前駐足片刻。她怕啊，怕自己真如世人所詬病的那樣武功羸弱，難以守住「天子」的無上榮耀，即使到了另一個世界，也要被那兩個男人所譴責。兩個月寢食難安的日子裡，武則天常常會想到死亡，她萬分討厭這樣的思緒卻又無法擺脫，這時候她才感覺到自己的無能和虛弱，不論是此刻還是身後的種種，原來她都遠遠沒有安排妥當。

萬幸老天仍然是庇護她的。昨天夜間，當內侍將狄懷英的這封奏章送到她的案前時，武則天幾乎不能克制雙手的顫抖。她似乎從來沒有這麼膽怯過，她不敢揣測這奏章裡面所陳述的究竟是好消息還是壞消息，她只知道，那一定是最真實的消息……

現在，一切都過去了。坐在午後的觀風閣內，回味著剛剛遠去的煎熬，彷彿也成了一種莫大的享受。身邊有宮女輕搖團扇送來的習習涼風，暑熱並不灼人，只帶來些微倦怠和困乏，耳邊陣陣響亮的蟬鳴，越發襯托出周遭無聲的寂靜。看吧，這整個上陽宮，不，是這普天之下，仍然都俯仰於她的意志。武則天斜倚在靠墊上，又一次拿起狄仁傑的奏本，涼涼的綢衫劃過肌膚，鮮活地勾勒出生命之美，死的恐懼在輕盈流轉的日光中顯得那麼空泛無稽。

武則天思忖著又把奏本放下，不需要再讀，差不多都可以倒背如流了：「……乃奮此殘軀，雖年高而不敢辭；雖路遙而不敢退；雖暑長而不敢避。萬里周轉，月餘奔波……」狄懷英這老家伙，武則天含著微笑想，比朕還小好幾歲，說話的口氣就如此倚老賣老，不過是想要朕感念他的忠誠、體諒他的苦衷罷了。自古賢臣多是這個德行，個個弄得跟屈原似的，就差投汨羅江以明心志了。當然狄懷英比之那些以忠挾上的所謂義臣賢良要高明太多，這越差，還真是辛苦他了……

一陣清麗悠揚的簫聲打斷武則天的浮想聯翩，她懶洋洋地抬起眼皮，那簫聲自觀風閣下谷、洛二水匯集而成的玉液池中傳來。輕風拂動滿池白蓮，蓮葉田田，隨風舞起碧色的波濤，托出朵朵潔白的蓮花，亦隨之娉婷搖擺，竟好像在應和那仙樂般的簫聲。

武則天會意地微笑，注目蓮濤深處，果然一葉扁舟悄然浮水而出，船頭和船尾各坐一名白衣飄飄的青年男子。船首之人執簫吹奏，船尾之人輕搖木槳，雪白的衣衫和姣好的容顏，與白蓮交相輝映，看得人不覺心醉神癡。武則天點了點頭，輕聲歎息道：「這麼看起來，還真是畫中人、蓮之仙了。」

船上的兩位心有靈犀，隨著武則天的感歎，船首緩緩轉向，朝觀風閣而來。船首之人越發興起，搖搖晃晃地站起身來，似要弄簫起舞，誰料船身突然左右搖擺，他穩不住身形，竟然「撲通」一聲落入蓮池。

武則天在觀風閣上看得分明，不由探頭輕呼：「哎喲！」卻見落水的張昌宗已經被張易之伸手拽了上來。此時小舟恰好靠岸，兩人沿著觀風閣下的石階匆匆跑上。那張昌宗全身都滴著水，活脫脫一個落湯雞的模樣，武則天一見之下忍不住縱聲大笑。

張昌宗氣得俊臉飛紅，跺腳嘛嘴地抱怨：「好你個五郎，你欺負人啊！騙我站起，自己卻故意蕩動船身。陛下！」

張易之倒很坦然，姍姍落座在武則天身邊的鳳藿席上，笑道：「我騙你你就信啊，活該！」

武則天好不容易止住笑，揚手捏了下張易之的臉：「朕看得真切，是你欺負六郎。」

張易之撇一撇嘴，又諂媚地道：「陛下！我們還不是為了讓您開心。多少天沒聽您那麼暢快地笑了，再說了……」

他指了指正往下扒濕衣服的張昌宗：「這大熱天的，他沾沾水還清涼不是？」

張昌宗本來還在猶豫，聽張易之這麼一說，便乾脆俐落地把身上的白色絲袍整個褪下，赤條條地站到觀風閣前，閉目呻吟：「嗯，這小風兒吹得真舒服。」

武則天的目光拂過張昌宗凝脂般的玉色肌膚，好像能看透流動在肌膚之下的血液，這血裡充滿年輕人的活力和欲望，帶給她青春的錯覺、永生的幻象，是如今的她一時一刻都離不了的啊……武則天朝等在旁邊的內侍抬了抬手，內侍忙將乾淨的絲袍披在張昌宗的身上。

張昌宗聳了聳肩，「阿嚏！」他大聲打了個噴嚏，也在武則天的身邊依偎著坐下，嘴裡兀自嘟囔著：「陛下！臣聽說西域有種奇異的織物，水浸不濕、火燒不爛，用它做成的袍子穿在身上柔若無物，夏則透氣滑爽、冬則溫暖禦寒，臣想向陛下求這麼一件袍子呢！」

武則天撫著他解開的黑髮，微微擰眉道：「唔，你說的這東西朕倒似乎也聽說過，只是從來沒見過啊。」

張易之搖頭笑道：「陛下，您別聽六郎胡鬧。就是有這樣好的袍子，以他那性子恐怕也是玩過三天就扔了。您什麼時候見過他同一件袍子穿三回的？還從冬穿到夏……得了吧。」

張昌宗惡狠狠地瞪了張易之一眼，仍然不肯罷休：「陛下，其實六郎的袍子是小事，六郎心裡面想的，就是用這奇物給陛下織一頂帳子，陛下睡在裡頭保管香甜。」

武則天還未開口，張易之又搶道：「那帳子裡頭還不是陛下與你一塊兒睡……」

武則天再度被逗得開懷大笑，直笑得眼淚都迸了出來。張昌宗撲過去給她捶背，武則天緩著氣道：「你們這兩個小鬼頭啊……五郎，我只罵你，這些話肯定都是你想出來的！」

張易之捶胸頓足：「臣冤枉啊！臣平日裡雖然促狹些，但卻是個勞碌命。哪像六郎，成天盡琢磨些享受的玩意兒。」

武則天點頭歎息：「活到朕這個歲數，才知道人這一生，可以享受的時間太短暫，真應該及時行樂啊。唔，你們說的這東西，朕倒也有些興趣了，只不知如何去尋，宮裡頭肯定是沒有的。」

張易之轉著眼珠道：「如果真是西域的寶貝，莫不如去問問鴻臚寺？他們那裡不是存著各國的貢品嗎？就算他們眼下沒有，估計也知道詳細的來歷。」

「鴻臚寺？」武則天若有所思地重複了一句，隨即笑道：「五郎啊，既然如此，這事兒可就交給你了。朕的口諭，由你代表朕去鴻臚寺尋覓寶物。」

「是！五郎一定不辱聖命！」張易之痛快地答應著，與張昌宗眼神交錯，兩人都不約而同地悄悄鬆了口氣。

張昌宗伸手挽起被水打濕的頭髮，動作大了些，寬袍大袖掠過桌面，狄仁傑的奏章被一帶而下。武則天微嗔：「六郎，小心點兒。」

內侍悄無聲息地撿起奏章重新擺好，張易之探了探腦袋，訕笑道：「陛下，這奏章您都看了多少遍了，真有那麼好看嗎？」

武則天盯著他瞧了瞧，一指奏章：「好看不好看，你看看不就知道了？」

張易之媚笑著撿起奏章：「那臣可就看咯。」

「看吧。」

張易之這才小心翼翼地打開絲絹奏本，看得全神貫注，臉色亦隨之陰晴不定。少頃，他放下奏章，似乎還在回味，就聽武則天冷冰冰地問道：「怎麼？看完了？」

張易之打了個激靈，忙換上一臉春色，故作瀟灑地道：「嗯，我說呢，原來是狄仁傑這老傢伙表功啊。哼，這幫老東西成天價說什麼為了社稷為了陛下，肝腦塗地死而後已，可真要幹了點兒活，表起功邀起賞還真不含糊！」

武則天沉著臉駁斥：「賞罰有度本屬帝王之術，作為臣子據實以奏是履行本分，沒什麼好大驚小怪的！」

張昌宗此刻正小鳥依人般地靠在武則天的膝旁，聽到個「賞」字，起了好奇心：「咦？陛下，您打算賞什麼給狄國老啊？」

武則天稍微和緩了神色，從內侍手中接過玉簪，替張昌宗插在剛挽好的髮髻上，笑問：「你說呢？」

張昌宗翻起白眼：「他已經是同平章事了，官沒得可升，那就只能賞田、賞宅子、賞銀子？」

武則天意味深長地搖頭：「狄仁傑為官清正、胸懷社稷，田宅銀兩對他恐怕沒有什麼吸引力。」

張昌宗鼻子裡出氣，滿臉的不屑。張易之觀察著武則天重放晴光的面容，討好地道：「陛下，狄國老想要什麼樣的賞賜，他自己在這奏章裡面都寫明了，陛下何不順水推舟？」

「哦？你倒說說看，他想要什麼？」

張易之半躬下身子，指著奏章道：「這不是嗎？『又有余子景暉，服流西北，巧得大食奇藥數種。適逢庭州瘟疫，傾其所有，救軍民無數，其功雖親不可沒也，伏請陛下恩賞。』呵呵，狄國老還真是論功不避親啊。」

武則天輕歎一聲：「這就是狄仁傑的作風，真正稱得上光明磊落。憐惜子嗣乃人之常情，他也這麼大歲數了，狄景暉是他最小的兒子，想必最為鍾愛。去年并州案發，朕見他就是一副肝腸寸斷的樣子。這次隴右道戰事，他不顧年老體衰，奮古稀之軀行程數萬里，於公當然是為了大周安危，於私恐怕也是為了這個兒子吧。」

張易之附和道：「那也是陛下仁慈，不計較他暗藏私心，反而體諒他。那麼……」他猶豫了一下，追問，「陛下打算怎麼獎賞這個狄景暉呢？」

武則天沉吟片刻，面露微笑道：「狄仁傑啊，這回朕要給你一個大大的恩典。」

張氏兄弟醋意十足地交換了下眼神，卻也都很識趣地沒有說話。少頃，張易之按捺不住又問：「聖上，狄國老這奏章裡還提到的崔興等大人戰功，您又準備如何嘉獎呢？」

「哦，這些朕已交給姚崇，讓兵部和吏部一起擬個奏議出來，庭州刺史的缺、瀚海軍上下空出來的官職，還有狄國老提到的那個什麼姓高的旅正，讓他們一併都考慮了。」

「陛下英明！」兩個男人異口同聲地稱頌，伴隨一陣響亮的蟬鳴，擊碎夏日午後的悶熱。武則天不覺精神一振，俯瞰觀風閣下的綠水碧潭、幽廊修竹、殿宇宮牆、雲蒸霞蔚，俱在明麗的日光下熠熠生輝，祥和寧靜卻又氣象萬千，令她從心底油然而生出自豪感來。

張易之仔細觀察武則天的神色，知道她此刻心情上佳，便壯起膽子道：「陛下，臣看狄國老的這封奏章，就是有一處不太明白。」

武則天饒有興致地端詳著他鼻尖的薄汗，淡淡地問：「唔，你說哪裡不明白？」

張易之咽了口唾沫：「陛下，前幾日武重規大人的奏報臣也看了，與狄國老的這份奏陳兩相比較，二位大人在突騎施王子烏質勒的行為上，描述多有差異啊。」

「嗯，」武則天微微頷首，「那麼你認為，朕該採信誰的說法呢？」

「這……」張易之的額頭上也冒出了汗珠，心中著實忐忑卻又不願坐失良機，於是他字斟句酌地道：「陛下，臣覺得似乎還是高平郡王的奏陳更可信。」

「哦，說說理由。」

「陛下，首先看烏質勒，他既出生蠻夷，自然就遠大周而近突厥。那突騎施部又非天朝羈縻的正統姓氏，如今建牙碎葉，部落酋長敕鐸自封可汗，也是東突厥默啜支持的。烏質勒一旦繼承部落領袖的位置，就是個可汗，又何必轉投大周，求一個都督的封號，再說他為別姓，能不能封到都督都還是個問題。因此臣以為，烏質勒背突厥向大周的可能不大。」

武則天冷笑：「五郎，你這番理由看似充分，卻忘記了一個關鍵。」

「什麼關鍵？」

武則天輕哼一聲：「突騎施老酋長死後，烏質勒是他的長子卻未能繼位，反讓敕鐸當上了個什麼勞什子的可汗，又有默啜的支持，你說烏質勒的心中會痛快嗎？再說，敕鐸自己也有兒子，烏質勒怎麼能肯定敕鐸死後，部落領袖的位置就一定落到自己頭上？假如你是烏質勒，你會甘心眼巴巴等著那懸於半空的繼承權？每時每刻還要擔心自己被敕鐸和他的兒子們除之後快？還是乾脆轉投大周，借大周之力乾脆俐落地奪取突騎施的統治？你看狄國老所奏『今烏質勒反正，請命收復碎葉』，顯然就是這個意思。」

張易之張口結舌，無言以對。

武則天瞥了瞥他漲紅的臉，安撫道：「五郎看不透這層也很自然，你雖然機靈，為人還是單純的。哪裡懂這些殘酷詭詐的皇權爭奪。」

張昌宗湊趣地把頭伏在武則天的懷中，含混不清地嘟囔：「說的就是嘛。我們本來就不懂這些，陛下，您可得多教著我們些，要不然……」他抬起頭，向武則天投去濕漉漉的眼神，做出副欲言又止的可憐模樣。

武則天心有所動，輕撫著張昌宗的肩膀歎道：「唉，只要有朕在，你們便不用擔心。」

張易之到底不甘心，憤憤地又開口了：「陛下，就算烏質勒像您說的那樣，可武大人所奏袁從英叛國投敵之罪又是怎麼回事呢？尤其怪異的是，狄國老的這份奏章，把整個戰事都解釋了一遍，為什麼偏偏對袁從英隻字不提？這也未免太奇怪了吧？莫非有什麼難言之隱？」

「難言之隱？」武則天思忖著，眼中突現鄙夷的冷光，「那袁從英是什麼東西？也值得你們再三嘮叨！」

張易之愣了愣，拿不準武則天的意思，便只垂首沉默。少頃，頭頂上響起武則天陰沉的話語：「袁從英，不過是一個被貶戍邊的七品校尉，他能掀起什麼大風浪來？一無權勢二無兵馬，他叛國投敵，誰又會理他？如此種種的罪責加在袁從英身上，不過是暗指狄國老。狄仁傑不替袁從英辯白，其實就是不替他自己辯白，因為事實勝於雄辯，辯無可辯！」

張易之硬著頭皮又憋出一句：「那總不成還要為了袁從英私傳軍報、奸妍人婦而嘉獎他吧？」

武則天微微一怔，隨即朗聲大笑：「你呀，你以為人人都像你這麼小心眼？狄國老的奏章裡，哪有一句替袁從英邀功請賞的詞句？既然狄國老都不提了，你們也就噤聲吧。」

兩個男人果然乖乖地噤了聲，可惜滿園夏蟬並不理會女皇的無上尊嚴，仍然顧自放聲高歌。

武則天舉手按上奏章華麗的絲絹封面，心中百般滋味，悲喜難言。一陣清風吹過，蕩起玉液池中碧玉般的漣漪，武則天振作精神，聚起豪情，揚聲道：「狄國老忠義可嘉，功在社稷，朕心甚慰啊！朕已決定，在七月初一狄國老返回神都之日，親自出城相迎。到時，我大周君臣將與全洛陽的百姓共同慶賀這來之不易的勝利，共祝大周之昌盛！」

前線勝利的消息很快傳遍了神都各處，但對於大部分的洛陽百姓來說，感覺並不強烈。畢竟隴右道遠在西北邊陲，那裡的戰事對神都的生活產生不了實質的影響，唯有趕本次制科考試的考生們真是喜出望外，終於有了盼頭。

原定在五月中舉行的制科考試，就是因為隴右道突發戰事而被無限期地押後，主考官狄仁傑大人到前線去當安撫使，假如戰事吃緊曠日持久，制科考試被迫取消都未可知。這些從天南海北聚攏到洛陽的考生們聞聽消息，當時都傻了眼。趕一次考可不是件輕鬆的事情。從遠離都城的各地來到洛陽，路途之上一走好幾個月，顛沛辛苦自不待言，進京以後住店、報名、行卷、訪友，吃喝拉撒，哪一樣不要花錢。不少貧窮的考生甚至舉債趕考，朝廷一句考試延期，諸考生們是進也不得退又不能，銀子像水一般地流出去，滿腹學問不得施展，還連個盼頭都沒有，簡直快郁悶死了。

總算是守得雲開見日出，隨著洛陽的盛夏漸入佳境，考生們盼來了前線勝利的消息。主考官狄仁傑大人在前線平定突厥、立下赫赫戰功，已經在班師回朝的路上，不日即將抵京。吏部選院傳出消息，聖上重新定下考試日期，就在八月初一。所有報過名的考生需盡快到吏部選院重新核准名單，以確認考試資格。

蕭條了一段時間的天津橋東側變本加厲地熱鬧了起來。前段時間，很多考生為了省錢都搬出了洛水兩岸的豪華客棧，蟄伏在洛陽各處簡陋的小館驛中，現在隨著考期臨近，又都陸續回遷。選院附近的茶樓、酒肆也重新被躊躇滿志的考生們佔據，更因為前兩個月壓抑和無望的等待，人人都顯得比之前愈加亢奮，充滿迎戰前的激情。

這幾天，何淑貞每天一大早就來到天津橋旁守著，在烈日下站上一整天，兩隻昏花老眼不肯放過任何一名來往的考生。沈槐不在洛陽，何淑貞的膽子也大了不少，早出晚歸地尋找兒子，沈珺自然不會說半個不字。何淑貞想要找到楊霖的願望比往日還要迫切，因為她心中所包藏的秘密，已漸漸讓她意識到危險的逼近。

「大娘？您……是何大娘？」何淑貞正被烈日曬得頭昏眼花，乍一聽這聲招呼，愣是沒有認出面前那滿臉油汗的小胖子。小胖子倒是確認了自己的判斷，抬高聲音又叫：「何大娘！您眼花了吧？哈哈，在下趙銘鈺啊。大娘一向可好？怎麼，您陪楊霖兄一塊兒來神都趕考？」

「楊霖？」何淑貞猶如五雷轟頂，一把抓住趙銘鈺的衣襟，尖聲叫道：「趙……趙公子，你知道我家霖兒在哪裡嗎，他在哪裡啊？」

趙銘鈺給搞得全無頭緒，再看周圍的人們都在朝他二人瞧，忙把何淑貞往天津橋下拉，嘴裡安慰著：「何大娘，您別著急，有話慢慢說。」

在路邊的一個茶棚之下，趙銘鈺請何淑貞坐下，又要了兩碗茶，才聽何淑貞將進京尋子的經過大概說了一遍。

待何淑貞說完，趙銘鈺詫異地問：「大娘，這麼說來您找了好幾個月都沒找著楊霖兄？」

何淑貞低頭抹淚，趙銘鈺搖頭：「不對啊，我記得兩個多月前曾見過楊霖兄，就在這附近！」

「真的？」何淑貞緊張得臉色煞白，顫抖著聲音問：「趙公子，你真的見過我兒？他……他怎麼樣？」

趙銘鈺緊鎖雙眉：「當時他不肯相認，但在下看得分明，絕對不會錯，就是他！而且，他當時還和一個當官兒的在一處。哦，記得當時別人告訴我說那是狄仁傑大人的侍衛武官，好像姓……沈？」

「沈？」何淑貞驚呆了。

「嗯。」趙銘鈺兀自喋喋，「我當時還以為楊霖兄許是攀上高枝了，才不肯理人，如今看來倒像另有緣故了……」

何淑貞的腦袋徹底混亂了：「怎麼回事，這到底是怎麼回事？霖兒……」她瞪著雙驚恐的眼睛，腦海裡晃動的全是沈槐那張鐵板的面孔，「怎麼辦？我該怎麼辦？」

趙銘鈺看著何淑貞憔悴慌亂的樣子，心中煞是不忍，便勸道：「大娘，您先別太著急，咱們再想想辦法。您看，假如我上回遇到的確實是楊霖兄，那麼說明：第一，他人在洛陽；第二，他也報名參考了。有了這兩樣，我想找到他還是有希望的。」

何淑貞老淚縱橫，懇求道：「趙公子，老身此刻已完全亂了方寸，還請趙公子幫忙想想辦法，老身、老身給您下跪了！」

她說著就往椅子下滑，嚇得趙銘鈺屈膝相攙，連聲道：「大娘您千萬別這樣，折殺小生了。」

冥思苦想了片刻，趙銘鈺臉上放起光來，對何淑貞道：「何大娘，我想楊霖兄既然已經報名應考，這兩天必定會來核准生員資格。湊巧，在下不才，被推舉成了蘭州考生同鄉會的會長，我這就向吏部選院的長官打個招呼，凡有蘭州來的考生都叫到我這裡來掛個號。這幾天，咱們就一刻不錯地在吏部選院旁邊守株待兔，怎麼也得把楊霖兄給等到！」

許是老天都被何淑貞尋子的苦心所感動，他們只等了一天，就等到了楊霖。

沈槐隨狄仁傑離開洛陽之前，暗中做了些安排。因此楊霖名義上是在狄府讀書應考，實際上仍然被嚴格拘禁著，他自己也不敢造次，更準確地說是無心造次。最初迫於無奈接受的任務，到了今天反而變成楊霖自己執意要去完成的。前些日子和狄仁傑短暫的幾次會面，給楊霖留下了極為深刻的印象，原本充斥於心的恐懼和惶惑，轉變成了對年邁的宰相大人深刻的內疚和同情。在狄府好吃好住的每一天，楊霖都在遭受著良心的譴責，但是還有一種更為強大的動力，驅策著他把卑鄙的勾當繼續下去，那就是對他那受盡磨難的母親的愛和愧悔。匯香茶樓的驚鴻一瞥，讓楊霖知道母親已經趕來洛陽，遠遠地望去，就能看出她又蒼老了許多，楊霖心痛難耐。然而，當時即使沒有沈槐的阻攔，他也一樣不敢與母親相見，楊霖沒臉見自己的娘啊。

這天，楊霖在狄府侍衛的陪同，或者說押解下，來到吏部選院確認了自己的考生資格。本來當即就要返回，負責登記名單的官員看他是蘭州來的考生，便讓他再去一趟選院隔壁的院落報個到，那裡有各地考生組織的同鄉會。選院裡面開了個邊門，可以直接過去。楊霖不覺心念一動，懷著某種模糊的願望，他邁腿跨過了邊門。

母子初一見面，楊霖和何淑貞都有些兒愣神。何淑貞一身僕婦的打扮，兩鬢壓霜，腰背佝僂，比分別前又老了足有十歲。楊霖倒是簇新的水綢文生袍，臉色紅潤，氣色上佳。直待楊霖納頭跪倒，被何淑貞攏入懷中時，母子二人才意識到，他們這次是真的團聚了。

何淑貞看楊霖的樣貌，倒也把心稍放寬了些。楊霖要她先講來洛陽的始末，何淑貞便淌眼抹淚地又說了一通。果然，楊霖一聽到何淑貞如今竟是在沈家幫傭，還曾拜托沈槐尋找自己，驚得幾乎從椅子上蹦起來。倒抽好幾口涼氣，他才從牙齒縫裡憋出話來：「沈槐……真是夠陰險！」

何淑貞注視著兒子的神情，也不覺哆嗦起來，忙問：「霖兒，告訴為娘，你現居何處？聽趙公子說你也和那沈將軍熟識，這、這到底是怎麼回事啊？」

楊霖臉色鐵青，牙齒咬得咯咯直響，好半天才回過神來，對母親擠出個笑容，勉強寬慰道：「娘，您看兒子現在的樣子，不是很好嗎？說來還是……是狄仁傑大人偶爾看到我的文章，非常賞識我的才華，又見我缺少盤纏、吃住窘迫，才好心邀我去他老人家府上居住，溫書迎考。這位狄大人是真心愛惜人才，兒子感愧難當，因此這些天日日夜夜都在狄大人府上拚命讀書呢。」

何淑貞半信半疑：「既然如此，那沈將軍明知道我在找你，為什麼要隱瞞呢？這不是故意為難我們嗎？」

楊霖眼神飄忽，支吾道：「唔，大約沈將軍是擔心我被擾亂了心緒，無法專注讀書吧……呃，娘啊，總之今天咱們也見了面，您也該放心了。時候不早，兒子這就該回狄府了。」

何淑貞扯住楊霖的衣袖不肯放，楊霖苦笑：「娘，兒子現在一切都好，您不知道多少考生想見狄大人一面，為送一篇詩賦上去給他老人家看都要找盡關節呢，兒子苦讀詩書十餘年，遇到這千載難逢的機會，是斷斷要珍惜的。娘，既然那沈小姐待您不錯，您就安心在沈家住著，靜等兒子的好消息吧。」

楊霖抽身要走，何淑貞的眼淚再度奪眶而出，她死攥著楊霖的衣襟：「霖兒，霖兒，你……別急著走，讓娘再看看你。」

楊霖含淚笑道：「娘，您這是幹什麼？八月初一就考試了，等一發榜，兒子就去沈家接您。」何淑貞抬起胳膊拭淚，無奈地點頭。

兩人一前一後走到選院邊門，何淑貞見四下無人，突然壓低聲音問楊霖：「霖兒，你是不是拿了我的那件寶物？」

楊霖大駭，翕動著雙唇卻說不出話。

何淑貞看著他的樣子，也明白了大半，淒慘地歎道：「霖兒啊，娘只問你一句話，那東西還要得回來嗎？」

「能，一定能！」楊霖握緊母親粗糙的雙手，熱淚盈眶地道，「娘你放心，等兒子考完試，一定把那件寶物還給您！」

「考完試？」何淑貞喃喃，「只怕來不及了……」

楊霖不解：「來不及？為什麼？」

「哦，沒什麼，沒什麼……」何淑貞搖頭，輕撫兒子的面頰，「沒事，娘等著。你好好考試，給娘爭氣。」

「娘，我會的。哦，您可別告訴人家和我見了面，對沈小姐也不要說。」

「娘明白。」

從庭州往西穿越沙陀磧，地貌隨之一變，廣袤無垠的大漠和點綴其間的綠洲逐步消失，被連綿起伏的丘陵所取代。與橫亙南北雄渾高峻的天山和金山山脈相比，這片被稱為大楚嶺的丘陵地區位置略低，但層巒疊嶂、山路縱橫，又常常會起莫名其妙的濃霧，穿行其間一不小心就會迷失方向，還容易遭埋伏，絕對是行軍大忌的一塊區域。

烏質勒命令部隊在大楚嶺前紮下營寨，從此地往前再走五百餘里，就是碎葉城了。遙望故園牙城，烏質勒既興奮又緊張，碎葉，凝聚了他太多的愛與恨、失落與夢想。今天，當他真的要展開在頭腦中演習了無數次的復位之戰時，烏質勒卻被莫名的恐慌攫住了心神。

「哈斯勒爾，庭州那裡有消息嗎？」

「沒有，王子殿下。」望著烏質勒緊鎖的雙眉，哈斯勒爾納悶道：「殿下，有什麼問題嗎？」

烏質勒矚目前方，大楚嶺高高低低的山丘一眼望不到頭，乳白色的霧氣詭異地瀰漫在其間。他沉吟道：「哈斯勒爾，從此地往碎葉只需一天一夜了。」

「是啊！」哈斯勒爾按捺不住興奮，「兄弟們都躍躍欲試了。終於能拿下碎葉了！」

「可我總覺得有些不妥。」

「不妥？」烏質勒陰沉著臉道：「從這裡往前到碎葉的道路，俱是山丘相夾的峽谷，最狹窄的地方不過數里，堪稱行兵的要害之地。咱們這次奔襲碎葉，事先未做充分的勘察，多少有些匆促。」

「這……」哈斯勒爾搔了搔頭，「可用兵貴在神速，敕鐸已死，如今碎葉牙帳肯定亂成一團，這樣的時機怎麼能放過呢？況且突騎施的兵力咱們都很清楚，鐵赫爾和敕鐸帶的是其中最精幹的，都是以一當十的勇士，剩下在碎葉的不足萬名，兵員的戰鬥力要差很多，就憑咱們這支隊伍肯定能拿下他們！」

烏質勒雙眉一聳：「哈斯勒爾，你沒聽懂我的意思！你說得沒錯，假如正面作戰，我方必勝。但我所顧慮的，是敵人在從大楚嶺到碎葉的丘陵峽谷中設伏，那樣的話我們就很被動了。」

哈斯勒爾愈加摸不著頭腦了，想了想才道：「王子殿下，不是我說，咱突騎施人什麼時候不是硬碰硬地和人鬥？這種打埋伏設詭計的勾當，突騎施人幹不來啊。何況敕鐸一死，牙帳群龍無首，您那幾位堂兄弟為爭汗位肯定已經打得頭破血流，沒心思想別的吧？」

「不，事情沒那麼簡單。」烏質勒思忖著道，「你所說的這些都是想當然，所謂知己知彼才能戰無不勝，敕鐸雖亡，碎葉牙帳的情況我們卻一無所知，東突厥默啜那裡的動態我們更不清楚，在這種情況下就貿然出擊，是有很大風險的！」

哈斯勒爾垂下腦袋不吭聲了，他跟在烏質勒身邊多年，對王子的雄才大略還是有了解的，要不然他可真要覺得烏質勒謹小慎微、難堪大任了。

「哈斯勒爾，我還在等一個消息。」烏質勒沉默良久，才道：「今晚就在這大楚嶺前駐紮最後一宿，假如明天黎明之前消息還不到，我們就一舉奔襲碎葉，再不回頭！」

這一夜烏質勒始終沒有合過眼，就在天山雪峰被第一縷朝霞染紅時，從庭州方向真的跑來了一匹快馬，馬上是烏質勒特意留在庭州等候消息的阿威。阿威滿面風塵地趕到烏質勒的面前，翻身落馬從懷裡掏出封書信：「王子殿下，蒙丹公主讓我死也要追上您！」

烏質勒將信一把奪過，讀罷他將信在手中捏成一團。面對碎葉的方向，烏質勒瞇起雙目，看了許久許久，終於飛身躍上墨風，高聲喊喝：「兄弟們，碎葉有變，我們不去了！立即撤回庭州！」

返回庭州的路途上，烏質勒的臉色一直暗黑如夜，在隊伍的最前方，他獨自驅馳著墨風，發洩似的在沙陀磧上狂奔。烏質勒心亂如麻，強烈的挫折感令他窒息，更讓他心情沉重的，是孤立無援的恐懼和慌亂。他從來沒有像現在這樣清楚地意識到，僅靠自己一個人，和手下這些悍勇有餘、智計不足的突騎施兵將，是無法完成復國大計的。烏質勒迫切地需要幫手，一個像袁從英這樣有勇有謀、赤膽忠心的幫手！

在沙陀磧的中央地帶，他們又一次經過伊柏泰。經過前段時間風沙不停地吹襲和覆蓋，本來還隱約可見的殘骸被徹底地掩埋在層層黃沙之下，成了大片平坦的沙原。如今踏足伊柏泰之上，已經分毫辨別不出當初的模樣，腳踩在沙地上，也再感覺不到半點起伏。

正是大漠中難得的晴空萬里的好天氣，周圍一絲風都沒有，烏質勒一人一騎，呆呆地在這片萬籟俱寂的原野中央，站立了很長時間。他覺得心酸，更覺得遺憾，袁從英出生入死所創造出的大好機遇，他居然不能好好把握。回味彼時，他幾乎是要挾和逼迫著袁從英做出了為自己效力的承諾，烏質勒痛心疾首，難以自持。他叫來哈斯勒爾，咬牙切齒地再下命令，加強人手，繼續日夜不停地搜索袁從英的蹤跡，不僅要在伊柏泰的周邊，而且要在整個沙陀磧，乃至沙陀磧外的各處草場綠洲，所有的地方尋找！總之，烏質勒發誓，不論付出任何代價，即使掘地三尺也要把袁從英找到，活要見人死要見屍。

庭州城劫後餘生，連空氣中都瀰漫著狂歡的味道。但是對裴素雲來說，周圍五彩斑斕的一切都與她隔絕，無從吸引她的注意，她現在每天只做兩件事情：照顧安兒；向烏質勒和蒙丹打聽袁從英的消息。這天午後，她又來到乾門邸店。

自狄仁傑解除了對烏質勒和其隊伍的拘禁後，和過去一樣，烏質勒將大部隊駐紮在沙陀磧東北方向的大草原上。自己則包下乾門邸店的整個三層，作為在庭州城內的居所。蒙丹和狄景暉也一起住在乾門邸店。幾天前烏質勒帶兵出征，還特意留下一部分人手，讓蒙丹繼續率領著四處尋找袁從英。雖然烏質勒再三表示，一旦有任何發現都會立即通知裴素雲，但裴素雲仍舊每天親自來邸店探問。她來時只在樓下大堂內站立，靜靜地等待烏質勒派阿威去和她說一句日日不變的話，隨後便轉身離去。起初蒙丹、狄景暉還過去和她交談幾句，然而面對面時的傷慟與日俱增，很快就到了椎心刺骨的地步。幾天之後，他們便紛紛避而不見了。

今天的乾門邸店有些異常，裴素雲在樓下大堂內等待許久，看不見一個烏質勒的人，好幾天沒見到阿威了，蒙丹和狄景暉也找不到。她猶豫再三，終於慢慢走向樓梯。乾門邸店的伙計都認識裴素雲，也知道烏質勒對她十分尊重，因此無人阻攔。裴素雲拾級而上，好似騰雲駕霧一般，神思恍惚中已站在三樓的走廊上。

還是和那天一樣，整條狹窄的走廊上沒有半點聲響。面前就是那天的屋子，她抬手徐徐推開房門。屋裡空無一人，陳設一如當初，臨街的窗戶也像那天一般半啟，陽光斜斜投入，窗外炎炎酷暑，屋內淡抹清涼，連木地板上的斑駁都分毫不差。裴素雲的視線模糊了，她將脊背靠上木板壁，微微合起眼睛，耳邊似乎又響起他的腳步聲。她彷彿失去知覺般直挺挺地站著，直到此刻，她才能面對心中最真實的情感，才敢承認，自己愛得有多麼卑微和怯懦。

就是在這裡，在那個漫長的下午，裴素雲將自己發誓用生命保護的家族秘密，幾乎毫無保留地向袁從英坦白。啊，不，她還是保留了一些秘密的，不多，其實也並不重要，只有她自己才知道，這樣做的唯一目的，是為了能有機會再見到他。

十年前，裴夢鶴被藺天機設毒蠱致死，在最後的時刻他向女兒懺悔，悔不該為了達成目的用女兒做誘餌，親手葬送了女兒的幸福。那是個風雨交加的可怕夜晚，奄奄一息的裴夢鶴死命抓住裴素雲的手，爭著最後的一口氣對她說，他們一家為了伊柏泰已經付出了太多，到現在他才明白這一切是多麼的不值得、多麼的虛妄，可是已經太晚了。

「爹爹，女兒一定要為你報仇！」十七歲的裴素雲拚命哭喊著，細弱的聲音被狂風暴雨無情地打散。

「但是素雲，我的女兒，我在這世上唯一的牽掛……」裴夢鶴充滿愛意地撫摸著裴素雲淚水縱橫的臉，斷斷續續地說，「爹爹不需要你報仇……爹爹，只想你得到幸福。」

幸福？哪裡還會有幸福？裴素雲發瘋似的搖頭，她的命運已經注定，再無轉圜的餘地。裴夢鶴的眼神漸漸黯淡，生命之光無可阻擋地迅速飄逝。

「爹爹！」裴素雲撲在他的胸前放聲痛哭。女兒聲嘶力竭的哭喊喚住了在漆黑甬道上疾行的靈魂，裴夢鶴聚集起最後的力量，一個字一個字地說著：「素雲，藺天機是惡人！他一定會惡有惡報的……今後，伊柏泰的秘密就靠你來守著，不要重蹈爹爹的覆轍，伊柏泰的秘密絕不能再落入惡人的手中！」

「可我怎麼才知道誰是惡人，誰是好人，假如又來一個藺天機、兩個藺天機怎麼辦？爹爹，您不要死，不要留女兒一人在這世上……爹爹！」

裴夢鶴的臉上浮現出微笑，他再不理會女兒的悲痛欲絕，語調突然變得欣喜若狂：「素雲，你娘來了，她來接我了。這麼多年我想她想得好苦，今天終於能和她相聚了……」他把目光重新轉回哀哀悲泣的女兒，柔聲勸慰：「素雲，不要害怕……聽爹爹的話，只要找到你真心所愛的人，就把所有的秘密都告訴他。我女兒愛上的……必是最好的人，要相信、相信你的心。但是……」在生命的最後一刻，裴夢鶴的嘴角竟勾起一抹狡黠的笑意：「素雲，一定要讓他也愛上你，讓他為了你留在庭州……與你、與你一起守護伊柏泰的秘密，就像當初、當初……」

裴夢鶴沒有能夠說完這最後一句話，但是裴素雲懂得父親的意思，許多年前，她的曾祖父裴冠就是因為愛上了一位庭州女巫，才在庭州停留並度過餘生，才有了伊柏泰的源起，才有了他們這條血脈，才有了後來所發生的這一切。然而命運和裴素雲開了個多麼大的玩笑啊，當她像父親所說的那樣，終於找到了那個人，終於發現愛情的時候，竟然就是伊柏泰，又把他奪走。

在這個他們相處了整整一下午的屋子裡，裴素雲跪下向薩滿的諸神祈求，將全部的罪責歸諸她，將所有的懲罰降臨於她，將所有的詛咒施加於她，但求神靈保全他的生命，即使今生今世不能再見，只要——讓他活著。

她不知道祈禱了多長時間，突然被一陣嬰兒的哭鬧聲驚擾。裴素雲抬起淚眼，茫然四顧，好半天才聽出，這哭鬧聲就是從隔壁屋傳來的。她下意識地站起身，來到隔壁門前。房門虛掩著，她輕輕一推就開了。裡側牆下的床上，一個幾個月大的嬰兒正在聲嘶力竭地大哭，守在嬰兒身邊的是個粗壯的突厥女人，一見裴素雲就見到救星似的嚷起來：「哎呀，伊都干，你怎麼在這裡？哦，你來得正好，快來瞧瞧這孩子怎麼了？」

裴素雲來到床前一看，微笑了：「天氣太熱，孩子有些滯夏，還長了一身的痱子，怎麼會不鬧？」她認出那突厥女人是烏質勒的馬夫蘇拓的老婆，便問：「這是你的孩子嗎？」

蘇拓娘子搖頭，咧嘴笑道：「才不是呢。我那孩子可沒這麼嬌貴。這是烏質勒王子從中原帶回來的小孩，不知怎麼搞的老生病，特別難養，我都犯愁死了。」

裴素雲也不多問，又摸了摸孩子的額頭，皺眉道：「燒得還挺厲害，給他吃藥了嗎？」

蘇拓娘子手一攤：「還沒顧得請大夫瞧呢。」

裴素雲想了想，在桌邊坐下匆匆寫了張方子，遞給蘇拓娘子：「這裡頭有吃的藥，也有給孩子洗澡擦身的藥，趕緊去買了來吧。」

蘇拓娘子答應著就往外走，又回頭對裴素雲笑道：「伊都干，您要沒事就幫我看一會兒這孩子，我去去就來。」

「嗯，去吧。」

見搭在孩子額頭上的手巾已被捂熱，裴素雲拿到盆裡重新絞了一把，擱回孩子頭上。又把對著床的窗戶開開大，才坐在床邊，輕輕拍打孩子的身體哄他睡覺。聽見身後有動靜，她以為蘇拓娘子又回來了，便頭也不回地問道：「怎麼回來了？忘記了什麼嗎？」沒有回答。裴素雲愣了愣，慢慢扭頭看去，面前站著個陌生的女人。

這女人身材高大，大熱天裡還一絲不苟地穿著全套緊身的對襟錦袍，腰間紮著的幫典（藏族女子身上穿戴之圍裙）五色輝煌，越發顯得蜂腰猿背、鶴勢螂形。只見她臉色黝黑、濃眉大眼，面容看上去已不算年輕，卻別有一種成熟颯爽的風韻。滿頭黑髮烏墨鋥亮，插滿金燦燦的髮飾，金銀雜色的絲條垂下，與頭髮合編成數不清的小辮披在腦後。渾身上下亦掛滿黃澄澄的金飾，行動間流光溢彩，好一派富麗與豪邁交糅的氣度。

裴素雲看得有些兒頭暈，好多天來她夜夜難寐，精神十分萎靡。那女人也在上下打量著裴素雲，此刻見裴素雲坐著不動，似乎對自己沒什麼反應，臉色立時變得不太好看起來，倨傲地劈頭便問：「你是誰？」嗓音低沉，略像男聲，倒也是氣勢十足的。裴素雲回過頭，仍然輕拍床上的小孩，輕聲反問：「你找誰？」

那女人沒料到裴素雲會是這個態度，愣了愣，臉色愈加陰沉，她瞅一眼床上的孩子，又盯著裴素雲蒼白憔悴的容顏，突然冷笑道：「我來找烏質勒王子，你知道他在哪兒嗎？」

裴素雲從容作答：「烏質勒王子幾天前離開庭州出去辦事，至今未歸。不過他的妹妹蒙丹公主在庭州，此刻大約有事出去了，你要是方便，可以等她回來再問。」

那女人又是一聲冷笑：「此處是烏質勒包下的客居之所，便也就是我的家。我怎麼不方便，我當然方便。只是你到現在還沒有回答我，你是誰？在這裡做什麼？」

裴素雲皺了皺眉：「你的家？你是……」

「我是烏質勒的夫人。」

裴素雲吃了一驚，不由得站起身來，一邊細細打量對方，一邊款款施禮：「原來是王妃殿下，恕妾身冒昧了。實在是……此前從未聽說過烏質勒王子還有位夫人，所以有些意外。」

那王妃鼻子裡頭哼了一聲，趾高氣揚地道：「也罷，不知者不罪嘛。現在你總可以說你的姓名了吧？」

「妾身名喚裴素雲，是庭州的薩滿伊都干。」

「哦？你是薩滿？據我所知伊都干通常都是胡人，怎麼你竟是個漢人？」

裴素雲淡淡一笑：「機緣巧合罷了。」

「機緣巧合？」王妃反問，一雙眼睛繼續牢牢盯在裴素雲的臉上，「這烏質勒也真有意思，讓我們母子千里迢迢跑來庭州和他團聚，他自己倒蹤跡全無，家中還有這麼個女……」

她一句話還未說完，樓板咚咚直響，有人高聲喊著：「繆年，繆年！你總算是來了，我在樓下看見娑葛和遮弩了。這兩小子都長這麼大了，快認不出來……」隨著興奮的話音，烏質勒風塵僕僕地一頭撞進屋來，看見屋裡站著兩個女人，不覺愣了愣。

那被稱作繆年的王妃已然搶步上前，喚道：「烏質勒。」

烏質勒抬手攏住她的肩膀，用力按了按，朗聲道：「王妃一向可好啊？」

王妃亦笑答：「好，好得很。你呢？」

「你看呢？」

「嗯，氣色不錯。」四目相對，兩人俱是滿面春風。

裴素雲在旁侷促而立，心中既尷尬又酸楚，幾乎要落下淚來。烏質勒雖與王妃寒暄，眼角的餘光一直在關注裴素雲。由於袁從英的緣故，烏質勒現在對裴素雲是照顧有加，見她不快，連忙招呼：「伊都干，真巧你也在。來，我給你們介紹介紹，這位是我的王妃，吐蕃王都松芒布結之第九女妙吉念央宗，哦，她也有個漢名，叫作繆年，平時伊都干就稱她繆夫人吧，方便些。」

裴素雲勉強笑道：「是，方才素雲已與繆夫人相識了。原來王妃出生吐蕃，失敬。」

烏質勒聞言上下打量繆夫人，笑道：「呵呵，繆年身上有大唐文成公主和親帶去的漢人血脈，所以長得像漢人更多些。從吐蕃的畫像上看，她的樣貌還頗有當初文成公主的神韻呢，只不過更具高原女兒的粗獷。」

裴素雲道：「王子夫婦久別重聚，素雲不敢再打攪，這就告辭了。」

「好，伊都干請走好。」

裴素雲正要向外走，床上的嬰兒爆發出一陣響亮的哭鬧，蘇拓娘子慌裡慌張地一頭撞入，臉熱得通紅，手裡還提著兩大紮藥材。裴素雲想了想，便對烏質勒道：「殿下，這孩子病得不輕，素雲想把他帶去家裡照顧幾天，待病好了再送回來。」

烏質勒驚喜道：「好啊，太好了！烏質勒求之不得呢。」

蘇拓娘子抱起嬰兒，隨裴素雲一起出門，烏質勒殷勤地送到門口，裴素雲突然停下腳步，淒婉地抬眸，眼神中似有千言萬語。烏質勒當然明白她的意思，心下一痛，無奈地搖了搖頭。裴素雲了然，低下頭便走了出去。烏質勒又跟到走廊上，揚聲叫來阿威，囑咐他小心將伊都干送回家。等回進房來，卻見繆夫人似笑非笑地看著自己，神情有些古怪，便隨口問道：「你怎麼了？」

繆夫人陰陽怪氣地道：「烏質勒，你還是那麼熱衷於神鬼之事啊？只是，這回怎麼又對薩滿感起興趣來了？」

烏質勒把臉一沉：「你胡說些什麼。」

繆夫人垂首不語了。

烏質勒背著手在屋裡踱了兩圈，回到繆夫人面前，沉聲道：「繆年，你來得正好，我現在太需要幫手了。你不知道，我剛剛遭遇了一次重大的挫敗！」

「挫敗？」繆夫人大驚失色。

烏質勒緊鎖雙眉，下顎繃得緊緊的，好半天才道：「準確地說是無功而返。唉，我的心裡很不好受啊。謀求了這麼久的大業，剛剛有了點眉目，卻……」

繆夫人伸出手，輕輕撫摸烏質勒堅硬的下顎，眼裡閃耀著熱烈的激情：「烏質勒，烏質勒，我胸懷天下的夫君，我的大英雄！不論發生了什麼，繆年始終相信，失敗二字對烏質勒是沒有任何意義的！過去當你去國流亡的時候是這樣，今天謀求復位的時候也是這樣，以後大展宏圖的時候更是這樣！在繆年的心中，勝利必將到來，只是時間問題。」

烏質勒的眼圈微微泛紅了，他情不自禁地握緊繆夫人的雙手：「繆年，這麼多年來如果沒有你，沒有你從金錢到精神的支持，烏質勒就算能夠堅持到今天，也會艱難得多。虧得有你啊，還為我養育了兩個這麼出色的王子，哈，我方才見到他們，真是虎虎生威的棒小伙子。」

繆夫人此刻的笑容十分溫柔：「上陣父子兵嘛，娑葛和遮弩從小研習兵書、專攻武藝，現在都能幫你帶兵作戰了。」

「好啊，好啊！我這正缺少得力的將領呢。」烏質勒興奮地連連搓動雙手，拉著繆夫人在桌邊坐下，熱切地道：「事不宜遲，我現在就把情況詳細告訴你。有幾件重要的事情，需要你立即著手辦理，咱們好好商議商議。」

何淑貞告別楊霖，目送著兒子坐上狄府的馬車。她混濁的目光緊緊追隨沿街而下的馬車，直到那晃動的背影融入炫目的日光，再也看不見。何淑貞用拳頭堵住嘴，強抑下一聲撕心裂肺的哭喊，顫抖的牙齒咬破皮膚，鮮血流下喉嚨，和著眼淚，苦澀難咽。

她沒有立刻回到沈家，而是在洛陽的大街小巷中漫無目的地遊走，走了整整一個下午，直到暮鼓聲聲，何淑貞才拖著筋疲力盡的身體，挪回了尚賢坊內狄府後的僻靜小院。盛夏裡天暗得晚，熹微的暮色裡小院顯得益發寧靜，正房裡沒有燭光，只有何淑貞平時寄居的西廂房，窗紙上透出淡紅的光暈。

何淑貞並不意外。自從沈槐走後，沈珺每天坐立不安、度日如年。何淑貞看她實在可憐，便提出教她些特別的刺繡法子，幫沈珺分散點兒心情，打發時間。沈珺學得認真，心思又細膩，何淑貞漸漸發現她在刺繡上很有天賦，如果善加調教，就算在天工繡坊裡頭，也會是個特別出色的繡娘。這些天何淑貞成天出外尋子，沈珺就在家裡埋頭刺繡，有時也會到何淑貞的房中翻看繡樣，今天肯定又是這樣。

何淑貞輕手輕腳地推開西廂房門，沈珺果然正全神貫注地埋首炕上，聽到聲音，她回頭對何淑貞露出溫柔的笑容：「大娘，今天回來得晚，累了吧？晚飯我都做好了，你先歇一歇，咱們就吃飯。」何淑貞的臉紅了，說起來是自己在此幫傭，卻時時受到沈珺的體貼照顧，她羞愧地道：「阿珺姑娘，這話怎麼說，唉……沈將軍叮囑過多少回了，不讓你做這些粗活。都是老身的錯。」

沈珺嫣然一笑：「大娘別這麼說，您忙著找兒子，我又幫不上什麼，再不做頓飯，咱們倆就要餓肚子了。」

何淑貞訕訕地點頭，隨意地朝炕上瞥了一眼，頓時臉色大變。只見炕上鋪開一張華麗無比的織毯，那瑰麗的色澤和奇異的花紋，即使在幽淡的燭光下也顯得格外熠熠生動。何淑貞搶撲過去，直瞪著那織毯說不出話來。

沈珺被她的樣子嚇了一大跳，從炕上蹦起來，忙問：「大娘？你、你怎麼了？這……」

「阿珺姑娘。」何淑貞好不容易問出一句，「你怎麼把這、這毯子找出來的？」

「哦。」沈珺有些不好意思，連忙解釋，「大娘，我到您這裡來找繡樣，見這織毯捲起在櫃子後頭，斜杵著半倒在地上了，就想幫你收拾一下。」

何淑貞的腦袋嗡嗡直響，沈珺的話她聽得隱隱約約，但心裡頭是清楚的，這幾天她的心思全在尋找楊霖上頭，顧此失彼，把織毯的事情全拋到腦後去了。沈珺還在說：「大娘，這織毯真好看，一定很貴重吧？我怕把它碰髒了，才放到炕上來的，有什麼不妥當嗎？」何淑貞無言以對，愣了愣，才牽過沈珺的手，拉她一起坐到炕沿。

「阿珺姑娘，謝謝你幫我收拾它，你的心真好。」何淑貞說著，又紅著臉加了一句：「這毯子是我原先繡行東家的東西，讓我幫忙織補的。」

「哦。」沈珺點點頭，由衷地說：「大娘，除了刺繡您還會織補毯子？您真是太能幹了，什麼時候也教教我？」

何淑貞歎息著撫摸沈珺的手：「阿珺姑娘，你才是心靈手巧啊，不過跟我學了幾天的刺繡，就很像樣子了。可是織補毯子這樣的活計，哪裡輪得你這千金小姐來做，還是算了吧。」

沈珺垂下頭，撫弄著織毯輕聲道：「其實我真的喜歡做活，成天無所事事的，心裡更不踏實。」頓了頓，她抬起頭來，臉上洋溢出欣喜的暖色：「大娘，今天我收到堂哥從涼州送來的快信，說是他們回程路上非常順利，七月初一肯定能到洛陽。多好啊，終於又能見到他了。」

何淑貞端詳著沈珺清秀純淨的面容，情不自禁地又歎了口氣。沈珺誤會了，趕緊安慰：「大娘，您別難過。這次堂哥回來，我一定求他再賣力替您尋找兒子，等快到科考的時候，要是還沒消息，咱們想法兒求狄大人幫忙去。」

何淑貞搖頭苦笑：「多麼善心的好姑娘啊。不必啦，不必啦，阿珺姑娘的好心老身心領了。找了這麼久還是沒有眉目，恐怕真的該聽天由命了。」

「大娘，你別這樣……」看著何淑貞萬念俱灰的模樣，沈珺一陣難過，只嫌自己太笨嘴拙舌，說不出更多寬慰人的話。

兩人各懷心事，沉默著發了會兒呆，沈珺另起話題：「大娘，這織毯我好像在哪兒見過差不多的。」

何淑貞隨口答道：「阿珺姑娘看錯了吧，這毯子是個稀罕物件，全天下也沒……」她猛地住了嘴，急迫地追問：「阿珺姑娘，你說什麼？你見過差不多的毯子？在哪兒？」

沈珺給嚇住了，怔了怔才道：「大娘，我、我想不起來了，您讓我再想想……」

何淑貞狐疑地死盯著沈珺，半晌，她的臉上浮起晦暗不明的怪異笑容：「阿珺姑娘，您慢慢想，老身來看看你的繡活吧。」

庭州城的西南面橫亙著天山的支脈——博格多山，山腳之下的大片區域都極為偏僻冷異，是庭州一處令人生畏的地界。就在這片荒蕪中，幾棵半死不活的枯樹間，影影綽綽地露出一座佛寺的黃色院牆。這是個月淡星稀的暗夜，枯樹枝上時而有不知名的大鳥，扇動著漆黑的羽翼飛向夜空，淒厲的鳴叫聲打破寧靜，回音久久不絕。

彷彿鬼魅潛行，幾個黑色的影子疾走在荒草地上，手中的白紙燈籠隨著腳步凌亂地晃動，光暈幢幢，硬生生在夏夜中逼出陰森的寒意。他們無聲無息地靠近那所看似空無一人的佛寺，剛來到門前，院門突然開啟，將來人迎入。

庭州歷來雜教雲集，祆教、景教等各有信眾，近些年來又有薩滿異軍突起，在中原盛極一時的佛寺反倒香火不旺。庭州城裡一共才兩三間佛寺，都十分蕭條，這座位居博格多山腳下的大運寺更是門可羅雀，幾近荒蕪。庭州的百姓們差不多都忘記了這麼一座佛寺的存在。

引路之人頭戴白色尖頂法帽、身披土黃色袈裟，腳踏木屐，看樣子像是個西域的佛門子弟。

他領著其餘的人，繼續沉默不語、腳步匆匆地往佛寺最裡頭走去。

這佛寺的院牆內和外面一樣荒涼破敗，滿地沙土混著雜草，這幫人行走其間，踏出連串的窸窣聲響。很快，他們便來到佛寺正殿前，殿門敞開著，昏黃的燭光從內瀉出，還有裊裊的香味撲鼻而來，只不過和通常寺廟中的香燭之氣有些不同，似乎更濃烈更逼人。

進入正殿，整座高敞的大殿內竟沒有一座菩薩的雕像，四壁上倒繪滿了千姿百態的佛陀畫像，只是殿內光線黯淡，又有從殿頂垂下數不清的黃色經幡，層層遮擋，使人根本無法辨清壁畫的內容。大殿正中垂落的經幡堪稱巨幅，正中繪著一個碩大無朋的金色「卍」字。幡下已端坐數人，都是西域和尚的打扮，個個垂首默禱。外來數人進入正殿後，也各自盤腿地上，圍坐在「卍」字之下。

夜已深，周遭萬籟俱寂，大殿內唯有燭芯劈啪爆響，不知過了多長時間，坐在「卍」字神幡之下的一人緩緩抬起頭來，環視殿內眾人，低沉地道：「各位，今天請大家來此相聚，是想告訴大家一個好消息。」眾人皆抬起頭注視著他，那人長吁口氣，皺紋密布的臉上皮笑肉不笑，「高踞於岡底斯山上的天神近日派下使者，說是時機終於到了！」

彷佛是石子投入河中，剛才還沉靜肅穆的大殿內猛地掀起陣陣波動，眾人竊竊私語，一張張陰沉冷漠的面容被突如其來的興奮點燃，眼裡冒出的狂熱光芒在淒冷的殿堂內閃爍不定。

說話之人靜待這陣壓抑的喧譁平息，才又開口道：「使命已經下達，計劃已經制定，現在就要諸位去著手實施了！」

眾人齊齊匍匐在地，口誦：「我等定當奉行天神之意旨，唯使者之命是從，萬死不辭！」

七月初一，洛陽全城張燈結彩，從皇城到北城門的通衢大道之上，淨水灑街、儀仗林立，簡直比逢年過節還要喜慶熱鬧上百倍。一大早，百姓們就扶老攜幼匯集到了北城門的附近，因為林錚大將軍所率領的十萬大軍和狄仁傑大人的安撫使隊伍在涼州會合，一起自隴右道勝利班師回朝，今天皇帝要率領文武百官在此親自迎接，這難得一見的盛況任誰都不肯錯過啊。

從一大早起，聖駕就等候在了洛陽城北的徽安門城樓之上。每隔一刻鐘，就有盛裝的千牛衛士騎著快馬來到城門之下，向上報告大軍回朝的行進位置。時近正午，溫度越升越高，陽光愈加耀眼，配合著人們心中益發高漲的激動和狂喜之情，逐步達到頂點。此刻，最後一名千牛衛飛馬城下，翻身跪倒在地，亮起嗓門高喊：「啟奏陛下，狄大人和林大將軍的隊伍已過洛水亭，馬上就要到達徽安門外！」

武則天從龍椅上猛地站起身，手扶城牆向外張望。排列在她兩旁的文武大臣們，也都按捺不住，拚命伸長了脖子。遠遠的官道盡頭漸漸升騰起莽莽煙塵，大地開始有節奏地震顫，城樓之上的旌旗颯颯隨之擺動，武則天臉上的喜氣越來越濃，她已經能夠清楚地看到，鎧甲和兵刃反射的日光刺破煙塵，一支威武的大軍正破霧而出！

平地響起連串軍鼓，隆隆之聲震耳欲聾。近了，近了！為首兩匹高頭大馬，一左一右，正是此次隴右道得勝的行軍大總管林錚大將軍和安撫使內史狄仁傑。在他們的身後，是浩浩蕩蕩的十萬大軍！林錚和狄仁傑此刻已來到了徽安門下，二人翻身下馬，一齊跪倒高呼：「臣狄仁傑、林錚率部回朝，向聖上覆命獻捷！」

城樓上沒有回音，狄仁傑和林錚等待著，突然一個聲音就在近前響起：「二位愛卿快快平身！」

二人一驚，抬頭看時，武則天已經微笑著站在他們面前。

「謝陛下。」二人連忙起身，狄仁傑年邁之人，行動稍稍遲緩些，就覺得有人伸手來攙，他一扭頭，卻是太子李顯笑容可掬的臉。

「太子殿下，這——」狄仁傑剛一開口即被武則天打斷了：「狄愛卿，是朕讓太子來攙你的。你辛苦了！」

李顯也忙道：「是啊，國老，你辛苦了。」

內侍端上酒杯，武則天和李顯與狄仁傑、林錚以及各位將領共飲三杯，祝賀此次隴右道來之不易的勝利。一時間鼓樂齊鳴，眾軍山呼萬歲，百姓翹首歡騰，盛大熱烈的氣勢如長虹貫日，令天地失色。

站在萬軍之前，武則天精神抖擻、意氣風發，從聖曆二年到三年來的病痛和晦氣都一掃而光，她彷彿又回到了幾年前自己稱帝登基的時候。就是在那一天，她生平第一次戴起了頭上這頂冕冠，穿上了這套上玄下朱的冕服，改元天授，以武周取代李唐天下，並且一直穩穩地把江山坐到了今天。

想到這裡，武則天的整個身心都在澎湃的激情中沸騰起來，她情不自禁地抬高嗓音，高高揚起右手道：「今天，朕要宣布一個重要的決定。」

四下裡頓時肅靜，所有的人都全神貫注地傾聽著，女皇威嚴的目光掠過面前的金甲衛士、文武重臣，也掠過遠處的十萬大軍、升斗百姓，掠過整個大周的東南西北、遼闊疆域，她微笑了：「為慶賀本次隴右大捷，更祝周祚萬歲，景福長存，朕決定，從即日起，改元久視，取長生久視之意。朕，並自去天冊金輪大聖之號，大赦天下！」

短暫的沉默，文武大臣們還在咀嚼品味，太子李顯率先高呼：「聖恩浩蕩、澤被蒼生！萬歲，萬歲，萬萬歲！」

大臣們隨即醒悟，一起納頭拜倒在地，萬歲聲聲如排山倒海一般。狄仁傑也跟著再度跪倒，口稱萬歲，眼角竟有些微的濕潤。

「國老啊。」狄仁傑抬頭，武則天就站在他的面前，「起身說話。」

「謝陛下。」狄仁傑撐起膝蓋，穩穩地站直身子。他的目光與女皇的目光交會，一瞬間兩人都彷彿看到了對方的眼睛最深處。

武則天輕輕歎息：「國老啊，朕的身子爽利了，你卻又蒼老了許多。」

狄仁傑淡淡一笑：「陛下龍體安康乃是萬民之福、社稷之幸。微臣這副殘軀不值一提，只待為大周為陛下耗盡心血罷了。」

武則天佯嗔：「狄愛卿！朕要的久視，不僅僅是朕的長生久視，而且是天下萬民的長生久視，當然也包括你的。你說這些話，難道是要掃朕的興嗎？」

「老臣不敢。」狄仁傑深躬到地，武則天伸出雙手去扶：「你呀……哦，除了方才那件大事，朕還有件事情要單獨對你說。」

「陛下？」

武則天忍不住地微笑：「國老啊，你方才也聽到了，朕已大赦天下，你不是還有個三子叫景暉的在服流刑嗎，這次也在赦免之列。」

「老臣叩謝陛下隆恩！」狄仁傑說著就要跪倒，被武則天一把攔住：「噯，你先別急著跪，朕還沒說完呢。」

武則天細細端詳著狄仁傑波瀾不驚的面容，眼中流露出真切的讚賞和同情，她慢吞吞地道：「狄愛卿，朕知你這三子狄景暉是經營藥物的奇才，此次庭州瘟疫流行的關鍵時刻，也是他搜獻了大食神藥，才令庭州全城避開瘟疫之禍，堪稱是奇功一件啊。這次他獲赦免刑之後，朕還要起用他這個不可多得的人才。」

狄仁傑始終垂首傾聽著，這時終於抬起頭來，詢問地注視著武則天。武則天衝他寬釋地點點頭，鄭重其事地道：「朕已選定狄景暉為向尚藥局供應藥材的藥商，旨意五天前已經下達，不日即將到達庭州。懷英啊，今後朕的醫藥、皇城大內、東宮，乃至禁軍衛率的一概醫藥，可都著落在狄景暉的身上了。你要替朕好好教導你這個兒子，讓他當好這個差事。」

狄仁傑呆呆地瞪著武則天，聞名天下的利嘴裡，此刻竟說不出半句感恩戴德的話來。

武則天再度輕歎一聲，言語間意味深長：「舊年國老你勸諫於朕，令朕終下決心迎回廬陵王，方得母子團圓。今天，朕便也還你一個父子團聚，國老啊，從此你我兩清了啊！哈哈！」

狄仁傑抬起頭，只見女皇興奮的面容逐漸融化在刺眼的白光中，她那高亢的笑聲穿透金色豔陽，在徽安門的城樓之上久久迴盪著。

第九章　郁蓉・上

二更已過，洛陽狄府的庭院深深之中，夏蟬和秋蟲的鳴聲此起彼伏、聲聲入耳。不知不覺中，已是立秋節氣，暑氣雖未消退，在泥土中蟄伏了整個夏季的蟲豸們卻已按捺不住，紛紛加入夏夜的歡唱。似乎連牠們都懂得，時光飛縱、天地無情，且莫辜負了，這不過一季的短暫生命。即使卑微得只能埋首於草芥之中，也要放聲唱出最嘹亮的渴求。

楊霖呆呆地坐在書案前，腦海裡充斥著這靜夜中的聒噪，只覺心緒煩亂、愁腸百結，書，是一個字都看不進去的。與母親在選院門前告別，何淑貞肝腸寸斷，他又何嘗不是痛心疾首。回來後的這幾天，楊霖再無心於功課，腦子裡反反覆覆地掂量著整件事情，惶惑和恐懼令他日夜難安。何淑貞的話使他確定，沈氏叔侄的用心比想像的還要險惡，再加沈庭放的死，這塊壓在楊霖心頭的千鈞巨石，更逼他夜夜從噩夢中驚醒。楊霖真的很想退縮，想逃得遠遠的，想一走了之！然而這世上最可怕的事情就是，既沒有選擇，還要抱著可恥的妄想。日子在忐忑和煎熬中很快地過去，狄仁傑和沈槐回來了。

有狄忠大管家在府中料理，狄仁傑回府後立即安頓停當，府中諸事井然有序，並無絲毫忙亂之相。楊霖成天縮在自己的屋中，不敢胡亂走動，也能感覺到府中氣氛重現肅穆嚴謹。他不禁懊惱地想，這會兒就算是自己想逃，也徹底喪失機會了。回洛陽後的第二天，沈槐就來過一趟，冷冰冰地問了幾句話便轉身離開，自此再沒有出現過。而狄仁傑始終沒有召喚過楊霖，彷彿已經把他給忘了。

忘了才好，楊霖真恨不得能被世上所有的人忘記。此刻他盯著面前的硯台，一隻小飛蟲循著燭光而來，懵頭懵腦地撞進硯台裡剛磨好的墨汁中，掙扎翻騰著無法脫身。楊霖伸出小指，輕輕地將牠撥出，小蟲在書案上跌跌撞撞，滾出連串的黑印，總算展翅而起。楊霖的目光追隨牠輕盈飛舞的身影，直到窗外暗黑的夜之盡頭。

「楊霖啊，這麼晚了，還在用功啊？」楊霖渾身一震，忙扭頭看去，就見狄仁傑一身素色常服，背手站在門邊，臉上笑意恬淡，神情略顯倦怠。

「狄、狄大人！」楊霖萬沒想到狄仁傑會親自過來，緊張地舌頭都不利索了，兩步跨到門口，一躬到地。

狄仁傑微笑著跨進門來：「走了這麼久回來，今晚方才得空，來看看你怎麼樣？一切都好嗎？功課準備得如何了？」

「我……呃，晚生、晚生一切都好。功、功課……」楊霖有點兒語無倫次。

狄仁傑看著他漲得通紅的臉，朗聲笑起來：「噯，不要這麼緊張嘛。老夫又不會吃人。」

楊霖撓了撓頭，也不好意思地笑了。

狄仁傑緩步來到書案前，隨手翻了翻攤開的書本，歎道：「國之選士，必藉賢良啊。天下學子，寒窗十載一朝仕途，所追求的亦是為國為民披肝瀝膽，而絕非富貴榮華。」他看一眼侷促而立的楊霖，意味深長地道：「楊霖，老夫讀了你的〈靈州賦〉，就知道你是懂這個道理的。」

楊霖把頭垂得更低，卻是一個字也答不上來。狄仁傑深沉的目光在楊霖身上停駐片刻，方捋一捋鬍鬚，和藹地問：「怎麼？不想請老夫坐下嗎？」

「啊，狄大人請坐。」楊霖慌忙將狄仁傑讓到案邊坐下，自己拎起茶壺來想倒茶，手卻抖個不停，灑了一桌的茶水。

狄仁傑靜靜地看著他動作，半晌才道：「不用忙了，老夫坐坐就走，再說……老夫從不喝涼茶。」

「是。」楊霖擱下茶壺站著，還是連眼皮都不敢稍稍抬起。

狄仁傑沉默著，越過楊霖拘束瑟縮的身形，他的目光落在東窗下的花架上，素心寒蘭翠嫩的枝葉被幽淡的月光染成微白。夜色疏淡，月華熒熒，這盆纖纖蘭草，彷彿籠在一層飄浮的輕紗之中，出塵的潔淨、脫俗的優雅，給他帶來的卻是永難釋懷的悲哀和痛悔。

楊霖的耳邊響起一聲長長的歎息，他不由自主地抬頭望去，正碰上狄仁傑親切的目光。這目光深沉睿智，好像有種特別的安慰力量，吸引著楊霖頭一次沒有慌張逃避。四目相對，楊霖怦怦亂跳的心寧定下來，思維也從昏亂轉向清明。

狄仁傑似乎隨口問道：「楊霖啊，你喜歡蘭花嗎？」

「蘭花？」楊霖有點兒摸不著頭腦，順著狄仁傑的目光，他瞥了一眼那盆素心寒蘭，期期艾艾地回答：「我……我倒也滿喜歡蘭花的，不過梅、蘭、竹、菊各具品格，我都很喜歡。」

「哦，這蘭花不是你讓狄忠放的？」

「不是啊。」楊霖更困惑了，他記得上回狄忠對自己說過，這蘭花是狄大人特意囑咐擺放在這屋裡的，難道老大人忘記了？哦，也可能，畢竟上了年紀的人，又剛剛奔赴隴右道抗敵，操勞國事，嘔心瀝血，怎麼可能事無巨細呢？楊霖想到這裡，也不說明，只道：「狄大人，晚生何德何能，何幸之至，竟得到您如此的眷顧，特許晚生在府上溫習備考，晚生感激涕零。這府上的一草一木，均乃晚生所蒙之恩，晚生日夜所慮的，只是無以回報，真所謂無功受祿惶恐之至，又何敢他求？」

狄仁傑笑著搖頭：「不必如此，大可不必啊。老夫是真心愛惜你的才華，假如有朝一日你楊霖真的能夠成為國之棟梁，老夫也就心滿意足了。」端詳著楊霖因為激動而發紅的面孔，狄仁傑不動聲色地又加了一句：「不過，德才兼備，方堪大用。在老夫看來，你的才學令人愛惜，但你的性格似乎還有待磨練。」

楊霖的臉一下子由紅轉白，張了張嘴，沒有發出聲音。狄仁傑注視著楊霖臉上瞬息變幻的複雜表情，微微揚了揚眉毛，從袖中抽出一柄折扇，輕輕擱在桌上。

「上回老夫拿了你的這柄折扇把玩，哪想隴右戰事突起，竟忘了還給你。今天想起來，就給你帶來了。」狄仁傑一邊說，一邊漫不經心地撫弄著扇骨。

「狄大人。」楊霖叫了一聲，突然衝口道：「您要是喜歡這柄折扇，您、您就留著吧。」

「哦？」狄仁傑側過臉掃了楊霖一眼，搖頭道：「奪人所愛誠非君子所為，不可，不可。」

楊霖忙道：「狄大人，這柄折扇是晚生在家中偶爾翻尋到的，算不得珍愛之物，晚生只不過是看扇上所題之詩有些意思，才隨手放在行囊中，真的……沒什麼。」

「原來如此。」狄仁傑沉吟著又問：「那會不會是你父母的重要物品呢？」

楊霖毫不猶豫地回答：「不是，晚生問過母親，她並不清楚折扇的來歷。何況這扇子雖算不上什麼珍品，但材質也較昂貴，不像是我家這種寒門能有的，所以我們也頗為費解。」頓了頓，他對狄仁傑深深一揖道：「狄大人，晚生兩袖清風，身無一物，雖受大人多方照顧卻無以為謝。既然狄大人喜歡此扇，就請留下它，也算晚生借花獻佛，聊表寸心了。」

狄仁傑深深地注視著楊霖，少頃方笑道：「既然如此，老夫就收下了。謝謝你啊，楊霖。」楊霖長吁口氣，也如釋重負地笑了，質樸的笑容令他的臉看上去很年輕，還帶著幾分天真。狄仁傑心有所觸，親切地道：「楊霖啊，那老夫就不打攪你溫習功課了。」

「是，狄大人。」楊霖跨前一步，伸出雙手攙扶狄仁傑。

狄仁傑一愣，搖頭道：「你們這些年輕人啊，總是這樣小心，好像老夫老得都快走不動路了。」楊霖張口結舌，兩隻手伸也不是縮也不是。狄仁傑忍不住朗聲大笑，站起身來拍了拍楊霖的肩。

楊霖只覺心頭熱熱的，竭盡全力才能扼制住坦白一切的衝動。他的目光掠過書案上小飛蟲留下的墨印，罪惡和欲望、危險與僥倖，輪番在他的心中掙扎，亂作一團……楊霖深深地吸了口氣，顫抖著從懷裡摸出一張紙：「狄大人，晚生、晚生這幾天作了首詠懷，是續在〈靈州賦〉後面的，還請狄大人多多指教。」

狄仁傑頗有興味地接過紙，往燈光旁湊了湊：「好啊，本閣看一看。」只見那紙上端端正正寫著一首七律：

聚鐵蘭州完一錯，書罪須罄南山竹。

錯成難效飛鳶悔，罪就無尋百死贖。
古廟儼儼存社鼠，高牆峨峨有城狐。
此身已上黃泉路，待看奸邪不日逐。

狄仁傑皺起眉頭，似在反覆品讀。楊霖緊張得大氣都不敢出，兩條腿在文生袍下克制不住地輕輕哆嗦著。半晌，狄仁傑才將紙遞回到楊霖手中，隨意地微笑著，神色愈顯疲倦：「不錯，是首好詩，就是哀音過甚了些，你正當壯年，又在求取功名，作這樣的詩似有不妥啊……哦，夜已太深，老夫有些累了，你也早點休息吧。」

經過窗下的花架，狄仁傑不經意地問道：「楊霖，你可知這種寒蘭只在冬季開放？」

「呃，晚生不知。」

狄仁傑停下腳步，探手輕觸蘭草的枝條：「蘭芷清芬，即使不開花，也自有一種淡雅芳香，一旦盛開，那香氣更是沁人肺腑啊。可惜現在不是季節……」

楊霖不明就裡，含糊應了一聲，狄仁傑深邃的目光滑過他的面龐，黯然沉入窗外的無邊夜色。

了塵大師的禪房中，輕煙裊裊，混合著一股新煎的茶香，滌淡了溽暑之氣，令人心靜神寧。狄仁傑和了塵在禪床上相對而坐，就聽狄仁傑曼聲道：「大師，我剛回到洛陽，就聽聞華嚴寺的法藏大師為隴右戰事計，上奏吾皇，請約左道諸法，建十一面道場，置觀音像。行道五天後，即得前線捷報，聖上為此特意表彰法藏，稱其為『此神兵之掃除，蓋慈力之加被』。了塵大師對此有何看法？」

了塵雙手合十，靜穆良久，方道：「法藏有云『不依國主則法事不立』，貧僧深以為然，華嚴宗如今在聖上處深得器重，和法藏的這個宗旨是分不開的。」

狄仁傑思忖著問：「大師與法藏可有交往？」

了塵頷首：「僅有數面之緣，懷英兄如何突然關心起法藏來？難道是對佛法感起興趣來了？」

狄仁傑搖頭苦笑：「我若是對佛法有興趣，有了塵大師的指點便足夠了，何必捨近求遠？唉……大師知道我狄仁傑日夜憂慮的是什麼，然而如今朝局紛亂，遠未到塵埃落定之時。聖曆以來，雖李氏宗嗣聲望漸隆，但周圍虎視眈眈者依然層出不窮，可謂內憂重重，更兼突厥、契丹、吐蕃這些外患環踞，即便有朝一日真的能夠恢復李唐，要實現天下太平、江山永續又談何容易啊。」稍停片刻，狄仁傑悠悠歎息道：「有太多的事情要做，只怕我的時間不太多了……」

了塵一驚：「懷英兄何來此言？」

狄仁傑淡淡一笑：「人生七十古來稀嘛。狄某今年已經七十，這些天我總在想，有些夙願恐怕在有生之年是無法完成的了。隴右之行，狄某再度經歷生離死別，雖痛徹心腑卻又無可奈何，更知此生有涯、人力有限，是時候考慮將未完之心願交託於後人了。」

了塵瞪大一雙無神的眼睛，撚動著佛珠，半晌才傷痛地道：「狄公者，桃李滿天下。懷英兄早就在做安排了吧？」

狄仁傑目視前方，臉上流露出無盡的淒惶和惆悵：「朝堂之中，確實還有些可託之人。然大任之下，各方勢力和派別紛紛擾擾，還有數不清的暗流和險隘，一時誠難兼顧。比如方才所談到的釋，乃至邊疆和外敵，甚而回首中樞，從內廷到東宮，哪一處不慎都會招致滿盤皆輸的局面。狄某夜不能寐時，每每想來便覺焦慮異常，偏偏……偏偏又沒有一個令狄某能徹底信賴與放心的人，可以向他託付全局，每念及此，我真真是五內俱焚……」後面的話語哽在喉間，他撩起袍袖，悄悄拭了拭眼角。

了塵口誦佛號，垂首不語。過了許久，狄仁傑又道：「大師啊，你比別人更了解，除了公事，還有件私事糾結於狄某心中，同樣叫人黯然神傷、愁腸百結啊。」

了塵啞著嗓子問：「還是……沒有一點兒眉目嗎？」

狄仁傑歎息著，從袖中取出折扇，拉過了塵的手，將扇子塞到他的手心：「大師，你摸一摸這把扇子。」

了塵顫抖著雙手細細摩挲折扇，又抬起混濁的雙眼望向狄仁傑，狄仁傑長歎一聲，開始吟誦：

山中無歲月，谷裡有乾坤。
倩影憑石賞，蘭馨付草聞。
晨昏吐玉液，日月留金痕。
何日飛仙去？還修億萬春。

「詠空谷幽蘭？」了塵驚詫地坐直身子，死死握緊折扇，斷斷續續地問：「這、這真是郁蓉的那柄扇子……？」

狄仁傑的眼圈也紅了：「是的，是的，這就是她的，就是她的，獨一無二的，郁蓉……」

了塵一把攥住狄仁傑的胳膊：「懷英兄，你是從哪裡找到這把扇子的？」

「是從一個叫作楊霖的年輕人那裡得來的。」

「楊霖？」

於是狄仁傑將楊霖行卷的經過，和如何發現題寫著幽蘭詩的折扇，都一一對了塵說明。了塵又驚又疑地追問：「可是這楊霖到底是什麼來歷？他怎麼會有郁蓉的物品？而且是如此珍貴的信物？」他把狄仁傑的胳膊攥得更緊了，「懷英兄，楊霖他，會不會是嵐嵐？啊，會不會啊？」

狄仁傑搖頭歎息著，低沉地回答：「看上去不太像。」

「不太像？」了塵焦急萬分地道：「懷英兄，你並沒見過謝嵐，怎麼知道像不像？要是我……」他猛拍一記經床，「咳！我的眼睛，我的眼睛啊！如果讓我去看一看，或許還能認出來！」

狄仁傑喃喃道：「二十五年過去了，當初八歲的孩子、如今三十三歲的成年男子，再說命運如此多舛，身世這般坎坷，謝嵐的變化一定非常大。至於我說楊霖不太像，並非憑外貌來判斷，而是他自己對身世和折扇來歷的描述。」

了塵緊蹙雙眉：「也許他都不記得了？或者是……有戒心，故意搪塞你？」

狄仁傑苦笑道：「大師啊，這世上要搪塞得過狄某的一雙眼睛，恐怕還不是那麼容易的吧？至於說忘記了，或許有這個可能，雖說八歲的孩子應該記得不少事情，但也不排除謝嵐因遭遇變故、顛沛流離而失去部分的記憶。不過大師，這個楊霖……他只是一個人和母親生活，家中並無其他人口。」

「哦。」了塵至為失望地應了一聲，隨即又不甘心地道：「可他手上的這把扇子究竟從何得來？總該和謝嵐他們有點兒關聯吧。說不定，說不定他的母親見過嵐嵐？懷英兄，何不將楊霖的母親找來詢問？」

狄仁傑沉聲道：「楊霖的身分來歷我已經讓宋乾仔細核查過了。楊霖和他的母親，是在楊霖十歲那年起定居在蘭州城外金城關的，此前他們母子居無定所，再無線索可查。楊霖今年年初進京趕考後，他的母親也離開金城關，不知去向。這一點，我還未敢和楊霖提起，怕影響他考試的心情。」

了塵越聽越灰心，不覺垂下腦袋。

狄仁傑沉默片刻，又道：「還有件事，我特意命人在楊霖的房中放置了寒蘭。」

「啊，那他、他可有什麼反應？」

狄仁傑喟然歎息：「他對此茫然無覺。」

「唉！」了塵重重地歎了口氣。

禪房之中再無聲響。兩人都不再說話，各自沉入邈遠深黯的回憶。只有在回憶中，他們才能與友人重逢，才能重溫那一去不復返的迤邐風華，才能……又一次體味刻骨銘心的愛恨情仇。

仍然是三十四年前，高宗乾封元年的深秋。

每年秋季，朝廷按慣例都要指派朝中重臣擔任黜陟使，巡查地方吏治。這年被任命為河南道黜陟使來汴州查察吏治的，是中書侍郎許敬宗大人。黜陟使大人替天巡狩，地方衙門自然嚴陣以待。十月下旬這幾天許大人駕臨，汴州刺史府上上下下忙了個人仰馬翻，總算諸事順利，許敬宗一番審查後，對汴州的吏治民生都十分滿意。因公事已了，汴州刺史齊晟大人特別在今夜給許敬宗安排了一場宴席，汴州上下官員一律要到場，為黜陟使大人餞行。

彼時，狄仁傑升遷并州法曹參軍的任命還未下達，狄仁傑仍在原來的職務——汴州判佐的位置上兢兢業業。狄仁傑並不著急，早就預料要到年底才會有調令過來，而且他自己也滿喜歡汴州的風土，在此地當了十年的地方官很有感情，正想好好利用這剩下不多的一段時間，再為汴州百姓做一些事情。今年的這位黜陟使許敬宗大人名聲不大好，曾經在廢黜王皇后助立武后的事件中立下大功，後來打擊長孫無忌和宰相上官儀，他也是首當其衝的先鋒幹將，被一些政治上的保守人士嗤之以鼻。然在狄仁傑看來，許敬宗的這些行為倒無可指摘，畢竟忠於武則天其實也是忠於高宗的表現，但是許大人在飲食男女上不加檢點，鬧出不少醜聞，甚至還為了一個婢女和自己的兒子爭風吃醋，就實難讓人尊重了。不過說來說去，許敬宗大人是朝中手握實權的幾位重臣之一，狄仁傑就算不會刻意巴結，也無意得罪，多少還想在他面前好好表現一番，既給許敬宗留個好印象，還能給竭力在朝中推薦自己的閻立本掙足面子，對於今後的仕途，也是有百益而無一害的。

餞行宴就擺在汴州城西龍庭湖畔的醉月居。醉月居是汴州城內最風雅的一座酒樓，它傍水而設，景致如畫。尤其是在月圓之夜，把盞美酒，憑窗而立，天上玉兔高懸，水中晴輝點點，絲竹管弦弄影清風，怎不叫人心曠神怡、樂而忘形。

因是餞行酒，正事已罷，大家沒有了負擔，黜陟使大人的心情也很好，在宴席上談笑風生，令這場夜宴進行得格外和諧酣暢。酒過三巡，眾人漸漸酒酣耳熱，言談舉止也開始放肆起來，便有人大聲抱怨乾喝酒不痛快，提議行個酒令。猜拳太俗、投壺又太悶，想來想去，有人提出猜謎助興，恰好在座的官兒多是科舉出身，均自詡有些學問，便一致同意作些引經據典的詩謎來玩。當然了，頭一個謎還要請黜陟使許大人來出。

許敬宗今夜喝了不少酒，圓胖的臉上紅酡酡的。看樣子醉月居出名的河鮮美味非常對許大人的胃口，他左手擱在腆起的肚腹上，右手頻頻舉筷，聽見眾人哄鬧著要自己出謎，便瞇縫起眼睛想了想，隨即搖頭晃腦地吟道：「正使遭饞口，何嘗廢直躬！」

許敬宗右手邊坐著汴州刺史齊大人，連忙大聲招呼：「各位，各位！許大人出題了，哪位猜到的趕緊說啊！」

狄仁傑這時的官位較小，還輪不到主桌，只在次桌陪席，心中暗自好笑，許敬宗的謎語說難不難說易不易，席間能猜出的估計也有好幾位吧。果然，他身邊坐著的同僚徐進探過頭來：「懷英兄，許大人這個謎語一般啊。」

狄仁傑微微一笑：「徐兄要不要去搶猜？」

徐進吐了吐舌頭：「我可不敢搶那桌上的風頭，再說了，也沒說猜出來有什麼獎勵啊，急什麼！」

狄仁傑努了努嘴：「注意聽，他們在商量獎賞呢。」

果然，主桌之上看到無人應和，許敬宗身邊一左一右的刺史和長史兩位大人坐不住了，齊刺史給長史許思翰遞了個眼色，許思翰長史端著酒杯站起身來。狄仁傑看到他，不覺皺了皺眉。這許思翰已年近六十，是個十足的老官吏。長史本就是虛銜，許思翰平常養尊處優，不做任何實事，每日裡就是蠅營狗苟，用的盡是些上不得檯面的手段，居然不僅坐穩了中州長史的位置，還結交了不少朝中顯貴、皇親國戚，甚至和蔣王李惲攀上了連襟，其女許敬芝又與李惲之子、汝南郡王李煒訂了婚。於是這許思翰便自以為加入了皇族豪門，人前人後更加頤指氣使、不可一世，狄仁傑對他的做派和為人從心裡感到厭惡，一向敬而遠之。

自從許敬宗來到汴州，許思翰是鞍前馬後地侍奉，竭盡逢迎拍馬之能事。又因兩人都姓許，許思翰不顧自己比許敬宗大好幾歲，自稱是許敬宗的族侄，獻媚的嘴臉令人不齒。此刻許思翰見酒席冷場，當仁不讓要出來表現一番，他清清嗓子，宣布道：「咳，咳，許大人出的詩謎，諸位如猜得中猜得好，可是有獎賞的哦。」

席間立即有人湊趣地問：「長史大人，什麼獎賞啊？」

許思翰看一看許敬宗：「呵呵，許大人您說……」

許敬宗揚揚眉毛：「本官早就聽說思翰家中藏著世間少有的寶貝，這次來汴州本想見識見識，可惜一直忙於公事沒有閒暇，要不然今天就讓本官……和在座諸位開開眼界？」

許思翰的老臉上頓時呈現曖昧的紅色，他壓低了聲音對許敬宗道：「哎呀，說來慚愧，下官一直都想找機會向您獻寶，可惜我家裡這寶貝，她、她刁滑得很，絕不肯輕易見人……不過今天，倒真是個好時機。」

許敬宗醉意醺醺的雙眼望定許思翰：「本官明天可就要離開汴州了，你看著辦……」

許思翰連連點頭：「當然，當然，下官明白。不瞞您說，今天開宴的時候下官就把義女從家中帶來了醉月居，一直在隔壁候著呢。」接著他眼珠一轉，重新直起身來，笑道：「列位，許大人出的謎還請列位趕緊猜。但是有個條件，猜出來的不能直接說出謎底，而要以另一副謎面來對應。如果新謎面設得巧妙，本官這裡便再開一局，由本官的……唔，義女來給大家出題。」

眾人一陣竊竊私語，狄仁傑有些不解，問身邊的徐進：「許長史什麼意思？怎麼猜出黜陟使大人的謎題沒有獎賞，還要接著設局猜謎，這算什麼道理？」

卻見徐進一臉興奮：「啊，懷英兄你竟然連這都不知道？今天咱們有眼福了啊，來、來，快把剛才那謎搞定！」

哪知其他人更加急不可待，剛才還都察言觀色不肯搶先，現在竟一個接一個地站起來。就聽其中一個高聲嚷道：「我先說一個：『眠則同眠，起則同起；貪如豺狼，贓不入己。』」

他的話音剛落，又一人接口：「我也得了一個：『一對兄弟，一般高低；同進同出，吃在一起。』」

徐進嘟囔：「那我也來一個。」他也起身道：「姊妹一雙，出得廳堂；只肯吃菜，不會喝湯。」說罷坐下，狄仁傑狐疑地端詳著徐進漲得通紅的臉，搖頭道：「你怎麼了？剛才不是還說不肯搶那桌的風頭——」

徐進打斷狄仁傑的話：「咳！顧不得那許多了，懷英兄，你也想一個吧，剛才說的那些怕還不夠好。」

狄仁傑正要張口，同桌一名武官騰地站起身來，大大咧咧地道：「我明白啦！這說的不就是筷子嗎？我也來一個：『五公抱二嫂，抱抱輕巧巧，兩足一張開，味道吃唧來。』」

兩桌之上一片譁然。徐進急得連連跺腳：「完了，完了！這也忒粗俗了，小姐是斷斷不肯現身的了！」

「小姐？」狄仁傑終於有些明白，他們這麼起勁就是為了見一位小姐，而且是許思翰家的養女。狄仁傑的心頭突然一動，他想了想，站起身道：「笑君攫取忙，送入他人口。一世酸鹹中，能知味也否？」

「好！」眾人齊聲誇讚，狄仁傑剛坐下，徐進就對他豎起大拇指：「懷英兄，說得好！但願你能力挽狂瀾！」

狄仁傑連連搖頭：「真鬧不懂你們在搞些什麼名堂？」

主桌上，許思翰與一名不知何時進房的小婢竊竊私語著，半晌，許思翰的猥瑣老臉上浮出神秘兮兮的笑容，站起身來，宣布道：「列位方才所應之謎面，差強人意。」他故意頓了頓，又對許敬宗諂媚地躬一躬腰，方接著道：「不過小女看在黜陟使大人的面子上，還是決定再加出一題，如果有人能猜中，那小女定當親自來為大家掌席助興。」

許敬宗斜靠在椅背上，瞇細著雙眼，半陰不陽地道：「還要再出題？思翰啊，你這位義女的架子怎麼比娘娘還大啊？」

「這個……」許思翰訕訕地賠笑，「沒、沒辦法，給寵壞了。」

許敬宗鼻子裡出氣，冷笑道：「不錯，把戲做足了也好，這樣才夠趣味嘛。思翰啊，說說你的謎題吧？」

許思翰左顧右盼了一番，這才慢悠悠地道：「此謎是個四字謎面，『國士無雙』，打《論語》中的一句話。」

兩桌之上突然一片寂靜，眾人都開始凝神思索。徐進悄悄地扯了扯狄仁傑的衣袖：「懷英兄，這個謎我是猜不中了，就看你的了。」

狄仁傑淡淡地道：「這座上頗有些飽學之士，何故指望我一人？」

徐進一撇嘴：「懷英兄，不是小弟說你，此刻不展才更待何時？上面坐著的可是宰相大人……再說，就算懷英兄你不屑趨炎附勢，能以才學博得美人一顧，不也是件風雅之事？」

狄仁傑反問：「什麼樣的美人，竟值得你們如此在意？」

徐進哼了一聲，乾脆不理他了。

狄仁傑靜靜地思索著，已然胸有成竹，舉目四顧，只見座上人人面有難色。狄仁傑心中暗道，這謎語出得實在生僻，做謎之人倒確實有些學問，假如是個女子，還真不一般。許思翰家的養女……他的腦海中隱約出現那個高挑纖細的身影，那雙黑白分明的眼睛，會是她嗎？可能嗎？憑著某種難以形容的期待，狄仁傑衝動地舉起手中之箸，輕敲酒杯，緩緩道出：「知者不失人，亦不失言。」

見眾人皆在愣神，狄仁傑微笑著解釋：「『國士無雙』是《史記·淮陰侯列傳》裡蕭何對韓信說的話，以此推出《孟子》裡的一句：『何謂信』。再拆開『信』字，便成《論語》裡的『不失人，亦不失言』。」

「猜得好啊！」徐進忍不住猛擊桌面，大聲讚歎。兩桌之上隨即哄鬧紛紛，人人皆讚：「是啊，猜得好、猜得妙啊。」

喧鬧聲中，房門輕輕打開，一個身影翩然而入，徑直走到狄仁傑的身後。所有的人又都突然安靜下來，狄仁傑抬頭一看，黑白分明的眼睛猶如晨星般閃亮，清澈的目光毫不避諱地停駐在他的臉上，專注、好奇、純粹、深刻……狄仁傑縱然是自信灑脫的謙謙君子，竟也被看得不自在起來。後來他無數次回想這天的情景，都會發現，當時自己雖然十分期待見到郁蓉的模樣，但其實真正看清楚的仍然只有這雙目光。這是她的、獨一無二的目光，彷彿能看穿一切，同時也坦陳自己的所有，並且，還帶著一點點癡狂。

「就是你猜出了我的謎語？」

狄仁傑一愣，才意識到這清潤的聲音是在向自己發問，他定了定神，站起身對郁蓉作了個揖：「正是在下。」

「我認識你。」那雙眼睛仍然一眨不眨地凝注在他的臉上。

狄仁傑還從來沒有被一個青春少女這樣看過，實在有些尷尬。顯然是覺出了他的窘迫，對方展顏一笑，屋內的一片肅靜中頓時蕩起連串抑制不住的騷動，激賞、豔羨，交織著赤裸裸的欲念，把這晚看似清雅的宴席推向炙熱的高潮，也讓舉座衣冠楚楚的君子們露出了廬山真面目。

那郁蓉卻旁若無人、目不斜視，雙手擎著玲瓏玉杯，穩穩地舉向狄仁傑：「小女子名叫郁蓉。狄先生，您猜中了謎，郁蓉請您飲了這杯酒。」

「好，多謝郁蓉小姐。」狄仁傑從她的手中接過酒杯，一飲而盡，美酒佳人，醺然欲醉，這一刻竟好似不在人間……

「思翰啊，這是怎麼回事？你的義女是來給大家掌席助興呢？還是來與人獨飲？」主座之上，許敬宗斜藐雙目，兩手交叉在胸前，陰陽怪氣地說道。

許思翰叫起來：「郁蓉！過來給黜陟使大人敬酒！」連叫好幾聲，郁蓉才如夢初醒似的，輕輕移開定在狄仁傑臉上的目光，轉過頭去掃了許敬宗一眼，慢慢地朝主桌方向走去。

來到許敬宗面前，她剛剛端起酒杯，卻被許敬宗劈手攔下。黜陟使大人的臉漲得好似豬肝，看起來已醉得不輕，一雙迷離的醉眼在郁蓉的臉上身上不停轉悠，越看興致越高，突然沒頭沒腦地笑起來，笑了半天，才氣喘吁吁地道：「郁、郁蓉……小姐。你很會出謎啊，哈哈！今天，老朽也出個謎給你猜猜，如何？」

郁蓉定定地看著許敬宗，既不熱衷也沒有顯露厭惡之色，只是安靜地等待著他的下文。她這樣鎮靜的神色更加刺激了許敬宗，黜陟使大人口沫橫飛、手舞足蹈地說起來：「郁蓉小姐有學問，老朽這個謎要出得能夠上郁蓉小姐的品格！這個謎……謎面，呃，也是四個字，《左傳・昭公》中有句『使女擇焉』，打《孟子》中的一句話！郁蓉小姐，可猜得著？」

所有的人都支稜著脖子，呆若木雞似的盯著郁蓉，狄仁傑在次席的最遠處望過去，手心因為緊張滿是汗水。他已經猜出了謎底，並且真心地為郁蓉擔憂，她該怎樣應對這個局面……從這個角度，狄仁傑只能看見許敬宗滿臉猥褻的笑容，和郁蓉那孤清纖瘦的背影，卻看不見她的臉。

等了一會兒，沒有回答。許敬宗按捺不住酒意，尖聲笑道：「哈哈，猜不著？使女擇焉、使女擇焉，郁蓉小姐，老朽是讓你『決汝漢』啊！讓你這樣的美人兒自己挑漢子，你說好不好啊？哈哈哈——」突然，笑聲中斷了。郁蓉潑在許敬宗臉上的酒，流進鼻子和嘴裡，嗆得他連連咳嗽，差點兒背過氣去。席面大亂，齊刺史臉色煞白，扶著許敬宗又是捶背又是揉胸，許思翰氣得直跳起身，一記響亮的耳光搧向郁蓉：「小賤人！你想找死啊！」

狄仁傑看見，那個纖細的身影晃了晃，立刻又倔強地挺直了。許思翰恨得咬牙切齒，整張臉都扭曲變形，再揚起手，又是用盡全力的一記耳光：「真以為自己是大小姐了！賤人！還不快給許大人跪下賠禮！」似乎完全沒有聽到許思翰的話，郁蓉一言不發地轉過身，撇下滿屋瞠目結舌的男人們揚長而去。

第二天黜陟使帶隊離開汴州時，臉沉得好像刷了層墨汁，連一句話都沒有和前來送行的汴州官吏說。齊刺史帶著一干官員垂首默送，個個如喪家之犬般惶惶，連歡送的鑼鼓爆竹都響得有氣無力。至於許思翰長史，則乾脆稱病迴避，並且自此在家休養，再也沒到汴州刺史府衙門裡露面了。

時間又過去了差不多半個月，狄仁傑每日白天忙於公事，倒也心無旁騖。但到晚上夜深人靜、闔家入夢的寂寥時分，他一個人在院中負手而立，看著滿地青磚上脈脈流動的清朗月華，眼前總會不經意地出現那雙目光，一如此刻的夜色，幽深而疏離，卻又蘊含著最真摯最熱烈的渴望。每當這時，他的心中便會升起隱隱的憂慮，想來許思翰不會善待闖下大禍的郁蓉，而她的這個所謂養女的身分，直到現在，狄仁傑才終於了然。可惜他所能給出的，也只有寂寞月夜中，一聲長長的歎息罷了。

狄仁傑萬萬沒有想到，他與郁蓉的糾葛牽絆，不過才剛剛開了個頭。

這天上午，狄仁傑正在衙門辦公，就聽屋外一陣喧譁。緊接著就有衙役慌慌張張地衝進來，邊跑邊喊：「法曹大人，法曹大人！大事不好了！」

狄仁傑蹙眉低喝：「慌什麼？有話好好說。」

衙役張了張嘴，還未及吐出一個字，刺史齊晟大人後腳跨入，也高聲嚷著：「懷英！出大事了！」

狄仁傑吃了一驚，從椅子上蹦起來：「刺史大人，這是怎麼了？」

「咳，」齊晟直跺腳，「許長史死啦！」

「哦？」狄仁傑忙將齊晟讓到椅子上坐下，問：「什麼時候的事情？許長史是……突然病故？」

齊晟看了一眼狄仁傑，搖著頭苦笑道：「病故？病故倒好咯。懷英啊，這個麻煩事還得著落在你的身上。」

狄仁傑拱手：「齊大人請明示。」

齊晟緊皺雙眉，哭喪著臉道：「唉，方才許長史的管家許全來到刺史府報案，說是他們家老爺被人毒死啦！」

「毒死？」

「嗯，一口咬定是毒死。哎呀，懷英啊，該你這個法曹大人出馬了，趕緊帶上仵作查案去吧！許全還在正堂外面候著呢。」

狄仁傑點點頭，衝齊晟作了個揖：「請刺史大人稍安，下官這就去查案。」

齊晟擺手：「去吧，去吧。」

狄仁傑快步走到門前，齊晟又在他的背後叫：「那個……許長史也算是皇親，咳、咳，這案子要速戰速決，切忌夜長夢多。總之，大事化小，小事化了，不要牽扯太多才好。」

狄仁傑皺了皺眉，還是轉身對齊晟回道：「請刺史大人放心，下官一定小心處置。」

齊晟滿臉愁雲，一副欲言又止的樣子，狄仁傑無心再理，急匆匆地向正堂而去。

帶上仵作和幾名衙役，隨著許全一同趕往許長史的府第。為抓緊時間，狄仁傑邊走邊向許全詢問事情的經過，這才明白了齊晟的擔憂和顧慮緣何而來。按照許全的說法，他家老爺許思翰自半個月前的酒宴之後就病倒了，每天延醫吃藥，病勢卻並無好轉。今日上午用過早膳之後不久，突然呼痛連連，在床上翻滾掙扎，大家一時慌了手腳，趕緊去請郎中，可誰知郎中還沒趕到，許思翰就已七竅流出黑血，氣絕身亡了！

狄仁傑暗自思忖：七竅流血，難怪說是毒死。他不動聲色地問：「你來報官時說老爺是被毒死的，你如何能這麼肯定？」

許全咽了口唾沫：「唔，小的、小的哪裡懂這些。是我家少爺吩咐小的這麼說，少爺還說，毒殺老爺的是郁蓉小姐，他已把人押在府中，就等官府過去定案了！」

「郁蓉？」狄仁傑脫口而出。

許全正自張皇，倒也沒看出法曹老爺略有失態，還以為他不知道郁蓉的身分，忙喋喋不休地解釋道：「是啊，郁蓉小姐是老爺的養女，我家的二小姐。我家少爺說，因為今早就是郁蓉小姐伺候老爺吃了點稀粥，除了她，出事前再沒人進過老爺的房，那下毒的人不是她又是誰啊？」

狄仁傑冷哼一聲：「哦？如此說來倒不需要我這個法曹出面，你們自己就把案子斷了！」

許全看狄仁傑面色不善，忙支吾道：「這個……小的也都是聽少爺說的，法曹大人還是和我家少爺談吧。」

此刻一行人已經來至許宅門前，許全領著狄仁傑進到正堂，卻只見到幾個僕傭沒頭蒼蠅似的亂轉，並沒有許家大少爺許彥平的身影。一見許全，這幫人忙不迭地湧上前來七嘴八舌，許全擺出大管家的派頭一通喝問，才算搞清楚，原來少爺許彥平和小姐許敬芝為了郁蓉的事，正在後院大吵大鬧，這許府裡頭已經徹底亂套了。

許全尷尬地看著狄仁傑：「法曹老爺，您看這……」

狄仁傑冷靜地發問：「老爺的屍身現在何處？」

「還停在他老人家的臥房裡面。」

「嗯，那你先引本官和仵作去察看，再派人通知你家少爺和小姐。」

「是！」

許思翰的臥室外頭守著好些個家人，神色一律茫然而恐慌，卻沒有半分悲傷。狄仁傑冷眼觀察，便知這位老爺並不受下人愛戴。三開間的正房中門大敞，幾個濃妝豔抹的女人圍坐在桌邊嚎啕大哭，看模樣都應該是許思翰的姨太太們。狄仁傑也不理會那幾個女人，邁步直接走進許思翰的臥房。

這是一間殷實的官宦人家的臥房，陳設富貴莊重，略顯呆板。東牆根下置一張花梨木的雕花大榻，上頭直挺挺地躺著的，正是許思翰的屍體。狄仁傑走到榻前觀察，就見許思翰圓睜雙目，臉孔扭曲發黑，眼耳鼻嘴各處都有黑色的血漬，均已凝結。狄仁傑讓仵作仔細察看屍體，自己則在臥房內踱起步來。

屋內桌歪椅翻，一片凌亂。狄仁傑招呼守在門邊的許全：「這屋裡有什麼人來過？」

許全忙答：「哦，上午郁蓉小姐叫起來的時候，僕人丫鬟來了一堆，不過少爺看到老爺一咽氣，就吩咐不讓人再進這間屋，姨太太們都只能在外屋哭。屋子裡的東西也都沒有人動過。」

狄仁傑點點頭，目光如炬，一一掃過屋中所有的角落。青磚地上腳印雜亂不堪，榻前有嘔吐物和血跡殘留，榻邊的牆根下亦有些黏跡黑漬，顯得十分污穢。狄仁傑伸手拈起一些細看，原來是死去的螞蟻屍體。許全看著狄仁傑緊鎖的眉頭，趨前道：「法曹大人，我家少爺吩咐一切維持原樣，不讓打掃。」狄仁傑不置可否地點了點頭。回到榻前，仵作已驗完屍體，結果不出所料，許思翰全身並無明顯傷痕，但七竅均是瘀血，牙齒和指甲發黑，基本可以認定是中毒而死。

狄仁傑聽完仵作的陳述，回過身來問許全：「你方才說老爺是用了稀粥以後身亡的，那盛稀粥的碗在哪裡？」

許全忙道：「少爺吩咐小的收起來鎖在櫃裡，以防被人動手腳。」說著，他從腰間摸出把鑰匙，打開一旁高櫃上的門。

狄仁傑道：「我自己來取。」許全束手退下，狄仁傑從櫃中拿出個小小的青花瓷碗，碗裡擱著把同花色的瓷勺，碗底還剩有極少的一點粥渣。狄仁傑湊近聞了聞，便將粥碗交到隨從手中，命他小心收好。

「除了這碗稀粥之外，老爺早上還用過什麼其他食物嗎？」

許全撓了撓頭：「回法曹大人，我家老爺自病倒以來，常常腹痛嘔吐，吃不下東西，因而每天都只能喝些白粥，連小菜都不用。」

狄仁傑眼波一閃：「你家老爺既然得病，難道不服藥嗎？」

許全還未開口，門口有人應道：「家父所用之湯藥需在飯後服下，今天的湯藥還沒來得及服，家父就……」

狄仁傑展目望去，門前站立一人，中等身材面目平庸，細眼、闊嘴、頷下稀疏的鬍鬚，容貌和許思翰頗有幾分相似，全身上下的衣飾倒十分富麗奢華，許全一見此人，連忙跑過去叫：「少爺，這位就是法曹大人。」

許彥平瞥了一眼狄仁傑，粗疏大意地作了個揖：「法曹大人。」

「許公子。」狄仁傑也淡淡地和他打了個招呼。

許彥平飛快地掃了一遍屋內的情景，拉長嗓門問：「法曹大人案子查得怎麼樣了啊？」

狄仁傑平靜地道：「本官剛剛到達，還需核查許多細節，暫時沒有太多眉目。」

「什麼？」許彥平眉毛一豎，略微抬高聲音道：「這不是明擺著的事嗎？法曹大人還需核查什麼細節？我聽說你查案頗負盛名，今日一見，怎麼如此優柔寡斷？我爹死得太慘，法曹大人須得要盡快查清凶手，才能告慰我爹那屈死的亡魂啊！」話說到最後，他悲從心頭起，喉嚨哽住了。

狄仁傑安慰道：「許公子，人死不能復生，還請節哀順變。至於長史大人的死因，今天本官過來就是要查個水落石出的。聽方才許公子的話，似乎對案情頗有見解，不知能對本官解釋一下嗎？」

許彥平撩起袍袖擦了擦眼睛，哼道：「我爹今天早上喝過郁蓉這小賤人做的稀粥就歸天了，這事兒難道不是明擺著的？法曹大人，許某覺得您大可將那郁蓉先抓捕起來，嚴加審問，不信她不招供。」

狄仁傑正自思忖，門口又有人接話：「許彥平！你胡說些什麼？既然請來了法曹大人，就讓人家斷案嘛。你憑什麼就咬死了郁蓉，還要抓去衙門用刑，難道你想屈打成招嗎？」這女聲清脆俐落，狄仁傑聽得耳熟，抬頭一看，門口站著個二十來歲的小姐，細腰窄肩、眉目如畫，狄仁傑立即便認出，她就是許思翰的女兒、汝南郡王李煒的未婚妻許敬芝。

許敬芝眼圈紅紅的，俏麗的臉上淚痕清晰可見，她快步來到狄仁傑面前，對他款款一拜，朗聲道：「小女子許敬芝，見過法曹大人。」雖剛剛經歷喪父之痛，悲傷和忙亂絲毫無損她貴氣天成的風姿。狄仁傑莊重還禮，心中感歎這對兄妹氣質差距如此之大竟不似同胞，但表面上他並不想厚此薄彼，尤其不願讓人察覺他與許敬芝、郁蓉預先相識。

許彥平看見許敬芝，神色更加陰沉了，對狄仁傑沉聲道：「法曹大人請明示，這案子到底打算怎麼查？我們還要給父親收殮。」

狄仁傑點頭：「仵作已驗過屍體，待本官勘察完現場，就可以給許長史收殮了。」

許彥平追問：「那嫌犯郁蓉呢？要不要押去衙門？」

許敬芝急得柳眉一豎，狄仁傑對她擺了擺手，鎮定自若地道：「本官沒有定案之前，這許宅之中所有的人都有嫌疑，包括許公子和許小姐。因此還請各位注意自己的行止，在定案之前不要擅離汴州，以免引來不必要的麻煩。另外，既然郁蓉是本案重要的證人之一，就先看管在貴府中，本官會派差役留駐的。」

「派差役在我家？這……恐怕不妥吧？」

許彥平話音未落，許敬芝立即針鋒相對：「好！法曹大人這樣安排很妥當。父親死得不明不白，有官府差役在家我心裡也踏實些。怎麼，你怕什麼？難道心裡有鬼不成？」

許彥平遭此搶白，氣得額頭青筋亂暴，恨恨地道：「哼，我才不怕！可我告訴你，你再怎麼袒護郁蓉也沒有用！她一向對父親不滿，懷恨在心，這回痛下毒手，根本就是證據確鑿！法曹大人，你慢慢查，仔細查，到頭來就知道我說得對不對！」

狄仁傑從容作答：「請許公子、許小姐放心，本官定當全力以赴，一定會還許長史一個公道。」頓了頓，他又道：「本官正在勘察現場，二位還請先迴避，如本官有事求教，另會派人約請。」

許敬芝點點頭：「法曹大人請便。郁蓉嚇壞了一直在哭，我要去陪她。唔，法曹大人可遣差役隨我一同過去，免得讓人說三道四。」一邊說著，她還不忘投給許彥平一個鄙夷的眼神。

「好，多謝許小姐。」狄仁傑使了個眼色，一名差官隨著許敬芝走出屋去。轉過臉來，狄仁傑對許彥平客客氣氣地施禮道：「目下本官還要再問許全一些話，請許公子先將幾位姨奶奶請出，以免談話內容驚擾了內眷。」

許彥平憤憤地哼了一聲，扭頭大踏步地走了出去。那幾個哭哭啼啼的姨太太和一干僕傭也跟著他退出許思翰的臥房，屋子裡總算安靜了下來。狄仁傑轉過身，對呆若木雞的許全微微一笑：「行了，現在該你回答我的問題了。」

「什、什麼問題？」許全做出副苦相。

「關於服藥的問題。」

「噢！」許全正要說話，狄仁傑抬起手：「你慢慢說，從你老爺開始得病說起，把整個情形一五一十地對我說來。」

許全撓了撓頭，一邊想一邊說起來。狄仁傑則邊聽邊問，終於了解清楚整個過程。原來那天餞行宴之後，許思翰又氣又怕地回到家中，連夜把郁蓉痛打了一頓。雖說出了口惡氣，畢竟年高之人，這麼一折騰第二天就腦熱體虛，躺倒不起了。起初只是頭疼乏力，請來城中最好的郎中把脈開方，哪知吃了藥後病勢不見好轉，反而一天比一天沉重，沒幾天又添了腹痛嘔吐之症，時好時壞、反覆不定，將許思翰折磨得痛苦不堪，日漸枯槁。敬芝小姐急得不行，直怪那些姨奶奶和丫鬟們料理老爺的飲食不力。其實本來許思翰的飲食都是由郁蓉服侍，可這次她被打得遍體鱗傷，自己都起不了床，於是敬芝小姐只好親自上陣了。

「哦？那麼說這些天許思翰的飲食醫藥都是許敬芝料理？」狄仁傑目光灼灼地問。

許全點頭：「是的。」

狄仁傑又問：「那什麼時候又改成郁蓉小姐了呢？」

許全撓了撓頭：「回法曹老爺，一直到昨天，老爺的一日三頓稀粥加上早晚兩次湯藥，都是敬芝小姐親自服侍的。今天早上怎麼會突然又變成郁蓉小姐，小的真不清楚了。」他又指了指外間屋的一個小爐子，「您看，敬芝小姐嫌下人們準備的東西不乾淨，每天的粥都是她自己在這個小爐子上單獨為老爺熬的，湯藥也是在這裡熬，從不讓其他人經手。」

狄仁傑緊鎖雙眉來到小爐子旁，只見上面還放著個砂鍋，裡面是冰冷的小半鍋粥。許全囁嚅：「這就是郁蓉小姐今天早上熬的粥剩下的。」

狄仁傑彎腰仔細看了看，示意隨從也把這砂鍋收好。爐子旁邊的小桌上，還擱著一個打開的藥包，看樣子郁蓉正打算給許思翰熬藥，就出了事。狄仁傑心裡有些抽緊，難怪許彥平咬得這麼死，從這個局面看，假如證實了許思翰的確是被粥中的毒所害，那麼郁蓉就很難擺脫嫌疑了。郁蓉，殺人？他搖了搖頭，命令自己冷靜下來。想了想，狄仁傑又追問：「那麼這些天，哦，今天之前，都是敬芝小姐一人白天黑夜地照料你家老爺嗎？」

「倒也不是。敬芝小姐只在白天伺候，晚上有兩個貼身婢女輪流守夜。法曹老爺要傳喚她們嗎？」

「暫且不用。你先將那兩個婢女看管好了，這些天不許她們離府，本官隨時可能訊問她們。」

「小的明白。」

狄仁傑又在屋裡轉了一圈，細細察看每件物什。在北牆前的多寶格上，他發現一個綢緞裹面的長方盒子，掀開瞧時裡面卻是空的，拿到鼻子底下聞聞，有股甜苦交雜的味道。狄仁傑心中已有計較，把盒子往許全面前一送：「這個盒子裡原先裝的什麼？」

許全毫不遲疑地回答：「這個是裝養榮蜜丸的盒子。」

狄仁傑追問：「你家老爺還服這個？」

許全翻了翻白眼：「是啊。我家老爺常年服用養榮丸，都有七八年了吧。」

「這些天病了也還服用嗎？」

「嗯，郎中說有好處的，所以還接著服，每天一丸。」許全說著指指盒子，「這不昨天晚上剛服完這一盒。」

「也是敬芝小姐伺候老爺服用嗎？」

「哦，這蜜丸一般臨睡前服用，都是由守夜的婢女伺候老爺服下。」

狄仁傑點點頭，將盒子揣入袖中，理一理袍服，道：「許全，本官現場就先勘察到這裡。你去通報你家少爺、小姐，可以為老爺淨身入殮了。」

不知不覺已過了午牌（正午），狄仁傑匆匆趕回刺史府。雖然心知齊大人在等自己的匯報，狄仁傑還是繞開了正堂，直接去到法曹辦公的東院。自擔任判佐以來，他經辦的大小案件也不算少，卻從未像今天這般忐忑和緊張。

剛踏進院子，狄仁傑一眼就看到了那個收下粥碗的隨從，剛才他悄悄吩咐這隨從先行離開查驗粥渣。「怎麼樣？」狄仁傑心急火燎地問。

隨從一拱手：「大人，卑職給野貓吃了剩下的一點兒粥渣，那畜生沒過多久就口鼻流血而亡，且氣味如蒜。可以肯定，這粥裡含有砒霜。」

「竟是這樣。」狄仁傑深吸口氣，正在沉思之際，只聽有人在叫：「懷英啊，情況如何？」原來齊晟大人等不及，自己找來了。狄仁傑無奈，只得將在許府查案的前後經過說了一遍，粥渣含毒也據實相報。

齊晟全神貫注地聽完，長歎一聲：「難怪常言道『身如桃李心蛇蠍』，那郁蓉自恃清高，卻被許長史當作玩物，由恨起意毒殺許長史，倒也令人惡之哀之。懷英啊，事實已明，快快結案吧。」

狄仁傑略一遲疑，對齊晟深深作揖：「齊大人，此案還有諸多疑點，下官目前無法定案。」

齊晟訝異：「還有什麼疑點？」

狄仁傑坦然道：「首先，粥渣中雖有砒霜，但事發後有很多人都進入過許長史的臥房，家人、僕役，包括許公子和許小姐，這些人都可能趁亂在粥碗裡投毒，此為疑點一；其次，今天之前照料許長史的都是敬芝小姐，今天突然原因不明地換成郁蓉，就立即出了事，郁蓉就算要毒殺長史大人，如此行動也太過顯擺，難道她就一點不擔心被抓獲刑？此為疑點二；最後也是最重要的一點，許長史雖然是被毒死的，但是否一定就是粥中之毒所致，仍待確定。」頓了頓，他總結道：「這起案件的來龍去脈現在還不清晰，下官還需要一一訊問有關眾人，方能做出最終的判斷。」

「哦？」齊晟的語氣頗為不悅，「懷英啊，本官看你做事一向雷厲風行、當斷則斷，今日倒有些異乎尋常？」

狄仁傑不卑不亢地回答：「許長史的案子非比平常，自然更要小心謹慎，這也是出於維護本州官府的清譽考慮。」

齊晟陰沉著臉道：「也罷，查案是你這判佐的職責，本官無意干涉。只是此案關係重大，拖延不得……這樣吧，本官就給你兩天時間，後日一早，你必須給出案情的結論。」

「是！」狄仁傑鄭重允諾。

剛送走齊刺史，一名衙役來報，藥包裡的藥和砂鍋裡的剩粥經查都沒有問題。狄仁傑點了點頭，將眾人盡數打發走，想要好好整理一下思路。誰知剛剛在堂中坐下，就又來了一位不速之客。那人身罩大氅，急匆匆直闖進堂內，狄仁傑聽到動靜時，來人已站在桌案前，卻仍蒙著頭不說話。

狄仁傑乍一眼沒有認出對方，剛要喝問守衛怎麼隨便放外人進來，對方壓低聲音叫道：「懷英兄，是我啊！」說著脫下風帽，狄仁傑大吃一驚，來人竟是汝南郡王李煒。

狄仁傑趕緊站起身來，一邊躬身施禮，一邊從案後轉了出來，問：「殿下怎麼突然來到這刺史府裡？」他知道李煒向來最忌諱暴露自己的身分，更別說直接闖入官府衙門了。

李煒滿臉焦慮，擺手道：「唉，還不是為了姨父家的事！事發緊急，也顧不得那麼許多了。」

狄仁傑已料到他必是為許思翰的死而來，便先請李煒坐下，自己去關上堂門，返回來坐在李煒對面。看看李煒那副垂頭喪氣的樣子，狄仁傑笑問：「殿下兩個多月前不是因家事返回長安了？記得我與汝成還是在醉月居為你餞的行。怎會如此巧合，許長史家一出事，殿下就重抵汴州了？」

李煒的臉微微泛紅，他尷尬地咧了咧嘴，無奈道：「懷英兄，我也不必瞞你，一個多月前我返回長安，並非為了家事。」

「哦？」

李煒點點頭，又自嘲地搖搖頭：「咳！我們這個家裡的事，懷英兄，你都知道的，哪一樁哪一件不是國事？當今聖上龍體欠佳，帝后打算讓太子弘盡快履行監國職責，既為聖上分憂，也讓太子早得歷練。李煒不才，列在聖上為弘挑選的若干輔助良臣中，兩個月前被宣後不敢耽擱，立即啟程返回長安，就是因為這個。」說到這裡，他若有所思地停下了。

狄仁傑不動聲色，果然李煒自己又接著說下去，只是臉孔漲得更紅了：「可就在十天前，李煒收到表妹敬芝的來信，說是姨父病重，令她焦慮萬分。我看她信中言辭確實已六神無主，心中很為她擔憂。於是……就私下和太子打了個招呼，來汴州探望敬芝。哦，我是昨天下午到的汴州。」

「原來如此。」狄仁傑含笑又問，「殿下既然是來探姨父的病，為何沒有住在許府？」

李煒一愣：「你怎知我未住許府？」

狄仁傑坦然道：「殿下若是住在許府，今晨下官到達許府時，殿下應該會現身，有話在許府內談，總好過此刻來闖刺史府。何況當時敬芝小姐還與許公子發生口角，殿下斷不會置之不理的。」

李煒輕輕一拍桌子：「好你個法曹大人！真真是什麼都逃不過你的眼睛。唉！」緊接著又是一聲長歎，李煒神色侷促地道：「懷英兄，李煒這次來汴州沒有打算久待，只是來看看姨父的狀況，安慰一下敬芝，因而是私下向太子告的假，所以不願驚動什麼人。況且……」他稍作猶豫，還是道：「不瞞懷英兄，李煒對姨父向來沒有什麼好感，來汴州許家全是為了敬芝。這次我特地微服寄住在城西桃李坊內的迎賓客棧，就是不想讓除了敬芝之外的任何人知道我來到汴州。假如姨父暫時沒什麼事，我也就是看看敬芝，待個兩三天，還要趕回長安去的，哪裡想到……咳，居然出了這樣的事情！」

狄仁傑眼波閃動，凝視著李煒道：「那麼下官此刻就有個重要的問題，請殿下務必從實回答。」

李煒垂下腦袋：「呃……你就問吧。」

「是，我想殿下知道我要問什麼。許敬芝小姐昨夜到今晨，是否與殿下在一起？」

李煒的臉立即由紅轉白，終於還是下定決心，坦承道：「是的，昨日我住進客棧後，就派人送信給敬芝，約她到客棧相會。她服侍完姨父的晚餐和湯藥，便偷偷出府到達我處。當時天色已晚，里坊宵禁，她無法回府，所以就……」

狄仁傑喟然歎息：「難怪今晨突然由郁蓉代替敬芝小姐伺候許長史……郡王殿下，此中內情可不便向外人道啊。」

「誰說不是呢！」李煒心急之下，竟一把攥住狄仁傑的胳膊，「懷英兄，虧得是你接了這個案子，要不然這麻煩還真大了！總而言之，這案子必須要速斷速決，千萬不能牽扯到我與敬芝的身上，否則敬芝的名譽受損，我擅離職守亦是罪過一件啊。」

狄仁傑緊鎖雙眉，搖頭道：「這些倒還罷了，我擔心的是事情遠沒有那麼簡單……」

「啊？還有什麼問題？」

狄仁傑沉吟著問：「殿下，依你之見，這起案件的凶手究竟是誰？」

李煒面露難色，支吾了半天，才道：「看上去郁蓉的嫌疑最大，可、可她畢竟是個才十七歲的女子，雖說平日裡心高氣傲的，但要說她會下毒殺人，我覺著不太像。但許家的其他人，也沒理由要害死姨父啊。不好說，真不好說啊！」

狄仁傑道：「那麼敬芝小姐……」

「啊？」李煒急了，「懷英兄，我方才說得清楚，昨夜至今晨敬芝都與我在一起，說起來她是最沒有嫌疑的！」

狄仁傑衝他擺了擺手：「郡王殿下請少安毋躁，我是在想，假如沒有你突然到汴州約見敬之小姐，那麼恐怕今天最大的嫌犯就不是郁蓉，而是敬芝了！」

「這……」李煒頓時語塞，狄仁傑則面沉似水，一字一句地道：「查案之道，歷來有兩個方向，一是從現場分析凶嫌的各種可能；另一個則是查找犯案的動機。這樁案子如果僅從表面來看，定郁蓉的罪是最簡單的，從兩方面都能說通，但是……恰恰因為郁蓉是臨時代替敬芝小姐去伺候許長史，才令整件事情變得撲朔迷離、蹊蹺叢生了。」

沉默了一會兒，狄仁傑注視憂心忡忡的李煒，問道：「郡王殿下，下官今天在許府時，發現敬芝小姐與其兄許彥平似乎不太和睦，殿下可知其中內情？」

李煒「咳」了一聲，這才將許彥平和許敬芝的身世對狄仁傑和盤托出。原來那許彥平和許敬芝並非一母同胞。許敬芝的母親是許思翰的正室秦氏，亦是蔣王李惲之妻的表妹，所以李煒才稱許思翰為姨父。而許家雖是名門，到許思翰一輩已經敗落，全靠秦氏陪嫁過來的大筆財產才重新殷實。秦氏已故，只生育了許敬芝這一個女兒，那許彥平則是許思翰的第三房妾室所生，雖是長子實為庶出。

狄仁傑聽到這裡，方明瞭這兄妹二人之氣質外貌的差別由來。按說許彥平縱非嫡子，但畢竟是許思翰唯一的兒子，在家中的地位本應高過許敬芝，可惜他母親的身分背景與許敬芝之母差得實在太多，而許彥平本人又無才無德，整日遊手好閒，功名利祿無一所長，年近三十仍一事無成，因此頗遭許思翰的嫌惡。自從李煒與許敬芝定情之後，許思翰趨炎附勢，更是厚女薄子，根本不把許彥平放在眼中。許彥平遷怒於許敬芝，許敬芝也厭惡許彥平的為人，這兄妹二人雖同居一片屋簷下，彼此互無好感，平時幾乎從不往來。

狄仁傑聽完這段敘述，靜靜地思索了一番，又問：「那麼郁蓉呢？據下官所知郁蓉乃是許長史的養女，殿下可知她的來歷？」

李煒訕笑一聲，表情複雜地回答：「聽敬芝告訴我，郁蓉大概是出生於前朝某位犯官的家族，家道中落後被送入教坊，是打算按一等一的官妓來教養的。若干年前，我那姨父偶爾一次逛長安教坊，竟一眼看中當時才五六歲的小郁蓉，驚為稀世少有的美人胚子，便將她買回府中，認作養女，還讓敬芝與她互稱姐妹，從小在一起長大。這也就是敬芝與郁蓉形影不離、特別友愛的緣故。」

狄仁傑揶揄：「如此說來許長史還是郁蓉的恩人了，那郁蓉就更不該對許長史起殺心。」

李煒苦澀地道：「姨父恐怕沒那麼好心，他是看中了郁蓉國色天香、佳人難得，想養大了做件極珍貴的寶物，換取更多的好處罷。」他看了看狄仁傑，遲疑著又道：「懷英兄，敬芝比郁蓉大三歲，一直把她當成親妹妹看待，可以說是愛護有加。不過我始終覺得，那郁蓉雖然蘭心蕙質，堪稱絕代佳人，性情卻多少有些古怪，言行每每不循常理，連敬芝都嗔她是個瘋丫頭。所以我想……」

狄仁傑冷然道：「殿下有話只管說。」

李煒愈加尷尬，但還是硬著頭皮道：「我想以郁蓉的個性，做出極端的事情，也未嘗沒有可能。許敬宗大人在汴州最後一夜的遭遇，我也有所耳聞……」

狄仁傑一凜：「殿下的言下之意是？」

李煒掉轉目光，低聲道：「李煒沒有別的意思，只想請懷英兄盡快破案，務必不要牽扯到本王和敬芝。拜託了！」

直到今天，當狄仁傑回憶起發生在乾封元年深秋的這樁命案時，仍然能夠清晰地感覺到自己當時的那種激憤和感慨、同情與憐惜。這種種情緒是如此強烈，以至於當李煒離開之後，他不得不強迫自己冷靜下來，否則恐怕連他自己都要懷疑，憑著如此起伏不定的心緒，是否真能夠在短短兩天的期限裡，釐清整個迷局，探查出案件的真相。如今想來，當年的他是多麼年輕氣盛，充滿了悲天憫人的同情心和懲奸除惡的自信。哦，其實今天的狄仁傑，即使已到暮年，也還是沒有根本的變化。只不過他所悲憫和幫助的對象，由某些特定的人轉變成了更大多數，於是當他在決定取捨的時候；做出犧牲的時候，能夠有更多冠冕堂皇的理由來令自己變得冷靜，並很好地保持內心的平衡。

人們眾口稱頌的是他狄仁傑的公心，只有內心深處的他才知道，自己也可以是多麼的自私。對郁蓉，從始至終，他的所作所為都是出於私心，並不比李煒高尚半分。當初他無法面對這份自私，花了很多時間和努力去忘卻、去平復，甚至去為自己找尋藉口……歲月更迭，現在他漸漸發現，不論怎樣胸懷天下、繫念蒼生，在白駒過隙一般的生命中，總會碰到那麼些人，令得你不知不覺就自私起來。

可歎的是，恰恰是這種私心才能牽動最深沉的愛與恨，叫人心心念念記掛著，在每一個最不經意的瞬間，揪出徹骨的心痛，讓他明白——自己只不過是個凡人。

第十章　郁蓉・下

兩天時間很快就過去了，轉眼就來到了齊晟大人設定的最後期限日。這天一大早，狄仁傑身穿淺綠色七品公服，頭戴烏紗平巾幘，腰繫革帶，腳蹬皂靴，神采奕奕地來到汴州刺史府正堂前。齊晟一見便連忙招呼：「懷英來了。啊，許長史的案子怎麼樣了？」

狄仁傑不慌不忙地朝齊晟作了個揖：「案件尚未查清。」

「什麼？你……」齊晟的臉色黑沉下來。

狄仁傑鎮定自若：「刺史大人，下官想請大人一起去許府祭拜一下許長史。」

「現在嗎？」

「是的，就是現在。」

齊晟狐疑地轉動著眼珠，上下打量狄仁傑：「懷英啊，長史暴卒的原因尚未查出，真凶逍遙法外，你我有何臉面去到許大人的靈位之前？又該如何應對許長史家眷的質問？」

狄仁傑微笑：「齊大人不必擔憂，今天下官請您同去許府，就是想來個現場定案。」

「現場定案？」齊晟瞪著狄仁傑，一副莫名驚詫的模樣，「懷英！你這是在瞎搞什麼名堂？」

狄仁傑正色道：「齊大人，以您對下官的了解，覺得下官會做沒有把握的事情嗎？」

「這……」

狄仁傑朝齊晟一躬到地，鄭重其事地道：「齊大人，許長史的案子案情錯綜複雜，且牽涉到皇親國戚，必須要審慎對待，但又不能推延時日，以免夜長夢多。下官經過這兩日的偵查，基本已理出了頭緒，只待與案件中的幾個關鍵證人一一對質，即可鎖定元凶，塵埃落定。」

齊晟喃喃：「鎖定元凶……」他猛然抬眼直視狄仁傑，「你的意思是郁蓉並不是凶手？」

狄仁傑道：「齊大人，下官現在只能說，凶手就在許府之中。還請您即刻跟我去許府走一趟，下官保證在今晨就讓此案真相大白！」

齊晟愣了半晌，方喟然歎息道：「懷英啊，本官相信你的能力，必不會讓你我難堪。也罷，今天本官就隨你走這一遭。」

這一年的深秋天氣特別寒冷，陰濛濛的天空中總是堆積著大片厚厚的雲朵，將陽光中稀薄的暖意擋去。時而刮來的一陣西北風，捲起遍地黃葉，蕭瑟的寒意瞬間便穿透袍服，直侵入骨髓的深處。風過後，雲朵被吹散，但依然見不到陽光，只是天空變得出奇高遠而深邃。這個深秋，雖非嚴冬，卻更顯肅殺。

這個秋天，叫多情之人倍感牽掛，也讓無情之人悵然失落。

許思翰的府邸已完全是大辦喪事的模樣。高聳的黑漆府門從上至下貼滿雪白的麻紙，連銅門環上都繞了白色布條。門楣處懸掛的燈籠均覆上白布，在一陣猛似一陣的寒風中拚命搖擺，遠遠望去，倒真有點兒像白無常來人間索命。齊晟和狄仁傑剛來到門口，全身麻衣的許全便將二人迎了進去。

和上回見面時不同，許全這次三緘其口，沉默著陪同兩位大老爺走向內宅，顯得十分嚴肅謹慎。靈堂就設在正堂內，沿著府門到正堂的甬道兩側，高高搭起的靈棚上掛滿了白布的雲頭幔帳，並紮著素花靈幃的靈龕，家人僕婦們全都披麻戴孝，垂首跪在靈龕之內，號哭聲震天動地。狄仁傑和齊晟一路匆匆向前，雖然是在大白天裡，還是覺得寒氣入骨，全身冰涼。

許全引著二人踏進靈堂，正中一口楠木大棺材，供桌之上兩對白燭後便是許思翰的靈位。齊晟率先來到靈前，從許全手中接過供香，唸唸有詞了一番，還撩起袍袖擦擦眼角，才將供香插入香爐。狄仁傑稍稍退後，站在靈堂門口，眼睛的餘光掃過整個靈堂。靈柩前跪伏在地的自然是許思翰唯一的兒子許彥平，兩旁的雲頭幔帳垂落，後面影影綽綽地跪著若干雪白的身影，女人的哀泣聲不斷地傳來。狄仁傑明白，那應該就是許思翰的幾房姨太太，和許敬芝，還有……郁蓉，她會在嗎？這兩天裡面她承受了怎樣的煎熬和苦楚？她，還好嗎？

齊晟祭拜完畢，狄仁傑也上了香。許彥平按例對二人跪拜還禮，禮畢，便站起身來，臉上淚痕未乾，瞪著雙布滿血絲的眼睛道：「二位大人！家父突遭劫難、含冤離世，你們作為汴州百姓的父母官，又是先父的同僚好友，總要有所交代吧？光過來弔個唁可不行，彥平情實難堪啊！」

齊晟瞥了眼狄仁傑，硬著頭皮回應：「許公子，今日本官與法曹狄大人一起過來，就是想要借此機會，在許府將案情斷個水落石出，以告慰許長史在天之靈。因此……還請許公子安排一處僻靜之所，我們將在此地現場斷案。」

「現場斷案？」許彥平緊鎖雙眉，口氣中既憤懣又疑慮，但還是沉著臉道：「既然如此，就請二位到後院的花廳吧。許全！領二位大人過去。」他一聲吩咐，狄仁傑跨前道：「許公子，還請與本案有關的諸位盡數到場。包括各位夫人、許小姐、郁蓉小姐、守夜的婢女，以及許公子您自己。」

許府後院的花廳面朝一彎小小的荷塘，荷花的殘枝枯葉豎立塘中，秋風蕩起陣陣漣漪，黃葉旋轉著飄落在水面上，與枯敗的殘荷一起，繪出一幅最淒涼的秋景。花廳朝向荷塘的門敞開著，眾人各自落座。齊晟和狄仁傑一左一右，面南背北，並排坐在主位之上。下置兩排椅子，東邊三張椅子上依序坐著許彥平、許敬芝和郁蓉；右邊相對坐著許思翰的三位姨太太。地上靠近門邊站著兩名守夜的婢女，許全候在她們的身旁。門外則由官府的幾名衙役把守著。

看到眾人坐定，齊晟低聲道：「懷英，現在就看你的了。」

狄仁傑輕輕嚅動嘴唇：「齊大人請放心。」抬起頭來，他鎮定自若地展目觀瞧，只見座上諸人皆渾身麻布孝服，頭戴碩大的白色孝帽，幾乎看不到面龐。

狄仁傑的目光悄悄掠過靠近門邊而坐的郁蓉，那披麻戴孝的身影顯得愈加柔弱無助、惹人憐愛……他趕緊穩住心神，深深吸了口氣，朗聲道：「許長史暴卒，死因頗多蹊蹺，本官受命查案，兩日之內已有眉目。今日請來各位，便是要逐一對質，當場定奪。」說到這裡，他故意停下來，果然座中諸人都抬頭朝他看過來，目光中有狐疑、有慌亂、有期待，亦有恐懼。

「許公子，」狄仁傑朝許彥平點了點頭，道：「兩日前本官聞報許長史暴卒，當時許公子就言之鑿鑿，說許長史是被郁蓉小姐下在稀粥裡的砒霜毒死。是這樣嗎？」

「是啊。」許彥平冷冷地道，「那盛著剩粥的碗也讓法曹大人取走了，怎麼？難道法曹大人沒有查驗一下？」

「查驗過了，粥中的確含有劇毒砒霜。」

「哦？」許彥平掃了眼身旁的兩個年輕姑娘，許敬芝蹙起秀眉，不停地咬著嘴唇，郁蓉則一味埋著頭，孝帽將她的臉龐遮得嚴嚴實實，看不到表情。

狄仁傑不動聲色，繼續道：「於是，這就產生了兩個疑問。第一，粥裡的砒霜是否為郁蓉小姐所下；第二，許長史是否確實被砒霜所毒死。而假設，我是說假設，這兩點都是事實，那麼我們就又產生了另外兩個疑問：第一，郁蓉小姐從什麼地方得來的砒霜；第二，她為什麼要毒死許長史。」頓了頓，狄仁傑環顧著眾人道：「由於暫時沒有其他的線索來推翻前面兩個假設，因而本官就從後面的兩個疑問開始著手調查。

「好在砒霜是劇毒，汴州城內能夠出售砒霜的只有兩家藥鋪：城東的同德堂和城北的濟仁堂。昨日本官派人逐一查訪，恰好最近幾個月來購買砒霜的客人不多，除去店家認識的、確知名姓的，只有同德堂在一個月前接待過一名神秘的女客人，購買砒霜時頭披面紗，形跡鬼祟，未留姓名……所以，我們就先認為這個女客人就是郁蓉小姐。而她早在一個多月前就開始計劃要毒殺許長史，並為此做了準備。」

狄仁傑話音剛落，許敬芝就著急道：「法曹大人！」

狄仁傑衝她做了個少安毋躁的手勢，許敬芝勉強坐定，就聽狄仁傑再度平靜地開口了：「那麼我們再來解決方才的第二個問題：郁蓉為什麼要殺害許長史。這兩天，本官為此案多少了解到一些郁蓉的身世背景，因而得知，那許長史雖對郁蓉有養育之恩，但也將郁蓉視為玩物，郁蓉小姐孤高自許，由此便對許長史心懷仇恨，也在情理之中。她在一個月前就匿名購買砒霜，更說明她早起了殺心。」

略停了停，狄仁傑問：「郁蓉小姐，你認罪嗎？」

「不。」回答得很堅決，出奇冷靜。

狄仁傑瞧了眼郁蓉，只見她依然低頭坐著，紋絲不動。狄仁傑不覺在心中暗自感歎，這真是個奇特的女子啊。

「好，郁蓉小姐否認犯罪。」狄仁傑無視座中的騷動，繼續不慌不忙道：「那麼我們再想一想剛才的假設，是否有什麼不妥呢？果然，一個問題出現了。既然郁蓉早就想殺害許長史，並且連砒霜都買好了，為什麼她不早不晚，偏偏選擇在兩天前的早晨犯案呢？我們都知道，許長史的飲食一向由郁蓉料理，她要想下毒，有足夠多的機會，並且可以做得很隱蔽，但是她卻選在了最容易被發現罪行的兩天前的早晨行凶，這又是為什麼呢？當然，殺人是件天大的事情，也許郁蓉小姐買回毒藥以後還一直在猶豫，下不了決心，然後就發生了一件重大的變故！半個月前在給黜陟使大人的餞行宴上，郁蓉行為失度令許長史十分惱怒，為此還挨了一頓痛打，臥床不起，也許就是這個事件讓郁蓉終於痛下決心？」說著，他彷彿自言自語似的搖著頭，「可還是說不通啊。因為許長史病倒以後一直是由敬芝小姐親自照料父親的飲食，而郁蓉只是在兩天前的早上突然代替敬芝小姐，她就算再恨長史大人，選在這個時候作案也太明顯了吧？無異於公然宣稱是自己毒殺了許長史，難道她真的不怕殺人償命？並且，據本官所知許長史這次病勢十分凶險，連郎中都說許長史怕難逃此劫，那郁蓉為什麼不再等一等，也許再過幾天，許長史自己就病得嗚呼哀哉了，她又何必冒險殺人？還在眾人的眼皮底下，殺得這麼拙劣！」

這次當狄仁傑停下時，花廳裡再無半點聲響，所有的人都屏氣凝神地傾聽著，等待著狄仁傑的下文。狄仁傑目光閃亮，面容卻保持著平日的冷靜，他又說了下去：「本官考慮再三，始終覺得郁蓉在粥中下砒霜毒死許長史這種假設，表面看似無懈可擊，細細分析卻又疑雲重生。因此本官決定換一個角度，重新思考整樁案件……於是，我又退回到最初的那個假設，也就是許長史是被粥中的砒霜所毒死的這個假設上。我想到，其實這個假設的依據是不充分的。

「許府中人都能證明，許長史當天早上只用了郁蓉小姐親手所煮的稀粥，但是假如當他用粥時，粥裡並沒有砒霜呢？並非沒有這種可能，因為當天早上許多人都進了許長史的臥房，乘著忙亂將砒霜投入粥碗是完全能夠做到的。但是，這樣的話我們就必須回答另一個問題：許長史又是身中何毒而亡的？他會不會在食用稀粥之前，就已經中毒了呢？而只是在服用稀粥的時候恰好毒發身亡？這種可能性同樣也是存在的，因為很多毒藥並非立即發作，從服下到毒發都有一段時間。即使是砒霜，假如服用的分量比較少，也會隔一段時間再發，而且症狀也更像普通的腹急之症，並不一定就當場置人於死地。由於以上這些分析，本官決定，將許長史死亡前一天晚上的飲食也一併考慮進來。因為夜晚這幾個時辰恰是大多數毒藥通常發作的期限。

「那麼，許長史在案發前一天晚上吃了些什麼呢？根據許府管家的證詞，許長史前一天晚上由敬芝小姐侍奉了稀粥和湯藥，又由守夜婢女伺候服下了常年所用的養榮蜜丸。而這三樣東西，是許長史病倒以後，每天晚上都在服用的。難道它們會有什麼問題嗎？」

狄仁傑再度停下，從案上端起茶盞，慢條斯理地啜了一口。屋內依然鴉雀無聲，他用眼角的餘光慢慢掃過每個人的臉。顯然由於提到了自己，許敬芝瞪大眼睛直視著狄仁傑，絲毫不露怯意，反倒有點兒挑釁的味道。在她的兩旁，郁蓉的面龐仍然被孝帽遮得嚴嚴實實，而許彥平則神色沉悶，不知道在琢磨什麼。對面，那三位姨太太個個瞠目結舌地看著狄仁傑，好像都被他的言論給驚呆了。

狄仁傑微微一笑，從袖管中抽出自許思翰房中所取之養榮蜜丸的盒子，先示意齊晟細看，隨即托舉身前展示給大家，一邊道：「齊大人，諸位，這是本官在探查案發現場時，所找到的許長史服用之養榮蜜丸的盒子。一盒蜜丸共十二顆，湊巧的是，這盒蜜丸恰好在許長史亡故的前一天晚上被服掉了最後一顆，所以這裡就剩一個空盒了。湯藥服完無從查起，前一天晚上的剩粥倒還在廚房中，本官也查驗過了，並沒有問題。因此本官就轉向蜜丸。」

「許全！」狄仁傑呼喚一聲，許全驚得跳了跳，趕緊上前問：「法曹老爺？」

狄仁傑點點頭：「唔，許全你來告訴本官，你家老爺服用的養榮蜜丸，都是從何而來的？」

許全戰戰兢兢地回答：「哦，因……因老爺常年服用養榮丸，城北的仁濟堂每兩個月會送五盒過來，這七八年來俱是如此。」

「好，那這次送來的養榮丸，還有剩餘嗎？」

「在庫房裡還存著兩盒。」

「你讓人去取過來。」

「是。」許全答應著向許彥平討來庫房鑰匙，派人去取。

許全退下，狄仁傑走到許敬芝的面前，輕輕一揖：「許小姐，在養榮丸取來之前，本官還有幾句話要問你。」

許敬芝抬起明亮的雙眸，在椅上微微躬身：「法曹大人請問。」

「好。第一個問題，許小姐是怎麼想到要親自伺候許長史的飲食的？」

許敬芝毫不猶豫地回答：「只因先父病倒以後，每日腹痛嘔吐、胃滿厭食，病勢沉重十分痛苦，偏偏郎中又說不出個究竟。我想，郁蓉沒有被打之前，都是由她伺候父親的飲食，一直好好的，或許是下人們準備的飲食不如郁蓉準備的乾淨？因此我才決定親自伺候父親。」

「唔。」狄仁傑的眼神閃爍，意味深長地問：「但是許小姐親自服侍許長史，也未能令病況好轉？」

許敬芝搖了搖頭，不覺露出悲戚之色：「確實沒什麼用，父親的病還是一日重似一日……」

狄仁傑追問：「郎中仍然毫無辦法？」

許敬芝潸然淚下：「郎中都說這病來得蹊蹺，還說父親年紀大了，這麼下去恐怕是凶多吉少，所以……所以那天早上我聽說父親亡故，還以為是因病所致，確實沒想到竟然會是中毒。」

狄仁傑頷首，又問：「那麼許小姐可曾把對長史病況的擔憂告訴過郁蓉小姐？」

「當然。我與郁蓉是無話不談的好姐妹。那幾天她被父親毒打後躺倒不起，我每日除了伺候父親外，還總會找時間去陪她。」

狄仁傑緊接著逼問：「所以許小姐在事發前一天晚上突然離府，也只告訴了郁蓉一個，並請她在第二天一早你來不及趕回許府的情況下，代替你去伺候許長史？」

許敬芝蒼白的臉上泛起紅暈，但仍鎮靜地回答：「是的。郁蓉休養了十來天，傷勢大有好轉，所以我才如此託付。」

狄仁傑滿意地吁了口氣，又道：「最後一個問題，許小姐，你方才說許長史的病況十分蹊蹺，能告訴我這樣說的原因嗎？」

許敬芝顰眉思忖著道：「郎中都說不出先父的病因，此是一；服藥後毫無作用，此是二；病情每日反覆，此是三。」

「病情每日反覆？這怎麼說？」

許敬芝猶豫了一下，方道：「父親的病情每天早上最嚴重，因此早晨那頓稀粥通常吃不下幾口，甚至無法下咽。但到了中午和晚間就會好一些，如此反反覆覆，實在太煎熬了……」她哽咽著說不下去了。

狄仁傑默默地等待了一會兒，等許敬芝稍許平靜些，又道：「許小姐，本官再問一句，許長史的病況是從一開始就如此嗎？」

許敬芝愣了愣：「似乎頭一兩天還不是，後來就一直如此了。」

「哦。」狄仁傑沉吟著，往旁邊移了一步，站到了郁蓉面前。事發以來，他始終沒有和她直面相對過，他知道是自己在刻意避免這一刻。在對一切還沒有完全把握之前，狄仁傑發現自己沒有信心站在郁蓉的面前，尤其是……不敢面對那雙目光。但是此刻，他卻出奇地冷靜，案件到了千鈞一髮的關頭，所有軟弱猶疑的情感湮沒無痕，剩下的只有最清明的理智，和令真相大白的決心。

「郁蓉小姐。」他低低地喚了一聲。郁蓉聞聲，抬起頭直視狄仁傑，他不得不稍稍避開那雙目光，但心神卻並沒有因此激蕩，他只是循著自己的思路，冷靜地發問：「案發那天早上，請問許長史的狀況如何？用了多少稀粥？」

郁蓉說話了，清潤的聲音似乎比狄仁傑的還要平靜：「那天早上我煮好粥端給義父時，他剛剛吃了幾口就突然翻滾掙扎，把碗碰翻在地，沒過多久就氣絕身亡了。」

狄仁傑抬高嗓音：「哦，許長史只吃了幾小口粥？」

「是的。」

狄仁傑正自沉吟，一旁的許彥平突然插嘴道：「幾小口粥又怎麼樣？只要下了砒霜幾小口也足夠毒死人了！」

狄仁傑對他微微一笑：「許公子請少安毋躁，本官還沒有問完話。」他朝郁蓉點點頭，又問：「請問郁蓉小姐是何時進入許長史的房間，何時伺候許長史用粥，又是何時呼喊到眾人前來的呢？」

郁蓉條理清晰地回答：「那天早上我辰時不到就到了義父的房中。守夜的婢女菊香是等我到了後才離開的。隨後我就開始煮粥，煮完後只稍涼了涼，大概在辰時二刻剛過，我盛了小半碗粥，端給義父吃。但他才吃了幾口就……我又驚又怕，立即就叫起來。因門外一直都有婢女和家人守候，所以他們聽到我的叫聲馬上就進房了。」

狄仁傑望向許全：「是這樣嗎？」

許全連連點頭：「是，我聽到下頭來報趕到老爺屋裡時，都還不到辰時三刻，碗裡的剩粥都還熱著呢。」

「很好！」狄仁傑突然抬高嗓音，臉上洋溢起堅定又昂揚的興奮之色。在座諸人都略顯詫異地盯牢他，就聽狄仁傑不慌不忙地道：「根據方才的這些訊問，本官可以斷定許長史並非被粥中砒霜毒死。而郁蓉小姐也並非是毒殺許長史的凶手！」

屋中不尋常地靜穆著，混雜著強烈的緊張和質疑。齊晟有點兒坐不住了，在狄仁傑身後輕聲嘟囔：「懷英，你、你說話要有依據！」

狄仁傑扭頭朝齊晟拱手，語氣頗為強硬：「齊大人，本官乃是法曹斷案，自然是在情理相合、證據無誤的情況下才做結論的！齊大人，諸位！」他跨前半步，一邊環顧著在座諸人，一邊道：「為什麼本官如此確定許長史不是被粥中的砒霜所毒死呢？道理很簡單，時間不夠！」

好幾個人一起發問：「時間？」

狄仁傑道：「對，就是時間！方才本官已經談到過，人服下砒霜這種毒物後，是不會馬上發病的。必須要等到毒藥經過腸胃，滲入血脈才能置人於死地，這是常識。而這段時間至少要兩刻鐘。但是大家都聽到了，郁蓉自進入許長史的臥房到長史毒發、眾人應聲闖入，其間連三刻鐘的時間都不到。光煮粥就需要兩刻鐘，因此許長史絕不可能在剛剛咽下幾小口粥之後，就立即毒發而亡的！所以，不論粥中的砒霜是事發前抑或是事後投入的，都不是許長史致死的原因！」

「可是……」齊晟猶豫著發問，「或許郁蓉一進入許長史臥房就給長史餵服了毒藥？比如騙他喝水？在水中摻毒？那麼等到辰時二刻過了正好毒發？」

狄仁傑冷笑：「齊大人，從時間上看，您說的這種可能性是存在的。但又一個問題出現了，同樣有時間作案的還有守夜婢女菊香！為什麼她就不能在郁蓉進屋之前給許長史飲用了含毒藥的水？毒發的時間也差不多嘛！」

齊晟緊蹙雙眉說不出話來。那婢女菊香從一開始就站在門邊候著，聽到這裡，「哇呀」大叫一聲跪倒在地，哆哆嗦嗦地喊著：「大、大老爺，菊香沒有……我、我……」已然涕淚交流。

狄仁傑走到她的面前，低聲安撫道：「菊香，你先不要著急。本官並未定你的罪，只是在分析案情。你好自準備著，過一會兒本官還有話要問你。」

菊香哽咽著磕頭到地。

狄仁傑回過身，銳利的目光再度掃過全場，語調由冷靜轉為激憤：「既然殺死許長史的另有毒物，那麼粥裡怎麼又會有砒霜呢？假如像齊大人所說，郁蓉通過別的方式向齊大人下了毒，這種方法我們到現在都還未查出，可見十分隱蔽，那為什麼她還要堂而皇之地往粥碗裡投毒呢？這不是畫蛇添足嗎？更重要的是，她這樣做根本就是把原來可以蒙混過關的罪行昭然於光天化日之下，試問，天底下有這樣的傻瓜嗎？」

頓了頓，狄仁傑用斬釘截鐵的語調道：「綜上所述，我們完全有理由認定，不論許長史究竟如何被害，為誰所害，都與粥碗裡的砒霜毫無關聯。同時我們也發現，那粥碗中的砒霜所起的唯一作用，就是要把殺人嫌疑落實在郁蓉小姐的身上！而本官也正是由此反推出，郁蓉絕對不會是殺害許長史的凶手。原因很簡單，世上不可能有這種的罪犯，處心積慮地實施犯罪，然後再處心積慮地暴露自己，只要是人就不會這樣行事！」他突然轉身正對齊晟：「齊大人，您認為呢？」

齊晟被打了個措手不及，本能地應道：「那是自然。」

他的話音甫落，許彥平臉色鐵青地質問：「二位大人，你們到底是什麼意思！我看這位法曹大人，不是來還先父一個公道的；倒是來給郁蓉洗脫罪責的！法曹大人，你到底是何居心？」

狄仁傑慨然自若：「本官身為法曹，職責就是斷案執法，昭冤緝凶。因此許公子不用著急，本官既已為無辜的郁蓉小姐昭雪了冤情，當然也要查出毒殺許長史的元凶！」他抬手點向呆站在門邊的許全，「許全，養榮蜜丸取來了嗎？」

「哦，早、早取來了！」許全答應著上前來，顫抖著雙手捧上個養榮丸的盒子。

狄仁傑將後來這個盒子與此前那個空盒，並排放在桌案上，有條不紊地打開兩個完全相同的盒蓋，隨後招呼道：「菊香，你過來看看，你每天晚上伺候老爺服用的養榮蜜丸，是不是這種？」

菊香哆嗦著看了又看，才點頭道：「是，就是仁濟堂的這種養榮丸。」

狄仁傑道：「菊香，你能說一說每日夜間，你是如何伺候老爺服用丸藥的嗎？」

「是。」菊香的聲音止不住地哆嗦，「每日夜間在老爺安寢之前，我用溫水把蜜丸化開，送給老爺服下。」

「不錯。」狄仁傑對菊香鼓勵地笑了笑，指了指那個空盒子，「這裡面的十二顆藥丸是你家老爺死前十二天服用的嗎？」

菊香垂下腦袋，含糊不清地支吾：「是……是的。」

狄仁傑又道：「菊香，本官命你現在把溫水化開養榮蜜丸的過程，如常做一遍。」

許全連忙吩咐取來熱水和碗碟，菊香自盒中捻出一顆蜜丸，放進碗中並泡上熱水，再用勺子輕輕攪拌，蜜丸很快化開，成為一碗深褐色的藥湯。狄仁傑舀起一小勺，嚐了嚐，點頭道：「唔，果然是蜜丸。藥汁的苦味都被蜂蜜的甜味蓋過，味道不錯。」齊晟有點兒摸不著頭腦，在狄仁傑身後輕聲道：「懷英，你這是……」

狄仁傑並不理睬，繼續問菊香：「菊香，我看你方才做得十分熟練，可前幾天如何會失手掉落一顆蜜丸？」

菊香嚇得滿臉通紅，期期艾艾地問：「大、大老爺，您……您怎麼會知道的？」

狄仁傑微微一笑：「本官會算卦。」

他這話既出，座中許彥平一聲冷笑：「刺史大人，我只問你！怎麼官府的判佐竟公然在此裝神弄鬼？」

齊晟也面沉似水：「狄法曹，該斷案就斷案，扯到算卦上去作甚？」

狄仁傑坦然應對：「既然要斷迷案，用些非常的手段也未嘗不可。關鍵是看用的效果……」他還是轉向菊香，「菊香，你剛才問我是怎麼知道的？也就是說你承認了，確實曾經掉落過蜜丸？」

菊香「撲通」跪在地上，哭哭啼啼地說：「是、是掉落過蜜丸……就在三天前的晚上掉了一顆，大老爺！總共就掉了這一顆，菊香對天發誓！」

「好，好。」狄仁傑安撫道，「菊香，你不用害怕。本官來問你，你伺候老爺用蜜丸應該是非常小心的，而且做了這麼久也很熟練，怎麼會無故將蜜丸掉落呢？」

菊香道：「大老爺，不是菊香不小心，實在是這盒蜜丸的蜜煉得不夠好，直接用溫水化不開，每次我都得先把蜜丸切碎，然後再用溫水沖，要比平常多花不少時間。三天前的晚上，菊香心急，切蜜丸的時候沒拿穩，就掉了，菊香的手都給刀劃破了呢——」

「這樣就清楚了。」菊香嘮嘮叨叨地還想往下說，狄仁傑乾脆俐落地打斷她，劈頭便問：「菊香，既然這盒蜜丸成色很差，而你府中又備有多餘的蜜丸，你為何不更換一盒，哦，比如剛才我們試過的成色很好的蜜丸？再說，這樣的蜜丸給你老爺服，難道你就不擔心有問題？」

菊香道：「大老爺，我回過管家的，可他不讓……」

狄仁傑銳利的目光瞬間刺上許全的臉：「嗯？」

許全激靈靈打了個冷顫，連忙辯解：「這……是少爺不讓換的。」

所有人都朝許彥平看過去。許彥平的臉色略顯青白，但聲音還挺鎮定：「蜜丸難化不等於不能吃嘛，父親一向節儉，我不願拂他老人家的意。」

狄仁傑微笑：「哦？怎麼本官倒聽說許長史府中每天倒掉的剩菜都是佳餚，汴州城內收泔水的對許府是趨之若鶩。不知道許公子為何對這盒蜜丸突然如此計較？」

「法曹大人！」許彥平終於忍無可忍，拍案而起，「今天你是來斷案的，不是來對許府說三道四的！你盯著一盒已被服盡的蜜丸兜圈子，我不知道對分析案情有何裨益？」

「因為蜜丸是本案的關鍵。」狄仁傑沉著的聲音雖然不高，卻似帶著千鈞的分量。他慢慢地從懷裡取出一個絹包，放在齊晟面前打開，齊晟定睛一瞧，竟是一顆黑乎乎切開一半的蜜丸，忙問：「這是？」

「這是本官命留駐許府的差役乘夜潛入許長史臥房，從榻底下的牆根處搜到的！」

狄仁傑捻起藥丸，舉到眾人面前，聲音中透出冰凌般的刻骨寒意：「本官昨日親自持此蜜丸到仁濟堂，據他們查證，這顆蜜丸雖是從仁濟堂購買的，卻被人動過手腳。」他直視著許彥平，一字一句地道：「這顆蜜丸中被人摻入了少量砒霜，因為是被化開重新糅合，並有雜質，所以黏合得很生硬，才會導致蜜丸化開不易。許公子……你能向我們解釋一下這是怎麼回事嗎？」

許彥平灰白的臉色比死人還難看，額頭上的汗水直往下淌，翕動著嘴唇卻說不出話來。

狄仁傑冷冷地道：「既然許公子不想說，那就由本官來替你說吧。經過仁濟堂藥師的鑑別，這蜜丸中所摻入的少量砒霜，不會迅速致人於死，但卻會引起諸如嘔吐腹痛之類的病症，正如許長史這些天的樣子。每天中毒不深，只當是不明疾病所致，但積攢到一定的時間，就會爆發出來，驟然置人於死地，再無可救。」

「所以……」狄仁傑再度環顧四周，一張張臉映入他的眼底，並未引起他半分悸動，今天這場戲到了最後關頭，他全神貫注於那最後的一擊，「本官斷案的結果就是：許長史乃是被摻入在養榮蜜丸中的少量砒霜，連續多日積累而毒死！那個凶手並非別人，正是許家公子許彥平！在粥碗中下砒霜蓄意陷害郁蓉小姐的也是他！」

許彥平聲嘶力竭：「你胡說！你血口噴人！」

狄仁傑根本不容他辯白，揚聲喝道：「來人吶，把這個弒父害妹、違背人倫、禽獸不如者拿下！」早就等在門外的兩個差役應聲而入，衝上去就把許彥平反背雙手按倒在地。

許彥平拚命掙扎，殺豬似的吼叫：「冤枉！齊大人，我冤枉啊！我爹、我爹不是我殺的啊！」

齊晟猶豫著剛想開口，狄仁傑已經一個箭步衝到許彥平面前，厲聲呵斥：「許彥平，你犯下的是十惡不赦之罪，本官斷案絲絲入扣、毫無紕漏、證據確鑿，你休要再癡心妄想逃脫罪責了！你將面臨的是最嚴厲的懲罰！」

「不！不是的！」許彥平目眥俱裂，在兩個差役手下困獸猶鬥，用盡全力朝齊晟喊叫：「齊大人，你要為我做主啊！我爹他絕不是死在蜜丸上頭！那蜜丸、要、要連服十二顆才會死人！可他少服了一顆啊！所以、所以還是郁蓉毒死他的……」

他的話音尚未落下，齊晟臉色煞白地從案後直跳起來：「許彥平，你、你，唉！」

「啊！」許彥平猛然意識到什麼，驚叫一聲軟癱在地。

狄仁傑來到許彥平面前，厭惡地瞥了他一眼，慢慢將手中的蜜丸掰下一小塊，送入嘴中咀嚼。

「狄先生！」又驚又怕的女聲傳入狄仁傑的耳窩，不用看他也知道那是郁蓉。難以言傳的美妙感覺、交織著勝利的喜悅，隨蜜丸的甜味溢滿唇間：「許彥平你看著，這只是顆普通的蜜丸。三天前掉落在地上的摻毒蜜丸，因菊香害怕挨罵，又撿回來餵給了許長史……真相就是這樣的。」

是夜，在醉月居三樓最裡面的包間雅座，李煒、狄仁傑和謝汝成三人對月飲酒、談笑賞景，真是人生中最難得的快意舒爽、意氣風發之時！總算卸下心頭重負的李煒頻頻舉杯，一個勁地向「神探法曹大人」狄仁傑敬酒。狄仁傑並未多加推辭，畢竟今夜他自己的心情也是出奇的好，正想與好友知己暢飲歡聚，盡享勝利的喜悅。

深秋之夜寒氣襲人，但這三人喝著美酒，品著佳餚，漸漸都通體暖熱，面色紅潤。李煒異常興奮地大說大笑著，一張嘴沒有閒的時候，把今天在許府發生的一切都學給謝汝成聽。當然了，他自己也是剛從許敬芝那裡聽來的，因不曾眼見為實，所以在講故事的同時，又扔出一大堆的問題給狄仁傑，要他解釋。

李煒首先要狄仁傑回答的就是，他怎麼會想到毒藥是下在養榮蜜丸中的，並且還想出來事先準備好一個假的毒蜜丸來詐出許彥平的原形。狄仁傑微笑著呷了口酒，慢條斯理地問：「郡王殿下可知本案最大的困難是什麼？」

「困難？」

李煒想了想，道：「時間太緊？」

「不是。」

「線索太少？」

「也不是。」

「那……」李煒搖頭，「本王猜不著了。」

狄仁傑正色道：「其實本案的推理過程並不算太複雜，難的是缺少證據。」

李煒與謝汝成面面相覷：「缺少證據？嗯……對啊，那有毒的十二顆蜜丸全都被許長史吃掉了……」

狄仁傑點頭：「是的，我從一開始勘察現場就發現了蜜丸的問題，再到其後蒐集線索，查證動機，應該說很快就鎖定了許彥平的嫌疑。但這一切都是推測，沒有證據要想判定許彥平的罪，總還顯得底氣不足。所以我才想出要用詐術，讓許彥平他自己露出馬腳。」看了看對面那兩雙急切好奇的目光，狄仁傑笑道：「二位如果感興趣，我就給你們說一說？」

李煒搖頭歎息：「你非要急死我們是不是，快說吧！」

「我第一次想到蜜丸的問題，是在許長史臥室裡發現一些死去的螞蟻。這些螞蟻屍體聚集在榻底的牆根邊，我當時就覺得很怪異。照常理來說，許長史的臥房應該是打掃得十分乾淨的，怎麼會有如此污穢的情況？螞蟻死成一片的地面上，還有黏稠的黑糊狀殘跡。會是什麼呢？於是我開始在臥房內留意，是否有什麼東西會造成這種現象。當我看到養榮蜜丸的盒子時，我立即便聯想到：螞蟻乃是趨甜的蟲豸，而許長史自病倒以後每日只食粥，屋中唯一的甜物就只有這蜜丸了。」

「所以螞蟻都是被蜜丸吸引過去的？」

「對。這應該是最合理的一種推測。地面上黏黏的殘跡，也應該是小部分的蜜丸黏在地上被螞蟻齧食後所剩下的痕跡。於是緊接著就出現了一個問題：這些螞蟻因何而死？死了之後怎麼會不被人發現並打掃乾淨呢？我推想再三，還是認為螞蟻因蜜丸而死的可能性最大，至於螞蟻屍體為何未被打掃掉，我後來曾隨口問過許全，因許長史臥病，這些天都不曾打掃過他的房間。」

「可是，」李煒皺起眉頭問：「即使螞蟻是因蜜丸而死，也不能說明蜜丸中一定含毒吧？再說，你又怎麼能確定許長史就是被蜜丸之毒所害呢？」

「這些倒不難確定。方才殿下重述了我推斷郁蓉無罪的那番說辭。其實正因為這段推理，從一開始我就排除了郁蓉的嫌疑，在毒物發作的時間來看，粥中之毒都不是許長史的致死原因。那麼，許長史到底因何而死呢？今天上午在許府我就說過，按照毒物的發作時間看，許長史前一天晚上吃的粥、服用的湯藥，和養榮蜜丸都有可能是致死的原因。當然，也不排除敬芝或者菊香這二人給許長史吃了別的東西。不過，當我看到螞蟻屍體之後，便決定先把查案的重點放在養榮蜜丸上頭。於是，我就讓留駐許府的差役昨夜偷偷把菊香帶到刺史府中，我連夜訊問了她。是她告訴了我這批蜜丸的異狀，和三天前切割蜜丸時掉落在榻下的情況，當時她雖撿起了蜜丸，卻沒注意有一小塊切下的碎片遺留在榻底，就是這塊蜜丸碎渣招來了螞蟻。」

「原來是這樣！」李煒感歎，「懷英兄，你可真會耍花招！」

狄仁傑的神色變得深沉，他若有所思地道：「並非是狄某要耍什麼花招，實在是從一開始我就斷定，凶手定在許府之中，所以查案的過程必須要萬分小心，一旦打草驚蛇，真相就再無大白之日了。」

對菊香的審問非常有成果。狄仁傑了解到了這盒養榮蜜丸特別的成色問題，不用太多思考，他便得出結論，這盒蜜丸一定是被摻入了雜質。同時，他也了解到許長史病況在十多天前曾經發生過一次轉折，此前不過是頭痛腦熱，在十多天前才添了腹瀉嘔吐之症。也因此許敬芝才開始親自料理父親的飲食。養榮蜜丸一盒共十二顆，狄仁傑暗自心驚，莫非兩者之間真的有關聯？

既然對養榮蜜丸產生了重大的懷疑，狄仁傑便試圖調查清楚這盒蜜丸的來歷。從許全處他得知蜜丸是仁濟堂隔月派人送貨上門的，平時就擱在庫房中。許思翰為人多疑，庫房鑰匙一直由他親自掌管，這次病倒，他才將鑰匙轉託給許彥平負責。

許彥平，這個名字在狄仁傑的腦海中盤桓，雖則名聲多有不堪，但他畢竟是許思翰的親生兒子，他真的會犯下這種弒父的罪行嗎？要得出這個結論，恐怕還需要找到足夠的動機。

說到這裡，狄仁傑含笑矚目李煒：「正是殿下關於許敬芝和許彥平關係的描述，提醒了狄某。」

李煒微哂：「慚愧，慚愧。真是多虧了懷英兄！」說完，他對著狄仁傑深施一禮。

狄仁傑還禮如儀，沉穩地道：「今天下午在刺史府中，許彥平徹底崩潰，交代了全部的犯案經過。據他供稱，之所以會想到如此殘忍地謀害自己的生父，還是因為郁蓉引起的。」

李煒和謝汝成同時輕聲叫起來：「又是郁蓉？」

還是因為郁蓉。當然，她只不過是最後的一個契機罷了。一直在許家受到鄙視的許彥平，長期以來鬱悶不平，心懷怨恨。尤其令他難以接受的是，自己比不過許敬芝也就罷了，居然連郁蓉的地位都不如。許思翰養育了郁蓉十多年，眼看著她出落得傾國傾城，巴望著她趕緊攀附高枝，開花結果，對她自然格外重視。就連李煒也因著許敬芝的緣故，對郁蓉友善而對許彥平不屑一顧。許彥平越來越咽不下這口氣，兼垂涎於郁蓉的美貌，便去求父親將郁蓉賞了自己。許思翰一口回絕，許彥平愈加憤懣難當。不過畢竟是自己的兒子，為了安撫許彥平，許思翰最終還是答應許彥平，趁黜陟使許敬宗到達汴州期間，想辦法給許彥平通通關節，捐個一官半職幹幹。

許彥平為什麼那麼迫切地想當官呢？除了盡人皆知的原因之外，還有一樁隱憂，正越來越讓許彥平寢食難安。原來當初秦氏臨終前，曾留下遺言，要將自己名下的大部分財產作為陪嫁，轉贈給唯一的女兒許敬芝。她的目的很明顯，就是不願讓原本由自己帶來許家的財產被許彥平所繼承。由於秦氏的家庭背景，也由於許敬芝和李煒定情，使得許思翰也不敢違背這個遺言。而這一切就意味著，許敬芝一旦嫁給李煒，許家就幾乎要被掏空。許敬芝自然會奉養父親，許思翰的老年生活倒是無虞，然而許彥平的處境就堪憂了。也因此，許思翰才願意幫助許彥平請官，將來好歹有份官俸可領。

可惜這如意算盤被郁蓉在餞行宴上的表現打得粉碎。許彥平在得知經過以後，真正是痛心疾首，也由此更加恨透了郁蓉、許敬芝，乃至自己的父親。也就是那場夜宴，使得他痛下決心，終於開始實施害死父親，同時陷害許敬芝的毒計。在他看來，掃除了這兩個人，許家的一切就在他的掌控之中，而郁蓉，到時候更是板上魚肉，任由他擺布了。

「許彥平原本想陷害的是敬芝？」李煒喃喃著。

狄仁傑沉聲道：「要不是殿下臨時召走了敬芝小姐，被陷害的就必定是她了。郁蓉突然代替敬芝，也給了許彥平一個措手不及，但當時的情況已經不容退縮，所以他還是按計劃行事，只不過受害人由敬芝變成了郁蓉。」

談話至此，席間三人都沉默了。窗外，深秋的明月比其他時候更亮更圓，晴光揮灑在靜謐清冷的龍庭湖上，波光輕輕搖曳，蕩出無盡的悵惘。天地無言，星月無言，人亦無言。

不知道過了多久，李煒舉起手中的酒杯，表情複雜地道：「懷英兄，汝成兄，這案子實實在在地印證了天網恢恢疏而不漏的道理，來，且讓我們乾了這一杯！」三人仰起脖子，將杯中的酒一飲而盡。

放下酒杯，李煒又想起件事，道：「還有一個問題。」

狄仁傑微笑：「殿下請問。」

「一個多月前去仁濟堂買砒霜的女人是誰？」

「據許彥平供稱，此女是他在外包養的一名姘婦。這女人出身江湖，不知從哪裡搞來個逐步下毒的方法，幫許彥平在蜜丸中摻毒的也是她。今天下午衙門已經將她逮捕歸案了。另外，雖然毒丸服盡許長史定然一命嗚呼，但確切的發病時間並不好掌握。因此許彥平還命人將每天夜間的剩粥也都收好，隨時準備投毒陷害敬芝小姐。」

屋子裡再度陷入一片沉寂，頓了頓，狄仁傑又冷然道：「還有一點：一個多月前黜陟使還未到汴州，許彥平那時就開始準備毒藥，很難說他當時到底想毒殺的是誰啊！」彷彿是應和他話語中所揭示的人心險惡，窗外突起一陣凜冽的秋風，伴著狄仁傑的話音竟將窗扇猛地吹開，侵骨寒意撲面襲來，帶來暗黑深處令人悚然的邪祟。謝汝成驚跳起來，奮力將窗扇闔上。

三人重新圍攏在桌旁，正要繼續舉杯暢飲，門上響起輕輕的敲門聲。李煒一皺眉：「什麼人？」

還是謝汝成站起來去開門，剛問了句：「是誰……」就呆在了門邊。李煒和狄仁傑朝門口一看，也都從椅子上跳起來。

屋內熠熠的燭光暈染到稍顯昏暗的走廊上，柔和的陰影環繞中，許敬芝和郁蓉兩位姑娘的倩影，在三個男人微醺的眼中，竟有點兒如詩如幻的味道，一時都說不清楚究竟是人間的活色生香，還是下凡的天仙女神……看著三人越發漲紅的臉，許敬芝「噗哧」一笑：「你們打算讓我們兩個就一直站在門外嗎？」

三個男人手忙腳亂地把兩個姑娘往屋裡讓，又請她們坐上主位。可是許敬芝和郁蓉來到桌邊並不坐下，郁蓉擎起酒壺，默默無語地斟滿五個酒杯。許敬芝舉起自己面前的那杯酒，正對狄仁傑微笑道：「嗯，今夜我和郁蓉特意過來，就是為了給法曹大人敬上一杯，感謝法曹大人查出了害死我爹爹的元凶，也為我與郁蓉洗清了不白之冤。狄大人，從今天起，您就是我許家的大恩人！」

「敬芝小姐言過了，狄某實不敢當。」狄仁傑簡單地客氣了一句，幾個人均一口喝乾了自己的那杯酒。

李煒看兩個姑娘仍然站著，便招呼道：「敬芝、郁蓉，來坐下啊。既然來了，今天你倆可得陪我們喝到爛醉！」

許敬芝笑意盈盈地看著半醉的李煒，微嗔道：「你呀！陪你們喝到醉是可以。不過呢……郁蓉要單獨謝謝法曹大人，所以，謝先生，還請你幫忙攙著這個醉仙兒去隔壁，敬芝在那裡陪你們二位一醉方休，如何？」

狄仁傑始料未及，還沒來得及反應過來，許敬芝趕著李煒和謝汝成已走出了屋子。房門一閉，剛才還熱熱鬧鬧的朋友聚會，突然變成他與郁蓉兩兩相對，狄仁傑倒有些不自在起來。他抬起頭望向對面，那雙清朗明澈的目光已經毫不躲閃地投過來。恰恰是這坦白直率的神情，為她絕世的姿容增添了孩童般的純真，也消弭了狄仁傑最初的幾分尷尬。微妙的吸引，混合著同情與欣賞，讓他這顆男人的心在此刻既跌宕起伏，又沉靜祥和。

此間寂寞安寧，隔壁屋中的歡聲笑語隱約傳來，狄仁傑和郁蓉同時側耳傾聽，不覺相視一笑。就在這笑容之下，郁蓉明淨的目光突然閃耀起來，那唯她獨有的熱烈和執著，像火焰般在她的雙眸中猛烈燃燒起來。她從芳香飄溢的輕紗袖籠中，輕輕抽出一柄折扇，雙手舉到狄仁傑的面前，微顫著嗓音道：「狄先生，您救了郁蓉，郁蓉想送您一件禮物。」

「這……郁蓉小姐太客氣了。」狄仁傑本能地要說出婉拒之辭，但一看郁蓉的神情，又把後面的話咽了回去。伸出手去，他摸了摸褐色的玳瑁扇骨，絲絲涼意沁人心脾，他不由自主地拿起折扇，緩緩地在眼前打開。

骨架綺麗的字跡輕盈飛舞，彷彿是她的曼妙身姿躍上扇面。狄仁傑默默誦唸著詩句，幾乎扼制不住心蕩神移的悸動。他抬起頭，低聲問：「郁蓉小姐，這首幽蘭詩是誰所作？」

郁蓉垂下眼簾，答非所問：「狄先生可喜歡？」

「很好，質樸清新中透出爛漫和高潔，我……很喜歡。」

郁蓉猛地抬眸，燭光下她的面容彷彿透明的白玉：「這詩是郁蓉所作，狄先生，您若是喜歡，就請收下。」

狄仁傑感到，激情挾帶著摧枯拉朽的巨大力量，猶如翻捲的浪濤頃刻吞噬粗礫的岩石，正欲將清醒冷靜的理智淹沒無痕。有那麼短暫的一刻，他好像就要屈服了，真的很想徹底釋放出內心充溢的欲望和渴求；讓生命的歡娛在兩心交融中達到巔峰……人活一世，難道還有什麼比這更值得追求、更值得付出的嗎？

見他還在躊躇，郁蓉有些著急了。她頻頻眨動絲般的睫毛，漆黑的眼睛裡不知不覺已蒙上一層淡淡的薄霧。好像是在向他祈求，又好像是要奉獻自身，她微微前傾，向他伸出雙手，就用這樣最謙卑的姿態，和最癡迷的神色，對狄仁傑說出了一句話。

這是一生中，從來沒有人對他說過的話。在那之前、自那之後，都沒有過。很久以後他才明白，只因這世上唯有一個郁蓉，才有這樣的勇氣和赤誠。然而在當時，他卻被大大地震驚了。似乎被兜頭澆了一瓢涼水，灼熱的頭腦驟然冷靜下來。他，畢竟還是他，以冷靜和果敢著稱的狄仁傑。重新尋回理智的那一刻，他不禁鄙夷自己短暫的軟弱，並暗自慶幸一切都還未到不可收拾的地步。

雖然用的是最溫和的語言，狄仁傑還是拒絕了郁蓉的饋贈。起初他很擔心郁蓉的反應，怕她會難過會受傷，但實際上她只是顯得有些迷惘，似乎一時無法理解對方的態度、和自己的處境。看著郁蓉沉默無語地收起折扇時，狄仁傑突然感到莫大的心痛，儘管她的舉動鎮靜如常，低垂的眼瞼遮去了那雙勾魂攝魄的目光，這多少讓狄仁傑鬆了口氣。但遺憾、不捨、歉疚，甚至由她的沉穩所引發的隱隱失落，如蟻噬骨迅速瀰漫全身。只不過片刻之前的躊躇滿志、意氣風發，在狄仁傑此刻的心境中，好像都被籠上暗沉的灰色，不再那麼令人嚮往和興奮了。

好在，隔壁房間的李煒恰逢其時地醉倒了。狄仁傑趕緊自告奮勇，送李煒回迎賓客棧。許敬芝和郁蓉就由謝汝成陪護著返回許府。在醉月居門前，狄仁傑攙扶著東倒西歪的李煒，目送許敬芝和郁蓉登上馬車。就在車簾放下的那一瞬，他又一次感受到了那雙目光，好像利刃劃破深秋的夜色，在他的心中從此刻下不可磨滅的印象。

秋意日濃一日，十多天後的凌晨，汴州城飄下了乾封元年的第一場雪。這場雪從黎明下到正午，悠悠蕩蕩、漫天飛揚。到午後雪漸漸止住時，汴州城內外已是一片銀裝素裹、粉妝玉砌的冬日即景了。已是十一月底，時近歲末，刺史府的公務十分繁忙，到處都是人仰馬翻的樣子，相形之下，狄仁傑這個法曹判佐倒有些無所事事了。若非萬不得已，誰又會選擇在這年關將至的日子裡打官司呢？

雪止日出，陽光重新閃爍在蓋滿積雪的松柏枝條上。狄仁傑這兩天難得輕閒，反而有些無所適從，見院中雪景正佳，便到東跨院內散步賞雪。恰在此時，他收到了李煒發自長安的一封書信。衙役送上書信，狄仁傑貪戀燦爛暖陽和雪後清冽舒爽的空氣，便站在一棵蒼柏下啟封閱信。

哪知看著看著，他卻如墜雪湖，通體冰涼！

李煒在醉月居歡聚的第二天就匆匆忙忙返回了長安。他本來就是私自離京，見許思翰案情大白、許彥平歸案，許敬芝的喪父之痛大為緩解，李煒沒有了後顧之憂，當然不敢再多遷延，趕緊回京去了。當時高宗臥病，武皇后貼身照料，國事均交給了太子弘。始擔監國重任的李弘迫切需要可信賴的得力幫手，見李煒迅速返京，他也是喜不自勝。

這天傍晚，李煒正在東宮書房陪著李弘批閱奏章，突然聽到太子低呼了一聲。李煒聞聲抬頭，就見李弘緊鎖雙眉，盯著面前一封攤開的奏章。李煒並不開口詢問，只默默等待著。果然，李弘思忖著道：「王爺，你常在汴州走動，可了解一個叫狄仁傑的法曹？」

李煒心中一跳，忙道：「太子，李煒倒是認識這個狄仁傑。怎麼？太子殿下……」

李弘站起身來，背著手在書案前踱了兩步，道：「兩年多前工部尚書閻立本任河南道黜陟使，回朝後對這個汴州判佐狄仁傑大加讚賞，極力向上推薦，說是不可多得的治國良才。吏部經過合議，決定提拔這個狄仁傑，擢升為并州都督府法曹參軍。調令已經擬好，年底前就可以發到汴州了。可是，你看看今天吏部的這封奏章，竟說狄仁傑人品堪憂、朝中對他的為人頗多流言蜚語，朝廷要提拔此人，還需謹慎。因此請示將調令暫緩發出。」

李煒這一驚非同小可，他瞠目結舌地望著李弘，急得都有些語無倫次了：「太子殿下！這……這是從何說起？據我所知那狄懷英不僅才幹卓著、學識超群，最最重要的就是他為人之忠誠正直、高風亮節，實乃不可多得的賢德之人、濟世俊材。說他人品有問題，這、這簡直……是肆意誹謗啊！」

李弘擺了擺手，示意他不要著急，沉聲道：「嗯，我也對此頗感疑惑。畢竟能得到閻尚書如此看重的人，人品上不應該有問題。不過，你可知道最近一次的河南道黜陟使許敬宗大人回朝之後，對狄懷英頗有微詞啊。」

「什麼微詞？」

「許大人說此人恃才放曠、顯山露水，沒有半點君子韜光養晦、沉穩含蓄之道，恐非大用之才。」

「啊！」李煒心下頓時了然，但許敬宗是當朝宰相，自己如果直接反駁，將內情和盤托出的話，一旦為許敬宗所知只怕對狄仁傑更為不利，他思之再三，只道：「太子殿下，狄懷英的人品不容置疑，李煒可為他做擔保。」

李弘微笑著道：「王爺你的擔保，弘怎敢不採信？呵呵，只是你再來看看奏章裡的這些內容，一派的污言穢語，不論是真是假都對狄懷英十分不利，恐怕還要有個妥善的應對之策才是。否則他即使獲得升遷，也要被人詬病，今後的仕途會面臨諸多險隘的。」

李煒在給狄仁傑的信中沒有詳述所謂的污言穢語，但狄仁傑從他的暗示中立即猜出，這些謠言是圍繞著他與郁蓉的關係展開的，無非是說狄仁傑在醉月居的宴會上對美人郁蓉見色起意，十分傾慕，因此才在後來的許思翰被毒殺案中，想盡辦法為郁蓉洗脫嫌疑，甚至不惜採用非常手段。雖然許思翰一案最終結果郁蓉確實無罪，但狄仁傑在其中的作為未免有先入為主之嫌，多少有失公允。而這樣輕易為美色所惑、感情用事的人，又如何能擔得起為民做主的青天之責呢？

李煒在信中說，他也無從揣測這些謠言是何人編造、又是如何散布的。但在當時那個情勢之下，他的所思所想全都集中在一點上，那就是必須要打破這個謠言，挽回狄仁傑的形象。事發緊急，李煒並未多加斟酌，便想好了一番說辭，他以親歷者的口吻給太子弘說了一個故事。

這個故事發生在醉月居，就是李煒離開汴州前一天晚上的好友聚會。彼時、彼景，乃至參與的人員都是絕對的事實。李煒只不過告訴太子，就在那個晚上，狄仁傑嚴詞拒絕了郁蓉的投懷送抱，當時的情景為李煒等人親眼所見，因此狄仁傑的君子之風不容置疑。李煒對太子說，事後狄仁傑還曾感歎，青春少女的美色固然令人嚮往，但自己曾受一位老僧教導，能用想像來遏止淫慾，也就是將美女想像成狐狸妖精、毒蛇鬼怪；將她秀麗的姿容想像成臨死時的面目青黑、七孔抽搐；還將窈窕豐姿想像成腐爛污穢、衰敗爬蟲一般。只要如此這般，無論面對怎樣的絕世美豔，那淫念慾火就會靜止得如清涼的寒冰了。

李煒寫道：「煒言之鑿鑿，太子固然信任於我，懷英兄的升遷也將如期而至。只因謠言此前已散布出去，煒將另遣口舌，反其道而攻之，必令此事不僅無損反而倍益，從此為懷英兄立下堪堪君子之名。煒之所述基於事實，懷英兄亦不必有所顧慮。」信的末尾，他又強調：「懷英兄具凌雲之志、秉曠世之才，煒寄予重望。懷英兄日後必成大唐社稷之棟梁，斷不能被二三奸佞小人肆意中傷。值此多事之秋，煒所顧者唯懷英兄爾。」

狄仁傑呆望著手中的信紙，腦海中空空蕩蕩。一陣冷風吹過，頭頂上的柏針窸窣作響，承荷不住的小團雪花隨風飄散，紛紛落在信紙上，暈開點點墨跡，宛如血淚斑駁。「值此多事之秋，煒所顧者唯懷英兄爾。」狄仁傑知道自己無權指責李煒，他的所作所為全是出於善意。狄仁傑更知道自己無權退縮，因為前方是江山社稷、民生福祉，是他願意奉獻畢生才華與精力的偉大事業。

然而在這個瑞雪初晴的下午，狄仁傑站在庭院中，仍然感到翻骨霜寒自頂至足，幾乎將他的一腔熱血凝凍。他一遍又一遍地問自己：天下蒼生與純真少女，究竟孰輕孰重？每一次的答案都是相同的。選擇已經做出，掙扎不過是徒勞，徒勞地想要減輕些良心上的重負罷了。就在這個下午，狄仁傑生平唯一的一次質疑自己的脆弱，痛恨自己的虛偽。他明白，今後自己哪怕在心中，也無顏再面對那雙目光了。

也許，這就是代價。

三天之後，調令到達。朝廷的任命很緊急，要求狄仁傑新年即到并州赴任，因此他不得不趕緊動身。匆匆地移交了公務，連行李都只來得及整理出最重要的部分，狄仁傑在這年臘月初十的早晨，就帶著全家離開汴州，趕往并州赴任。

同僚們都在前一天晚上為他餞了行，狄仁傑出發得又早，因此一路出城並無人相送。冬日淒清的早晨，長亭復短亭，狄仁傑騎馬走在最前面，眼看前方的忘離亭中似有人影晃動。那人顯然也發現了狄仁傑一行，高聲喊著：「懷英兄！」從忘離亭中一路小跑，朝狄仁傑而來。

狄仁傑定睛一看，來人竟是謝汝成，自從醉月居聚會後，他們二人再未見面。這次狄仁傑離任，也沒有告訴謝汝成，今天他來送行，應該是從李煒那裡得到消息，又自己去打聽到了狄仁傑的行程。狄仁傑心中暗愧，慌忙翻身下馬，迎著謝汝成而去，嘴裡也喚著：「汝成兄，你怎麼來了？」

兩人碰面，彼此一躬到地。謝汝成不善言辭，送別的話才說了幾句，便已無言。狄仁傑的心中更是滋味萬千、難以盡述。與謝汝成飲下三杯離酒，狄仁傑正要告別，謝汝成輕輕攔住他，從袖中抽出一樣東西，捧到狄仁傑的面前：「這是……郁蓉讓我帶給你的，她、她說，還是希望狄先生能夠留下它，做個紀念吧。」

狄仁傑凝視著折扇，那個午後的悲涼創痛再次衝擊他的心房。不，他搖搖頭，輕輕推回謝汝成的雙手：「汝成兄，這個……狄某不能收。」

謝汝成愣了愣，還是收起折扇，再次抬頭時，他的臉上微微泛紅，掛上了略顯淒惶的微笑：「懷英兄，我、我已向郁蓉求親了。」

狄仁傑的頭腦一陣轟鳴，頓了頓，才勉強笑道：「好啊，這……真是太好了。狄某恭喜你們了！」

謝汝成囁嚅：「她……還沒有答應。」

風再起時，長亭中送別的人影已然模糊。汴州城的城樓，越來越遠了。

乾封二年元月，狄仁傑在并州順利上任了。三月中的時候，他收到李煒從長安來的書信，原來許敬芝因父喪服孝，無法按期與李煒完婚，只得先遷居長安，在那裡陪伴李煒，並等待一年的喪期期滿。信中寫道，這樣一來反倒讓謝汝成與郁蓉趕了先，兩人在二月就已完婚了。對此李煒十分感慨，因為郁蓉的名譽被他所謂的「投懷送抱」說法徹底敗壞，謝汝成在這種時候挺身而出，稱得上是真正的君子。李煒還說，謝汝成是個難得的好人，郁蓉跟了他也算是有個好歸宿了。

此後李煒的來信斷斷續續，而謝汝成和郁蓉則從未與狄仁傑有過任何書信往來。這年年末，李煒在信中說郁蓉為謝汝成生下一個兒子，取名「嵐」，只是信中的口氣不甚喜悅，隱約透露出這對夫婦的生活並不像想像的那麼和睦。再之後，便連李煒也斷了音訊。生命就這樣不露痕跡地了結一段過往，進入到全新的篇章之中。

夏季的沙陀磧周邊，葉河、白楊河、里移得建河，許多條大河河水充沛、碧波蕩漾，在它們的河岸兩側灌溉出一片又一片綠洲。這些綠洲或大或小，但都綠茵如蓋、芳草鮮美，在藍天白雲之下譜出讓人心曠神怡的牧歌。

這天太陽剛剛落山，年輕的突厥牧民吉法就把他的那幾十頭牛趕回了宿營地。他所在的這個游牧部落人數不多，因而更加無拘無束、隨意遊蕩，現在對他們來說正是一年中最好的時光，吉法每天的日子都過得愜意得難以形容。

牛馬入欄，吉法連蹦帶跳地跑去帳篷，大叫著：「娘！肚子好餓啊……」剛衝進帳篷，他就皺著眉頭站住了。今天的帳篷裡，他聞不到往日那撲鼻的烤肉和酥油茶的香氣，娘也沒有迎上來接過他的馬鞭，他只能看見暮色中娘的身影，在帳篷角落的一堆雜草上忙碌著。

聽到動靜，突厥老婦頭也不回地叫道：「吉法，快來幫忙。」

吉法答應著走過去，娘正費力地抬起草堆上一個人的身體：「吉法，你把他抱起來，我來換換他身下的這些草，又是血又是膿的。」

吉法接過那人，立即沾上滿手的血污，老婦俐落地抽掉墊在那人身下的芨芨草，又從旁邊拉過乾淨的鋪好，才和吉法一起輕輕將那人放平。吉法問道：「娘，他還是燒得燙人啊！」

突厥老婦抹了把汗：「誰說不是呢？真不知道他從哪兒得來這麼多傷？而且全都爛了，這可怎麼是好啊……」一邊說著，她掀開那人身上覆的布條，血肉模糊的傷口暴露出來，連吉法都不由自主地打了個冷顫。老婦拿過個粗碗，用個小木勺從裡面挖出些黑乎乎的草藥糊，往傷口上塗抹。

吉法嘟囔：「娘，這樣一點兒用都沒有啊。」

老婦人繼續塗著，連連搖頭：「天氣太熱了，唉！總比不上藥的好。」

吉法摸了摸肚子，小聲抱怨：「娘，你忙著伺候他，兒子的飯都不做了！」

「那邊不是有饢嗎？你自己烤吧。」

吉法無奈，撿起塊饢乾啃了兩口，嘟囔道：「這個漢人傷得太重，就是能活下來，大概人也不中用了。他現在這樣太受罪了，還不如——」

老婦不樂意了：「吉法，你怎麼能這麼說！看這漢人的歲數，還挺年輕的，要是他死了，說不定一家老小都跟著完啊。既然他還沒死，咱們就要想法兒救他。」

話音剛落，老婦看了看那人，突然叫起來：「吉法，快來！」

吉法把手裡的饟一扔，箭步上前，猛地把那人咬緊的牙關掰開，老婦人不知從哪裡摸出個小小的銀盒子來，自裡頭取出一黑一白兩顆小藥丸，塞到那人的嘴裡。吉法仍然緊握著那人的下頜，不讓他咬到自己的舌頭，那人的全身都在劇烈地顫抖著，吉法娘擦拭著他不停滲出汗水的額頭，低聲歎息：「真是太受罪了，不知道他怎麼能熬得住。」

過了好一會兒，那人終於平靜下來。吉法和他娘也都是一身大汗，互相看了看，苦笑著搖頭。當初在沙陀磧裡救下這個遍體鱗傷的漢人時，他只剩了最後一口氣，手裡卻牢牢攥著這個小銀盒子。起初吉法和他娘也不知道這小盒子裡的東西有什麼用，後來這人傷痛發作，雖然連翻滾呼喊的力氣都沒有了，卻全身抽搐唇齒痙攣，眼看著就要不行了，吉法娘急中生智，把小盒子裡的藥丸硬塞到他的嘴裡，慢慢地竟看到他平復下來。以後他們就知道，這盒子裡面的是救命藥，隔段時間就要給他吃兩顆，否則，他就是痛也早痛死了。

不知不覺草原上已經暗下來，吉法點起盞油燈，烤了幾塊饟和娘一起吃了。吉法娘止不住地歎氣：「還得想辦法給他吃點東西啊。」

吉法去把那人半扶起來，吉法娘舀了勺羊奶，可是根本就灌不下去。就著油燈看，滿嘴裡全是血泡。吉法娘一狠心，拿起根細鐵絲在火上燒熱，一個個地把血泡挑破，再輕拍那人的背，他嗆咳著接連嘔出好幾口血水。又等了會兒，吉法娘試著餵了勺羊奶，總算看到他咽了下去。就這樣無比艱難地餵下幾口，吉法娘的眼圈都紅了。

晚上臨睡前，吉法娘和兒子商量，這樣下去不是辦法，還是要進城一趟找郎中。雖然現在是放牧的最佳時節，牧民不願輕易離開綠洲，但為了救人，也顧不上那麼許多了。

庭州諜影

大唐懸疑錄

作　　者	唐隱
總編輯	莊宜勳
主　　編	孟繁珍
出版者	春天出版國際文化有限公司
地　　址	台北市信義路四段458號3樓
電　　話	02-7718-0898
傳　　眞	02-7718-2388
E－mail	frank.spring@msa.hinet.net
網　　址	http://www.bookspring.com.tw
部落格	http://blog.pixnet.net/bookspring
郵政帳號	19705538
戶　　名	春天出版國際文化有限公司
法律顧問	蕭顯忠律師事務所
出版日期	二〇一八年十一月初版
定　　價	370元

本書中文繁體版由四川一覽文化傳播廣告有限公司代理，
經上海紫焰文化傳媒有限公司授權出版

總經銷	楨德圖書事業有限公司
地　　址	新北市新店區寶興路45巷6弄6號5樓
電　　話	02-8919-3186
傳　　眞	02-8914-5524
香港總代理	一代匯集
地　　址	九龍旺角塘尾道64號 龍駒企業大廈10 B&D室
電　　話	852-2783-8102
傳　　眞	852-2396-0050

ISBN 978-957-9609-98-2　Printed in Taiwan

國家圖書館出版品預行編目(CIP)資料

庭州諜影 / 唐隱著. -- 初版. -- 臺北市 : 春天出版國際, 2018.11
面；　公分. -- (唐隱作品 ; 8)
ISBN 978-957-9609-98-2(平裝)
857.81　　107019223